Ce cours a été rédigé par :

Monsieur Keddi,

Professeur de mathématiques

LE MOT DU DIRECTEUR PEDAGOGIQUE

Cher(e) élève,

Dès votre entrée en classe de Seconde, vous avez découvert un autre univers, de nouvelles disciplines, de nouveaux enjeux. Vous avez également appris que chaque discipline comporte une méthodologie particulière, sans l'acquisition de laquelle l'obtention de bons résultats devient mission impossible.

Cette exigence d'assimilation rapide de la méthodologie, de toute la logique inhérente à chaque discipline est d'autant plus rude que les enseignants ont un programme chargé. Cette contrainte de temps les conduit à devoir accorder un temps très bref aux explications de la méthodologie des épreuves obligatoires ; certains élèves décrochent s'ils ne parviennent pas à temps à comprendre ce que l'on attend d'eux. Ils ont beau répéter des exercices, cela ne suffit pas toujours pour améliorer leurs résultats. En réalité, ce dont ils ont besoin, c'est de maîtriser les règles du jeu.

La réforme du baccalauréat, pilotée par le ministre de l'Éducation nationale Jean-Michel Blanquer, introduit en classe de Première et de Terminale de nouvelles disciplines, de nouvelles épreuves, de nouveaux défis. En bousculant les habitudes, une telle réforme provoque des incertitudes : les élèves doivent prendre le train en marche pour obtenir de bons résultats ; vos enseignants sont tenus de s'adapter rapidement aux nouveaux programmes ; quant à vos parents, ils s'inquiètent, à raison, que vous réussissiez et que vous épanouissiez.

Conscients de ces difficultés et de l'importance des enjeux, les enseignants des Cours Legendre se sont donné pour mission de lever les ambiguïtés, les doutes et les appréhensions. Ils ont pris le temps nécessaire de décortiquer les épreuves, de vous en exposer les principes, de vous en dévoiler les mécanismes : en d'autres termes, vous en apprendre tous les secrets pour votre réussite.

Réussir : c'est bien là le maître-mot des Cours Legendre. Notre vocation, c'est de vous permettre de vous épanouir tout au long de votre scolarité, en vous apportant les éclairages indispensables pour obtenir les résultats que vous méritez. L'augmentation de vos résultats est la clé de votre confiance. Nous en avons conscience. Soyez assuré(e) que nous sommes à votre service pour vous soutenir et vous permettre d'atteindre vos objectifs, convaincus qu'ils seront atteints, grâce à vos propres efforts.

Toute l'équipe des Cours Legendre se joint à moi pour vous souhaiter réussite et bonheur !

Le Directeur pédagogique – Cours Legendre

LE MOT DU PROFESSEUR

Cher(e) élève,

La classe de première marque un tournant dans votre scolarité car il s'agit de définir votre projet éducatif en choisissant vos spécialités.

Les mathématiques sont une discipline importante et exigeante. Elle est transversale en ce sens où elle trouve son application dans différentes sciences (physiques et économiques par exemple). Au cours des dernières décennies, les mathématiques ont été au cœur de plusieurs avancées scientifiques et technologiques ayant changé notre façon d'organiser notre vie.

Le contenu de cet ouvrage à l'usage de la classe de première est parfaitement conforme, aussi bien dans la lettre que dans l'esprit, au nouveau programme. Il a été conçu en quatre séries distinctes comportant chacune quatre leçons. Cette disposition vous permettra de construire librement votre progression, en fonction de l'évolution de votre classe.

La clé de la réussite en mathématiques, réside dans l'apprentissage régulier des cours et notions théoriques et leur utilisation dans la résolution d'exercices. Chaque leçon comportera un cours exposé de manière claire et ordonnée. Il sera illustré par des exemples et des exercices d'application immédiate, des définitions et propriétés afin de vous permettre d'assimiler, pas à pas, les notions abordées. Mais il y aura également des exercices nécessitant de la réflexion.

Le choix a été fait de ne pas alourdir l'ensemble et par conséquent les propriétés, dans leur ensemble, sont admises. Cela nous permettra de favoriser la façon de les mettre en œuvre plutôt que leur démonstration. Vous l'aurez compris, ce manuel vous aidera à assimiler les notions importantes du programme de mathématiques. Je vous encourage à vous y référer aussi régulièrement que possible.

Je vous conseille d'étudier une leçon par semaine en faisant tous les exercices d'application. Si un exercice se révèle erroné, revoyez les notions du cours non acquises et refaites l'exercice. Un travail régulier et patient vous permettra d'acquérir les connaissances, les mécanismes et les automatismes menant à la réussite. Ne négligez pas non plus le facteur curiosité ! Cette dernière vous mènera, je l'espère, à vous poser les bonnes questions et vous donnera surtout envie d'y apporter des réponses. La curiosité est tout sauf un vilain défaut !

Bon courage, bonne chance !

Chemseddine KEDDI - Professeur de Mathématiques - Cours Legendre

PROGRAMME D'ENTRAINEMENT

Ce programme d'entraînement a pour vocation de vous accompagner pendant toute votre année de première, et comme grand objectif de vous préparer dès maintenant à l'épreuve de Mathématiques du baccalauréat.

Ce programme est composé de trois dossiers :

1) **Un bilan-test à passer avant de démarrer son programme d'entraînement,** pour repérer les éventuelles difficultés et mieux orienter ses efforts.
2) **Le cours** composé de **4 séries de travail** avec des **leçons** et des **exercices d'application**
3) **Le corrigé des exercices.** Ce sont les corrigés des exercices d'application du cours.

Le cours se compose de 4 séries qui suivent les thématiques du programme :

1. Cours – Séries 1 à 4

Le cours présente les différentes leçons que vous devez maîtriser. Ainsi, **la première** et la **deuxième série** vous permettront de réviser les fonctions et les suites ; **la troisième série** traite des statistiques et des probabilités et **la quatrième série** aborde les calculs vectoriels, les produits scalaires et la trigonométrie.

2. Exercices d'application pour toutes les séries

Vous trouverez après chaque leçon des exercices permettant de vous entraîner et de vérifier vos connaissances.

BILAN TEST

Les questions suivantes ont pour but de vous permettre d'évaluer vos connaissances avant de commencer le cours :

Questions :	**Réponses :**
1. Il existe un réel x tel que $ax^2 + bx + c$ $(a \neq 0)$ ait le signe de a.	☒ **a)** Vrai ❑ **b)** Faux
2. Si a est une racine d'un polynôme $f(x)$ on peut mettre $(x - a)$ en facteur.	❑ **a)** Vrai ☒ **b)** Faux
3. La suite définie par $U_n = 3n + 2n$ est une suite arithmétique.	❑ **a)** Vrai ❑ **b)** Faux
4. La suite définie par $\begin{cases} U_0 = 2 \\ U_{n+1} = \frac{1}{4} U_n \end{cases}$ est une suite géométrique convergente.	❑ **a)** Vrai ❑ **b)** Faux
5. $2 + 3 + ... + n = \frac{(n+2)(n-1)}{2}$	❑ **a)** Vrai ❑ **b)** Faux
6. Si $\lim\limits_{x \to a} f(x) = 0$ et $\lim\limits_{x \to a} g(x) = +\infty$ alors $\lim\limits_{x \to a} (fg)(x) = 0$	❑ **a)** Vrai ❑ **b)** Faux
7. La courbe d'équation $y = 2x + 1 + \frac{1}{x^2}$ admet deux asymptotes.	❑ **a)** Vrai ❑ **b)** Faux
8. La dérivée du quotient de deux fonctions dérivables est le quotient des dérivées.	❑ **a)** Vrai ❑ **b)** Faux
9. Les courbes d'équation $y = x^2$ et $y = x + x^2$ ont même tangente à l'origine.	❑ **a)** Vrai ❑ **b)** Faux
10. Si $f'(a) = 0$, la courbe représentative de f admet au point d'abscisse a une tangente parallèle à l'axe des abscisses.	❑ **a)** Vrai ❑ **b)** Faux

BILAN TEST

11. Sin² $2x$ + cos² $2x$ = 1 pour tout x de R	❑ **a)** Vrai ❑ **b)** Faux
12. $\cos\left(\frac{\pi}{2}-x\right)=-\sin x$	❑ **a)** Vrai ❑ **b)** Faux
13. $x^2+9=0$ a pour ensemble de solutions :	❑ **a)** R ❑ **b).** Ø ☒ **c).** {- 3 ; 3}
14. $\vec{u}\cdot\vec{v}=0$ équivaut à $\vec{u}=0$ ou $\vec{v}=0$	❑ **a)** Vrai ❑ **b)** Faux
15. L'équation $x^2-(m+1)x+1=0$ où m est un réel a deux solutions distinctes si :	❑ **a)** $m>1$ ❑ **b)** $m\in[-3;1]$ ❑ **c).** $m\leq 3$ ❑ **d).** $m\in]-\infty;-3[\cup]1;+\infty[$
16. Soit (U_n) la suite définie par : $\begin{cases}U_0=2\\U_{n+1}=\frac{2}{3}U_n+\frac{1}{3}\quad(n\in N)\end{cases}$ On pose $V_n=U_n-1$ $(n\in N)$	❑ **a)** (V_n) est géométrique de raison $\frac{2}{3}$ ❑ **b)** $\lim\limits_{n\to+\infty}(V_0+V_1+...+V_n)=3$ ❑ **c)** $\lim\limits_{n\to+\infty}(U_0+U_1+...+U_n)=+\infty$
17. Soit la fonction $f: x\mapsto\frac{\sqrt{x^2-4}}{x}$	❑ **a)** f admet $R-\{-2, 0, 2\}$ pour ensemble de définition. ❑ **b)** f est impaire. ❑ **c)** $\lim\limits_{x\to+\infty}f(x)=-1$
18. Soit la fonction $f: x\mapsto\frac{3x-3}{x+1}$ et Cf sa courbe représentative.	❑ **a)** Il n'y a qu'une seule asymptote à Cf ❑ **b)** Le point I (- 1 ; 3) est centre de symétrie Cf ❑ **c)** Pour tout $x\geq 2$, on a $1\leq f(x)<3$
19. On définit un réel x par $\sin x=\frac{\sqrt{5}-1}{4}$ et $0<x<\frac{\pi}{2}$	❑ **a)** $\sin 2x\leq 0$ ❑ **b)** $\cos 2x=\frac{1-\sqrt{5}}{4}$ ❑ **c)** $\cos 4x=\sin x$
20. Trois chevaux (1 blanc et 2 noirs) pénètrent en colonne un par un sur la piste d'un cirque. On appelle X la variable aléatoire « nombre de chevaux noirs précédant le cheval blanc ».	❑ **a)** Il y a trois façons de constituer la colonne. ❑ **b)** La probabilité que les deux chevaux noirs précèdent le blanc est $\frac{2}{3}$ ❑ **c)** L'espérance de X vaut 1

BILAN TEST – CORRIGE

QUESTIONS	RÉPONSES
1	☑ **a)** Vrai
2	☑ **a)** Vrai
3	☑ **b)** Faux
4	☑ **a)** Vrai
5	☑ **a)** Vrai
6	Ni vrai ni faux, cela dépend des cas
7	☑ **a)** Vrai
8	☑ **b)** Faux
9	☑ **b)** Faux
10	☑ **a)** Vrai
11	☑ **a)** Vrai
12	☑ **b)** Faux
13	☑ **b)**
14	☑ **b)** Faux
15	☑ **d)**
16	☑ **a.** (V_n) est géométrique de raison $\frac{2}{3}$ ☑ **b.** $\lim\limits_{n\to+\infty}(V_0+V_1+\ldots+V_n)=3$ ☑ **c.** $\lim\limits_{n\to+\infty}(U_0+U_1+\ldots+U_n)=+\infty$
17	☑ **b.** f est impaire.
18	☑ **b.** Le point I (-1,3) est centre de symétrie Cf ☑ **c.** Pour tout $x \geq 2$, on a $1 \leq f(x) < 3$
19	☑ **c.** $\cos 4x = \sin x$
20	☑ **c.** L'espérance de X vaut 1

20 bonnes réponses : bravo !
Entre 15 et 19 bonnes réponses : vous avez de bonnes connaissances qui ne demandent qu'à être approfondies.
Entre 10 et 14 bonnes réponses : trop de trous de mémoire ! Ce livre est fait pour vous !
Entre 6 et 9 bonnes réponses : les semaines à venir vont être studieuses et ce livre un précieux compagnon !
Entre 0 et 5 bonnes réponses : au boulot ! Et rassurez-vous, vous allez vite progresser !

BON ENTRAINEMENT ET BON COURAGE !

SOMMAIRE

PREMIERE

SPECIALITE MATHÉMATIQUES

SERIE 1
FONCTIONS

PREMIÈRE LEÇON

Rappels et opérations sur les fonctions

DEUXIÈME LEÇON

Généralités sur les polynômes et polynômes du 2nd degré

TROISIÈME LEÇON

Limite - Nombre dérivé - Fonctions dérivées

QUATRIÈME LEÇON

Fonction exponentielle

PREMIÈRE LEÇON

Rappels et opérations sur les fonctions

I. Définition d'une fonction

1. Ensemble de définition

- L'ensemble de définition d'une fonction numérique f de $\mathbb{R} \longrightarrow \mathbb{R}$ est l'ensemble des réels qui admettent une **image** par f.

- **Fonction** : Si f est une fonction et D_f son ensemble de définition, alors à chaque réel x de D_f, la fonction associe un réel et un seul, noté $f(x)$. On dit que $f(x)$ est l'image de x par f.

$$f : x \mapsto f(x)$$

2. Courbe représentative

Soit f est une fonction définie sur son ensemble de définition D_f:

La courbe représentative d'une fonction f dans un repère du plan, est l'ensemble des points M de coordonnées $(x\ ;\ (x))$ avec x décrivant l'ensemble de définition de f.
Si un point $M(x, y)$ appartient à la courbe représentative de f, alors la courbe vérifie l'équation $y = f(x)$

3. Sens de variation

Soit f une fonction numérique définie sur un intervalle D inclus dans $\mathbb{R}$.

- On dit que f est **constante** sur D si pour tout réel a et tout réel b de D, alors on a : $f(a) = f(b)$

- On dit que f est croissante sur D si pour tout réel a et tout réel b de D, tel que : a < b alors f (a) ≤ f (b)

- On dit que f est strictement croissante sur D tel que a < b alors f (a) < f (b)

- On dit que f est décroissante sur D tel que : a < b alors f (a) ≥ f (b)

- On dit que f est strictement décroissante sur D tel que a < b alors f (a) > f (b)

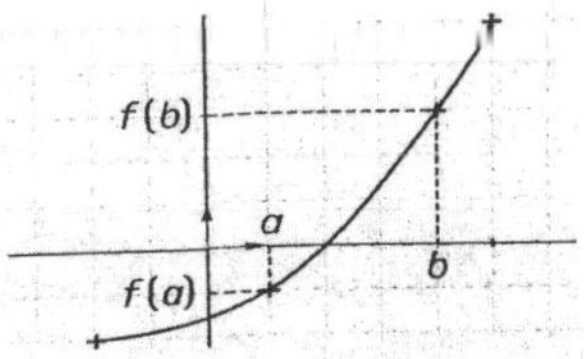

Cas où f est croissante sur D

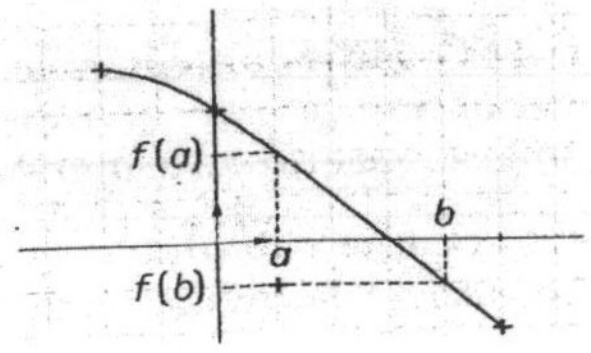

Cas où f est décroissante sur D

Remarque

Une fonction est dite monotone sur un intervalle si, sur tout cet intervalle, elle est soit croissante, soit décroissante, soit constante.

Exemple

Considérons la fonction : $f : x \mapsto x^2$
Soient deux réels a et b tels que $a < b < 0$

On a : $f(b) - f(a) = b^2 - a^2 = (b - a)(b + a)$

On a : $b - a > 0$ et $b + a < 0$ donc $(b) - f(a) < 0$

Donc si $a < b < 0$ alors $(b) < (a)$ d'où f est strictement décroissante sur $]-\infty\,;0[$

De même, avec $0 < a < b$ on obtient :

$$f(b) - f(a) = (b - a)(b + a)$$

on a : $b - a > 0$ et $b + a > 0$ donc $f(b) - f(a) > 0$

alors $f(b) > f(a)$, d'où f est strictement croissante sur $]0\,;+\infty[$

Comme $f(0) = 0$, on obtient le tableau de variation :

x	$-\infty$	0	$+\infty$
$f(x)$	↘	0	↗

4. Maximum, minimum, extremum local

Maximum

Soient f une fonction définie sur un intervalle D et x_0 un élément de D.
Dire que f présente un **maximum** $f(x_0)$ en x_0 si pour tout x réel de D : $f(x) \leq f(x_0)$

Minimum

Soient f une fonction définie sur un intervalle D et x_0 un élément de D.
Dire que f présente un **minimum** $f(x_0)$ en x_0 sur D si pour tout x réel de D : $f(x) \geq f(x_0)$

Extremum

Soient f une fonction définie sur un intervalle D et x_0 un élément de D.
Dire que f admet un **extremum local** en x_0 signifie que $f(x_0)$ est un extremum de f pour tout x réel d'un intervalle ouvert I contenant x_0 et inclus dans D.

Exemple

Soit la fonction f définie sur D = [-3 ; 3] dont le tableau de variations est :

x	-3		-2		0		2		3
$f(x)$	13	↘	-11	↗	7	↘	-7	↗	19

- -11 est un minimum local de f sur [-3 ;0] ; il est aussi le minimum de f sur [-3 ; 3].
- De même –7 est un minimum local de f sur [0 ;3].
- 7 est un maximum local sur [-2 ; 2]
- 19 est un maximum local sur [0 ;3] ; il est aussi le maximum de f sur [-3 ;3]

5. Fonction majorée, minorée, bornée

Soit f une fonction définie sur un intervalle D, et M et m deux réels.

- f est **majorée** par M sur D, lorsque, pour tout $x \in D, f(x) \leq M$
- f est **minorée** par m sur D, lorsque, pour tout $x \in D, f(x) \geq m$
- f est **bornée** sur D si f est à la fois majorée et minorée sur D.

Remarques

- Si f est bornée par m et M sur D, alors la courbe représentative de f est située dans le domaine du plan limité par les deux droites d'équation $y = m$ et $y = M$
- Si f est minorée par 0 sur D, on dit que f est positive sur D.
- Si f est fonction majorée par 0 sur D, alors f est négative sur D.

Exemple

f est la fonction définie sur $\mathbb{R}$ par $f(x) = \frac{1}{1+x^2}$ et Cf est sa courbe représentative dans un repère $(O;\vec{i};\vec{j})$

On a successivement : $x^2 \geq 0$ donc $1 + x^2 \geq 1 > 0$ donc $1 + x^2 > 0$ et $\frac{1}{1+x^2} > 0$, d'où $f(x) > 0$

La fonction f est donc minorée par 0 et la courbe C_f est par conséquent située au-dessus de l'axe des abscisses.

Pour tout réel x, $1 \leq 1 + x^2$; comme $1 + x^2 > 0$, on en déduit que $\frac{1}{1+x^2} \leq 1$

D'où $f(x) \leq 1$; la fonction f est donc majorée par 1.

Quel que soit $x \in \mathbb{R}$, $0 < f(x) \leq 1$
la fonction f est donc bornée sur $\mathbb{R}$.

À noter que f est minorée, mais ne possède pas de minimum (inégalité stricte).

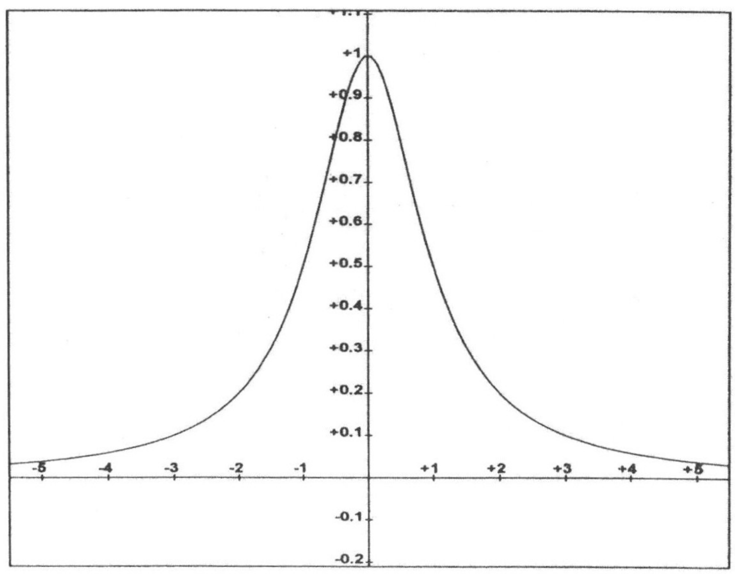

II. Parité - Périodicité

1. Fonction paire

Soit f une fonction définie sur un intervalle D et C sa courbe représentative. La fonction f est paire si, et seulement si, pour tout $x \in D$, on a :

$$-x \in D \text{ et } f(-x) = f(x)$$

La courbe C est alors symétrique par rapport à l'axe des ordonnées dans un repère orthogonal.

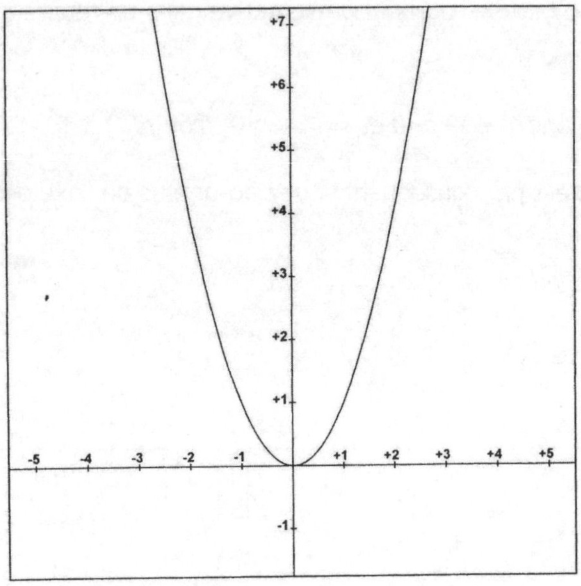

Exemple : $f(x) = x^2$

2. Fonction impaire

Soit f une fonction définie sur un intervalle D et C sa courbe représentative. La fonction f est impaire si, et seulement si, pour tout $x \in D$, on a :

$$-x \in D \text{ et } f(-x) = -f(x)$$

La courbe C est alors symétrique par rapport à l'origine du repère.

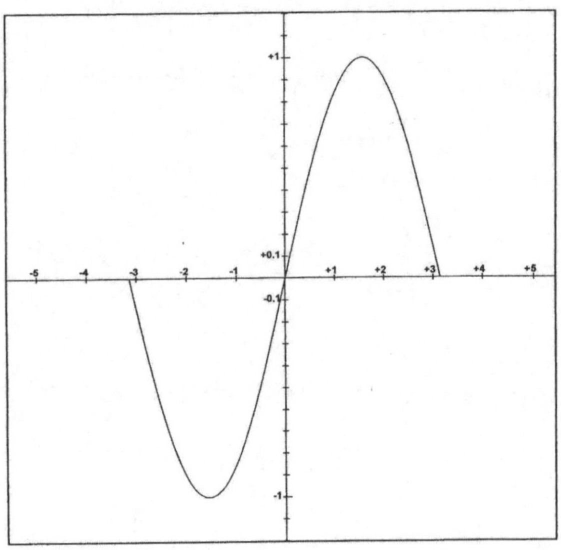

Exemple : $f(x) = \sin x$

4. Soit T un réel non nul et f une fonction définie sur un intervalle D. la fonction f est périodique de période T si, et seulement si, pour tout $x \in D$, on a :

$$x + T \in D \text{ et } f(x + T) = f(x)$$

La courbe C est alors invariante par les translations de vecteurs $T\vec{i}$, $2T\vec{i}$, $3T\vec{i}$ ...$-T\vec{i}$, $-2T\vec{i}$ ...

5. **Remarque**

La parité et la périodicité permettent de faire l'étude d'une fonction sur un intervalle D' plus restreint que l'ensemble de définition initial D.

Pour compléter la courbe sur l'intervalle D, il suffira d'utiliser les transformations résultant des propriétés éventuelles de la fonction, que l'on appliquera sur la portion de courbe obtenue sur l'intervalle réduit D'.

Exercice 1

Déterminez la parité des fonctions suivantes :

1. $f(x) = 2x^2 + 1$
2. $g(x) = \dfrac{2x^5 - x}{x^2}$
3. $h(x) = x^3 + 1$

III. Propriétés des fonctions

1. Égalité de deux fonctions

Soient f et g deux fonctions définies respectivement sur les ensembles, de définition D_f et D_g.
Les fonctions f et g sont égales si, et seulement si :

$$D_f = D_g = D \text{ et pour tout } x \in D, f(x) = g(x)$$

2. Opérations sur les fonctions

Soient f et g deux fonctions définies sur un ensemble D.

- On définit sur D la fonction somme $f + g$ par $(f + g)(x) = f(x) + g(x)$
- On définit sur D la fonction produit $f . g$ par $(f . g)(x) = f(x) \times g(x)$
- On définit sur D la fonction produit par un réel k, soit f par $(k . f)(x) = k . f(x)$
- On définit sur D la fonction quotient $\dfrac{f}{g}$ par $\left(\dfrac{f}{g}\right)(x) = \dfrac{f(x)}{g(x)}$ avec $g(x) \neq 0$

Exemples

- Soient f définie sur $\mathbb{R}$ par $f(x) = 2x + 3$ et g définie sur $\mathbb{R}$ par $g(x) = x + 7$
  On peut définir sur $\mathbb{R}$ la fonction produit $f.g$ par :

$$f \cdot g : x \mapsto (2x + 3)(x + 7)$$

- Si f est la fonction définie sur $\mathbb{R}$ par $f(x) = x + 4$ et g définie sur $\mathbb{R}^+$ par $g(x) = \sqrt{x}$ alors la fonction quotient $\frac{f}{g}$ est définie sur $]0;+\infty[$ par $\left(\frac{f}{g}\right)(x) = \frac{f(x)}{g(x)} = \frac{x+4}{\sqrt{x}}$

3. Sens de variation

- Si f et g sont deux fonctions croissantes sur un intervalle D, alors la fonction somme $f + g$ est une fonction croissante sur D.

- Si f et g sont deux fonctions décroissantes sur un intervalle D alors $f + g$ est une fonction décroissante sur D.

- Soit f une fonction définie sur un intervalle D et k un réel non nul :
  - Si k est positif, les fonctions f et kf ont le même sens de variation sur D
  - Si k est négatif, les fonctions f et kf, ont des sens de variations contraires sur D.

Remarque

La connaissance du sens de variation de deux fonctions f et g ne permet pas de conclure sur le sens de variation des fonctions produit fg et quotient $\frac{f}{g}$.

Exemple

Soient f et g définies sur $]0 ; +\infty[$ par :

$$f(x) = x^2 \text{ et } g(x) = -\frac{1}{x}$$

La fonction produit fg est telle que $((fg)(x) = f(x) \times g(x))$

$$= x^2 \times \left(-\frac{1}{x}\right) = -x$$

Alors que f et g sont strictement croissantes sur $]0 ; +\infty[$, la fonction $f.g : x \mapsto -x$ est strictement décroissante sur cet intervalle.

IV. Fonction composée

1. Composition de fonctions

Soit f une fonction définie sur un intervalle D_f et g une fonction définie sur un intervalle D_g.
La fonction composée de f par g, notée $g \circ f$ (lire « g rond f ») est définie sur D_f par :

$$(g \circ f)(x) = g\,[f(x)]$$ avec $x \in D_f$ et $f(x) \in D_g$

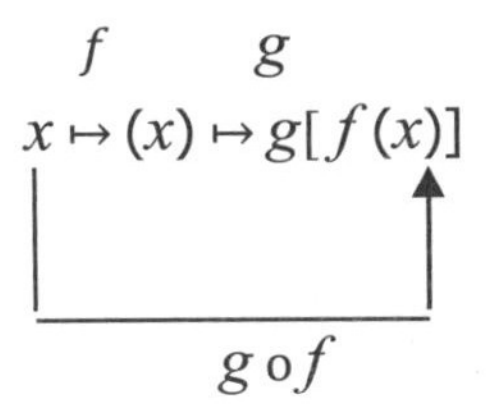

Remarques

* L'ensemble de définition de $g \circ f$ est constitué des réels x tels que $x \in D_f$ et $f(x) \in D_g$.
* Attention à l'ordre d'application des fonctions : $f(x)$ est d'abord déterminé en premier puis g s'applique à $f(x)$; $g \circ f$ est donc la **composée de f suivie de g.**
* En général, les fonctions $g \circ f$ et $f \circ g$ sont différentes.

Exemple

Soit la fonction affine $f : x \mapsto 3x - 2$
Et la fonction racine $g : x \mapsto \sqrt{x}$

Déterminons la fonction $h = g \circ f$, composée de f par g :
On a $D_f = \mathbb{R}$, et $D_g = [0 ; +\infty[$, donc pour pouvoir calculer $g\,[f(x)]$ il faut s'assurer que $g(x) \geq 0$

$3x - 2 \geq 0 \Leftrightarrow x \geq \frac{2}{3}$

Donc la composée de f par g est la fonction h définie sur $D_h = \left[\frac{2}{3}, +\infty\right[$ par :

$h(x) = g\,[f(x)] = \sqrt{3x - 2}$

2. Sens de variation d'une fonction composée

Soit f une fonction définie sur l'ensemble I inclus dans D_f et g une fonction définie sur l'ensemble J inclus dans D_g telles que pour tout réel x de I, $f(x)$ appartient à J. Les fonctions f et g étant strictement monotones :
Si elles ont le même sens de variation, alors $g \circ f$ est croissante sur I.
Si f et g ont des sens de variation différents, alors $g \circ f$ est décroissante sur I.

Démonstration

- Considérons le cas où f et g ayant le même sens de variation.
Supposons, par exemple, que f et g soient strictement décroissantes sur leur domaine de définition.
Soient a et $b \in I$ tels que $a < b$.
f est strictement décroissante sur I donc $f(a) > f(b)$
Comme g est strictement décroissante sur J, alors $g[f(a)] < f[(b)]$
Autrement dit $(g \circ f)(a) < (g \circ f)(b)$
Ainsi $g \circ f$ est strictement croissante sur I.

- Considérons, à présent le cas où, f et g ont des sens de variation différents.
Supposons, par exemple, que f est strictement croissante sur I et g strictement décroissante sur J.
Soient a et $b \in I$ tels que $a < b$
f est strictement croissante sur I donc $f(a) < f(b)$
Comme g est strictement décroissante sur J alors $g(a) > g(b)$
Autrement dit $(g \circ f)(a) > (g \circ f)(b)$
Ainsi $g \circ f$ est strictement décroissante sur I.

V. Fonctions associées et transformations de courbes

L'utilisation des fonctions associées permet de construire la courbe représentative d'une fonction f à partir de celle d'une fonction de référence.

Propriétés

- Si e est définie par $e(x) = \lambda(x)$, où λ est un réel, alors C_e s'obtient à partir de C_f par la transformation : $(x, y) \rightarrow (x, \lambda y)$.
- Si g est une fonction définie par $g(x) = f(x - k)$, alors C_g s'obtient à partir de C_f par la translation de vecteur $k\vec{i}$
- Si une fonction h est définie par $h(x) = f(x) + k$, alors C_h s'obtient à partir de C_f par la translation du vecteur $k\vec{j}$
- Si l est une fonction définie par $l(x) = f(x - \alpha) + \beta$, alors C_l est obtenue à partir de C_f par la translation du vecteur $\alpha\vec{i} + \beta\vec{j}$
- Si la fonction m est définie pour $m(x) = -f(x)$, alors C_m est obtenue à partir de C_f par la symétrie d'axe $(O\,x)$.

Exemple

Soit f définie sur [-3 ; 4] par $f(x) = x^2$

Représentons les courbes des fonctions g, h et l telles que :

$$g : x \mapsto f(x-3)\ ;\ h \mapsto f(x) + 4\ ;\ l : x \mapsto f(x-3) + 4$$

- La courbe C_g est obtenue à partir de C_f par la translation de vecteur $3\vec{i}$
  g est définie sur [0 ; 7] par : $g(x) = f(x-3) = (x-3)^2 = x^2 - 6x + 9$

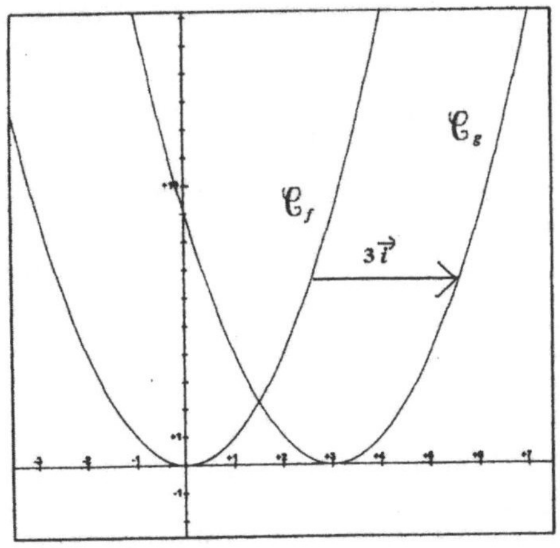

- La courbe C_h est obtenue à partir de C_f par la translation de vecteur $4\vec{j}$
  h est définie sur [-3 ; 4] par : $h(x) = f(x) + 4 = x^2 + 4$

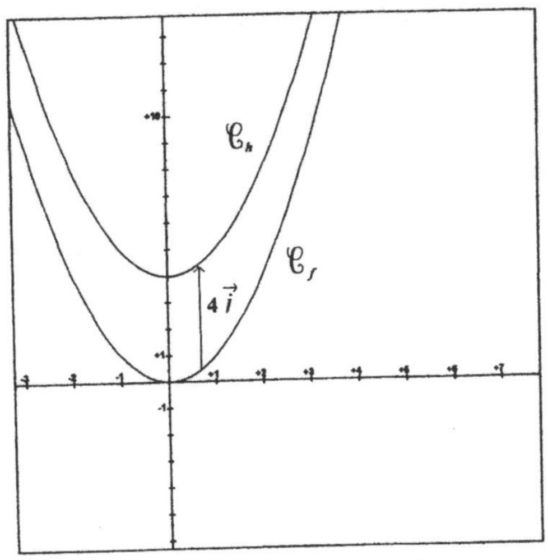

- La courbe C_l est obtenue à partir de C_f par une translation de vecteur $3\vec{i}+4\vec{j}$
  l est définie sur [0 ; 7] par : $l(x) = (x-3)^2 + 4 = x^2 - 6x + 13$

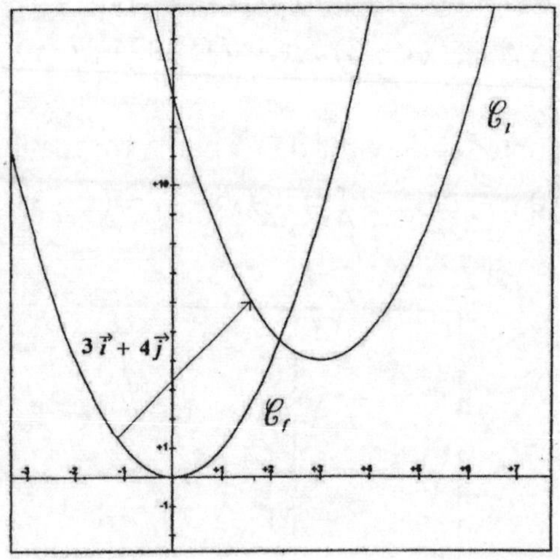

VI. Éléments de symétrie d'une courbe

1. Axe de symétrie d'une courbe

Soit C la courbe représentative dans un repère orthogonal d'une fonction f définie sur son domaine D_f. La droite d d'équation $x = a$, est axe de symétrie de C si, et seulement si, pour tout réel $h \neq 0$ tel que $a+h \in D_f$ et $a-h \in D_f$, on a :

$$\boxed{f(a+h) = f(a-h)}$$

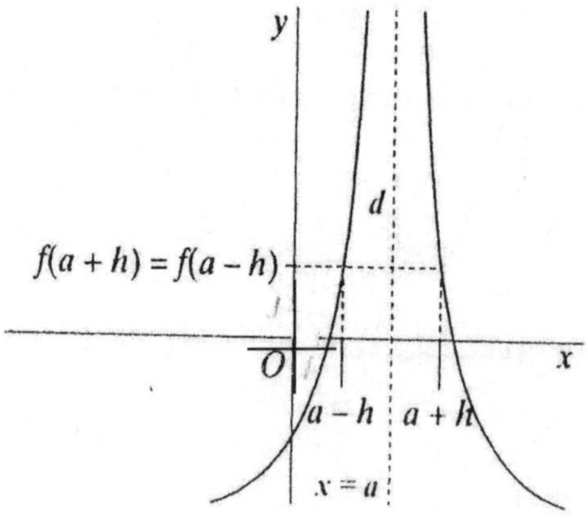

2. Centre de symétrie d'une courbe

La courbe représentative C d'une fonction f admet pour centre de symétrie le point $\Omega(a, b)$ si, et seulement si, pour tout réel $h \neq 0$ tel que $a + h \in D_f$ et $a - h \in D_f$, on a :

$$\boxed{\frac{f(a-h)+f(a+h)}{2}=b}$$

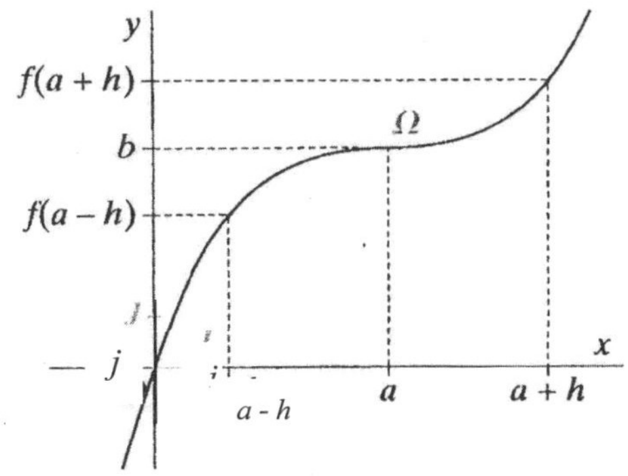

Exemple

Soit f la fonction définie sur $\mathbb{R}$ - {-1} par $f(x) = \frac{2x^2-3}{x+1}$

Établissons que la courbe représentative de f admet le point $\Omega(-1\,;-4)$ comme centre de symétrie.

Pour tout réel $h \neq 0$, -1 - h et -1 + h sont dans l'ensemble de définition de f.

Déterminons $f(-1 - h)$ et $f(-1 + h)$:

$$f(-1-h)=\frac{2(-1-h)^2-3}{-1-h+1}=\frac{2(1+2h+h^2)-3}{-h}=\frac{2h^2+4h-1}{-h}=\frac{-2h^2-4h+1}{h}$$

$$f(-1+h)=\frac{2(-1+h)^2-3}{-1+h+1}=\frac{2(h^2-2h+1)-3}{h}=\frac{2h^2-4h-1}{h}$$

D'où

$$\frac{f(-1-h)+f(-1+h)}{2}=\frac{\frac{-2h^2-4h+1}{h}+\frac{2h^2-4h-1}{h}}{2}=\frac{\frac{-8h}{h}}{2}=\frac{-8h}{2h}=-4$$

La courbe représentative de f admet donc le point Ω (-1 ; -4) comme centre de symétrie.

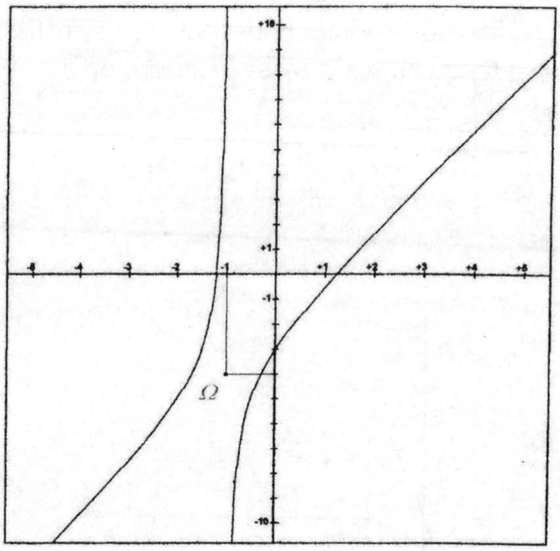

3. Changement de repère

Soit $(O\,;\vec{i},\vec{j})$ un repère du plan et $\Omega(a\,;b)$ un point quelconque.

C est la courbe d'équation $y = f(x)$ dans ce repère.
Le point Ω ayant pour coordonnées $(a\,;b)$ dans $(O;\vec{i},\vec{j})$, on peut écrire : $\overrightarrow{O\Omega} = a\vec{i} + b\vec{j}$

Soit M un point ayant pour coordonnées $(x\,;y)$ dans $(O;\vec{i},\vec{j})$ et $(X\,;Y)$ dans $(\Omega\,;\vec{i},\vec{j})$. On peut donc écrire :

$$\overrightarrow{OM} = x\vec{i} + y\,\vec{j} \text{ et } \overrightarrow{\Omega M} = X\vec{i} + Y\vec{j}\,.$$

En appliquant la relation de Chasles on a : $\overrightarrow{OM} = \overrightarrow{O\Omega} + \overrightarrow{\Omega M}$, alors on obtient la formule de changement de repère :

$$\begin{cases} x = a + X \\ y = b + Y \end{cases}$$

Dans le repère $(\Omega\,;\vec{i};\vec{j})$ la courbe C a pour équation : $Y = g(X)$

- Si g est paire, alors l'axe $(\Omega\,;\vec{j})$ est axe de symétrie de C.
- Si g est impaire, alors Ω est centre de symétrie de C.

Exemple

Soit $f(x) = \frac{x^2+3}{x-1}$. Montrons à l'aide d'un changement de repère que $\Omega(1\ ;\ 2)$ est centre de symétrie de la courbe représentative C de f dans un repère $(O\,;\vec{i}\,;\vec{j})$.

a. Expression des coordonnées $(x\,;y)$ d'un point M dans $(O\,;\vec{i}\,;\vec{j})$ en fonction des coordonnées $(X\,;Y)$ dans $(\Omega\,;\vec{i}\,;\vec{j})$

Appliquons la relation de Chasles : $\overrightarrow{OM} = \overrightarrow{O\Omega} + \overrightarrow{\Omega M}$, ce qui se traduit sur les coordonnées par le système :

$$\begin{cases} x = 1 + X \\ y = 2 + Y \end{cases}$$

b. Traduction de l'équation $y = f(x)$ par une équation $Y = g(X)$

$$y = f(x) \Leftrightarrow 2 + Y = f(1+X) = \frac{(1+X)^2+3}{1+X-1} = \frac{X^2+2X+4}{X}$$

$$Y = f(1+X) - 2 = \frac{X^2+2X+4}{X} - 2 = \frac{X^2+2X+4-2X}{X} = \frac{X^2+4}{X}$$

Donc $g(X) = \frac{X^2+4}{X}$

c. Étude de la parité de g

$$g(-X) = \frac{(-X)^2+4}{-X} = \frac{(X^2+4)}{X} = -g(X)$$

Donc g est impaire. On déduit que Ω origine du repère $(\Omega;\vec{i}\,;\vec{j})$ est centre de symétrie de C.

Exercice 2

Soit $f : x \mapsto \sqrt{x+1}$ et $g : x \mapsto x^2 - 1$

1. Donner les ensembles de définition de f et g.
2. Donner les expressions et les ensembles de définition des fonctions suivantes : $g \circ f$, $f \circ g$, $f \circ f$ et $g \circ g$.

Exercice 3

Soit la fonction f définie sur $\mathbb{R}$ par : $f(x) = (x - 1)^2 + 2$

1. Prouver que f est décroissante sur $]-\infty\ ;\ 1]$ et croissante sur $[1\ ;+\infty\ [$.
   Dresser le tableau de variation de f.

2. La représentation graphique C de f est l'image par une translation t de la parabole P d'équation $y = x^2$
   Que vaut le vecteur $\vec{u}$ de cette translation t ?
   Tracer C et P en représentant $\vec{u}$.

Exercice 4

1. Sans tracer les graphiques, expliquer comment, à partir du graphe de la fonction $f : x \mapsto f(x) = x$, on peut construire les graphes correspondant à :
   a. $f_1(x) = |x|$
   b. $f_2(x) = -3x + 1$

2. De même, justifier la construction du graphe de $f_3(x) = 3x^2 - 1$ à partir de la fonction de référence $f : x \mapsto f(x) = x^2$

DEUXIÈME LEÇON

Généralités sur les polynômes et polynômes du 2nd degré

I. Fonctions polynômes

1. Définition

Soient $a_0, a_1, \ldots a_n$ des réels donnés tels que $a_n \neq 0$

La fonction numérique f définie sur $\mathbb{R}$ par :

$$f : x \mapsto a_n x^n + a_{n-1} x^{n-1} + \ldots + a_1 x + a_0$$

est appelée fonction polynôme (ou polynôme) **de degré *n*.**

Les réels $a_0, a_1, \ldots a_n$ sont appelés les **coefficients** de cette fonction polynôme.

Exemple

$$f : x \mapsto f(x) = -7x^4 + \sqrt{3}\,x^3 + 3x^2 + \frac{1}{2}$$

est un polynôme de degré 4 avec les coefficients :

$$a_4 = -7\,;\ a_3 = \sqrt{3}\ ;\ a_2 = 3\,;\ a_1 = 0\,;\ a_0 = \frac{1}{2}$$

Remarque

L'ensemble de définition d'une fonction polynôme est $\mathbb{R}$.

2. Égalité de deux polynômes

Soit deux polynômes f et g distincts du polynôme nul.

Deux polynômes f et g sont égaux si et seulement si, ils sont de même degré et leurs coefficients sont égaux deux à deux.

Si $a_0, a_1, \ldots a_n$ sont les coefficients de f et $b_0, b_1, \ldots b_n$ les coefficients de g, alors on a :

$$a_0 = b_0\ ;\ a_1 = b_1\ ;\ \ldots\ ;\ a_n = b_n$$

II. Opérations sur les polynômes

1. Propriété

Si $\mathcal{P}$ est un polynôme de degré m et $\mathcal{Q}$ un polynôme de degré n, alors :

- Le produit $\mathcal{P}.\mathcal{Q}$ a pour degré $m + n$.
- $\mathcal{P}.\mathcal{Q}$ est un polynôme de degré $m + n$.
- $\mathcal{P}.\mathcal{Q}$ est un polynôme de degré inférieur ou égal au plus grand des entiers m et n.

Remarque

Une fonction qui peut s'écrire comme un quotient de deux fonctions polynômes s'appelle une **fonction rationnelle**. En général, une fonction rationnelle n'est pas une fonction polynôme.

Exemple

Si $P(x) = 2x + 3$ et $Q(x) = x - 2$, alors $R(x) = \dfrac{P(x)}{Q(x)} = \dfrac{2x+3}{x-2}$ n'est pas un polynôme puisque $R(x)$ n'est pas définie en 2.

2. Racine d'un polynôme

Soit f un polynôme distinct du polynôme nul.

On appelle **racine** du polynôme f tout nombre réel α tel que $f(\alpha) = 0$.

Une racine de f est donc une solution de l'équation $f(x) = 0$ dans $\mathbb{R}$.

3. Factorisation

Soit $f(x)$ un polynôme et α un réel tel que $f(\alpha) = 0$.
On admettra qu'on peut alors écrire $f(x) = (x - \alpha) \times g(x)$ où g est un polynôme.

Théorème

Le polynôme $f(x)$ est factorisable par $(x - \alpha)$ si, et seulement si, α est une racine du polynôme $f(x)$.

Conséquence

Si $f(x)$ est factorisable par $(x - \alpha)$, on peut écrire :
$f(x) = (x - \alpha) \times g(x)$ où $g(x)$ est un polynôme de degré $(n - 1)$ si $f(x)$ est un polynôme de degré n.

Exemple 1

Considérons le polynôme : $f(x) = x^2 - 2x + 3$

$f(1) = (-1)^2 - 2.\ 1 + 3 = 1 - 2 + 3 = 0$; 1 est donc racine et $f(x) = (x - 1) \times g(x)$

Puisque f est de degré 2, alors g est de degré 1.

$g(x)$ est donc de la forme : $g(x) = ax + b$ et $(x - 1)(ax + b) = -x^2 - 2x + 3$

En développant on a : $ax^2 + (b - a)x - b = -x^2 - 2x + 3$ pour tout x.

Par identification des coefficients, on traine $a = -1$ et $b = -3$, soit $g(x) = (-x - 3)$

Donc la forme factorisée de $f(x)$ est $f(x) = (x - 1)(-x - 3)$

Remarque

En développant $f(x)$ on retrouve $-x^2 - 2x + 3$

4. Généralisation

Théorème

Soient x et α deux réels. Pour tout entier p supérieur ou égal à 2, on a :

$$x^p - \alpha^p = (x - \alpha)(x^{p-1} + \alpha\, x^{p-2} + \ldots + \alpha^{p-2}\, .\, x + \alpha^{p-1})$$

Il suffit de développer le second membre de l'égalité et l'on retrouve $x^p - \alpha^p$.

Exemple

Pour $p = 4$

$x^4 - \alpha^4 = (x - \alpha)(x^3 + \alpha\, x^2 + \alpha^2\, x + \alpha^3)$

Remarque

Soit $f(x)$ un polynôme de degré n factorisable par $(x - \alpha)$,

Alors on a : $f(x) = (x - \alpha)\, .\, f_1(x)$ où $f_1(x)$ est un polynôme de degré $(n - 1)$.

Supposons maintenant que $f_1(\alpha) = 0$, alors : $f_1(x) = (x - \alpha)\, .\, f_2(x)$ où $f_2(x)$ est un polynôme de degré $(n - 2)$.

On peut donc écrire : $f(x) = (x - \alpha)^2\, .\, f_2(x)$.

On dit alors que α est un <u>zéro double</u> du polynôme $f(x)$.

De la même façon si : $f(x) = (x - \alpha)^3\, .\, f_3(x)$ alors α est un <u>zéro triple</u> du polynôme $f(x)$.

Exercice 5

Calculer la somme et le produit des deux polynômes suivants :

$$f(x) = 7 + 4x - 3x^2 + 8x^4 \quad \text{et} \quad g(x) = -1 + 5x^2 - x^3 + 2x^5$$

Les polynômes obtenus seront ordonnés suivant les puissances décroissantes de la variable.

Exercice 6

Soit $f(x) = x^3 + \alpha x^2 + bx + c$

Déterminer a, b et c pour que $f(x) = (x^2 - 4x)(x - 1)$

III. Polynômes du second degré

1. Définition

Un polynôme (ou fonction polynôme) f de degré 2 est une fonction définie sur $\mathbb{R}$ par : $f(x) = ax^2 + bx + c$ (avec $\alpha \neq 0$). On peut aussi l'appeler trinôme du second degré.

2. Forme canonique

Soit f un trinôme défini sur $\mathbb{R}$ par $f : x \mapsto ax^2 + bx + c$ avec $a \neq 0$
Il existe deux nombres α et β tels que $f(x) = a(x - \alpha)^2 + \beta$.

Cette écriture est appelée **forme canonique** du trinôme.

Démonstration

Soit le trinôme $f(x) = ax^2 + bx + c$

En factorisant par $a \neq 0$ on a $f(x) = a\left(x^2 + \frac{b}{a}x + \frac{c}{a}\right)$

Or $x^2 + \frac{b}{a}x$ est le début du développement de l'identité remarquable $\left(x + \frac{b}{2a}\right)^2$.

En effet : $\left(x + \frac{b}{2a}\right)^2 = x^2 + \frac{b}{a}x + \left(\frac{b}{2a}\right)^2$

Donc $x^2 + \frac{b}{a}x = \left(x + \frac{b}{2a}\right)^2 - \left(\frac{b}{2a}\right)^2 = \left(x + \frac{b}{2a}\right)^2 - \frac{b^2}{4a^2}$

Et $f(x) = a\left[\left(x + \frac{b}{2a}\right)^2 - \frac{b^2}{4a^2} + \frac{c}{a}\right] = a\left[\left(x + \frac{b}{2a}\right)^2 - \frac{b^2}{4a^2} + \frac{4ac}{4a^2}\right]$

La forme canonique du trinôme est :

$$f(x) = a\left[\left(x + \frac{b}{2a}\right)^2 - \frac{b^2 - 4ac}{4a^2}\right] = a\left(x + \frac{b}{2a}\right)^2 - \frac{b^2 - 4ac}{4a}$$

Donc $f(x) = a(x - \alpha)^2 + \beta$

Avec

$$\alpha = -\frac{b}{2a} \text{ et } \beta = -\frac{b^2 - 4ac}{4a}.$$

Exemple

$a(x-\alpha)^2+\beta$

$2(x-2)^2-3$

Soit $f(x) = 2x^2 - 8x + 5 = ax^2 + bx + c$

Mettons le trinôme sous forme canonique :

$$f(x) = 2\left(x^2 - 4x + \frac{5}{2}\right)$$

Or $x^2 - 4x$ est le début du développement de $(x - 2)^2$; en effet $(x - 2)^2 = x^2 - 4x + 4$
D'où $x^2 - 4x = (x - 2)^2 - 4$
En substituant dans $f(x)$, il vient :
$2x^2 - 8x + 5 = 2\left[(x-2)^2 - 4 + \frac{5}{2}\right] = 2\left[(x-2)^2 - \frac{3}{2}\right]$ qui est la forme canonique de $f(x)$.

IV. Résolution de l'équation du second degré

Soit f un trinôme défini sur $\mathbb{R}$ par $f(x) = ax^2 + bx + c$ avec $a \neq 0$.

Sa forme canonique est $f(x) = a\left[\left(x + \frac{b}{2a}\right)^2 - \frac{b^2 - 4ac}{4a^2}\right]$

Posons $\Delta = b^2 - 4ac$, il vient :

$$f(x) = a\left[\left(x + \frac{b}{2a}\right)^2 - \frac{\Delta}{4a^2}\right]$$

Le nombre $\Delta = b^2 - 4ac$ est appelé discriminant du trinôme.

La résolution de l'équation du second degré $f(x) = 0$ se ramène à l'équation $a\left[\left(x + \frac{b}{2a}\right)^2 - \frac{\Delta}{4a^2}\right] = 0$

- Si $\Delta < 0$, alors $-\frac{\Delta}{4a^2} > 0$ et $\left(x + \frac{b}{2a}\right)^2 - \frac{\Delta}{4a^2}$ est strictement positif, donc l'équation $f(x) = 0$ n'a pas de solution.
- Si $\Delta = 0$, le trinôme s'écrit $ax^2 + bx + c = a\left(x + \frac{b}{2a}\right)^2$. Puisque $a \neq 0$ l'équation $f(x) = 0$ a une solution dans $\mathbb{R}$: $x = -\frac{b}{2a}$.
- Si $\Delta > 0$, alors $\Delta = \left(\sqrt{\Delta}\right)^2$ et $f(x) = a\left[\left(x + \frac{b}{2a}\right)^2 - \frac{\left(\sqrt{\Delta}\right)^2}{4a^2}\right]$

On reconnaît ici une identité remarquable (différence de carrés) d'où :

$$f(x) = a\left(x + \frac{b}{2a} + \frac{\sqrt{\Delta}}{2a}\right)\left(x + \frac{b}{2a} - \frac{\sqrt{\Delta}}{2a}\right) = a\,(x - x_1)(x - x_2)$$

Avec $x_1 = \frac{-b - \sqrt{\Delta}}{2a}$ et $x_2 = \frac{-b + \sqrt{\Delta}}{2a}$

Comme $\Delta \neq 0$, l'équation $f(x) = 0$ admet 2 racines distinctes x_1 et x_2.

Théorème

Soit Δ le discriminant du trinôme $ax^2 + bx + c$

$$\Delta = b^2 - 4ac$$

- Si $\Delta < 0$, alors l'équation $ax^2 + bx + c = 0$ n'a pas de solution dans $\mathbb{R}$.
- Si $\Delta = 0$, l'équation $ax^2 + bx + c = 0$ a une seule solution dite « solution double » :

$$x_0 = -\frac{b}{2a}$$

- Si $\Delta > 0$, alors l'équation $ax^2 + bx + c = 0$ a deux solutions distinctes dans $\mathbb{R}$.

$$x_1 = \frac{-b-\sqrt{\Delta}}{2a} \text{ et } x_2 = \frac{-b+\sqrt{\Delta}}{2a}$$

Exemple

Résoudre dans $\mathbb{R}$ l'équation du second degré $x^2 - 3x + \frac{9}{4} = 0$

$a = 1$; $b = -3$; $c = \frac{9}{4}$

$\Delta = (-3)^2 - 4 \times 1 \times \frac{9}{4} = 9 - 9 = 0$

L'équation admet une solution double $x_0 = -\frac{b}{2a} = \frac{3}{2}$

$$S = \left\{\frac{3}{2}\right\}$$

V. Factorisation et signe d'un trinôme du second degré

1. Factorisation du trinôme

Soit f un trinôme défini sur $\mathbb{R}$ par $f(x) = ax^2 + bx + c$ avec $a \neq 0$.

- Si $\Delta > 0$, alors le trinôme $ax^2 + bx + c$ admet deux racines x_1 et x_2 et peut se factoriser en : $ax^2 + bx + c = a(x - x_1)(x - x_2)$;

- Si $\Delta = 0$, alors le trinôme $ax^2 + bx + c$ admet une racine double x_0 et peut se factoriser en : $ax^2 + bx + c = a(x - x_0)^2$.

- Si $\Delta < 0$, il n'y a pas de factorisation possible dans $\mathbb{R}$.

2. Signe du trinôme du second degré

Soit f un trinôme défini sur ℝ par $f(x) = ax^2 + bx + c$ avec $a \neq 0$.

- Si $\Delta < 0$, alors le trinôme $ax^2 + bx + c$ est du signe de a.
- Si $\Delta = 0$, alors le trinôme $ax^2 + bx + c$ est du signe a et le trinôme est nul si $x = x_o = -\dfrac{b}{2a}$.
- Si $\Delta > 0$ alors le trinôme $ax^2 + bx + c$ est du signe a à l'extérieur pour tout réel x ∈ $]-\infty; x_1[\cup]x_2;+\infty[$ et du signe contraire de a, pour tout réel x ∈ $]x_1 ; x_2[$

Soit $x_1 < x_2$; effectuons un tableau de signes pour déterminer le signe du trinôme :

x	$-\infty$	x_1		x_2	$+\infty$
Signe de $x - x_1$	–	0	+		+
Signe de $x - x_2$	–		–	0	+
Signe de $(x - x_1)(x - x_2)$	+	0	–	0	+
Signe de $ax^2 + bx + c = a(x - x_1)(x - x_2)$	signe de a	0	signe de $-a$	0	signe de a

Théorème

Soit le trinôme $f(x) = ax^2 + bx + c$

- Si $\Delta < 0$, alors $f(x)$ est du signe de a.
- Si $\Delta > 0$, $f(x)$ est du signe de a pour toute valeur de x à l'extérieur des racines et du signe de $-a$ pour toute valeur de x comprise entre les racines.
- Si $\Delta = 0$, alors $f(x)$ est du signe de a et s'annule pour $x = -\dfrac{b}{2a}$

Reprenons l'exemple du IV avec le trinôme $x^2 - 3x + \dfrac{9}{4}$

$x^2 - 3x + \dfrac{9}{4} = 0$ donc ce trinôme est du signe de $a = 1$ donc positif et nul si $x = \dfrac{3}{2}$

VI. Représentations graphiques des fonctions trinômes

1. Propriété

La courbe représentative de la fonction trinôme $f : x \mapsto ax^2 + bx + c$ est une parabole ayant pour sommet le point S de coordonnées :

$$\left(-\frac{b}{2a};-\frac{\Delta}{4a}\right).$$ Soit $(\alpha ; \beta)$

Le sens de variation de la fonction f dépend du signe de a.

Démonstration

Soit $\mathcal{P}$ la courbe d'équation $y = f(x) = ax^2 + bx + c$ et M un point de coordonnées $(x ; y)$ dans le repère $(O;\vec{i},\vec{j})$. En écrivant $f(x)$ sous la forme canonique, on obtient :

$$\text{M} \in \mathcal{P} \Leftrightarrow y = a\left[\left(x+\frac{b}{2a}\right)^2 - \frac{\Delta}{4a^2}\right] = a\left(x+\frac{b}{2a}\right)^2 - \frac{\Delta}{4a} = a(x-\alpha)^2 + \beta \Leftrightarrow y - \beta = a(x-\alpha)^2$$

Avec $\alpha = -\dfrac{b}{2a}$ et $\beta = -\dfrac{\Delta}{4a}$

Soit S le point de coordonnées $(\alpha ; \beta)$ dans le repère $(O ;\vec{i},\vec{j})$.

Si (X, Y) sont les coordonnées de M dans le repère $(S;\vec{i},\vec{j})$, d'après la relation de Chasles :

$\overrightarrow{OM} = \overrightarrow{OS} + \overrightarrow{SM}$ donc $x = \alpha + X$ et $y = \beta + Y$.

$M \in \mathcal{P} \Leftrightarrow y - \beta = a\,(x - \alpha)^2 \Leftrightarrow Y = aX^2$

Conclusion

La courbe $\mathcal{P}$ est une parabole puisque son équation est de la forme $Y = aX^2$ dans le repère $(S;\vec{i},\vec{j})$.
L'orientation de $\mathcal{P}$ dépend donc du signe de a.
L'axe (Sy) est un axe de symétrie pour la parabole $\mathcal{P}$ dans le repère $(S;\vec{i},\vec{j})$, donc la droite d'équation $x = -\dfrac{b}{2a}$ est un axe de symétrie dans le repère $(O;\vec{i},\vec{j})$ pour la parabole d'équation
$y = ax^2 + bx + c$

2. Orientation de la parabole en fonction du signe de a

- Cas où $a > 0$: la parabole est « orientée vers le haut »

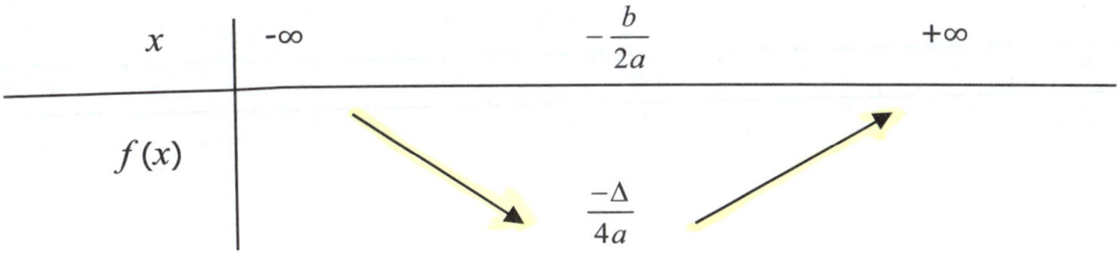

- Cas où $a < 0$: la parabole est « orientée vers le bas »

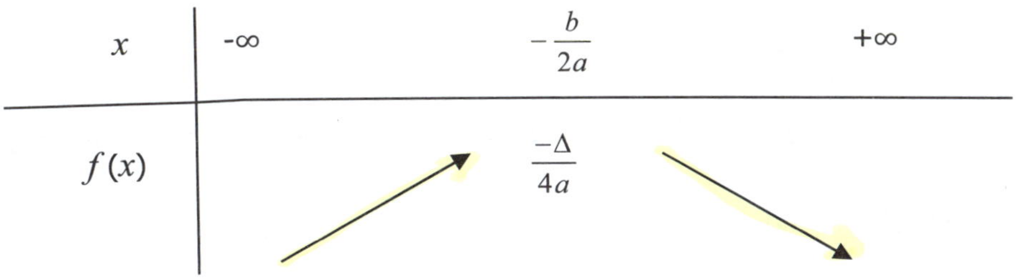

Le signe du discriminant Δ nous renseigne sur le nombre de points d'intersection de la courbe avec l'axe des abscisses.

- Si $\Delta < 0$, l'équation $f(x) = 0$ n'a pas de solutions, donc $f(x)$ ne s'annule pas et la courbe ne coupe pas l'axe des abscisses.
- Si $\Delta = 0$, l'équation $f(x) = 0$ a une unique solution, donc la courbe et l'axe des abscisses n'ont qu'un point commun.
- Si $\Delta > 0$, l'équation $f(x) = 0$ admet deux solutions, donc $f(x)$ s'annule pour deux valeurs donc la courbe coupe l'axe des abscisses en deux points.

3. Tableau récapitulatif

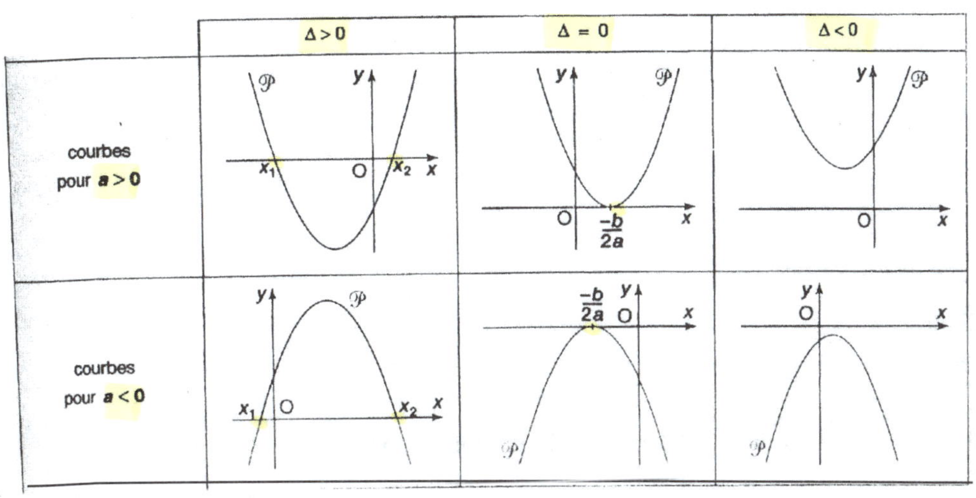

VII. Recherche de deux nombres réels dont la somme et le produit sont connus

Considérons le système suivant : $\begin{cases} x_1 + x_2 = S \\ x_1 \cdot x_2 = P \end{cases}$

Ce système est équivalent à : $\begin{cases} x_1 = S - x_2 \\ x_1 \cdot x_2 = P \end{cases}$

Soit : $\begin{cases} x_1 = S - x_2 \\ (S - x_2) \cdot x_2 = P \end{cases}$ ou encore $\begin{cases} x_1 = S - x_2 \\ x_2^2 - x_2 \,.\, S + P = 0 \end{cases}$

Donc, dire que x_2 existe, signifie que x_2 est la solution de l'équation :

$$x^2 - Sx + P = 0$$

Il en va de même pour x_1 puisque dans le système donné au départ, x_1 et x_2 jouent des rôles symétriques.

Réciproquement, si α et β sont les solutions de l'équation :

$$x^2 - Sx + P = 0$$

Alors $\alpha = \dfrac{S + \sqrt{\Delta}}{2}$ et $\beta = \dfrac{S - \sqrt{\Delta}}{2}$ avec $\Delta = S^2 - 4P$

D'où $\alpha + \beta = S$ et $\alpha \times \beta = \dfrac{S^2 - \Delta}{4} = \dfrac{S^2 - (S^2 - 4P)}{4} = \dfrac{4P}{4} = P$

Conclusion

Résoudre le système $\begin{cases} x_1 + x_2 = S \\ x_1 \times x_2 = P \end{cases}$ est équivalent à résoudre de l'équation $x^2 - Sx + P = 0$

Corollaire

Dans l'équation $ax^2 + bx + c = 0$ où $a \neq 0$, la somme des racines est : $\boxed{S = -\dfrac{b}{a}}$ et le produit $\boxed{P = \dfrac{c}{a}}$
(dans le cas où $\Delta > 0$)

Exemple

Soit le trinôme $f(x) = x^2 - 5x + 6$

1. Calculer $f(2)$
2. Calculer la somme et le produit des racines. En déduire l'autre racine.

1. $f(2) = 2^2 - 5 \times 2 + 6 = 0$ donc $x_1 = 2$ est une racine de l'équation.
2. $S = -\dfrac{b}{a} = \dfrac{5}{1} = 5$; $P = \dfrac{c}{a} = \dfrac{6}{1} = 6$

   Puisque $x_1 \times x_2 = P$, alors $2 \times x_2 = 6$ donc $x_2 = 3$

VIII. Équations bicarrées

Définition

On appelle équation bicarrée une équation du type $ax^4 + bx^2 + c = 0$.
En effectuant le changement de variable $X = x^2$, on se ramène à une équation du second degré $aX^2 + bX + c = 0$.

Méthode de résolution :
En effectuant le changement de variable $X = x^2$, on se ramène à une équation du second degré $aX^2 + bX + c = 0$, que l'on sait résoudre.
Une fois les éventuelles solutions X trouvées, on revient à x par l'égalité $x^2 = X$.

Exemple

Résoudre dans l'équation suivante :

$$x^4 - 3x^2 + 2 = 0 \quad (1)$$

On pose $X = x^2$

L'équation (1) s'écrit alors

$$X^2 - 3X + 2 = 0 \quad (2)$$

$\Delta = (-3)^2 - 4 \times 2 \times 1 = 9 - 8 = 1$

$\Delta > 0$ donc l'équation (2) admet deux solutions :

$X_1 = \dfrac{+3-\sqrt{1}}{2} = \dfrac{3-1}{2} = 1$ et $X_2 = \dfrac{3+\sqrt{1}}{2} = \dfrac{3+1}{2} = 2$ avec $X \geq 0$

Or $x^2 = X$, d'où $x^2 = 1$ ou $x^2 = 2$, soit $x = 1$ ou $x = -1$ ou $x = \sqrt{2}$ ou $x = -\sqrt{2}$

L'équation (1) admet donc quatre solutions :

$$S = \{-\sqrt{2}\ ;\ -1\ ;\ 1\ ;\ \sqrt{2}\}$$

Exercice 7

Soit $f(x) = 4x^2 + 4x + 2$ quel que soit le réel x.

1. Mettre $f(x)$ sous sa forme canonique. $a(x-\alpha)^2 + \beta$
2. En déduire que, pour tout x réel, on a $f(x) \geq 1$.

Exercice 8

Résoudre dans $\mathbb{R}$, les équations suivantes :

1. $x^2 + x - 6 = 0$
2. $4x^2 + 12x + 9 = 0$
3. $2x^2 - 3x + 5 = 0$

Exercice 9

Résoudre dans $\mathbb{R}$: $x^2 - 16 > 0$

Exprimer la solution en utilisant la valeur absolue.

Exercice 10

Résoudre dans $\mathbb{R}$ les inéquations suivantes :

1. $(2 - x)(2 + 3x) < 0$
2. $x^2 - 4x + 4 > 0$
3. $9x^2 - 4x + 1 < 0$

TROISIÈME LEÇON

Limite - Nombre dérivé - Fonctions dérivées

I. Limite - Nombre dérivé

1. Notion de limite en un réel a

a. Voisinage en un point

Définition

Soient un réel a et un réel ε (epsilon) strictement positif ;
L'intervalle $[a - \varepsilon ; \ a + \varepsilon]$ est appelé voisinage de a. Étudier une fonction au voisinage de a, c'est restreindre l'étude de cette fonction au précédent intervalle.

b. La notion de limite

Soit a un nombre réel appartenant à l'ensemble de définition D_f d'une fonction f donnée.

Définition

Quand un réel x est arbitrairement au voisinage de a, si $f(x)$ peut être rendu aussi proche d'un réel fixé ℓ, alors on dit que la fonction f a pour limite ℓ.

Dans ce cas, on écrit :

$$\lim_{x \to a} [f(x) - \ell] = 0 \quad \text{ou} \quad \lim_{x \to a} f(x) = \ell$$

De façon intuitive, dire que la fonction f a pour limite le nombre ℓ quand x tend vers a signifie que pour x aussi proche que l'on veut de a, c'est-à-dire x appartenant à l'intervalle $[a - \varepsilon ; \ a + \varepsilon]$, avec ε aussi petit que l'on veut, alors les nombres $f(x)$ correspondants viennent s'accumuler autour de ℓ, soit $f(x)$ dans le voisinage de ℓ ; ceci peut se traduire par :

$$f(x) \in [\ell - \alpha ; \ell + \alpha] \text{ avec } \alpha \text{ réel} > 0 \text{ et } \alpha \text{ tendant vers zéro.}$$

c. Théorèmes admis

Ceci est valable si f est une fonction polynôme, rationnelle, racine carrée ou trigonométrique.

1er Théorème

Soit a un réel et f une fonction polynôme, rationnelle, racine carrée ou trigonométrique. Pour a appartenant au domaine de définition de f,
$\lim\limits_{x \to a} f(x) = f(a)$.

2ème Théorème

Soient a un réel et I un intervalle contenant a.
Soient deux fonctions f et g définies sur I sauf en a pour f.
Si g a une limite en a et si, pour tout réel x de I différent de a,
On a $f(x) = g(x)$, alors la limite de $f(x)$ lorsque x
tend vers a est $g(a)$ soit $\lim\limits_{x \to a} f(x) = g(a)$.

Exemple

Soient la fonction f définie sur $\mathbb{R} - \{1\}$ par $f(x) = \dfrac{x^2 - 1}{x - 1}$ car $x^2 - 1 = (x + 1)(x - 1)$

Et la fonction g définie sur $\mathbb{R}$ par $g(x) = x + 1$
Pour tout $x \neq 1$, on a $f(x) = g(x)$ donc $\lim\limits_{x \to 1} f(x) = g(1) = 2$.

2. Fonction dérivable en un point. Nombre dérivé d'une fonction en un réel a

Fonction dérivable en un point a

Définition

Soient f une fonction et a un réel appartenant à l'ensemble de définition D_f.
Soit h un réel différent de zéro tel que $a + h$ appartienne à D_f.
On dit que f est **dérivable** en a lorsque le nombre $\tau(h) = \dfrac{f(a+h) - f(a)}{h}$ admet une limite finie ℓ quand h tend vers 0. Cette limite ℓ est appelée nombre dérivé de f au point d'abscisse a, et est noté $f'(a)$. On écrit ainsi :

$$f'(a) = \lim_{h \to 0} \frac{f(a+h) - f(a)}{h}$$

Remarque

Le nombre $\tau(h)$ est appelé **taux d'accroissement** de la fonction f en a ou **taux de variation** de f entre a et $a + h$.

Autre expression : En posant $x = a + h$, lorsque h tend vers 0, x tend vers a donc

$$f'(a) = \lim_{x \to a} \frac{f(x) - f(a)}{x - a}$$

Exercice 11

Soient f et g les fonctions définies par :

$$f(x) = -3x^2 + 2x - 1 \qquad \text{et} \qquad g(x) = \frac{x^2 - 5x + 4}{x - 4}$$

Déterminer la limite éventuelle de f en 3 et de g en 4.

Exercice 12

Calculer les limites éventuelles suivantes.

1. $\lim\limits_{x \mapsto 3} \frac{x-1}{x+1}$

2. $\lim\limits_{x \mapsto 1} \frac{x^2+3x-4}{x-1}$

3. $\lim\limits_{x \mapsto 7} \frac{x-7}{\sqrt{x-3}-2}$

Exercice 13

On considère les deux fonctions f et g définies par :

1. $f(x) = 3x^2 - 2x + 1$

2. $g(x) = \sqrt{x - 2}$

Étudier la dérivabilité de ces fonctions au point $a = 2$

3. Interprétation géométrique du nombre dérivé

a. Interprétation graphique

Soit P le plan muni d'un repère orthonormé $(O\,;\vec{i},\vec{j})$. C_f est la courbe représentative d'une fonction f définie sur son domaine de définition. Soient $A(a\,;f(a))$ et $M(a+h\,;f(a+h))$ deux points de C_f. Le taux d'accroissement $\tau(h)$ de f en a est alors le **coefficient directeur** de la droite (AM).

Lorsque h tend vers 0, le point M se rapproche infiniment près du point A et la droite (AM) tend vers une position de « droite limite » Δ qui est celle de la **tangente** à C_f au point A.

Si f est dérivable en a, alors le coefficient directeur admet pour limite $f'(a)$ quand h tend vers 0.
f dérivable en a signifie donc que C_f admet au point A une tangente dont le coefficient directeur est :

$$\lim_{h \to 0} \tau(h) = \lim_{h \to 0} \frac{f(a+h)-f(a)}{h} = f'(a)$$

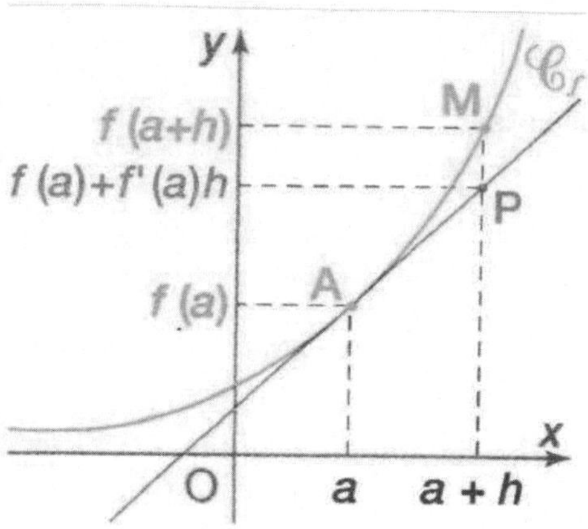

b. Tangente à une courbe en un point

Si C_f est la courbe représentative d'une fonction f, alors la tangente à C_f au point $A(a\,;f(a))$ est la droite Δ qui passe par A et dont le coefficient directeur est $f'(a)$.

Une équation de la tangente à C_f au point $A\ (a\,;f(a))$ est :

$$\boxed{y = f'(a)\,(x-a) + f(a)}$$

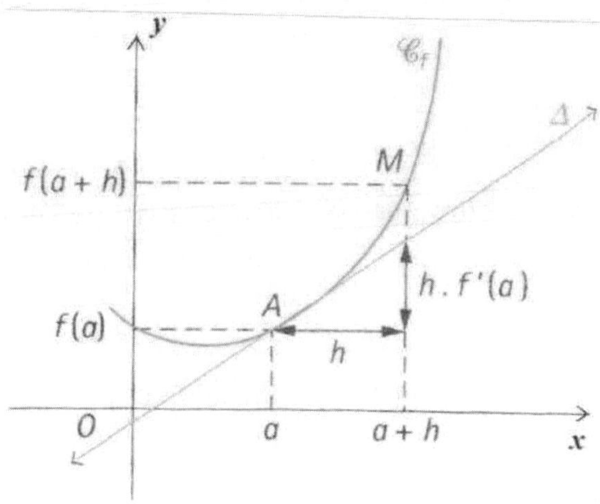

Démonstration

La tangente en A à C_g est une droite Δ dont le coefficient directeur est $f'(a)$.

Une équation de Δ est alors de la forme : $y = f'(a) \times x + b$.

Sachant que Δ passe par le point $A\ (a\ ;(a))$, alors les coordonnées de A vérifient l'équation de Δ :

$$f(a) = f'(a) \times a + b$$

Donc $b = (a) - f'(a) \times a$.

Une équation de Δ est donnée par : $y = f'(a) \times x + f(a) - f'(a) \times a$

Soit $y = f'(a)\ (x - a) + f(a)$

c. Approximation affine d'une fonction

Soit C_f la courbe représentative d'une fonction f dérivable en un réel a et T la tangente à C_f au point $A(a\ ; f(a))$. Effectuer une approximation affine consiste à substituer à la courbe C_f la tangente au voisinage du point A. Ceci se traduit par le fait que les quantités $f(a + h)$ et $f(a) + f'(a)\ .\ h$ sont équivalentes pour h voisin de zéro.

La tangente est la droite qui réalise la meilleure des approximations affines.

Si M est le point de C_f d'abscisse $x = a + h$ et P le point de la tangente à C_f d'abscisse $x = a + h$, alors pour $h \neq 0$, on pose :

①. $\varepsilon(h) = \dfrac{f(a+h)-f(a)}{h} - f'(a)$

$$\lim_{h\to 0} \frac{f(a+h)-f(a)}{h} = f'(a)$$

Puisque $\lim_{h\to 0} \dfrac{f(a+h)-f(a)}{h} = f'(a)$, alors $\lim_{h\to 0} \varepsilon(h) = 0$

D'après ①, on a $f(a+h) = f(a) + hf'(a) + h\,\varepsilon(h)$

Avec $\lim\limits_{h \to 0} \varepsilon(h) = 0$

$|h\,\varepsilon(h)|$ représente la distance MP et mesure la valeur absolue de l'erreur commise. Elle est donc l'écart, au point d'abscisse x, entre la courbe C_f et la tangente. Cet écart tend vers zéro quand x tend vers a.

On dit que **$f(a) + f'(a)\,h$ est l'approximation affine de $f(a+h)$**

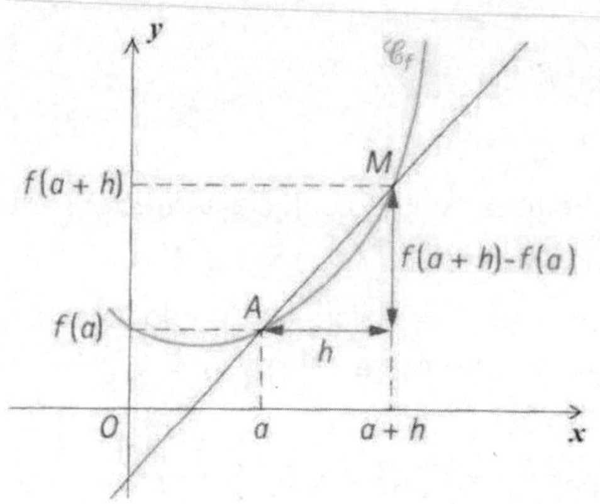

d. Interprétation cinématique

Un véhicule se rend sur une route rectiligne, d'une ville A à une ville B. À chaque instant t, on associe la distance $x(t)$ parcourue par le véhicule. La différence $x(t_0 + h) - x(t_0)$ est la distance parcourue entre les instants t_0 et $t_0 + h$. On peut définir le rapport :

$$\tau(h) = \frac{x(t_0 + h) - x(t_0)}{h}$$

$\tau(h)$ représente la vitesse moyenne entre les instants t_0 et $t_0 + h$.
Lorsque h tend vers zéro, t_0 et $t_0 + h$ deviennent infiniment proches.

La valeur limite de la vitesse $\tau(h)$ est appelé **vitesse instantanée.**

C'est la valeur dérivée de la fonction x en t_0.

$$\lim_{h \to 0} \tau(h) = \lim_{h \to 0} \frac{x(t_0 + h) - x(t_0)}{h} = x'(t_0) = v(t_0)$$

Exercice 14

Soit f la fonction : $x \mapsto x^2 + 3x - 5$ et C_f sa courbe rapportée à un repère $(O\,;\vec{i},\vec{j})$.

1. Montrer, en utilisant la définition, que f est dérivable en 2, puis déterminer $f'(2)$.
2. Donner une équation de la tangente T à C_f au point A d'abscisse 2.

Exercice 15

Soit la fonction $g : x \mapsto 5x\sqrt{x} + 2x + 3$ définie sur $[0\,;\,+\infty[$.

1. Étudier la dérivabilité de f en 0.
2. Donner une équation de la tangente T à la courbe C représentant g au point d'abscisse 0 de la courbe.

II. Fonctions dérivées

1. Fonction dérivée d'une fonction numérique

a. Définition

Soit f une fonction dérivable sur un ensemble $\mathbb{D}$; on appelle fonction dérivée, et l'on note f', la fonction qui a tout x associe son nombre dérivé noté $f'(x)$.

$$f' : \mathbb{D} \to \mathbb{R}$$
$$x \mapsto f'(x)$$

b. Exemple

Soit une fonction f définie sur $\mathbb{R}$ telle que :

$$f : x \mapsto f(x) = a$$

Où a est une constante réelle :

Nous avons : $f'(x) = \lim\limits_{h\to 0} \dfrac{f(x+h)-f(x)}{h} = \lim\limits_{h\to 0} \dfrac{a-a}{h} = 0$

Soit

$$f' : \mathbb{R} \to \mathbb{R}$$
$$x \mapsto f'(x) = 0$$
$$x \mapsto g'(x) = 0$$

Conclusion : La fonction dérivée d'une fonction constante est nulle.

2. Dérivées de fonctions usuelles

Voici un tableau représentant les dérivées de quelques fonctions de référence avec pour chacune leur domaine de définition.

Fonction f	Fonction dérivée f'
$x \mapsto f(x) = a$ $\quad \mathbb{D}_f = \mathbb{R}$	$x \mapsto f'(x) = 0$ $\quad \mathbb{D}_f = \mathbb{R}$
$x \mapsto f(x) = x$ $\quad \mathbb{D}_f = \mathbb{R}$	$x \mapsto f'(x) = 1$ $\quad \mathbb{D}_f = \mathbb{R}$
$x \mapsto f(x) = x^n$ $\quad \mathbb{D}_f = \mathbb{R}, n \in \mathbb{N}^*$	$x \mapsto f'(x) = nx^{n-1}$ $\quad \mathbb{D}_f = \mathbb{R}$
$x \mapsto f(x) = \sqrt{x}$ $\quad \mathbb{D}_f = [0;+\infty[$	$x \mapsto f'(x) = \dfrac{1}{2\sqrt{x}}$ $\quad \mathbb{D}_f =]0;+\infty[$
$x \mapsto f(x) = \dfrac{1}{x}$ $\quad \mathbb{D}_f = \mathbb{R} - \{0\}$	$x \mapsto f'(x) = \dfrac{-1}{x^2}$ $\quad \mathbb{D}_f = \mathbb{R} - \{0\}$
$x \mapsto f(x) = \sin x$ $\quad \mathbb{D}_f = \mathbb{R}$	$x \mapsto f'(x) = \cos x$ $\quad \mathbb{D}_f = \mathbb{R}$
$x \mapsto f(x) = \cos x$ $\quad \mathbb{D}_f = \mathbb{R}$	$x \mapsto f'(x) = -\sin x$ $\quad \mathbb{D}_f = \mathbb{R}$

3. Opérations sur les fonctions dérivables

a. Dérivée d'une somme de deux fonctions dérivables

Théorème

Soient u et v deux fonctions dérivables sur un même ensemble $\mathbb{D}$; la somme $u + v$ est une fonction dérivable sur $\mathbb{D}$ de fonction dérivée $(u + v)' = u' + v'$.
Donc, pour tout réel x de $\mathbb{D}$:

$$\boxed{(u + v)'(x) = u'(x) + v'(x)}$$

Démonstration

Pour tout réel x de $\mathbb{D}$, on a par définition :

$$\lim_{h\to 0} \frac{u(x+h)-u(x)}{h} = u'(x) \text{ et } \lim_{h\to 0} \frac{v(x+h)-v(x)}{h} = v'(x)$$

Le taux d'accroissement de la somme $u + v$ entre x et $x + h$ ($h \neq 0$) s'écrit :

$$\tau(h) = \frac{(u+v)(x+h)-(u+v)(x)}{h} = \frac{u(x+h)+v(x+h)-u(x)-v(x)}{h} = \frac{u(x+h)-u(x)}{h} + \frac{v(x+h)-v(x)}{h}$$

$$\lim_{h\to 0} \tau(h) = (u+v)'(x) = \lim_{h\to 0} \frac{u(x+h)-u(x)}{h} + \lim_{h\to 0} \frac{v(x+h)-v(x)}{h} = u'(x) + v'(x)$$

b. Dérivée du produit de deux fonctions dérivables

Théorème

Soient u et v deux fonctions dérivables sur un même ensemble $\mathbb{D}$; le produit $u\,.\,v$ est une fonction dérivable sur $\mathbb{D}$ de fonction dérivée $(u\,.\,v)' = u'\,.\,v + u\,.\,v'$.

Donc, pour tout réel x de $\mathbb{D}$:

$$(u\,.\,v)'(x) = u'(x)\,.\,v(x) + u(x)\,.\,v'(x)$$

c. Dérivée de l'inverse d'une fonction dérivable

Théorème

Soit v une fonction dérivable définie sur $\mathbb{D}$ et non nulle sur cet ensemble, alors la fonction $\left(\frac{1}{v}\right)$ est dérivable sur $\mathbb{D}$ et $\left(\frac{1}{v}\right)' = -\frac{v'}{v^2}$, donc pour tout réel x de $\mathbb{D}$: $\boxed{\left(\frac{1}{v(x)}\right)' = -\frac{v'(x)}{[v(x)]^2}}$

d. Dérivée du quotient de deux fonctions dérivables

Théorème

Soient u et v deux fonctions dérivables sur un ensemble $\mathbb{D}$. Si v est non nulle sur $\mathbb{D}$ la fonction $\frac{u}{v}$ est dérivable sur cet ensemble :

$$\left(\frac{u}{v}\right)' = \frac{u'v - u.v'}{v^2}$$

Donc, pour tout réel x de $\mathbb{D}$:

$$\boxed{\left(\frac{u(x)}{v(x)}\right)' = \frac{u'(x).v(x) - u(x).v'(x)}{[v(x)]^2}}$$

Exercice 16

Calculer, à l'aide des théorèmes du cours, les dérivées des fonctions suivantes sur leur ensemble de définition.

1. $f(x) = 3x^4 - 6x^3 - 5x^2 + \frac{3}{2}x - 1$

2. $g(x) = \frac{4x-5}{5x+6}$

3. $h(x) = \frac{\sqrt{x}-x}{x+1}$

4. $k(x) = \frac{2}{x^5}$

Exercice 17

Soit f une fonction dérivable en 0. Pour x voisin de 0, une approximation affine de f est donnée par :

$$f(x) \approx f(0) + f'(0) \times x$$

1. Retrouver les approximations affines des fonctions suivantes au voisinage de 0 :

a. $f_1(x) = \dfrac{1}{1+2x}$

b. $f_2(x) = 3 \cos x$

2. En déduire une valeur approchée de $\dfrac{1}{0{,}0004}$

Exercice 18

Soit f définie sur $\mathbb{R}^{+*}$ telle que $f(x) = \dfrac{\sin x}{\sqrt{x}}$

Établir que $f'(\pi) = -\dfrac{\sqrt{\pi}}{\pi}$

Dérivée de la fonction $f : x \mapsto u(ax + b)$

Soient une fonction affine $x \mapsto ax + b$ avec a et b réels et u une fonction dérivable sur un intervalle $\mathbb{D}$.
Soit J l'ensemble des réels x tels que $ax + b$ appartienne à $\mathbb{D}$.
La fonction $f : x \mapsto u(ax + b)$ est dérivable sur J, et pour tout réel x appartenant à J :

$$\boxed{f'(x) = au'(ax + b)}$$

Remarque

f est la composée de $x \mapsto ax + b$ et de u.

4. **Dérivée de la fonction $\sqrt{f}$**

Théorème (admis)

Si f est une fonction strictement positive et définie sur un ensemble $\mathbb{D}$, alors la fonction $g : x \mapsto \sqrt{f}$ est dérivable sur $\mathbb{D}^*$ et la fonction dérivée est :

$$g' = (\sqrt{f})' = \frac{f'}{2\sqrt{f}}$$

Donc, pour tout $x \in \mathbb{D}^*$: $\boxed{(\sqrt{f(x)})' = \dfrac{f'(x)}{2\sqrt{f(x)}}}$

Exemple

Soit $f : x \mapsto \sqrt{2x-1}$ définie sur $\left[\frac{1}{2};+\infty\right[$

f est dérivable sur $\left]\frac{1}{2};+\infty\right[$ et $f'(x) = \dfrac{2}{2\sqrt{2x-1}} = \dfrac{1}{\sqrt{2x-1}}$

5. Dérivée de la fonction f^n avec $n \in \mathbb{N}^*$

Théorème

Soit une fonction dérivable sur $\mathbb{D}$; la fonction $f^n = \underbrace{f \times f \times \ldots \times f}_{n \text{ fois}}$ est dérivable sur $\mathbb{D}$

De fonction dérivée : $(f^n)' = n\,.f^{n-1}\,.f'$

Donc, pour tout x réel de $\mathbb{D}$:

$$\boxed{[f^n(x)]' = n[f(x)]^{n-1} f'(x)}$$

Exemple

Soit f définie sur $\mathbb{R}$ par : $f : x \mapsto (3x^2-1)^3$
f est dérivable sur $\mathbb{R}$ et $f'(x) = 3(3x^2-1)^2 \times 6x = 18x\,(3x^2-1)^2$

6. Application des théorèmes aux fonctions polynômes et rationnelles

Théorème

Toute fonction polynôme est dérivable sur $\mathbb{R}$. Si la fonction polynôme est de degré n, avec $n \in \mathbb{N}^*$, alors la fonction dérivée est une fonction polynôme de degré $(n-1)$.

Démonstration

Toute fonction polynôme est somme de fonctions monômes de la forme $a_n x^n$ qui sont dérivables sur $\mathbb{R}$ d'après les théorèmes sur les produits de fonctions dérivables.
Si $f(x) = a_n x^n + a_{n-1} x^{n-1} + \ldots + a_1 x + a_0$,
Alors $f'(x) = na_n x^{n-1} + (n-1)\,a_{n-1} x^{n-2} + \ldots + 2a_2 x + a_1$.
Donc f' est de degré $(n-1)$ puisque $a_n \neq 0$.

Théorème

Toute fonction rationnelle est dérivable sur son ensemble de définition.

Démonstration

Toute fonction rationnelle est le rapport de deux fonctions polynômes dérivables sur $\mathbb{R}$. D'après le théorème sur le quotient de deux fonctions dérivables, la fonction rationnelle est dérivable partout où son dénominateur ne s'annule pas, donc sur son ensemble de définition.

7. Dérivées successives

a. Dérivée seconde

Soit f une fonction dérivable sur un ensemble $\mathbb{D}$. f' existe et est définie sur un ensemble J inclus dans $\mathbb{D}$.

$$f'$$
$$\mathbb{D} \to J \subset \mathbb{D}$$
$$x \mapsto f'(x)$$

Si cette nouvelle fonction f' est dérivable sur J, alors elle définit une nouvelle fonction, notée f'', appelée dérivée seconde de f et on a pour $x \in J$: $[f'(x)]' = f''(x)$.

b. Dérivée d'ordre n

On peut poursuivre la dérivation à chaque fois que la dérivée d'une fonction est elle-même dérivable. Ainsi, si f'' est dérivable sur un ensemble $\mathbb{D}_{f''}$, on peut définir la fonction f''': $f'''(x) = [f''(x)]'$ appelée dérivée troisième.

Exemple

$$x \mapsto f(x) = x^6 \text{ sur } \mathbb{R}$$
$$x \mapsto f'(x) = 6x^5$$
$$x \mapsto f''(x) = 30x^4$$
$$x \mapsto f'''(x) = 120x^3$$
$$x \mapsto f^{(4)}(x) = 360x^2$$
$$x \mapsto f^{(5)}(x) = 720x$$
$$x \mapsto f^{(6)}(x) = 720$$
$$x \mapsto f^{(7)}(x) = 0$$

On peut observer ici, qu'à partir de la dérivée d'ordre 7, toutes les dérivées sont nulles :

$$f^{(8)}(x) = f^{(9)}(x) = ... = f^{(n)} = 0 \text{ si } n \geq 7.$$

Remarque

Ne pas confondre par exemple $f^{(4)}$ avec f^4 ($f^{(4)}$ est la dérivée de f d'ordre 4 et $f^4 = f \times f \times f \times f$)

Exercice 19

Soient f et g deux fonctions définies par :

$$\mathbb{R} \to \mathbb{R}$$
$$x \mapsto f(x) = 2x^2 + x + 2$$

$$\mathbb{R} - \{-1\} \to \mathbb{R}$$
$$x \mapsto g(x) = \frac{x-1}{x+1}$$

1. Définir la fonction $g \circ f$ (c'est-à-dire f suivie de g)
2. Calculer la dérivée de $g \circ f$
3. Établir que, pour tout réel x de $\mathbb{D}gof$:
$$(gof)'(x) = [g' \circ f(x)] \times f'(x)$$

Exercice 20

Calculer les dérivées des fonctions suivantes en précisant les domaines de définition.

1. $f(x) = \left(\frac{2x-1}{x+3}\right)^3$
2. $g(x) = \sqrt{x^2 - 4x + 1}$
3. $h(x) = \sqrt{\frac{x-2}{x+3}}$
4. $k(x) = \frac{1}{(2x-3)^2} + (4x-1)^3$

8. Théorèmes fondamentaux

a. Théorèmes (admis)

Soit f une fonction définie et dérivable sur un intervalle I, de fonction dérivée f' :

- Si $f'(x) \geq 0$ quel que soit $x \in I$, alors f est croissante sur I.
- Si $f'(x) \leq 0$ quel que soit $x \in I$, alors f est décroissante sur I.
- Si $f'(x) = 0$ quel que soit $x \in I$, alors f est constante sur I.

b. Exemples

- Soit la fonction f telle que $f : x \mapsto f(x) = x^2$
  f est dérivable sur $\mathbb{R}$ de fonction dérivée :

  $$x \mapsto f'(x) = 2x$$

  Avec $f'(x) \geq 0 \Leftrightarrow x \geq 0$ donc f est croissante sur $[0 ; +\infty[$
  $f'(x) \leq 0 \Leftrightarrow x \leq 0$ donc f est décroissante sur $]-\infty; 0]$

- Soit $x \mapsto f(x) = a$, avec a réel
  f est dérivable sur $\mathbb{R}$ de fonction dérivée :
  $$x \mapsto f'(x) = 0$$
  Pour tout $x \in \mathbb{R}$, $f'(x) = 0$ donc f est constante sur $\mathbb{R}$.

c. Tableau de variation

L'étude des variations d'une fonction peut se résumer dans un tableau dit de « variation ».

Ainsi, pour l'exemple de la fonction $f(x) = x^2$

x	$-\infty$		0		$+\infty$
$f'(x)$		$-$	0	$+$	
$f(x)$	$+\infty$	↘	0	↗	$+\infty$

On introduit dans le tableau le signe de la dérivée suivant les valeurs de x, ainsi que les flèches de haut en bas ou de bas en haut correspondant à la décroissance ou à la croissance de f.
On n'oubliera pas d'inclure les limites aux bornes de l'ensemble de définition.

9. Extremum d'une fonction (rappels)

a. Maximum

Définition

Soit f une fonction définie sur un intervalle $\mathbb{D}$ contenant un réel x_0 ; on dit que f admet un maximum relatif (ou local) en x_0 s'il existe un intervalle ouvert I contenant x_0 tel que pour tout réel x appartenant à I, $f(x) \leq f(x_0)$.
Le maximum relatif est alors $f(x_0)$.

b. Minimum

Définition

Soit f une fonction définie sur un ensemble $\mathbb{D}$ contenant un réel x_0 ; on dit que f admet un minimum relatif (ou local) en x_0 s'il existe un intervalle ouvert I contenant x_0 tel que pour tout réel x de l'intervalle $I, f(x) \geq f(x_0)$. Le minimum relatif est alors $f(x_0)$.

Remarque

On appelle extremum relatif (ou local) un maximum ou un minimum relatif (local).

c. Lien entre extremum local et dérivée

Théorème

Si une fonction f est dérivable sur un ensemble $\mathbb{D}$ et admet un extremum local en un point x_0 de $\mathbb{D}$, alors $f'(x_0) = 0$. La courbe représentant f présente donc une **tangente horizontale** au point $(x_0 ; f(x_0))$. Ce théorème très important en analyse n'admet pas de réciproque.

Contre-exemple

Soit la fonction $f : x \mapsto f(x) = x^3$.
f est dérivable sur $\mathbb{R}$ et $f'(x) = 3x^2$
On a $f'(0) = 0$, mais $f'(x) \geq 0$ quel que soit le réel x, donc f est croissante sur $\mathbb{R}$. Ainsi 0 ne peut être en ce cas un maximum ou un minimum local.

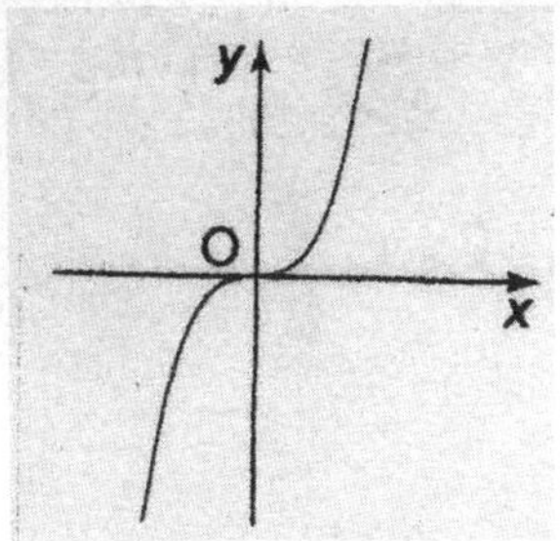

Corollaire

Pour qu'une fonction f dérivable sur $\mathbb{D}$ admette un extremum en $x_0 \in \mathbb{D}$, **il suffit que f' s'annule en x_0 en changeant de signe.**

Exercice 21

Étudier le sens de variation des fonctions suivantes et construire leur tableau de variation.

1. $f(x) = x^3 + 3x^2 - 9x + 1$
2. $g(x) = \sqrt{3x+5}$
3. $h(x) = \dfrac{x^2+2x+4}{x^2}$

Exercice 22

Soit f la fonction définie sur $\mathbb{R}$ - {-1} par :

$$f(x) = \frac{4x^2 + 7x + 4}{x + 1}$$

1. Donner l'ensemble de dérivabilité de f et calculer $f'(x)$.
2. Déterminer les valeurs où f' s'annule en changeant de signe.
3. Construire le tableau de variation en indiquant le type des extrema et leur valeur.

QUATRIÈME LEÇON

Fonction Exponentielle

I. Définition et Propriétés

1. Définition

Il existe une unique fonction f est la fonction définie et dérivable sur $\mathbb{R}$ telle que :

$$f(0) = 1 \text{ et } f'(x) = f(x)$$

Cette fonction est appelée fonction exponentielle. On la note :

$$\exp : x \mapsto \exp(x)$$

2. Propriétés

Théorème

Pour tous réels x et y on a : $exp(x + y) = exp(x) \times exp(y)$

Propriétés

Pour tous réels x et y on a :

- $exp(-x) = 1/ exp(x)$;
- $exp(x - y) = exp(x)/ exp(y)$;
- $exp(nx) = exp(x)^n$ avec $n \in \mathbb{N}$.

3. Nombre e

Le nombre e est l'image 1 par la fonction exponentielle. On note : $exp(1) = e$.

Par extension de la propriété précédente, on note : pour tout réel x, $exp(x) = e(x)$

4. Lien avec les suites géométriques

Propriété

Soit a un réel.

Pour tout $n \in \mathbb{N}$, on définit la suite (u_n) par $u_n = e^{na} = (e^a)^n$

La suite (u_n) est une suite géométrique de premier terme $u_0 = 1$ et de raison $q = e^a$

II. Étude de la fonction exponentielle

1. Signe et variation

Signe de la fonction exponentielle

Pour tout $x \in \mathbb{R}$, on a : $e(x) > 0$.
La fonction exponentielle est strictement positive sur son ensemble de définition.

Variation de la fonction exponentielle

La fonction exponentielle est dérivable sur $\mathbb{R}$ et : $e'(x) = e(x)$. Sachant que $e(x) > 0$ pour tout $x \in \mathbb{R}$, alors la fonction exponentielle est strictement croissante sur $\mathbb{R}$. Cela nous permet d'obtenir le tableau de variation et la courbe représentative suivant :

x	$-\infty$	$+\infty$
$e'(x)$	+	
$e(x)$	0 ↗	$+\infty$

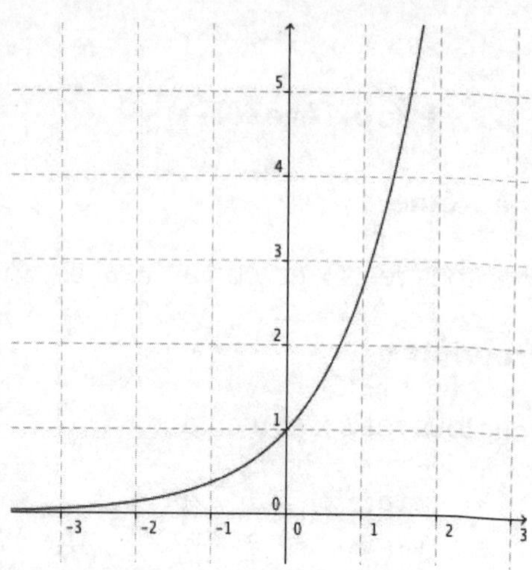

Propriété

Pour tous réels a et b, on a :

- $e^a = e^b \Leftrightarrow a = b$;
- $e^a < e^b \Leftrightarrow a < b$.

Remarque

Soit f une fonction définie sur $\mathbb{R}$ par $f(x) = e^{u(x)}$ où u est une fonction affine de la forme $u(x) = ax + b$. La dérivée de la fonction f est : $f'(x) = u'(x)e^{u(x)} = a\, e^{u(x)}$ car $u'(x) = a$.

2. Propriétés algébriques

Pour tous réels x et y on a :

- $e^0 = 1$ et $e^1 = e$
- $e^{x+y} = e^x e^y$
- $e^x e^{-x} = 1$
- $e^{x-y} = \frac{e^x}{e^y}$
- $(e^x)^n = e^{nx}$ avec $n \in \mathbb{N}$.

Exercice 23

Simplifier les expressions suivantes :

a. $exp(4)\ exp(6)$
b. $exp(-3)\ exp(5)$
c. $\dfrac{exp(-4)exp(2)}{exp(-3)}$

Exercice 24

Déterminer sur leur ensemble de définition les fonctions dérivées des fonctions suivantes :

a) $f(x) = 10e^x + 5x$
b) $g(x) = (3x^2 + 2x + 1)e^x$
c) $h(x) = \dfrac{2+e^x}{2x+4}$

Exercice 25

Étudier le sens de variation des fonctions suivantes :

a) Soit f une fonction définie sur $\mathbb{R}$ par $f(x) = -3e^{5x}$
- Calculer la dérivée de f sur $\mathbb{R}$
- Déterminer le tableau de variation de f.

b) Soit f une fonction définie sur $\mathbb{R}$ par $g(x) = (-2x + 1)e^{3x}$
- Calculer la dérivée de f sur $\mathbb{R}$
- Déterminer le tableau de variation de f.

SERIE 2
LES SUITES

PREMIÈRE LEÇON

Généralités et comportement d'une suite numérique

DEUXIÈME LEÇON

Suites arithmétiques et géométriques

TROISIÈME LEÇON

Suites convergentes et divergentes

QUATRIÈME LEÇON

Suites et opérations sur les limites

PREMIÈRE LEÇON

Généralités et comportement d'une suite numérique

I. Définition

Soit n_0 un entier naturel fixé.

Une suite numérique est toute fonction u, qui à tout entier $n \geq n_0$, associe un réel $u(n)$, noté u_n :

$$n \longmapsto u(n) = u_n$$

Le réel u_n est appelé le terme général de la suite, ou le terme **d'indice** n ou le terme de rang n.

Le réel u_0 est appelé terme initial ou premier terme.

Notation

une suite u définie sur $\mathbb{N}$ est notée $(u_n) \geq 0$ ou (u_n).

Exemples

- $u_n = 3^n$ est une suite numérique dont les premiers termes sont :
  $u_0 = 3^0 = 1$; $u_1 = 3^1 = 3$; $u_2 = 3^2 = 9$; $u_3 = 3^3 = 27$; ....
- Soit (u_n) la suite des carrés : $u_0 = 0$; $u_1 = 1$; $u_2 = 4$; $u_3 = 9$; .....
  Le terme général de cette suite est : $u_n = n^2$

II. Mode de génération d'une suite

1. Définition d'une suite par une formule explicite

Lorsqu'une suite (u_n) est définie par son terme général u_n, exprimé en fonction de n (et indépendamment des termes précédents), on dit que la suite (u_n) est définie sous forme explicite.

Remarque

En particulier, si f est une fonction définie sur l'ensemble $\mathbb{R}$ contenant l'intervalle $[0 ; +\infty[$, on définit une suite de manière explicite en posant pour tout n de $\mathbb{N}$, $u_n = f(n)$

Exemples

- Soit la suite définie par : $u_n = 2n + 1$
  On a, par exemple, $u_{100} = 2 \times 100 + 1 = 201$
  Dans cet exemple, on a $u_n = f(n)$ où f est la fonction définie sur $\mathbb{R}$ par $f(x) = 2x + 1$

- Soit la suite définie par : $u_n = 4\sqrt{n-3}$
  La suite n'est définie que si $n - 3 \geq 0$ soit $n \geq 3$.
  Donc la suite (u_n) n'est définie qu'à partir du rang 3 ; u_3 est le premier terme de la suite :
  $u_3 = 0$

- La suite (u_n) définie sur ℕ par $u_n = n + (n - 1) + (n - 2) + ... + 2 + 1$ est définie sous forme explicite.
  On peut par exemple calculer le terme d'indice 7 directement :
  $u_7 = 7 + 6 + 5 + 4 + 3 + 2 + 1 = 28$

2. Définition d'une suite par une relation de récurrence

Lorsqu'une suite (u_n) est donnée par son premier terme et une relation exprimant chaque terme en fonction du terme précédent, on dit que la suite (u_n) est définie par récurrence.

Une suite (u_n) récurrente est définie par son premier terme u_0 et par une relation de la forme :

$$u_{n+1} = g(u_n)$$

Où g est une fonction définie sur ℝ.

Exemple 1

Considérons la suite (u_n) telle que :

$$\begin{cases} u_n = 1 + u_{n-1} \\ u_o = 2 \end{cases} \quad \text{pour tout entier } n \geq 1$$

$u_n = f(u_{n-1})$ où g est la fonction : $x \mapsto 1 + x$

On obtient successivement :

- Pour $n = 1$: $u_1 = 1 + u_0 = 1 + 2 = 3$
- Pour n = 2 : u2 = 1 + u1 = 1 + 3 = 4
- Pour n = 3 : u3 = 1 + u2 = 1 + 4 = 5 etc.

Remarques

- Si une suite est définie de façon explicite, on peut directement calculer u_n en fonction de n.
- Si une suite est définie par récurrence, pour connaître un, il faut connaître tous les termes précédents.
- Deux suites définies par une même relation de récurrence sont égales, si, et seulement si, elles ont le même premier terme.

3. Représentation graphique d'une suite

a. Suites définies de façon explicite

Soit f une fonction définie sur $\mathbb{R}^+$ et (u_n) la suite définie par $u_n = f(n)$.
u_n est l'ordonnée au point d'abscisse n de la courbe représentative de f.

Exemple

Soit la suite (u_n) définie par $u_n = \dfrac{4}{n+1}$.

La courbe est la représentation graphique de la fonction f telle que $f(x) = \frac{4}{x+1}$

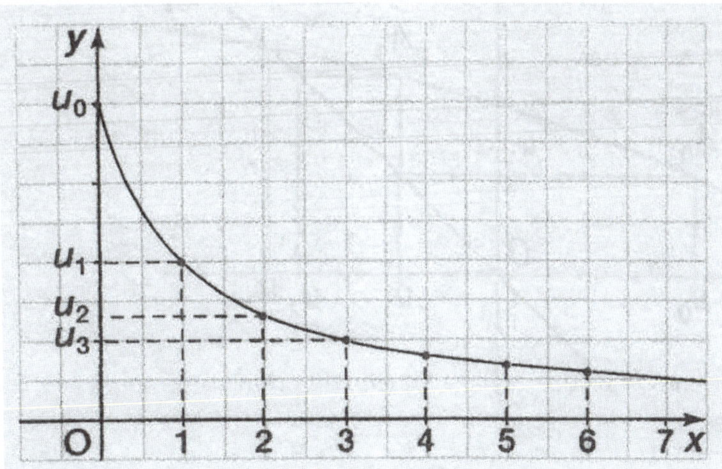

u_0 est l'ordonnée du point d'abscisse O, u_1 est l'ordonnée au point d'abscisse 1, soit $u_1 = f(1)$, etc.

b. Suites définies par récurrence

Soit (u_n) la suite définie par récurrence par $u_{n+1} = f(u_n)$.

* Dans un repère $(O;\vec{i},\vec{j})$, on trace la droite Δ d'équation $y = x$ (première bissectrice) et C_f la représentation graphique de la fonction f.

* On place le terme u0 sur l'axe des abscisses et on obtient le réel u1 sur l'axe des ordonnées, comme ordonnée du point A0 de la courbe Cf d'abscisse u0, donc A0 (u0; u1) avec u1 = f (u0).

* Pour obtenir le terme u1 sur l'axe des abscisses, on utilise la droite Δ. On trace à partir de A0 une droite parallèle à l'axe des abscisses de sorte que celle-ci coupe la droite Δ au point de coordonnées (u1 ; u1).

* On projette le point de coordonnées (u1 ; u1) sur l'axe des abscisses, ce qui permet de placer le terme u1 sur l'axe des abscisses.

* On réitère le procédé pour obtenir le point suivant à partir du point A1 (u1 ; u2) et ainsi de suite...

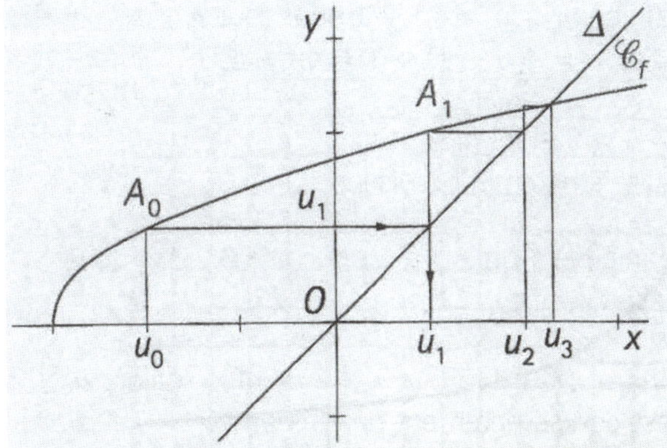

Cette représentation est appelée « représentation graphique en chemin ».

Exercice 26

Calculer les termes u_1, u_2, u_3, u_4 et u_5 dans chacun des cas suivants :

1. (u_n) est définie sur ℕ par : $u_n = 5^n + 2$
2. (un) est définie sur ℕ par : u0 = 1 et un+1 = $\frac{1}{3+u_n}$
3. (un) est définie sur ℕ par : u0 = 1 et un+1 = un + vn

Avec $v_{n+1}= 3\, v_n$ et $v_0 = 2$

Exercice 27

Effectuer la représentation graphique de la suite (u_n) de premier terme $u_0 = 3$, et définie par la relation de récurrence :

$$u_{n+1} = \frac{3}{u_n + 1}$$

III. Propriétés des suites

1. Sens de variation

a. Définitions

Une suite (u_n) est dite strictement croissante si et seulement si pour tout n, $u_{n+1} > u_n$.
Une suite (u_n) est dite croissante si et seulement si pour tout n, $u_{n+1} \geq u_n$.
Une suite (u_n) est dite strictement décroissante, si et seulement si, pour tout n, $u_{n+1} < u_n$.
Une suite (u_n) est dite décroissante, si et seulement si, pour tout n, $u_{n+1} \leq u_n$.

b. Méthode générale

Pour étudier le sens de variation d'une suite, on peut constituer la différence $u_{n+1} - u_n$ pour tout n.

- Si $u_{n+1} - u_n \geq 0$, alors $u_{n+1} \geq u_n$ alors la suite est donc croissante ;
- Si un+1 – un ≤ 0, alors un+1 ≤ un alors la suite est donc décroissante ;
- Si un+1 – un = 0, alors un+1 = un alors la suite est donc constante.

Exemples

1. Soit la suite (u_n) définie par : $u_n = 4n + 1$ pour tout $n \in ℕ$
   Ce qui nous donne : $u_{n+1} = 4(n + 1) + 1 = 4n + 5$.

   Puisque $u_{n+1} - u_n = 4 > 0$ alors $u_{n+1} > u_n$.
   Donc (u_n) est une suite strictement croissante.

2. Soit la suite (un) définie par : un = - n 2 pour n ≥ 0.
   Ce qui nous donne : $u_{n+1} = -(n + 1)^2$

   Sachant que $u_{n+1} - u_n = -(n + 1)^2 + n^2 = -2n - 1 < 0$ alors $u_{n+1} < u_n$.
   Donc La suite (u_n) est donc strictement décroissante.

c. Cas de suites à termes strictement positifs

Lorsque tous les termes d'une suite (u_n) sont strictement positifs, on peut constituer le rapport $\frac{u_{n+1}}{u_n}$ et faire une comparaison avec le nombre 1.

- si $\frac{u_{n+1}}{u_n} \geq 1$, alors $u_{n+1} \geq u_n$; la suite est donc croissante.
- si $\frac{u_{n+1}}{u_n} \leq 1$, alors $u_{n+1} \leq u_n$; la suite est donc décroissante.
- si $\frac{u_{n+1}}{u_n} = 1$, alors $u_{n+1} = u_n$; la suite est donc constante.

d. Cas de suites définies par un = f (n)

Si f est une fonction monotone sur un intervalle $[n_0 ; +\infty[$, où $n_0 \in \mathbb{N}$, alors la suite (u_n) est monotone à partir du rang n_0.

Exemple

Soit (u_n) la suite définie par : $u_n = 2n^2 - 4n + 1$.

La fonction $f : x \mapsto 2x^2 - 4x + 1$ est croissante sur $[1 ; +\infty[$

x	0		1		$+\infty$
$f(x)$	1	↘	-1	↗	$+\infty$

Par conséquent, la suite (u_n) a le même sens de variation que f à partir du rang 1.

e. Définition

Une suite (u_n) est dite **constante** si, et seulement si, pour tout $n \in \mathbb{N}$: $u_{n+1} = u_n$

Exemple

Soit (u_n) définie par : $\begin{cases} u_n = \sqrt{u_{n-1} + 2} \\ u_o = 2 \end{cases}$ pour $n \in \mathbb{N}$ $(n \geq 1)$

On obtient : $u_1 = \sqrt{u_o + 2} = \sqrt{2+2} = \sqrt{4} = 2$

$u_2 = \sqrt{u_1 + 2} = \sqrt{2+2} = \sqrt{4} = 2$

Et puisque $u_2 = u_3 = u_4 = ... = u_{n+1} = 2$ alors:

$$u_n = \sqrt{2+2} = 2 .$$

Ainsi pour tout entier naturel n, $u_n = 2$. Par conséquent, la suite (u_n) est constante, tous les termes sont égaux à 2.

Remarque : Une suite stationnaire est une suite constante à partir d'un certain rang.

f. Définition

Une suite (u_n) est dite strictement **monotone** (ou monotone) si et seulement si cette suite est :

- Soit strictement croissante (ou croissante)
- Soit strictement décroissante (ou décroissante)
- Soit constante

Exemple d'une suite non monotone

Soit la suite (u_n) définie par : $u_n = (-1)^n$ pour $n \geq 0$.
Nous avons : $u_0 = 1$; $u_1 = -1$ donc $u_1 < u_0$
Mais $u_2 = 1$ donc $u_2 > u_1$.
La suite n'est ni croissante, ni décroissante, ni constante.

2. Périodicité

Une suite (u_n) définie sur $\mathbb{N}$ est dite **périodique** si et seulement si, il existe un entier naturel p non nul tel que pour tout $n \in \mathbb{N}$: $u_{n+p} = u_n$
La période de cette suite est le plus petit entier p qui vérifie l'égalité ci-dessus.

Exemple

La suite (u_n) définie par $u_n = (-1)^n$ est périodique de période 2 : en effet, pour tout entier naturel n :
$(-1)^{n+2} = (-1)^n \times (-1)^2 = (-1)^n$ donc $u_{n+2} = u_n$

3. Signe d'une suite

Une suite est dite positive (respectivement négative), si et seulement si pour tout entier naturel n
$u_n \geq 0$ (respectivement $u_n \leq 0$).

4. Majorant, minorant d'une suite

Une suite (u_n) est **majorée** à partir d'un rang p, s'il existe un réel M tel que
pour tout $n \in \mathbb{N}$, $u_n \leq M$.
Une suite (u_n) est **minorée** si, pour tout entier $n \geq p$, il existe un réel m tel que $u_n \geq m$.
Une suite à la fois majorée et minorée est dite **bornée.**

Exemple de suite bornée

Soit la suite (u_n) définie par : $u_n = \sin\left(n\frac{\pi}{3}\right)$ pour $n \in \mathbb{N}$.

$|u_n| = \left|\sin\frac{n\pi}{3}\right| \leq 1$ ou $-1 \leq u_n \leq 1$

Donc la suite (u_n) est bornée.

IV. Opérations sur les suites

* **Addition :** la somme de deux suites (u_n) et (v_n) de terme général respectivement u_n et v_n est une suite de terme général $u_n + v_n$; cette suite est notée : $(u_n + v_n)$.

* **Multiplication par un réel :** le produit d'un réel k par une suite (u_n) de terme général u_n est une suite de terme général $k\, u_n$; celle-ci est notée $(k\, u_n)$.

* **Multiplication de deux suites :** le produit de deux suites (u_n) et (v_n) terme général respectivement u_n et v_n est une suite de terme général $u_n \,.\, v_n$ notée $(u_n \,.\, v_n)$.

* **Division de deux suites :** si aucun des termes de la suite (v_n) n'est nul, on peut définir le rapport de la suite (u_n) et de la suite (v_n) ; celui-ci définit une suite de terme général $\frac{u_n}{v_n}$; celle-ci est notée $\left(\frac{u_n}{v_n}\right)$.

Exercice 28

Démontrer que la suite (u_n) définie par :

$$\begin{cases} u_0 = 1 \\ u_{n+1} = \sqrt{12 + u_n} \end{cases}$$

Est strictement croissante.

Exercice 29

1. Calculer la somme et le produit des deux suites (u_n) et (v_n) définies par :

$$\begin{cases} u_o = 1 \\ u_n = 3n^2 + n - 1 \end{cases} \qquad \begin{cases} v_o = -1 \\ v_n = -n^2 + 1 \end{cases}$$

2. Étudier la monotonie de (u_n), (v_n), $(u_n + v_n)$ et $(u_n \times v_n)$

Exercice 30

Soit la suite (u_n) définie par : $u_n = \frac{1}{n^2}$ pour $n \geq 1$

Quel est le plus petit entier naturel tel que : $u_n \leq 2 \times 10^{-3}$?

DEUXIÈME LEÇON

Suites arithmétiques et géométriques

A. Suites arithmétiques

I. Définition

Une suite (u_n) est dite **arithmétique** si tout terme de la suite, sauf le premier, est somme du précédent et d'un nombre réel fixé r, appelé **raison** de la suite.

On écrit : $\begin{cases} u_0 \\ u_n = u_{n-1} + r \end{cases}$ avec $r \in \mathbb{R}$ et $n \geq 1$

u_0 est le premier terme de la suite et r sa raison.

Remarque

Le mot « arithmétique » vient du fait que chaque terme est la moyenne arithmétique du terme précédent et du terme suivant, à savoir :

$$u_n = \frac{u_{n-1} + u_{n+1}}{2}$$

Illustration :

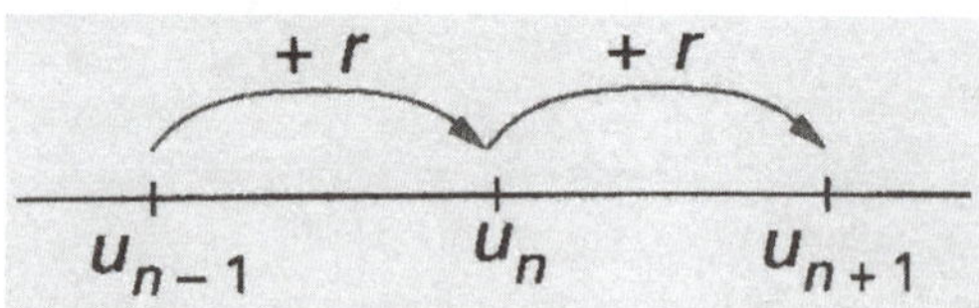

Exemple

Soit la suite (u_n) telle que : $\begin{cases} u_o = 2 \\ u_n = u_{n-1} + 3 \end{cases}$ pour $n \geq 1$

u_n est une suite arithmétique de premier terme 2 et de raison 3 ; on obtient successivement :
$u_0 = 2$; $u_1 = u_0 + r = 2 + 3 = 5$; $u_2 = u_1 + r = 5 + 3 = 8$, etc.

II - Expression du terme général u_n en fonction de u_0 et n

Soit (u_n) une suite arithmétique de premier terme u_0 et de raison r.

Pour tout entier naturel n, on a : $u_n = u_0 + n \,.\, r$

Plus généralement, pour un entier naturel p quelconque et pour tout $n \geq p$, on a :

$$u_n = u_p + (n - p) \times r$$

Ainsi, on peut calculer le nième terme d'une suite arithmétique (u_n), connaissant un terme au rang p et la raison r.

Démonstration

Par définition d'une suite arithmétique (u_n), nous avons :

$$\begin{cases} u_1 = u_o + r \\ u_2 = u_1 + r \\ \dots\dots\dots\dots\dots\dots \\ u_n = u_{n-1} + r \end{cases}$$

En ajoutant membre à membre on obtient :

$$u_1 + u_2 + \dots + u_n = u_0 + u_1 + \dots + u_{n-1} + n\,r$$

Et en simplifiant l'égalité, il reste : $u_n = u_0 + n\,r$

Exemple

$u_0 = -1$ et $u_n = u_{n-1} + 4$

Calcul de u_{12} : $u_{12} = u_0 + 12 \times r = -1 + 12 \times 4 = 47$

Calcul de u_{182} : $u_{182} = u_0 + 182 \times r = -1 + 182 \times 4 = 727$

Démonstration du cas général

Si p et $n \in \mathbb{N}$ avec $n \geq p$; on a : $u_n = u_0 + n\,r$ et $u_p = u_0 + p\,r$

Alors : $u_0 = u_p - p\,r$; d'où : $u_n = (u_p - p\,r) + n\,r = u_p + (n - p)n$

III - Sens de variation d'une suite arithmétique

Soit (u_n) une suite arithmétique de raison r.

- Si $r < 0$, la suite (u_n) est décroissante.
- Si r = 0, la suite (un) est constante.
- Si r > 0, la suite (un) est croissante.

Démonstration (immédiat)

Pour tout $n \in \mathbb{N}$, on a $u_{n+1} - u_n = r$

- Si r < 0, alors un+1 < un donc la suite est décroissante.
- Si r = 0, alors un+1 = un donc la suite est constante.
- Si r > 0, alors un+1 > un donc la suite est croissante.

IV - Somme des termes consécutifs d'une suite arithmétique

1. Somme des n premiers entiers naturels non nuls

La somme S des n premiers entiers naturels non nuls est donnée par :

$$S = \frac{n(n+1)}{2}$$

Démonstration

Écrivons la somme S des n premiers entiers naturels non nuls de deux façons différentes.

$S = 1 + 2 + ... + (n - 1) + n$

$S = n + (n - 1) + ... + 2 + 1$

En additionnant les deux expressions, il vient :

$2S = 1 + n + 2 + (n - 1) + ... + (n - 1) + 2 + n + 1$

$2S = (n + 1) + (n + 1) + ... + (n + 1) + (n + 1)$

Soit n termes tous égaux à $(n + 1)$, d'où :

$$2S = n\,(n + 1) \Leftrightarrow S = \frac{n(n+1)}{2}$$

Exemple

La somme des 10 premiers entiers naturels non nuls est :

$$1 + 2 + 3 + 4 + 5 + 6 + 7 + 8 + 9 + 10 = \frac{10 \times 11}{2} = 55$$

2. Somme des termes d'une suite arithmétique

Soit (u_n) une suite arithmétique de premier terme u_0.

La somme des $(n + 1)$ premiers termes est donnée par :

$S = u_0 + u_1 + ... + u_n = \sum_{k=0}^{n} u_k$ (où $\sum_{k=0}^{n}$ représente le symbole « somme »).

$$S = (n + 1) \times \frac{(u_o + u_n)}{2}$$

Plus généralement, la somme des termes consécutifs d'une suite arithmétique s'écrit :

$$S = \text{nombres de termes} \times \frac{(\text{premier terme} + \text{dernier terme})}{2}$$

Démonstration

Soit (u_n) une suite arithmétique de premier terme u_0 et de raison r.

$$\sum_{k=0}^{n} u_k = u_0 + u_1 + u_2 + \ldots + u_n = u_0 + (u_0 + r) + (u_0 + 2\,r) + \ldots + (u_0 + n\,r)$$

$$\sum_{k=0}^{n} u_k = (n + 1)\,u_0 + r + 2\,r + \ldots + n\,r = (n + 1)u_0 + r\,(1 + 2 + \ldots + n)$$

Or $1 + 2 + \ldots + n = \dfrac{n(n+1)}{2}$

D'où : $\displaystyle\sum_{k=0}^{n} u_k = (n + 1)\,u_0 + r\,\frac{n(n+1)}{2} = (n + 1)\,u_0 + (n + 1)\,\frac{nr}{2}$

$$= (n+1)\left(\frac{2u_o + nr}{2}\right) = (n+1)\left(\frac{u_o + u_o + nr}{2}\right)$$

Or $u_0 + n\,r = u_n$, donc $\displaystyle\sum_{k=0}^{n} u_k = (n + 1)\left(\frac{u_o + u_n}{2}\right)$

Exemples

- Soit (u_n) la suite arithmétique définie par : $u_n = 20n - 4$

  On a : $\displaystyle\sum_{k=0}^{n} u_k = u_0 + u_1 + \ldots + u_n\,(n + 1)\,.\,\frac{(u_o + u_n)}{2}$

  $u_0 = 20 \times 0 - 4 = -4$

  $$\sum_{k=0}^{n} u_k = (n + 1)\,\frac{(-4 + 20n - 4)}{2} = (n + 1)\,\frac{(20n - 8)}{2} = (n + 1)\,(10n - 4)$$

  $$\sum_{k=0}^{n} u_k = 2\,(n + 1)\,(5n - 2)$$

- Soit (u_n) la suite arithmétique de premier terme $u_0 = -3$ et de raison $r = 4$.

  La somme des 1 000 premiers termes est :

  $$\sum_{k=0}^{999} u_k = 1\,000 \times \frac{u_o + u_{999}}{2} = 1\,000 \times \frac{-3 + (-3) + 999 \times 4}{2}$$

  Soit $\displaystyle\sum_{k=0}^{999} u_k = 1\,995\,000$

Exercice 31

On considère la suite (u_n) définie quel que soit $n \in \mathbb{N}$ par :

$$\begin{cases} u_o = 1 \\ u_{n+1} = \dfrac{u_n}{1+u_n} \end{cases}$$

1. Calculer u_1, u_2, u_3 et u_4
2. On pose vn = $\frac{1}{u_n}$ avec un ≠ 0. Calculer v0, v1, v2, v3, et v4
3. Démontrer que la suite vn est une suite arithmétique
4. Exprimer un en fonction de n.

Exercice 32

Soit la suite (u_n) définie par $u_0 = 2$ et pour tout $n \in \mathbb{N}$: $u_{n+1} = 2u_n + 3n - 1$
On définit la suite (v_n) par : $v_n = u_{n+1} - 2u_n$

1. Montrer que la suite (v_n) est arithmétique, puis déterminer sa raison et son premier terme.

2. Donner le sens de variation de la suite (v_n).

Exercice 33

Calculer la somme des 120 premiers termes, ainsi que u_{119} pour la suite arithmétique (u_n) de premier terme $u_0 = 7$ et de raison $r = 5$

Exercice 34

Soit (u_n) une suite arithmétique telle que sa raison $r = 4$ et telle que $\sum_{k=0}^{99} u_k = 18\,900$.

Déterminer u_0 et u_{99}.

Exercice 35

Calculer la somme $S = 1 + \frac{3}{2} + 2 + \frac{5}{2} + 3 + ... + 10$.

B. Suites géométriques

I. Définition

Une suite (u_n) est dite géométrique si tout terme de la suite, sauf le premier, est produit du précédent et d'un nombre réel fixe appelé q **raison** de la suite.

On écrit : $\begin{cases} u_0 \\ u_n = q \times u_{n-1} \end{cases}$ avec $q \in \mathbb{R}$ et $n \geq 1$

u_0 est le premier terme de la suite et q sa raison.

Remarque

Le mot « géométrique » vient du fait que chaque terme est la moyenne géométrique du terme précédant et du terme suivant, à savoir : $u_n = \sqrt{u_{n-1} \times u_{n+1}}$ (ceci suppose que tous les termes soient positifs). En effet, si a, b et c sont trois termes consécutifs d'une suite géométrique, alors on peut écrire, si q est la raison de cette suite : $b = a \times q$ et $c = b \times q$, d'où $q = \frac{c}{b}$.

Donc $b = a \times \frac{c}{b} \Leftrightarrow b^2 = a \times c$.

Lorsque a, b et c sont positifs et si $b^2 = a \times c$, on dit que b est la **moyenne géométrique** de a et c. On dit aussi que a, b et c sont en **progression géométrique.**

Exemple

Soit la suite (u_n) telle que : $\begin{cases} u_0 = 27 \\ u_n = \frac{1}{3} u_{n+1} \text{ pour } n \geq 1 \end{cases}$

(u_n) est une suite géométrique de premier terme 27 et de raison $\frac{1}{3}$; on obtient successivement

$u_0 = 27$; $u_1 = \frac{1}{3} \times 27 = 9$; $u_2 = \frac{1}{3} \times u_1 = \frac{1}{3} \times 9 = 3$, etc.

II. Expression du terme général un en fonction de u0 et n

Soit (u_n) une suite géométrique de premier terme u_0 et de raison q. Pour tout entier naturel n, on a :

$$u_n = u_0 \,.\, q^n$$

Plus généralement, pour un entier naturel p quelconque et pour tout entier $n \geq p$, on a :

$$u_n = u_p .\, q^{n-p}$$

Ainsi, on peut calculer le $n^{\text{ième}}$ terme de la suite géométrique (u_n), connaissant un terme au rang p et la raison r.

Démonstration

Par définition de la suite géométrique (u_n), nous avons :

$$\begin{cases} u_1 = qu_0 \\ u_2 = qu_1 \\ u_3 = qu_2 \\ . \\ . \\ . \\ u_n = qu_{n-1} \end{cases}$$

En multipliant membre à membre on obtient :

$$u_1 \times u_2 \times u_3 \ldots \times u_n = q^n\ u_0 \times u_1 \times u_2 \ldots \times u_{n-1}$$

Sachant que chaque terme est différent de zéro, leur produit est non nul, d'où en simplifiant, il vient :

$$u_0 = q^n \, . \, u_0$$

Démonstration du cas général

Dans le cas général, si p et $n \in \mathbb{N}$ avec $n \geq p$, on a :
$u_n = u_0 \, . \, q^n$ et $u_p = u_0 \, . \, q^p$ soit $u_0 = u_p . \, q^{-p}$
Alors : $u_n = q^n\,(u \, . \, q^p) = u_p \, . \, q^{n-p}$

Exemples

* $u_0 = -2$ et $q = 3$,

  Alors $u_n = u_0 \times 3^5 = -2 \times 243 = -486$

* *Soit (vn) la suite géométrique définie à partir de son premier terme v2 et avec v6 = 4 et v10 = 64.*

  Si q est la raison de la suite (v_n), on a : $v_{10} = q^4 \times v_6$

  Il vient : $q^4 = \frac{v_{10}}{v_6} = \frac{64}{4} = 16$, donc $q = \sqrt[4]{16} = 2$ $(2^4 = 16)$ ou $q = -\sqrt[4]{16} = -2$

  Or on peut écrire $v_6 = q^4 \times v_2$, donc $v_2 = \frac{v_6}{q^4} = \frac{4}{16} = \frac{1}{4}$

  Par conséquent, on obtient pour tout entier $n \geq 2$:

$$v_n = v_2 \times q^{n-2} = \frac{1}{4} \times 2^{n-2} \quad \text{ou} \quad v_n = \frac{1}{4} \times (-2)^{n-2}$$

III. Sens de variation d'une suite géométrique

Soit (u_n) une suite géométrique de raison q et de premier terme $u_0 \neq 0$.

Effectuons la différence $u_{n+1} - u_n$

$$u_{n+1} - u_n = q^{n+1}\, u_0 - q^n\, u_0 = q^n\, u_0\, (q - 1)$$

1ème cas : si $q > 1$ alors $q - 1 > 0$, le signe de $u_{n+1} - u_n$ est celui du u_0 :

* Si $u_0 > 0$, la suite est croissante.
* Si u0 < 0, la suite est décroissante.

2ème cas : si $0 < q < 1$ alors $q - 1 < 0$, le signe de $u_{n+1} - u_n$ est celui de $- u_0$:

* Si u0 > 0, la suite est décroissante.
* Si u0 < 0, la suite est croissante.

3ème cas : si $q = 1$, alors $u_{n+1} = u_n$, donc la suite est constante (tous les termes sont égaux à u_0)

4ème cas : $q = 0$, alors tous les termes de la suite (sauf peut-être u_0) sont nuls, la suite est donc stationnaire.

5ème cas : $q < 0$; alors la suite n'est pas monotone (i.e. ni croissante, ni décroissante, ni stationnaire).

Exemple d'un tel cas : $u_0 = 2$
$u_n = (-1)^n\, u_0$

On obtient : $u_0 = - 2$; $u_2 = 2$; $u_3 = - 2$; $u_4 = 2$...

IV. Somme des termes consécutifs d'une suite géométrique

1. Somme des $n + 1$ premières puissances d'un réel non nul

Soit un réel q non nul :

- Si $q \neq 1$: $$1 + q + q^2 + ... + q^n = \sum_{k=0}^{n} q^k = \frac{1-q^{n+1}}{1-q}$$

- Si $q = 1$: $$1 + q + q^2 + ... + q^n = \sum_{k=0}^{n} q^k = n + 1$$

Démonstration

Posons : $S = 1 + q + q^2 + ... + q^n$

Soit $q.\ S = q + q^2 + ... + q^n + q^{n+1}$

Effectuons la différence $S - q \times S$, il vient :

$S - q \times S = 1 + q - q + q^2 - q^2 + ... + q^n - q^n - q^{n+1}$ soit $S(1 - q) = 1 - q^{n+1}$

- Si $q \neq 1$, on peut diviser par $1 - q$ et $S = \dfrac{1-q^{n+1}}{1-q}$

- Si $q = 1$, on a $S = 1 + q + q^2 + ... + q^n = \underbrace{1 + 1 + 1 + ... + 1}_{n+1 \text{ termes}} = n + 1$

Exemple

La somme des cinq premières puissances de 3 est :

$3^0 + 3^1 + 3^2 + 3^3 + 3^4 = 1 + 3 + 3^2 + 3^3 + 3^4 = \dfrac{1-3^5}{1-3} = \dfrac{1-243}{-2} = 121$

2. Somme des n premiers termes d'une suite géométrique

Soit (u_n) une suite géométrique de premier terme u_0 et de raison q.

- Si $q \neq 1$, la somme des n premiers termes de (u_n) est :

$$S = \sum_{k=0}^{n-1} u_k = u_0\ \frac{1-q^n}{1-q}$$

Plus généralement, la somme des termes consécutifs d'une suite géométrique ($q \neq 1$) s'écrit :

$$S = \text{premier terme} \times \frac{(1 - \text{raison}^{\text{nombre de termes}})}{(1 - \text{raison})}$$

- Si $q = 1$, la somme des n premiers termes de (u_n) est :

$$S = \sum_{k=0}^{n-1} u_k = n \times u_0$$

Démonstration :

Soit (u_n) une suite géométrique de premier terme u_0 et de raison q.

Notons $S = u_0 + u_1 + ... + u_{n-1}$ la somme des n premiers termes avec $u_1 = q\, u_0$; $u_2 = q^2\, u_0$; .... ; $u_{n-1} = q^{n-1}\, u_0$.

Il vient : $S = u_0 + q\, u_0 + q^2\, u_0 + ... + q^{n-1}\, u_0$

De plus : $qS = q\, u_0 + q^2\, u_0 + ... + q^n\, u_0$

D'où : $S - qS = u_0 + q\, u_0 - q\, u_0 + q^2\, u_0 - q^2\, u_0 + ... + q^{n-1}\, u_0 - q^{n-1}\, u_0 - q^n\, u_0$

Soit $S - qS = u_0 - q^n\, u_0 = u_0\,(1 - q^n)$

Et $S(1 - q) = u_0\,(1 - q^n)$;

- Si $q \neq 1$, $S = \dfrac{u_o(1-q^n)}{1-q}$
- Si q = 1, alors u0 = u1 = u2 = ... = un–1 et S = n × u0

V. Applications

* Calcul de la somme des 10 premières puissances de 2

$$\sum_{k=0}^{9} 2^k = 1 + 2 + 2^2 + ... + 2^9 = \frac{1-2^{10}}{1-2} = 2^{10} - 1 = 1\,023$$

* Soit (un) la suite géométrique de premier terme u0 = -2 et de raison q = $\dfrac{1}{3}$

La somme des 10 premiers termes est :

$$\sum_{k=0}^{9} u_k = -2 \times \frac{1-\left(\frac{1}{3}\right)^{10}}{1-\frac{1}{3}} = -2 \times \frac{1-\frac{1}{59\,049}}{\frac{2}{3}} = -3 \times \frac{59\,048}{59\,049} = -\frac{59\,048}{19\,683}$$

* Soit (u_n) la suite définie par :

$$\begin{cases} u_0 = 1 \\ u_n = x \times u_{n-1} \end{cases}$$ avec $x \neq 1$ pour tout entier naturel $n \geq 1$

u_n est une suite géométrique de premier terme 1 et de raison x ;

D'où : $u_1 = x$; $u_2 = x^2$; $u_3 = x^3$; .... ; $u_{n-1} = x^{n-1}$

Et $\sum_{k=1}^{n-1} u_k = u_1 + u_2 + ... + u_{n-1} = 1 + x + x^2 + ... + x^{n-1} = 1 \times \frac{(1-x^n)}{1-x}$

D'où: $(1 - x)(1 + x + x^2 + ... + x^{n-1}) = 1 - x^n$

En particulier, pour $n = 2$, on retrouve l'identité remarquable :

$$(1 - x)(1 + x) = 1 - x^2$$

Autres formules de factorisation :

* Pour $n = 3$: $1 - x^3 = (1 - x)(1 + x + x^2)$
* Pour $n = 4$: $1 - x^4 = (1 - x)(1 + x + x^2 + x^3)$

Exercice 36

Calculer la somme des cinq premiers termes de la suite géométrique définie par :

$$\begin{cases} u_1 = 2 \\ q = 3 \end{cases}$$

Exercice 37

Calculer le premier terme u_0 et la raison q d'une suite géométrique décroissante (u_n) sachant que : $u_3 = -54$ et $u_5 = -486$

Exercice 38

Soit (u_n) la suite définie par :
$u_1 = 2$; $u_2 = 1$
Et pour $n > 2$: $u_n = \frac{2u_{n-1} + u_{n-2}}{3}$

1. Calculer u_3 et u_4
2. Soit (w_n) la suite définie pour tout entier $n > 1$ par : $w_n = u_n - u_{n-1}$

   Démontrer que (w_n) est une suite géométrique dont on calculera w_2 et la raison q.
3. Calculer w_n en fonction de n.
4. Calculer $S_n = w_2 + w_3 + ... + w_n$ en fonction de n.
5. Calculer S_n en fonction de u_n et u_1, puis u_n en fonction de n.

TROISIÈME LEÇON

Suites convergentes et divergentes

I. Suite convergente (suite ayant une limite finie)

1. Généralités

a. Définition

Soient (u_n) une suite et ℓ un réel.

La suite (u_n) converge vers ℓ si tout intervalle ouvert centré sur ℓ contient également tous les termes de la suite (u_n) à partir d'un certain rang p. On dit alors que la suite (u_n) est **convergente**.

b. Exemples de suites convergentes

* La suite de terme général $\frac{1}{n}$ converge vers 0.

* Soit (un) tel que $u_n = \frac{3n+1}{n}$.

Une représentation graphique de cette suite semble suggérer que (u_n) converge vers 3.

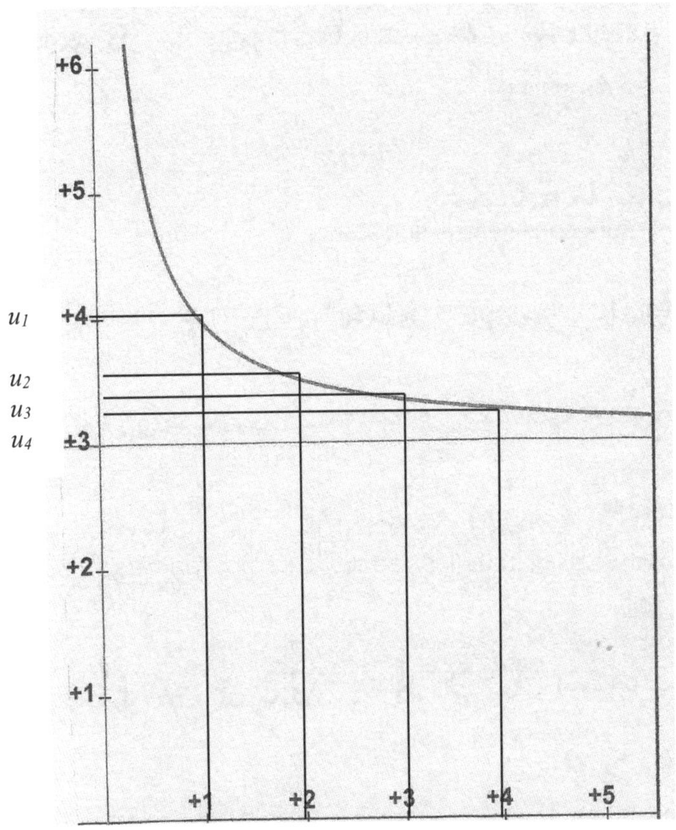

On a : $u_n - 3 = \frac{1}{n}$

Soit I un intervalle ouvert centré en 3 ; il existe un réel $\varepsilon > 0$, tel que $I =]3 - \varepsilon ; 3 + \varepsilon[$

$\Leftrightarrow |u_n - 3| < \varepsilon \Leftrightarrow \frac{1}{n} < \varepsilon$, soit $n > \frac{1}{\varepsilon}$

Donc l'intervalle ouvert I contient tous les termes u_n d'indice supérieur à la partie entière de $\frac{1}{\varepsilon}$

Ainsi la suite converge vers 3.

c. Cas général

Dire qu'une suite (u_n) converge vers ℓ revient à dire que la suite $(u_n - \ell)$ converge vers 0.

2. Limite d'une suite convergente

Si (u_n) est une suite convergente, alors il existe un unique réel ℓ vers lequel elle converge.

On dit que ℓ est la limite de la suite (u_n) et on écrit :

$$\lim_{n \to +\infty} u_n = \ell \quad \text{ou} \quad \lim_{n \to +\infty} (u_n) = \ell$$

Démonstration

Soit une suite (u_n). Raisonnons par l'absurde :

Supposons qu'il existe deux réels distincts ℓ et ℓ' vers lesquels la suite (u_n) converge :

$$\lim_{n \to +\infty} u_n = \ell \quad \text{et} \quad \lim_{n \to +\infty} u_n = \ell'$$

Supposons que $\ell' > \ell$. Si $\ell \neq \ell'$, alors considérons la distance $\ell' - \ell > 0$.

Comme (u_n) converge vers ℓ, alors tous les termes de la suite, à partir d'un rang p sont contenus dans l'intervalle ouvert centré sur ℓ.

$$\text{Soit } I = \left]1 - \frac{1'-1}{2} ; 1 + \frac{1'-1}{2}\right[$$

Pour tout $n \geq p$, $u_n \in \mathrm{I}$.

De même, (u_n) convergeant aussi vers ℓ', tous les termes à partir d'un rang q sont contenus dans l'intervalle ouvert centré sur ℓ', soit

$$J = \left]1' - \frac{1-1'}{2} ; 1' + \frac{1-1'}{2}\right[$$

Donc, pour tout $n \geq q$, $u_n \in$ J.

On en déduit que pour tout $n \in \mathbb{N}$ avec $n \geq p$ et $n \geq q$, on obtient $u_n \in I$ et $u_n \in J$.

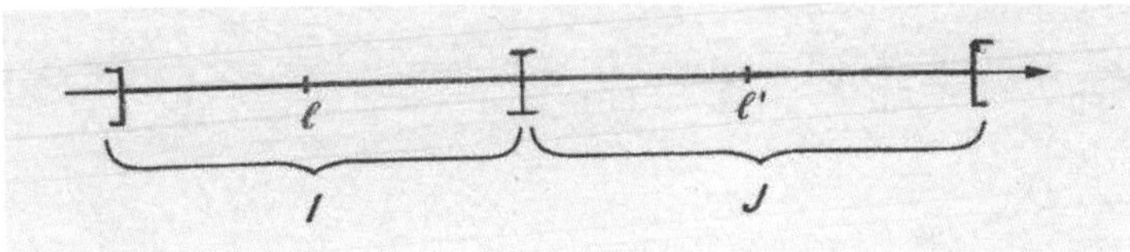

Or ceci est impossible du fait que les intervalles I et J sont disjoints.

$$\left(l' - \frac{l'-l}{2} > l + \frac{l'-l}{2}\right)$$

Par conséquent, l'hypothèse $\ell' \neq \ell$ est inexacte et $\ell = \ell'$; donc la limite est unique.

De façon analogue, on aboutit à la même conclusion dans le cas où $\ell' < \ell$.

3. Propriétés (admises)

- Si une suite convergente est monotone, alors tous les termes de la suite sont situés « du même côté » de la limite.

- Si une suite convergente n'est pas monotone, alors :
* Soit les termes sont répartis de part et d'autre de la limite ;
* Soit les termes atteignent la limite en restant du même côté.

II. Suite divergente

1. Définition

On dit qu'une suite est divergente lorsqu'elle n'est pas convergente.

Une suite est divergente dans les deux cas suivants :

* Soit elle admet une limite infinie ;
* Soit elle n'a pas de limite.

2. Suite de limite infinie

Une suite (u_n) tend vers $+\infty$ si tout intervalle ouvert de la forme : $[a\ ;\ +\infty[$ avec $a \in \mathbb{R}^+$ contient tous les termes de la suite (u_n) à partir d'un certain rang p.

On note : $\lim\limits_{n\to+\infty} u_n = +\infty$ ou $\lim\limits_{n\to+\infty} (u_n) = +\infty$

De même, on dit qu'une suite (u_n) tend vers $-\infty$ si tout intervalle ouvert de la forme $]-\infty\ ;\ b]$ ou $b \in \mathbb{R}^-$ contient tous les termes de la suite à partir d'un certain rang.

On note : $\lim\limits_{n\to+\infty} u_n = -\infty$ ou $\lim\limits_{n\to+\infty} (u_n) = -\infty$

Exemple

Soit (u_n) la suite définie sur $\mathbb{N}$ par : $u_n = n^2 + 1$.

En prenant des valeurs de n de plus en plus grandes, on observe que u_n devient de plus en plus grand. On peut donc conjecturer que :

$$\lim_{n\to+\infty} (n^2 + 1) = +\infty$$

Démontrons que si a est un réel strictement positif, alors l'intervalle$]a\ ;\ +\infty[$ contient tous les termes de la suite à partir d'un certain rang :

Pour tout $n > \sqrt{a}$, $n^2 > a$ et $n^2 + 1 > a + 1 > a$.

Ainsi, seuls les termes de rang inférieur à $\sqrt{a}$ n'appartiennent pas à$]a\ ;\ +\infty[$, ce qui signifie que la suite (u_n) tend vers $+\infty$.

3. Exemple de suite divergente n'ayant pas de limite

Soit (u_n) la suite définie sur $\mathbb{R}$ par : $u_n = (-1)^n$.

Soit $a \in \mathbb{R}^+$. Pour tout entier naturel n impair, $u_n = -1 < 0$; donc il existe des termes n'appartenant pas à$]a\ ;\ +\infty[$ si n est impair. Ainsi (u_n) n'admet pas pour limite $+\infty$.

De même, pour tout entier naturel pair, $u_n = 1 > 0$, donc il existe des termes n'appartenant pas à $]-\infty\ ;\ -a[$ si n est pair. Ainsi (u_n) n'admet pas pour limite $-\infty$.

De plus, quel que soit le réel b, l'intervalle $\left]b-\frac{1}{2};b+\frac{1}{2}\right[$ de centre b a pour longueur 1 ; il ne peut donc pas contenir simultanément les réels –1 et 1 (distants d'une longueur égale à 2).
Par conséquent, la suite (u_n) ne peut pas être convergente. (u_n) n'étant pas convergente et n'ayant pas de limites infinies, elle n'admet donc aucune limite.

Exercice 39

Déterminer la limite des suites (u_n) et (v_n) définies par :

1. $u_n = \dfrac{8n-3}{4n+7}$

2. $v_n = \dfrac{2n^2+n-4}{7n+2}$

QUATRIÈME LEÇON

Suites et opérations sur les limites

I. Calculs de limites

1. Limites de suites et limites de fonctions

Théorème (admis)

Soit f une fonction numérique définie sur un intervalle $]a; +\infty[$ et (u_n) la suite définie par $u_n = f(n)$ pour tout entier $n > a$.

Si la fonction f admet une limite finie ℓ en $+\infty$, alors la suite (u_n) a pour limite ℓ en $+\infty$ (ceci reste valable pour une limite infinie).

Exemple

Soit la suite (u_n) définie par : $u_n = \dfrac{3n^2+2n+1}{n+2}$ pour tout $n \in \mathbb{N}$.

On a $u_n = f(n)$, où f est la fonction définie sur l'intervalle $[0 ; +\infty[$ par $f(x) = \dfrac{3x^2+2x+1}{x+2}$

Pour $x \neq 0$, $f(x) = \dfrac{x^2\left(3+\dfrac{2}{x}+\dfrac{1}{x^2}\right)}{x\left(1+\dfrac{2}{x}\right)} = \dfrac{x\left(3+\dfrac{2}{x}+\dfrac{1}{x^2}\right)}{1+\dfrac{2}{x}}$

Or, $\lim\limits_{x\to+\infty} \dfrac{2}{x} = 0$ et $\lim\limits_{x\to+\infty} \dfrac{1}{x^2} = 0$ donc $\lim\limits_{x\to+\infty} \left(3+\dfrac{2}{x}+\dfrac{1}{x^2}\right) = 3$ et $\lim\limits_{x\to+\infty} \left(1+\dfrac{2}{x}\right) = 1$

D'où $\lim\limits_{x\to+\infty} f(x) = +\infty$ et par conséquent $\lim\limits_{n\to+\infty} u_n = +\infty$

Remarque

Les résultats concernant les opérations sur les limites de suites sont analogues à ceux relatifs aux opérations sur les limites de fonctions déjà étudiées.

2. Limites et opérations algébriques

Théorème (admis)

Soient (u_n) et (v_n) deux suites convergentes de limites respectives ℓ et ℓ' :

- La suite (s_n) définie par $s_n = u_n + v_n$ est convergente et sa limite est égale à $\ell + \ell'$;
- La suite (pn) définie par pn = un × vn est convergente et sa limite est égale à $\ell \times \ell'$

En particulier, pour tout réel k, la suite $(k\,u_n)$ a pour limite $k\,\ell$.

- Si (v_n) est une suite dont tous les termes sont non nuls avec $\ell' \neq 0$, alors la suite (q_n) définie par
  $q_n = \dfrac{u_n}{v_n}$ est convergente et sa limite est égale à $\dfrac{\ell}{\ell'}$.

Remarque

Les théorèmes sur la limite d'une somme, d'un produit et d'un quotient énoncés pour les fonctions restent valables pour les suites.

Exemples

- Soit la suite (u_n) définie par :

$$u_n = \left(\frac{4n+1}{n}\right)\left(2+\frac{3}{n^3}\right)$$

On a : $\lim\limits_{n\to+\infty} \dfrac{1}{n^3} = 0$, donc $\lim\limits_{n\to+\infty} \dfrac{3}{n^3} = 0$ donc $\lim\limits_{n\to+\infty} \left(2+\dfrac{3}{n^3}\right) = 2$

$\dfrac{4n+1}{n} = \dfrac{4n}{n} + \dfrac{1}{n} = 4 + \dfrac{1}{n}$ et $\lim\limits_{n\to+\infty} \dfrac{1}{n} = 0$

Donc $\lim\limits_{n\to+\infty} \dfrac{4n+1}{4} = \lim\limits_{n\to+\infty} 4 + \dfrac{1}{n} = 4$

Ainsi : $\lim\limits_{n\to+\infty} u_n = 4 \times 2 = 8$

- Soit (vn) la suite définie par vn = n2 $\sqrt{n} + \dfrac{1}{n^3} + 5$

On a : $\lim\limits_{n\to+\infty} n^2 = +\infty$ et $\lim\limits_{n\to+\infty} \sqrt{n} = +\infty$

D'où : $\lim\limits_{n\to+\infty} n^2\sqrt{n} = +\infty$

$\lim\limits_{n\to+\infty} \frac{1}{n^3} = 0$ (suite de référence), donc $\lim\limits_{n\to+\infty} \frac{1}{n^3} + 5 = 5$

On en déduit que $\lim\limits_{n\to+\infty} (n^2\sqrt{n} + \frac{1}{n^3} + 5) = +\infty$

Donc $\lim\limits_{n\to+\infty} v_n = +\infty$

II. Limites de suites arithmétiques et géométriques

1. Limites de suites arithmétiques

Soit (u_n) une suite arithmétique de premier terme u_0 et de raison r.

- Si $r > 0$, alors $\lim\limits_{n\to+\infty} u_n = +\infty$ et la suite (u_n) tend vers $+\infty$
- Si $r < 0$, alors $\lim\limits_{n\to+\infty} u_n = -\infty$ et la suite (u_n) tend vers $-\infty$
- Si $r = 0$, alors la suite est constante et $\lim\limits_{n\to+\infty} u_n = u_0$, d'où la suite (u_n) converge vers u_0.

Démonstration

Une suite arithmétique (u_n) s'écrit : $u_n = u_0 + n\,r$

- Si $r > 0$, comme $\lim\limits_{n\to+\infty} n = +\infty$, alors $\lim\limits_{n\to+\infty} n\,r = +\infty$

Donc $\lim\limits_{n\to+\infty} u_0 + n\,r = +\infty$

- Si $r < 0$, alors $\lim\limits_{n\to+\infty} n\,r = -\infty$ et $\lim\limits_{n\to+\infty} (u_0 + n\,r) = -\infty$
- Si $r = 0$, $\lim\limits_{n\to+\infty} u_n = \lim\limits_{n\to+\infty} u_0 = u_0$

Exemple

Soit (u_n) une suite arithmétique de raison 2 et de premier terme -1 et soit (v_n) une suite arithmétique de raison –4 et de premier terme 5.

Soit à déterminer $\lim_{n \to +\infty} u_n$, $\lim_{n \to +\infty} v_n$ et $\lim_{n \to +\infty} (u_n + v_n)$

(u_n) est de raison 2 > 0, donc $\lim_{n \to +\infty} u_n = +\infty$

(v_n) est de raison –4 < 0, donc $\lim_{n \to +\infty} v_n = -\infty$

$\lim_{n \to +\infty} (u_n + v_n)$ est donc une forme indéterminée.

Calculons $u_n + v_n$ pour tout $n \in \mathbb{N}$:

$u_n + v_n = u_0 + 2n + v_0 - 4n = -1 + 2n + 5 - 4n = 4 - 2n.$

La suite $(u_n + v_n)$ est une suite arithmétique de raison –2 (<0) et de premier terme 4.

Donc $\lim_{n \to +\infty} (u_n + v_n) = -\infty$

2. Limites de suites géométriques

Théorème (admis)

Soit (u_n) une suite géométrique de raison q telle que $u_n = u_0 \times q^n$ (avec $u_0 \neq 0$)

- Si $-1 < q < 1$, alors $\lim_{n \to +\infty} u_n = 0$
- Si q > 1, alors $\lim_{n \to +\infty}$ un = +∞ si u0 > 0 et $\lim_{n \to +\infty}$ un = -∞ si u0 < 0
- Si q = 1, alors $\lim_{n \to +\infty}$ un = u0 et la suite (u0) est constante.
- Si q ≤ -1, alors la suite (un) est divergente.

Exemples

* La suite géométrique de terme $u_n = (-0,7)^n$ a converge vers 0 car $-1 < -0,7 < 1$

* Soient les suites (un) et (vn) telles que :

$$u_n = -\frac{4}{3} \times 2^n \quad \text{et } v_n = 2^n - 5^n$$

Déterminons les limites quand n tend vers $+\infty$.

- (u_n) est une suite géométrique de raison 2 et de premier terme $\frac{-4}{3} < 0$, donc $\lim\limits_{n \to +\infty} u_n = -\infty$.

- Pour (vn) on a : $\lim\limits_{n \to +\infty} 2n = +\infty$ et $\lim\limits_{n \to +\infty} 5n = +\infty$

On a donc une forme indéterminée $+\infty - (+\infty)$.

Mettons en facteur le terme dominant, à savoir 5^n :

$$u_n = 2^n - 5^n = 5^n \left(\frac{2^n}{5^n} - 1\right) = 5^n\left[\left(\frac{2}{5}\right)^n - 1\right]$$

Or $-1 < \frac{2}{5} < 1$, donc $\lim\limits_{n \leftrightarrow +\infty} \left(\frac{2}{5}\right)^n = 0$

D'où : $\lim\limits_{n \leftrightarrow +\infty} \left(\frac{2}{5}\right)^n - 1 = -1$

Comme $5 > 1$, alors $\lim\limits_{n \leftrightarrow +\infty} 5^n = +\infty$.

Il vient $\lim\limits_{n \leftrightarrow +\infty} 5^n \left[\left(\frac{2}{5}\right)^n - 1\right] = -\infty$

Donc $\lim\limits_{n \leftrightarrow +\infty} v_n = -\infty$

III. Limites par comparaison

1. Critère de convergence

a. Théorème 1

Soient (u_n) et (v_n) deux suites vérifiant, à partir d'un certain rang, l'inégalité au sens large $u_n \leq v_n$.
Si (u_n) et (v_n) sont des suites convergentes de limites respectives ℓ et ℓ', alors $\ell \leq \ell'$.

Remarque

Si l'inégalité est au sens strict, c'est-à-dire, $u_n < v_n$ on ne peut pas affirmer que $\ell < \ell'$.

Exemple

Soient (u_n) et (v_n) deux suites telles que $u_n = \dfrac{1}{n+2}$ et $v_n = \dfrac{2}{n+2}$.

Ainsi, quel que soit $n \in \mathbb{N}$, $u_n < v_n$, mais ces deux suites convergent vers 0 donc $\ell = \ell'$ et non $\ell < \ell'$.

b. Théorème 2 : théorème dit « des gendarmes »

Soient (u_n), (v_n) et (w_n) trois suites vérifiant à partir d'un certain rang, la condition $u_n \leq w_n \leq v_n$. Si (u_n) et (v_n) sont deux suites convergentes de même limite ℓ, alors la suite (w_n) est convergente et sa limite est égale à ℓ.

Démonstration

Soit I un intervalle ouvert contenant ℓ.

Comme $\lim\limits_{n \to +\infty} u_n = \ell$, alors à partir d'un certain rang $p \in \mathbb{N}$, tous les termes de la suite u_n sont contenus dans I.

De même, comme $\lim\limits_{n \to +\infty} v_n = \ell$, à partir d'un certain rang $q \in \mathbb{N}$, tous les termes de la suite (v_n) appartiennent à I.

De plus, à partir d'un certain rang $r \in \mathbb{N}$, on a : $u_n \leq w_n \leq v_n$.
Considérons m le plus grand des trois entiers p, q, r.
Si $n \geq m$, alors l'intervalle I contient u_n (car $n \geq p$) et (v_n) (car $n \geq q$). Par conséquent, il contient aussi tous les réels compris entre u_n et v_n, donc en particulier w_n puisque $u_n \leq w_n \leq v_n$.

Donc, à partir du rang m, tous les termes de la suite (w_n) appartiennent à l'intervalle I contenant ℓ.
Ainsi la suite (w_n) converge vers ℓ.

Exemple

Soit la suite (u_n) définie par $u_n = 3 + \frac{\sin n}{n}$ pour tout entier $n \geq 1$.

Pour $n \geq 1$, on a $-1 \leq \sin n \leq 1$, donc $\frac{-1}{n} \leq \frac{\sin n}{n} \leq \frac{1}{n}$ et $3 - \frac{1}{n} \leq 3 + \frac{\sin n}{n} \leq 3 + \frac{1}{n}$

Or les suites de terme général $\frac{-1}{n}$ et $\frac{1}{n}$ convergent vers 0.

Donc $\lim\limits_{n \to +\infty} \left(3 - \frac{1}{n}\right) = \lim\limits_{n \to +\infty} \left(3 + \frac{1}{n}\right) = 3$

Le théorème des gendarmes permet d'en déduire que la suite (u_n) converge aussi vers 3.

c. Théorème 3

Soient (u_n) et (v_n) deux suites et ℓ un nombre réel. Si à partir d'un certain rang, on a $u_n \leq \ell \leq v_n$ avec $\lim\limits_{n \to +\infty} v_n = 0$ alors la suite (u_n) est convergente et elle converge vers ℓ.

Démonstration

- Si $u_n - \ell > 0$, alors $|u_n - \ell| = u_n - \ell$ et $|u_n - \ell| \leq v_n \Leftrightarrow u_n - \ell \leq v_n \Leftrightarrow u_n \leq \ell + v_n$
- Si un $- \ell < 0$, alors |un $- \ell$| $= \ell -$ un et $\ell -$ un $\leq$ vn $\Leftrightarrow \ell -$ vn $\leq$ un

Donc $|u_n - \ell| \leq v_n \Leftrightarrow \ell - v_n \leq u_n \leq \ell + v_n$

Or $\lim\limits_{n \to +\infty} v_n = 0$, donc $\lim\limits_{n \to +\infty} (\ell - v_n) = \ell$ et $\lim\limits_{n \to +\infty} (\ell + v_n) = \ell$

Par conséquent, d'après le théorème des gendarmes :

$\lim\limits_{n \to +\infty} u_n = \ell$ et la suite (u_n) converge vers ℓ.

2. Critère de divergence

Théorème

Soient (u_n) et (v_n) deux suites vérifiant, à partir d'un certain rang p, $u_n \leq v_n$.

* Si $\lim\limits_{n \to +\infty} u_n = +\infty$ alors $\lim\limits_{n \to +\infty} v_n = +\infty$
* Si $\lim\limits_{n \to +\infty}$ vn $= -\infty$ alors $\lim\limits_{n \to +\infty}$ un $= -\infty$

Exemple

Soit une suite (u_n) telle que $u_n = n + \sin n$ pour tout $n \in \mathbb{N}$. La fonction sinus n'admet pas de limite, mais on peut écrire que $\sin n \geq -1$, donc $n + \sin n \geq n - 1$, c'est-à-dire $u_n \geq n - 1$.

Or $\lim\limits_{n\to+\infty} n = +\infty$, donc $\lim\limits_{n\to+\infty} (n - 1) = +\infty$

Comme $u_n \geq n - 1$ et que $\lim\limits_{n\to+\infty} (n - 1) = +\infty$, alors d'après le théorème sur le critère de divergence :

$$\lim_{n\to+\infty} u_n = +\infty$$

Exercice 40

Soit la suite de terme général $u_n = \sqrt{n} - \sqrt{n+1}$.

Montrer que, pour $n \geq 1$, $|u_n| \leq \dfrac{1}{2\sqrt{n}}$

En déduire $\lim\limits_{n\to+\infty} u_n$

Exercice 41

1. On considère une suite (u_n) telle que, pour n, entier naturel assez grand, $n - \dfrac{2}{n} \leq u_n$.

   Quelle conclusion peut-on apporter concernant la limite de la suite (u_n) ?

2. Répondre à la même question en considérant une suite (vn) telle que pour n assez grand, on a : $v_n \leq n + 1$.

Exercice 42

Soit la suite de terme général $u_n = 3\sqrt{n^2 + 1} - 5n$

Montrer que, pour $n \geq 2$, $u_n \leq -n$.

En déduire $\lim\limits_{n\to+\infty} (u_n)$

Exercice 43

Démontrer que la suite (u_n) définie par : $u_n = \dfrac{2n+1}{n^2 - n}$ pour $n \geq 2$ converge vers 0.

Exercice 44

Soit (u_n) la suite définie par $u_n = 1$; $u_1 = 1 + \frac{1}{2}$ et plus généralement :

$$u_n = 1 + \frac{1}{2} + \frac{1}{4} + ... + \frac{1}{2^n}$$

1. Montrer que $u_n = 2 - \frac{1}{2^n}$
2. En déduire que (un) possède une limite que l'on précisera.

Exercice 45

Déterminer à l'aide d'un encadrement la limite de la suite (u_n) définie par : $u_n = \frac{n + \cos n}{n^2 + 1}$

Exercice 46

Soit la suite (u_n) définie par :

$$\begin{cases} u_o = -2 \\ u_{n+1} = \dfrac{u_n + 2}{2u_n + 1} \end{cases}$$

1. Calculer les termes u_1, u_2, u_3, u_4 et u_5.
   Que peut-on conjecturer sur la convergence de la suite (u_n) ?

2. Pour étudier la convergence de cette suite, on introduit une suite auxiliaire définie, pour tout $n \in \mathbb{N}$, par : $v_n = \frac{u_n - 1}{u_n + 1}$.

a. Montrer que (v_n) est une suite géométrique. Donner sa raison et son premier terme.
b. Exprimer vn en fonction de n puis un en fonction de n.
c. Déterminer la limite de u_n en $+\infty$.

Exercice 47

Application à une dilution en chimie.

On considère une fiole jaugée contenant précisément V = 100 ml de solution de chlorure de sodium Nacl à la concentration C_0 de 0,1 $mol.l^{-1}$.

Pour diluer cette solution, on procède par étapes :

- On retire 10 ml de la solution mère à la concentration C_0, que l'on remplace par 10 ml d'eau distillée ; on mélange et on homogénéise.
- On recommence l'opération, en retirant à nouveau 10 ml du mélange puis on le remplace par 10 ml d'eau ; on agite le mélange et ainsi de suite.

1. Quelle est la quantité en moles de Nacl contenue dans la fiole jaugée après une opération ?

2. Quelle quantité de Nacl est présente au bout de la nième opération ?
   En déduire la quantité de Nacl au bout de la 10ème opération.

3. Après combien d'opérations obtient-on une quantité inférieure à 10-10 mole ? (à évaluer par essais successifs à la calculatrice).

SERIE 3
STATISTIQUES ET PROBABILITES

PREMIÈRE LEÇON

Caractéristiques de position et de dispersion d'une série statistique

DEUXIÈME LEÇON

Probabilité

TROISIÈME LEÇON

Probabilités conditionnelles et indépendance

QUATRIÈME LEÇON

Loi de Bernoulli et loi binomiale

PREMIÈRE LEÇON

Caractéristiques de position d'une série statistique

I. Rappels

On note $x_1, x_2, ..., x_k$ les valeurs d'une série statistique.

On note $n_1, n_2, ..., n_k$ les **effectifs** respectifs des valeurs $x_1, x_2, ..., x_k$. **L'effectif total** (ou **taille**) N de la série statistique est la somme des effectifs de chaque valeur :

$$N = n_1 + n_2 + ... + n_k = \sum_{i=1}^{k} n_i$$

$f_1, f_2, ..., f_k$ sont les **fréquences** respectives des valeurs $x_1, x_2, ..., x_k$.

La fréquence f_i de la valeur x_i est donnée par : $f_i = \dfrac{n_i}{N}$

Remarque

Lorsque les valeurs sont regroupées en intervalles appelés **classes**, alors les valeurs $x_1, x_2, ..., x_k$ représentent les **centres des classes**. Le centre d'une classe $[a ; b]$ est égal à $\dfrac{a+b}{2}$.

II. Caractéristiques de position de tendance centrale

1. Moyenne arithmétique

Soit une série statistique de valeurs $(x_1, x_2, ..., x_k)$ possédant respectivement les effectifs $(n_1, n_2, ..., n_k)$. La moyenne de la série, notée $\bar{x}$, est égale à la moyenne des valeurs pondérées par les effectifs :

$$\bar{x} = \frac{\sum_{i=1}^{k} n_i x_i}{\sum_{i=1}^{k} n_i} = \frac{\sum_{i=1}^{k} n_i x_i}{N}$$

En considérant les fréquences $f_i = \dfrac{n_i}{N}$, on a :

$$\bar{x} = \frac{\sum_{i=1}^{k} n_i x_i}{N} = \frac{n_1 x_1}{N} + \frac{n_2 x_2}{N} + ... + \frac{n_k x_k}{N} = f_1 x_1 + f_2 x_2 + ... + f_k x_k$$

$$\bar{x} = \sum_{i=1}^{k} f_i x_i$$

2. Propriétés de la moyenne

a. Théorème

Si une série statistique est partagée en deux séries d'effectifs N et P, de moyennes respectives $\bar{x}$ et $\bar{y}$, alors la moyenne $\bar{z}$ de la série totale est :

$$\bar{z} = \frac{N\bar{x} + P\bar{y}}{N + P}$$

b. Généralisation : moyenne par « paquets »

Soit une série statistique (x_1, x_2, ..., x_k) de taille n et de moyenne $\bar{x}$ obtenue en réunissant plusieurs séries statistiques de tailles respectives n_1, n_2, ..., n_k et de moyennes respectives $\overline{y_1}$, $\overline{y_2}$, ..., $\overline{y_k}$.
La moyenne $\bar{x}$ est la moyenne des valeurs $\overline{y_1}$, $\overline{y_2}$, ..., $\overline{y_k}$. pondérées respectivement par les effectifs n_1, n_2, ..., n_k :

$$\bar{x} = \frac{n_1\bar{y}_1 + n_2\bar{y}_2 + \ldots + n_k\bar{y}_k}{n_1 + n_2 + \ldots + n_k} = \frac{\sum_{i=1}^{k} n_i\bar{y}_i}{\sum_{i=1}^{k} n_i}$$

Démonstration (dans le cas de 2 séries à petits effectifs)

Soit une série de 9 données partagées en 2 séries d'effectifs de tailles $n_1 = 4$ et $n_2 = 5$ (x_1, x_2, x_3, x_4) et (x_5, x_6, x_7, x_8, x_9) de moyennes respectives $\overline{y_1}$ et $\overline{y_2}$.

On a : $\overline{y_1} = \dfrac{x_1 + x_2 + x_3 + x_4}{4}$ et $\overline{y_2} = \dfrac{x_5 + x_6 + x_7 + x_8 + x_9}{5}$

On a également : $\bar{x} = \dfrac{x_1 + x_2 + x_3 + x_4 + x_5 + x_6 + x_7 + x_8 + x_9}{9}$

Or $x_1 + x_2 + x_3 + x_4 = 4\overline{y_1}$ et $x_5 + x_6 + x_7 + x_8 + x_9 = 5\overline{y_2}$

D'où : $\bar{x} = \dfrac{4\bar{y}_1 + 5\bar{y}_2}{9} = \dfrac{4\bar{y}_1 + 5\bar{y}_2}{4+5} = \dfrac{n_1\bar{y}_1 + n_2\bar{y}_2}{n_1 + n_2}$

Remarque

La moyenne peut-être très sensible à la valeur des termes extrêmes et aux fluctuations d'échantillonnage.

Exemple

Soit le tableau de données indiquant le salaire mensuel moyen dans une entreprise de 100 employés pour chaque catégorie de personnel.

Catégorie	Effectif	Salaire mensuel moyen (€)
Cadre supérieur	10	5 000
Cadre moyen	25	3 500
Technicien	60	2 500
Apprenti	5	1 000

Le salaire mensuel moyen du personnel est donné par :

$$\bar{x} = \frac{10 \times 5\ 000 + 25 \times 3\ 500 + 60 \times 2\ 500 + 5 \times 1\ 000}{10 + 25 + 60 + 5} = \frac{292\ 500}{100}$$

$$\bar{x} = 2\ 925$$

Le salaire mensuel moyen du personnel de cette entreprise est de 2 925 €.

3. Effet d'une transformation affine

Définition

Soit f fonction affine définie quel que soit le réel x par $f(x) = ax + b$. On appelle **image de la série statistique** de valeurs $(x_1, x_2, ..., x_k)$ ayant pour effectifs respectifs $(n_1, n_2, ..., n_k)$ par la fonction f, la série statistique de valeurs $(f(x_1), f(x_2), ... f(x_k))$ ayant pour effectifs respectifs $(n_1, n_2, ..., n_k)$.

Propriété

Soit la fonction affine telle que $y = ax + b$ $(a, b \in \mathbb{R})$ et une série statistique $(x_1, x_2, ..., x_n)$ de taille n et de moyenne $\bar{x}$. Alors la série statistique $(y_1, y_2, ..., y_n)$ avec $y_i = ax_i + b$ pour chaque indice i, a pour moyenne $\bar{y} = a\,\bar{x} + b$.

Remarque

Ce type de transformation est notamment utilisé pour un changement d'origine ou pour des changements d'unités.

Exemples

* **Changement d'origine :** Considérons des températures prises sous abris au printemps pendant 8 jours.

T(°C)	8	7	11	12	9	11	12	16

Prenons T = 10°C peut être pris comme origine des températures.
Par conséquent le changement d'origine entraîne les valeurs de température.

T(°C) - 10	-2	-3	1	2	-1	1	2	6

La moyenne est : $\overline{T} = \dfrac{-2-3+1+2-1+1+2+6}{85} = \dfrac{6}{8} = \dfrac{3}{4} = 0{,}75$

Donc la moyenne des températures données est : 10 + 0,75 = 10,75°C.

* **Changement d'unité :** Si la moyenne des salaires mensuels dans un entreprise est de 1 950 €, alors cette moyenne devient en k € (kilo euro) 1,95. Toutes les valeurs sont multipliées par 10^{-3}.

* On considère le temps de lecture moyen par jour établi sur une population de 400 personnes. Le tableau ci-dessous résume les résultats :

Temps (min)	5	15	25	35	45	55
Effectif	39	68	93	103	61	36

La moyenne de ces temps est :

$$\bar{x} = \frac{5\times39+15\times68+25\times93+35\times103+\quad\times61+55\times36}{400} = \frac{11\,870}{400} = 29{,}675 \text{ min}$$

Soit la transformation affine $f : x \mapsto 2x - 30$

Cette transformation a été choisie en prenant la valeur 30 min comme valeur centrale du temps de lecture et le facteur 2 pour obtenir des valeurs simples du temps (multiples de 10).

En effectuant ce changement, on obtient la nouvelle série :

2 Temps (min) - 30	-20	0	20	40	60	80
Effectif	39	68	93	103	61	36

D'après la propriété on a :

$$\bar{y} = 2\bar{x} - 30 = 2 \times 29{,}675 - 30 = 29{,}35$$

On peut vérifier le résultat en calculant directement $\bar{y}$:

$$\bar{y} = \frac{-20 \times 39 + 0 \times 68 + 20 \times 93 + 40 \times 103 + 60 \times 61 + 80 \times 36}{400} = 29{,}35\,\text{min}$$

4. Caractéristiques de position : mode, médiane

a. Mode

Définition

On appelle **mode** d'une série (ou **classe modale**) la valeur (ou les valeurs) dont l'effectif associé est le plus grand.

b. Médiane

Définition

On appelle **médiane** d'une série ordonnée par ordre croissant la valeur M_e qui partage la population étudiée en deux groupes de même effectif.

Méthodes pour déterminer la valeur médiane

Cas d'un caractère quantitatif discret

Soit n le nombre total de données ; on range d'abord les valeurs du caractère par ordre croissant, chacun figurant un nombre de fois égal à son effectif.
On obtient la suite $x_1 \leq x_2 \leq \ldots \leq x_n$

- Si n est impair, soit $n = 2p + 1$, alors M_e est le terme du milieu, à savoir le terme de rang $p + 1$.

  Illustration : $n = 7$

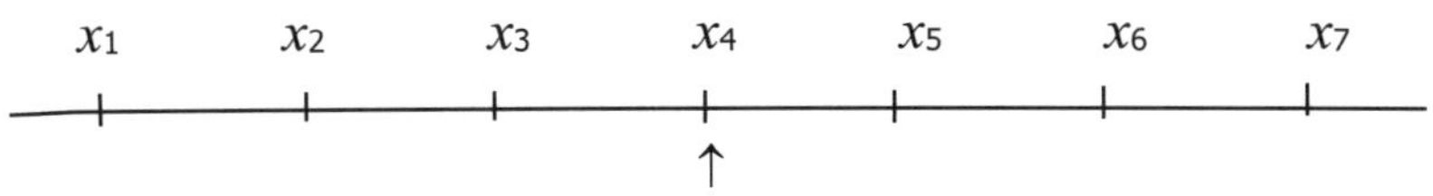

$$M_e = x_4$$

- Si n est pair, soit $n = 2p$, alors M_e est la demi-somme des termes de rangs p et $p + 1$. M_e est le nombre situé au centre de l'intervalle $[x_p; x_{p+1}]$ (intervalle médian).

  Illustration : $n = 8$

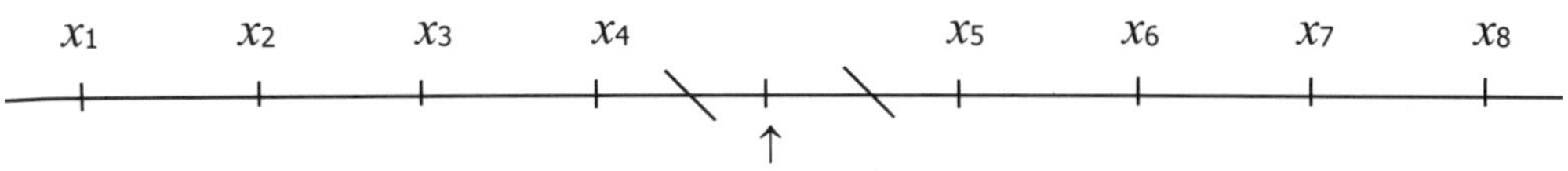

$$M_e = \frac{x_4 + x_5}{2}$$

Cas d'un caractère quantitatif continu

La médiane est l'abscisse du point de la courbe des fréquences cumulées croissantes correspondant à l'ordonnée 0,5 (50%).

Remarque

La médiane est peu sensible à la valeur des termes extrêmes mais elle l'est aux fluctuations d'échantillonnage (variation des résultats d'un caractère étudié sur plusieurs échantillons de même taille de population).

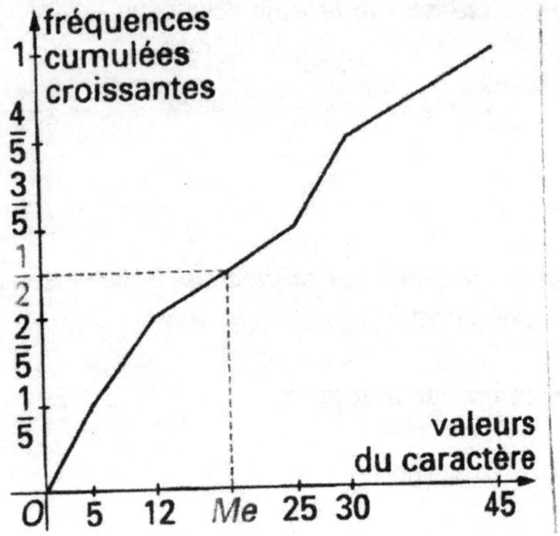

c. Effet d'une transformation affine

Soit la fonction affine telle que $y = ax + b$ et une série statistique $(x_1, x_2, ..., x_n)$ de taille n et de médiane M_e.
La série statistique $(y_1, y_2, ..., y_n)$ image par la fonction affine de la série $(x_1, x_2, ..., x_n)$ a pour médiane l'image de M_e notée M'_e telle que : $M'_e = a\, M_e + b$.

Conclusion

La médiane étant une caractéristique de position, elle subit les mêmes transformations que les valeurs de la série.

III. Caractéristiques de position de tendance non centrale

1. Quartiles, déciles

a. Quartiles

Soit une série statistique (x_1, x_2, ..., x_n) de taille n, dont les valeurs du caractère sont ordonnées par ordre croissant, chacun figurant un nombre de fois égal à son effectif.
On obtient la suite $x_1 \leq x_2 \leq ... \leq x_n$.

- Le premier quartile Q_1 est la plus petite valeur x_i telle qu'au moins 25% des données soient inférieures ou égales à Q_1.
- Le troisième quartile Q3 est la plus petite valeur xi telle qu'au moins 75% des données soient inférieures ou égales à Q_3.

Méthodes de calcul des quartiles

Cas d'un caractère quantitatif discret.
La détermination des quartiles nécessite le calcul des effectifs cumulés croissants ou des fréquences cumulées croissantes après avoir rangé les valeurs de la série par ordre croissant.

Cas d'un caractère quantitatif continu.
Le premier quartile Q_1 est l'abscisse du point de la courbe de fréquences cumulées croissantes d'ordonnée 0,25 (25%) et le troisième quartile Q_3 est l'abscisse du point de la courbe des fréquences cumulées croissantes correspondant à l'ordonnée 0,75 (75%).

Remarque

La médiane est parfois appelée deuxième quartile.

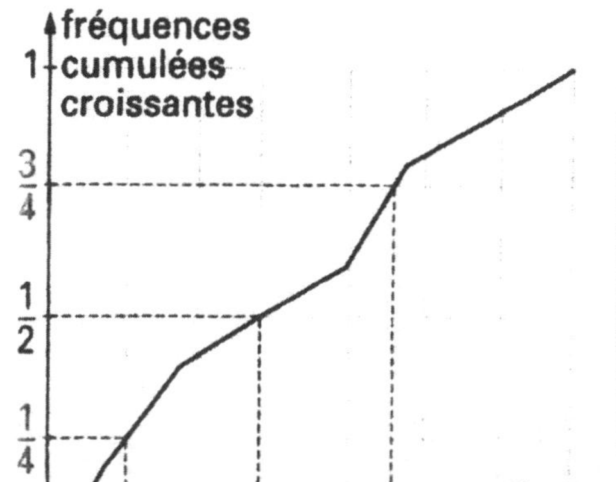

b. Déciles

Les déciles partagent une série statistique en 10 parties de même effectif.
Le premier décile est le plus petit élément d_1 des valeurs des termes de la série, ordonnée par ordre croissant, tel qu'au moins 10% des données soient inférieures ou égales à d_1.
Le neuvième décile est le plus petit élément d_9 des valeurs des termes de la série, ordonnées par ordre croissant, tel qu'au moins 90% des données soient inférieures ou égales à d_9.

Remarques

- On peut définir de la même manière les deuxième, troisième déciles, etc. ; ainsi ces nombres permettent de partager la population étudiée en 10 groupes contenant chacun le même nombre d'éléments.
- On peut, de même, partager la population en 100 groupes possédant le même nombre d'éléments, définissant ainsi des **centiles**.

2. Valeurs non regroupées en classes

Après avoir écrit la liste par ordre croissant des valeurs du caractère, chacune d'elles étant répétées autant de fois que son effectif, alors N étant l'effectif total :

- Si $\frac{N}{4}$ est un entier k, alors Q_1 est le terme occupant dans la liste le rang k et Q_3 le terme occupant le rang 3 k.
- Si $\frac{N}{4}$ n'est pas un entier, Q_1 est le terme de rang immédiatement le terme de rang immédiatement supérieur à $\frac{3N}{4}$

3. Valeurs regroupées par classes

Lorsque la série est donnée par classes :

- Q_1 est la valeur correspondant à la fréquence cumulée croissante égale à 0,25.
- Q_3 est la valeur correspondant à la fréquence cumulée croissante égale à 0,75.

4. Exemples

- Soit le tableau suivant :

Valeur du caractère	55	40	70	52	63	48
Effectif	3	1	2	2	1	2

Déterminons la médiane et les quartiles de cette série.

On commence à ranger par ordre croissant les valeurs du caractère, chacune figurant un nombre de fois correspondant à son effectif :

40 ; 48 ; 48 ; 52 ; 52 ; 55 ; 55 ; 55 ; 63 ; 70 ; 70

Ici N est impair (N = 11), donc la médiane M_e est donnée par la 6ème valeur $\left(\frac{11+1}{2}\right)$, c'est-à-dire 55.

Q_1 est tel qu'au moins 25% des effectifs soient inférieurs à Q_1. Comme $\frac{N}{4} = \frac{11}{4}$ n'est pas un entier.

Q_1 correspond au terme de rang immédiatement supérieur à $\frac{11}{4}$, soit la 3ème valeur ; donc $Q_1 = 48$

Q_3 est tel qu'au moins 75% des effectifs soient inférieurs à Q_3. Q_3 correspond donc au terme de rang immédiatement supérieur à $\frac{3N}{4} = \frac{33}{4}$, soit la 9ème valeur ; ainsi $Q_3 = 63$.

- Cas d'une répartition en classes :

  Le tableau suivant donne la distribution des fréquences et les fréquences cumulées croissantes d'une série statistique.
  Déterminons la médiane et les quartiles de cette série graphiquement, puis par le calcul.

Classe	[0 ; 2]	[2 ; 4]	[4 ; 6]	[6 ; 8]	[8 ; 10]	[10 ; 12]	[12 ; 14]
Fréquence	0,12	0,15	0,18	0,24	0,14	0,10	0,07
Fréquence cumulée	0,12	0,27	0,45	0,69	0,83	0,93	1

Détermination graphique

On construit le polygone des fréquences cumulées croissantes. Les intersections entre la courbe et les droites d'équation y = 0,25, y = 0,50 et y = 0,75 nous donnent les abscisses correspondant respectivement à Q_1, M_e et Q_3.

On lit : $Q_1 \simeq 3{,}5$
$M_e \simeq 6{,}5$
$Q_3 \simeq 9$

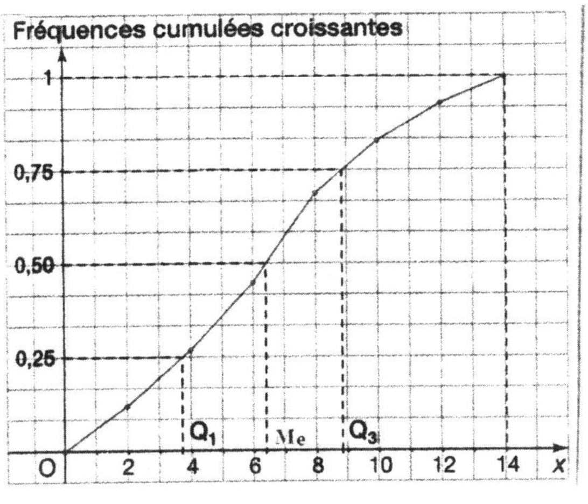

Détermination plus précise par le calcul.
On utilise l'interpolation affine.
Pour Q_1, la fréquence cumulée 0,25 se trouve dans la classe [2 ; 4[.
Considérons les points $A(2 ; 0{,}12)$ et $B(4 ; 0{,}27)$ du segment de droite correspondant à la classe [2 ; 4[. On cherche l'abscisse x_M du point M du segment de droite $[AB]$ d'ordonnée 0,25.

La pente de $[AB]$ est donnée par : $k = \dfrac{y_B - y_A}{x_B - x_A} = \dfrac{0{,}15}{2} = 0{,}075$

Avec le point M sur $[AB]$, on obtient : $\dfrac{y_M - y_A}{x_M - x_A} = 0{,}075$

D'où $\dfrac{0{,}25 - 0{,}12}{x_M - 2} = 0{,}075$, soit : $0{,}13 = 0{,}075\,(x_M - 2)$ et $0{,}13 = 0{,}075\,x_M - 0{,}15$

Il vient $x_M = \dfrac{0{,}13 + 0{,}15}{0{,}075} \simeq 3{,}73$

Donc $Q_1 \simeq 3{,}73$

De la même manière, M_e se trouvant dans la classe [6 ; 8[, on obtient $M_e \simeq 6{,}42$

Pour Q_3 se situant dans la classe [8 ; 10[, on a $Q_3 \simeq 8{,}86$.

Exercice 48

Pour chacun des cas suivants, déterminer le mode M_o, la moyenne $\bar{x}$ et la médiane M_e des séries statistiques suivantes :

1. 13 ; 14 ; 11 ; 16 ; 16 ; 13 ; 12 ; 13 ; 16 ; 14

2. 4 ; 4 ; 0 ; 7 ; 1 ; 7 ; 6 ; 6 ; 1 ; 2 ; 6

3.

x_i	2	-3	4	-5	-1	1
n_i	25	20	27	17	10	1

Exercice 49

On considère un relevé de notes de 100 candidats dans un concours de fonction publique. Les notes sont regroupées en classes.

Note	Effectif
[0 ; 5[	8
[5 ; 7[	10
[7 ; 9[	20
[9 ; 12[	24
[12 ; 14[	26
[14 ; 20]	12

1. Compléter le tableau statistique suivant, où x_i désigne le centre d'une classe, a_i son amplitude et n_i son effectif.

Note	x_i	a_i	n_i	$n_i\ x_i$	n_i cumulé croissant	$\frac{n_i}{a_i}$

2. En déduire la moyenne $\bar{x}$, la classe modale et la médiane Me de la série statistique.

Exercice 50

On considère le temps moyen mis par des employés pour aller à leur travail et pour revenir chez eux chaque jour. On obtient les résultats suivants :

Intervalle de temps (min)	[30 ; 50[	[50 ; 80[	[80 ; 120[	[120 ; 200[
Nombre d'employés	21	27	30	12

1. Tracer le graphique des fréquences cumulées croissantes.
2. En déduire la valeur médiane de la série statistique.
3. Déterminer le premier et le troisième quartile de cette série statistique.

Caractéristiques de dispersion d'une série statistique

I. Propriétés des quartiles et déciles

1. Écart interquartile et interdécile

Définitions :

L'intervalle interquartile d'une série statistique est l'intervalle $[Q_1 ; Q_3]$.
L'écart interquartile d'une série statistique est le nombre $Q_3 - Q_1$.
On définit de la même façon **l'intervalle interdécile** $[d_1 ; d_9]$ et **l'écart interdécile** $d_1 ; d_9$.

Remarques :

- Comme $Q_3 > Q_1$, alors $Q_3 - Q_1 > 0$. Cela représente l'amplitude de l'intervalle $[Q_1 ; Q_3]$
  L'écart interquartile mesure la dispersion des valeurs de la série autour de la médiane. Plus l'écart est petit, plus les valeurs de la série appartenant à l'intervalle interquartile sont concentrées autour de la médiane (idem avec l'écart interdécile)
- Contrairement à l'étendue (différence entre le dernier et le premier terme d'une série rangée dans l'ordre croissant), l'intervalle interquartile a l'avantage d'éliminer les valeurs extrêmes qui peuvent être non significatives voire douteuses. Cependant il ne tient compte que de 50% de l'effectif, ce qui entraîne une perte de l'information.

2. Diagramme en boîte (Boxplot)

On utilise un diagramme en boîte, appelé aussi diagramme de Tuckey, diagramme à pattes ou boîte à moustaches, pour représenter une série statistique importante. Si la plus petite et la plus grande valeur de la série sont éloignées des premier et neuvième déciles, alors celles-ci peuvent figurer sur ce diagramme.

a. Méthode de construction

- Les valeurs du caractère sont repérées sur un axe vertical ou horizontal.
- On place sur cet axe les valeurs minimum et maximum de la série, ainsi que le premier quartile, le troisième quartile et la médiane.
- On construit ensuite une boîte rectangulaire parallèlement à l'axe, dont les extrémités sont les deux quartiles Q_1 et Q_3, la largeur de la boîte étant quelconque.
- À l'extérieur de la boîte, on trace un segment reliant le premier décile d_1 au premier quartile Q_1 et un segment reliant le troisième quartile Q_3 au neuvième décile d_9 (ou bien reliant la valeur minimum et Q_1 d'une part et Q_3 et la valeur maximum d'autre part). Ces segments caractérisent les pattes ou les moustaches du diagramme.
- Enfin un trait tracé verticalement dans la boîte correspond à la médiane M_e.

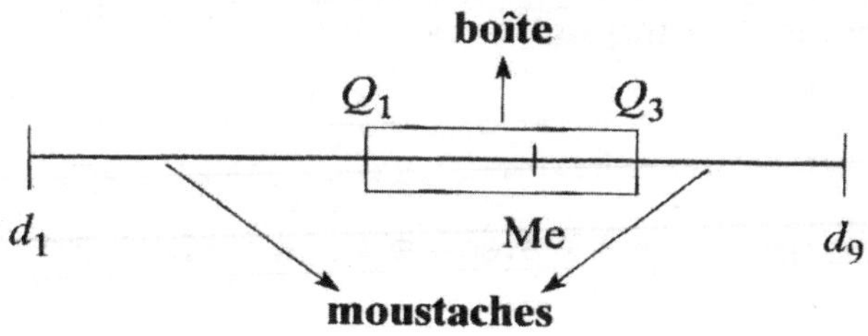

b. Exemple de construction

Soit la série de données 25 ; 17 ; 32 ; 22 ; 29 ; 49 ; 42 ; 27 ; 60 ; 52 ; 55 ; 38 à représenter par un diagramme en boîte.
On range les données dans un ordre croissant :

17 ; 22 ; 25 ; 27 ; 29 ; 32 ; 38 ; 42 ; 49 ; 52 ; 55 ; 60

L'effectif total est 12 ; la médiane est la demi-somme des valeurs situées aux 6ème et 7ème positions.

$$M_e = \frac{32+38}{2} = 35$$

Q_1 est le terme occupant la 3ème position ($12 \times 0{,}25 = 3$) : $Q_1 = 25$
Q_3 est le terme occupant la 9ème position ($12 \times 0{,}75 = 9$) : $Q_3 = 49$

L'écart interquartile est $Q_3 - Q_1 = 49 - 25 = 24$

On construit ensuite le diagramme en boîte avec les moustaches en faisant figurer les valeurs ci-dessus.

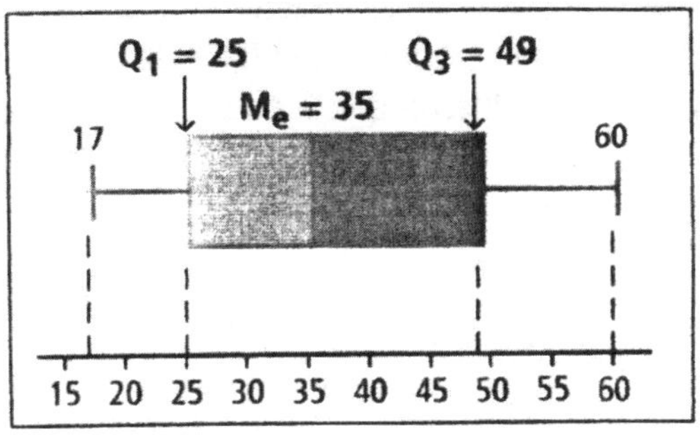

3. Effet d'un changement affine sur les quartiles

Théorème

Soit la fonction affine définie par $y = ax + b$ avec $a \in \mathbb{R}^{*+}$ et $b \in \mathbb{R}$ et une série statistique $(x_1, x_2, ..., x_n)$ de taille n et de quartiles Q_1 et Q_3.
La série statistique $(y_1, y_2, ..., y_n)$, image par la fonction affine de la série $(x_1, x_2, ..., x_n)$, a pour images Q'_1 et Q'_3 respectivement.

$$Q'_1 = a\,Q_1 + b \quad \text{et} \quad Q'_3 = a\,Q_3 + b$$

Remarque

Si $a < 0$, alors Q'_1 représente le 3ème quartile et Q'_3 le premier quartile de la série $(y_1, y_2, ..., y_n)$.

Conséquence

Si a est positif, l'écart interquartile $Q'_3 - Q'_1$ de la série image par la fonction affine $y = ax + b$ de la série initiale est le produit de l'écart interquartile de la série initiale par le nombre a.

$$Q'_3 - Q'_1 = a\,Q_3 + b - (a\,Q_1 + b) = a\,(Q_3 - Q_1)$$

Remarque

On obtient des résultats identiques pour les déciles, étant donné que ces paramètres sont des caractéristiques de position, et qu'ils subissent par conséquent les mêmes transformations que les valeurs de la série.

Exemple

On étudie un ensemble de deux séries de réactions chimiques impliquant différents combustibles pour lesquelles on évalue la quantité d'énergie libérée par la combustion d'une mole de combustible.
On obtient les résultats suivants donnés avec deux unités différentes selon la série (kiloJoule par mole ou kilocalorie par mole).

	Moyenne $\bar{E}$	M_e	Q_1	Q_3	Min.	Max.
Série 1 : Énergie libérée en kj/mol.	1 900	1 875	1 327	2 944	1 124	3 218
Série 2 : Énergie libérée en kcal/mol.	455	429	298	685	215	789

Dresser les diagrammes en boîtes de ces deux séries sachant que 1 cal = 4,18 J.

Pour effectuer les diagrammes sur un même graphique afin de pouvoir comparer, il faut que les deux séries soient exprimées dans la même unité. Convertissons alors les données de la série 2 en kJ/mol.

On obtient les valeurs pour cette série (arrondies à l'unité) :

	Moyenne E	M_e	Q_1	Q_3	**Min.**	**Max.**
Série 2 : Énergie libérée en kJ/mol.	1 902	1 793	1 246	2 863	899	3 298

Les paramètres x_i en kcal/mol ont subi la transformation affine $y_i = 4{,}18\, x_i$ pour donner les paramètres y_i en kJ/mol.
Ainsi, on peut construire les diagrammes en boîtes :

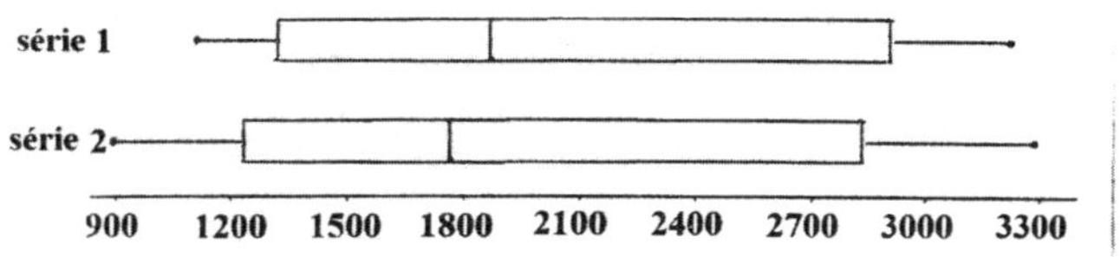

II. Variance et écart-type

1. Introduction

Pour résumer une série statistique on utilise généralement deux indicateurs :

- Un indicateur de position qui donne une tendance centrale pour la série : moyenne ou médiane.
- Un indicateur de dispersion qui renseigne sur la répartition des valeurs du caractère autour de l'indicateur de position choisi :
  Pour la médiane, on a utilisé l'écart interquartile
  Pour la moyenne on utilisera l'écart-type, étudié dans ce paragraphe.

Avant d'aborder la notion d'écart-type, considérons deux autres propriétés des écarts.

a. Somme des écarts

Théorème

La somme des écarts de chaque valeur d'une série par rapport à sa moyenne x est toujours nulle.

Démonstration

$$n_1 (x_1 - \bar{x}) + n_2 (x_2 - \bar{x}) + \ldots + n_k (x_k - \bar{x}) = \sum_{i=1}^{k} n_i (x_i - \bar{x}) = 0$$

$$\sum_{i=1}^{k} n_i (x_i - \bar{x}) = n_1(x_1 - \bar{x}) + n_2(x_2 - \bar{x}) + \ldots + n_k (x_k - \bar{x}) = n_1 x_1 + n_2 x_2 + \ldots + n_k x_k - n_1 \bar{x} - n_2 \bar{x} - \ldots - n_k \bar{x}$$

$$\sum_{i=1}^{k} n_i x_i - \bar{x}\left(\sum_{i=1}^{i=k} n_i\right) = \bar{x} \times \sum_{i=1}^{i=k} n_i - \bar{x} \times \sum_{i=1}^{i=k} n_i = 0$$

b. Écart absolu moyen

Pour mesurer la dispersion de l'ensemble des termes x_i d'une série autour de sa moyenne $\bar{x}$, on peut calculer son éloignement de la moyenne par la mesure de la distance $|x_i - \bar{x}|$. Ainsi on définit **l'écart absolu moyen** e_m par :

Où N représente l'effectif total

$$e_m = \frac{1}{N}(n_1|x_1 - \bar{x}| + n_2|x_2 - \bar{x}| + ... + n_k|x_k - \bar{x}|) = \frac{1}{N}\sum_{i=1}^{k} n_i\,|x_i - \bar{x}|$$

On démontre que e_m admet un minimum lorsque x est égal à la valeur médiane de la série statistique, c'est-à-dire pour $x = M_e$. Par conséquent, on dit que la médiane minimise la somme des écarts absolus.

Exemple

Considérons le tableau de la série statistique suivante :

x_i	1	2	3	4	5
n_i	16	23	12	32	17

$$\bar{x} = \frac{16\times1 + 23\times2 + 12\times3 + 32\times4 + 17\times5}{16+23+12+32+17} = \frac{311}{100} = 3{,}11$$

$$\sum_{i=1}^{5} n_i(x_i - \bar{x}) = 16\,(1 - 3{,}11) + 23\,(2 - 3{,}11) + 12\,(3 - 3{,}11) + 32\,(4 - 3{,}11) + 17\,(5 - 3{,}11)$$

$$= -33{,}76 - 25{,}53 - 1{,}32 + 28{,}48 + 32{,}13 = 0$$

$$\sum_{i=1}^{5} n_i|x_i - \bar{x}| = 16\,|1 - 3{,}11| + 23\,|2 - 3{,}11| + 12\,|3 - 3{,}11| + 32\,|4 - 3{,}11| + 17\,|5 - 3{,}11|$$

$$= 33{,}76 + 25{,}53 + 1{,}32 + 28{,}48 + 32{,}13 = 121{,}22$$

$$e_m = \frac{121{,}22}{100} = 1{,}2122$$

Remarque

La notion d'écart absolu moyen n'a pas d'application explicite dans les résultats en statistique du fait que la valeur absolue n'est pas représentative par rapport à la situation dans les calculs. De ce fait, on préfère s'intéresser à la moyenne des carrés pondérés $n_i\,(x_i - \bar{x})^2$.

c. Fonction de dispersion

Théorème

Soit une série statistique dont les valeurs du caractère sont $x_1, x_2, ..., x_k$ associés respectivement aux effectifs $n_1, n_2, ..., n_k$. La fonction de dispersion f définie par :

$f : x \mapsto \sum_{i=1}^{k} n_i (x_i - x)^2$ admet un minimum pour $x = \bar{x}$

On dit que la moyenne minimise la somme des carrés des écarts.

Démonstration

La fonction f est une fonction dérivable sur $\mathbb{R}$ comme somme de fonctions polynômes f_i définies et dérivables sur $\mathbb{R}$ avec $f_i(x) = n_i (x_i - x)^2$.

$$f(x) = \sum_{i=1}^{k} n_i (x_i - x)^2$$

$$f'(x) = 2\sum_{i=1}^{k} n_i (x_i - x) \times (-1) = -2\sum_{i=1}^{k} n_i (x_i - x) = -2\sum_{i=1}^{k} n_i\, x_i + 2\sum_{i=1}^{k} n_i\, x$$

Or, si N représente l'effectif total :

$$\sum_{i=1}^{k} n_i\, x_i = N\bar{x} \quad \text{et} \quad \sum_{i=1}^{k} n_i\, x = N x$$

D'où $f'(x) = -2\,N\bar{x} + 2\,N x = 2\,N(x - \bar{x})$

f' est donc positive sur $[\bar{x}\ ; +\infty[$ et négative sur $]-\infty\ ; \bar{x}]$. Elle s'annule pour $x = \bar{x}$

Donc f admet un minimum pour $x = \bar{x}$

Remarque

La moyenne ne minimise pas la fonction $e_m : x \mapsto \frac{1}{N}\sum_{i=1}^{k} n_i\ |x_1 - \bar{x}|$

Contre-exemple avec la série précédente :

$$e_m(\bar{x}) = \frac{1}{N}\sum_{i=1}^{5} n_i |x_i - \bar{x}| = 1{,}2122$$

En calculant $e_m(3)$, on obtient : $e_m(3) = \frac{16 \times 2 + 23 \times 1 + 32 \times 1 + 17 \times 2}{100} = 1{,}21$

Et $e_m(3) < e_m(\bar{x})$, donc on vérifie que la moyenne $\bar{x}$ ne minimise pas la fonction e_m (e_m minimal pour $x = M_e$)

2. Variance

Définition

Soit N l'effectif total d'une série statistique (x_i ; n_i). Si $\bar{x}$ est la moyenne de cette série statistique, alors la variance, notée V, est donnée par :

$$V = \frac{n_1(x_1 - \bar{x})^2 + n_2(x_2 - \bar{x})^2 + \ldots + n_k(x_k - \bar{x})^2}{N} = \frac{1}{N}\sum_{i=1}^{k} n_i(x_i - \bar{x})^2$$

Conséquence

D'après le résultat du II. 1. C., la fonction $f : x \mapsto \frac{1}{N}\sum_{i=1}^{k} n_i(x_i - x)^2$ admet un minimum pour $x = \bar{x}$.

Ce minimum est égal à V.

Autres expressions de la variance

Si $f_i = \frac{n_i}{N}$ est la fréquence de x_i, alors :

$$V = f_1(x_1 - \bar{x})^2 + f_2(x_2 - \bar{x})^2 + \ldots + f_k(x_k - \bar{x})^2 = \sum_{i=1}^{k} f_i(x_i - \bar{x})^2$$

La variance V peut également s'écrire :

$$V = \frac{n_1x_1^2 + n_2x_1^2 + \cdots + n_kx_1^2}{N} - \bar{x}^2 = \frac{1}{N}\sum_{i=1}^{k} n_ix_i^2 - \bar{x}^2$$

Soit $\boxed{V = \overline{x^2} - \bar{x}^2}$

Ceci signifie que la variance représente la moyenne des carrés des x_i diminuée du carré de la moyenne (théorème de Koenig).

Remarques

- La variance se calculant comme une somme de carrés, celle-ci est positive.
- Cette expression de la variance est souvent plus pratique à utiliser car on n'a pas à calculer les termes $(x_i - x)^2$, mais seulement x^2_i.

Démonstration

$$V = \frac{1}{N}\sum_{i=1}^{k} n_i(x_i - \bar{x})^2 = \frac{1}{N}\sum_{i=1}^{k} n_i(x_i^2 - 2x_i\bar{x} + \bar{x}^2)$$

$$= \frac{1}{N}\left(\sum_{i=1}^{k} n_i x_i^2 - 2\bar{x}\sum_{i=1}^{k} n_i x_i + \sum_{i=1}^{k} n_i \bar{x}^2\right)$$

$$= \frac{1}{N}\sum_{i=1}^{k} n_i x_i^2 - \frac{2\bar{x}}{N}\sum_{i=1}^{k} n_i x_i + \frac{1}{N}\sum_{i=1}^{k} n_i \bar{x}^2$$

Or $\frac{1}{N}\sum_{i=1}^{k} n_i x_i = \bar{x}$, d'où : $V = \frac{1}{N}\sum_{i=1}^{k} n_i x_i^2 - 2\bar{x}\,\bar{x} + \frac{\bar{x}^2}{N}\sum_{i=1}^{k} n_i$

Sachant que $\sum_{i=1}^{k} n_i = N$, il vient :

$$V = \frac{1}{N}\sum_{i=1}^{k} n_i x_i^2 - 2\bar{x}^2 + \bar{x}^2 = \frac{1}{N}\sum n_i x_i^2 - \bar{x}^2$$

3. Écart-type

a. Définition

On définit l'écart-type, noté s, d'une série statistique comme étant la racine carrée de la variance

$$\boxed{s = \sqrt{V}}$$

L'écart-type mesure la dispersion des valeurs d'une série statistique (x_i ; n_i) autour de la valeur moyenne. Cette mesure donne de l'importance aux valeurs éloignées de la moyenne et tient compte de la répartition des données autour de la moyenne. Plus l'écart-type est petit, plus les valeurs de la série sont concentrées autour de la moyenne.

Remarque

L'écart-type est plus souvent utilisé que la variance car il s'exprime dans la même unité que celle des valeurs x_i de la série.

b. Utilisation de l'écart-type

Résultat admis

Soit une série statistique (x_i ; n_i) de moyenne $\bar{x}$ alors :

- L'intervalle $[\bar{x} - s ; \bar{x} + s]$ contient au moins 68% des valeurs du caractère de la série.
- L'intervalle $[\bar{x} - 2s ; \bar{x} + 2s]$ contient au moins 75% des valeurs du caractère de la série.
- L'intervalle $[\bar{x} - 3s ; \bar{x} + 3s]$ contient au moins 88% des valeurs du caractère de la série.

Ainsi, le couple (moyenne ; écart-type) est souvent utilisé pour résumer une série statistique.

Si l'écart-type est faible, alors les intervalles précédents ont une faible amplitude. Dans ces conditions, la moyenne représente une valeur fiable pour le caractère étudié.

Exemple

Une enquête dans une entreprise a montré la répartition suivante des salaires :

Salaire (€)	[1 000 ; 1 200]	[1 200 ; 1 400]	[1 400 ; 1 600]	[1 600 ; 1 800]
Effectif	28	23	16	13

Étudions la série statistique avec les centres des classes :

Caractère	x_i	1 100	1 300	1 500	1 700	**Total**
Effectif	n_i	28	23	16	13	80
Effectif × caractère	$n_i x_i$	30 800	29 900	24 000	22 100	106 800
Effectif × (caractère)²	$n_i x_i^2$	$3,388 . 10^7$	$3,887 . 10^7$	$3,6 . 10^7$	$3,757 . 10^7$	$1,4632 . 10^8$

Moyenne : $\bar{x} = \frac{1}{N} \sum_{i=1}^{k} n_i x_i = \frac{106\ 800}{80} = 1\ 335$

Variance : $V = \frac{1}{N} \sum_{i=1}^{k} n_i x_i^2 - \bar{x}^2 = \frac{1,4632.10^8}{80} - 1\ 335^2$

$V = 1,829 . 10^6 - 1,782225 . 10^6 = 46\ 775$

Écart-type : $s = \sqrt{V} = \sqrt{46\ 775} \approx 216,28$

Conclusion

Le salaire moyen s'élève à 1 335 € avec un écart-type de 216 €.
Déterminons $[\bar{x} - s \; ; \; \bar{x} + s]$
$\bar{x} - s = 1\,335 - 216 = 1\,119$
$\bar{x} + s = 1\,335 + 216 = 1\,551$

On peut donc considérer qu'au moins 68% du personnel, soit 54 personnes environ ont un salaire compris entre 1 119 et 1 551 €.

4. Effet d'une application affine

Soient a et $b \in \mathbb{R}$ et une série statistique $(x_i \; ; \; n_i)$ de taille N, de moyenne $\bar{x}$, de variance V et d'écart-type, alors la série statistique $(y_i \; ; \; n_i)$ de même effectif, image de la série $(x_i \; ; \; n_i)$ par la fonction affine $y = ax + b$ a pour variance V' et écart-type s' tels que :

$$V' = a^2 V \quad \text{et} \quad s' = |a| \, s$$

Démonstration

On note $\bar{x}$ et $\bar{y}$ les moyennes respectives des séries statistiques $(x_i \; ; \; n_i)$ et $(y_i \; ; \; n_i)$
La transformation affine sur la moyenne permet d'écrire $\bar{y} = a\,\bar{x} + b$.

D'où : $V' = \frac{1}{N}\sum_{i=1}^{k} (\bar{y} - y)^2 = \frac{1}{N}\sum_{i=1}^{k} n_i[ax_i + b - (a\bar{x} + b)]^2$

$$V' = \frac{1}{N}\sum_{i=1}^{k} n_i\,[a(x_i - \bar{x})]^2 = a^2\frac{1}{N}\sum_{i=1}^{k} n_i(x_i - \bar{x})^2 = a^2 V$$

On en déduit $s' = \sqrt{V'} = \sqrt{a^2}\sqrt{V} = |a| \, s$

Exemple

Reprenons le tableau statistique étudié au II. 1. b.

x_i	1	2	3	4	5
n_i	16	23	12	32	17

$V = \frac{1}{100}\sum_i n_i x_i^2 - \bar{x}^2 = \frac{1}{100}\sum_i n_i x_i^2 - (3{,}11)^2 = 1{,}8579$

$s = \sqrt{V} = \sqrt{1{,}8759} \cong 1{,}363$

Utilisons la transformation affine $f : x \mapsto 2x - 5$
On obtient la nouvelle série :

x_i	-3	-1	1	3	5
n_i	16	23	12	32	17

$V' = a^2 V = 2^2 \times 1,8579 = 7,4316$
$s' = |2|\ s = 2 \times 1,363 = 2,726$

Calcul direct:

$$V' = \frac{16 \times (-3)^2 + 23 \times (-1)^2 + 12 \times 1 + 32 \times 3^2 + 17 \times 5^2}{100} - (1,22)^2$$

Avec $\bar{x}' = 1,22 = \frac{1}{100} \times [16 \times (-3) + 23 \times (-1) + 12 \times 1 + 32 \times 3 + 17 \times 5]$

Il vient : $V' = 8,92 - 1,4884 = 7,4316$
$s' = \sqrt{V'} = \sqrt{7,4316} \simeq 2,726$

Exercice 51

1. Recopier et compléter le tableau suivant :
2.

x_i	5	7	9	11	13	**Total**
n_i	23	14	17	16	10	
$n_i x_i$						
$n_i x^2_i$						

3. En déduire la moyenne de la série statistique (xi ; ni) ainsi que son écart-type.

Exercice 52

On a étudié la durée moyenne de sommeil nocturne de deux groupes de personnes ; les résultats suivants ont été obtenus (arrondis à 0,5 h près).

Groupe 1

6,5	8	8,5	7,5	9	6,5
8	8	7,5	9,5	9	8,5
7,5	7,5	8	7,5	9	6,5
9	8,5	9	7,5	8	8,5
9,5	8	7,5	9	8,5	8
8,5	9,5	6,5	9	8	8

Groupe 2

6,5	7	8	8,5	8,5	6
8,5	7	7,5	10	6,5	6,5
7	7,5	9	7,5	7	7
8,5	9	7,5	7,5	9	7,5
8	8	9,5	6,5	8,5	8
8	7,5	8	9	7,5	7,5

1. Déterminer pour chaque groupe, la médiane M_e et les quartiles Q_1 et Q_3.
2. Représenter ces deux séries par deux diagrammes en boîtes.

Exercice 53

Un devoir sur table en mathématiques a été donné à 2 classes de 30 élèves de 1ère S. Les notes obtenues pour chaque classe sont les suivantes :

1ère S_1

Note x_i	2	3	5	6	8	9	12	14	15	17
Effectif n_i	4	5	3	2	6	2	1	1	2	4

1ère S_2

Note x_i	3	4	8	9	11	12	14
Effectif n_i	4	1	11	11	1	1	1

1. Calculer la moyenne de chaque classe. Quelle remarque peut-on apporter ?
2. Calculer les valeurs de chaque écart-type des notes de 1ère S_1 et de 1ère S_2.
3. En comparant chaque écart-type, indiquer quelle classe est la plus homogène.

Exercice 54

Dans une entreprise le salaire moyen est de 1 120 €, l'écart-type est de 390 €.

1. Les salaires augmentent de 4%. Que deviennent la moyenne et l'écart-type des nouveaux salaires ?

2. Que deviennent la moyenne et l'écart-type si les salaires sont augmentés de 65 € ?

3. Laquelle de ces deux situations augmente le plus la dispersion des salaires ?

Exercice 55

On considère une série statistique $(x_i\ ;\ n_i)$ de moyenne $\bar{x}$ et d'écart-type s.
Soit une transformation affine $y = ax + b$ donnant la série $(y_i\ ;\ n_i)$ de moyenne $\bar{y}$ et d'écart-type s', image de la série $(x_i\ ;\ n_i)$ par cette transformation affine.

1. Déterminer a et b telle que la série $(y_i\ ;\ n_i)$ vérifie $\bar{y} = 0$ et $s' = 1$.
   La nouvelle série est dite centrée et réduite.

2. On reprend les deux séries de l'exercice 3 concernant les notes de 30 élèves de classes de 1ère S.

	$\bar{x}$	s	**Minimum**	Q_1	M_e	Q_3	**Maximum**
1ère S₁							
1ère S₂							

   Compléter le tableau avec la détermination de min, Q_1, M_e, Q_3 et max.

3. Déterminer les nouveaux paramètres des deux séries 1ère S_1 et 1ère S_2 centrées réduites après la transformation affine.

Exercice 56

Le tableau ci-dessous indique le nombre d'enfants de 12 ans en fonction d'un intervalle de masse donné en kilogramme.

Masse m_i en kg	[30 ; 40]	[40 ; 45]	[45 ; 50]	[50 ; 55]	[55 ; 60]	[60 ; 62]	[62 ; 65]
Effectif n_i	2	6	32	36	14	6	4

1. Calculer la masse moyenne $\overline{m}$ à 0,1 kg près et l'écart-type s à 0,01 kg près.

2. Quel est le pourcentage d'enfants dont la masse m_i appartient à l'intervalle $[\overline{m} - s\ ;\ \overline{m} + s]$?

DEUXIÈME LEÇON

Probabilité

I. Expérience aléatoire

1. Définitions et langage

a. Introduction

- En lançant un grand nombre de fois un dé cubique à 6 faces numérotées de 1 à 6 et en notant la face obtenue, on obtient le tableau suivant :

Face i	1	2	3	4	5	6
Nombre d'apparitions n_i	10 172	9 925	10 027	10 035	9 875	9 966

La fréquence d'apparition de la face i est : $f_i = \dfrac{n_i}{n_1 + n_2 + n_3 + n_4 + n_5 + n_6}$

Il en résulte le tableau suivant :

i	1	2	3	4	5	6
f_i (à 10^{-3} près)	0,170	0,165	0,167	0,167	0,165	0,166

Les fréquences d'apparition des différentes faces sont très voisines. Leur somme donne 1. Chaque fréquence voisine donc la valeur $\frac{1}{6}$

Ceci conduit à penser que si on lance le dé une fois, il y aura « une chance sur six » d'obtenir une face donnée.

- En lançant de même un autre dé, on obtient les résultats suivants :

i	1	2	3	4	5	6
f_i	0,091	0,105	0,106	0,097	0,092	0,510

Les fréquences d'apparition des faces 1, 2, 3, 4, 5 sont très voisines, valant environ 0,1. La fréquence de la face 6 vaut environ 0,5. Ceci conduit à penser que si on lance le dé une fois, il y aura « une chance sur 10 » d'obtenir l'une des faces de 1 à 5, mais « une chance sur deux » d'obtenir la face 6, ceci laisse supposer que le dé n'est pas régulier.
Si ces expériences sont renouvelées dans les mêmes conditions, on aboutit, en général, à une autre distribution des fréquences, plus ou moins voisine de la précédente. La distribution des fréquences est dite **empirique** car elle est basée sur les résultats d'une expérience.

b. Vocabulaire

On réalise une expérience comportant un nombre fini de résultats possibles.

- Chacun de ces résultats est appelé une **éventualité** (ou **issue**) et leur ensemble est appelé **univers** (noté Ω).
- Chaque sous-ensemble de Ω est appelé un **événement**.
- Les sous-ensembles comportant un seul élément sont appelés **événements élémentaires**.
- L'ensemble vide $\varnothing$ de Ω est appelé **événement impossible**.
- L'ensemble Ω est appelé **événement certain**.
- Si A est un événement, alors l'ensemble des éventualités qui ne sont pas dans l'événement A s'appelle **événement contraire** et est noté $\bar{A}$.
- Soient Ω l'univers d'une expérience aléatoire et A et B deux événements de Ω.
  L'intersection des deux événements A et B est l'événement noté $A \cap B$ qui contient toutes les issues appartenant à A et à B.
  Lorsque $A \cap B = \varnothing$, on dit que les événements A et B sont **incompatibles** ou **disjoints** (la réalisation de l'un exclut celle de l'autre).

La réunion des deux événements A et B est l'événement noté $A \cup B$ qui contient toutes les issues appartenant à A ou à B.

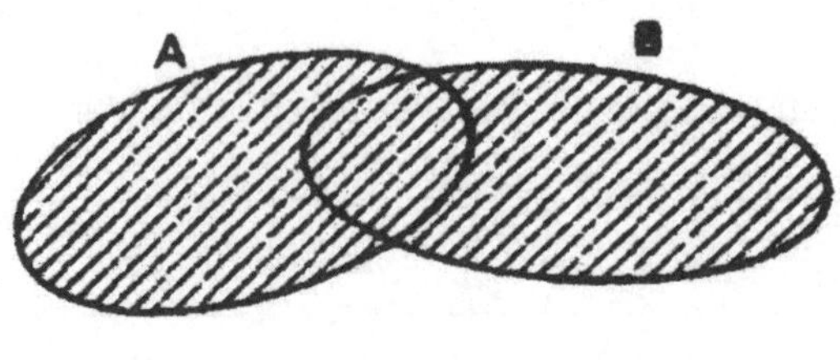

En hachuré : A ∪ B

c. Exemples

On lance une fois un dé, et on s'intéresse au chiffre apparaissant sur la face de celui-ci.
L'univers des éventualités est : $\Omega = \{1 ; 2 ; 3 ; 4 ; 5 ; 6\}$

- L'événement « le numéro tiré est pair » est l'ensemble $A = \{2 ; 4 ; 6\}$.
  Son contraire est $\bar{A} = \{1 ; 3 ; 5\}$ ou « le numéro tiré est impair ».

- L'événement « le numéro sorti est le carré d'un entier » est l'ensemble $B = \{1 ; 4\}$.
  Son contraire est $\bar{B} = \{2 ; 3 ; 5 ; 6\}$

- L'événement « le numéro tiré est pair et est le carré d'un entier » est $A \cap B = \{4\}$.
- L'événement « obtenir un numéro pair ou obtenir un numéro dont le carré est un entier » est $A \cup B = \{1 ; 2 ; 4 ; 6\}$

2. Algèbre des événements. Propriétés fondamentales

Soient trois événements A, B et C. On pourra vérifier les principales propriétés suivantes :

$\bar{\bar{A}} = A$	$\bar{\Omega} = \varnothing$
$A \cup B = B \cup A$	$A \cap B = B \cap A$
$A \cup (B \cup C) = (A \cup B) \cup C$	$A \cap (B \cap C) = (A \cap B) \cap C$
$(A \cup B) \cap C = (A \cap C) \cup (B \cap C)$	$(A \cap B) \cup C = (A \cup C) \cap (B \cup C)$
$(A \cup B) \cap B = B$	$(A \cap B) \cup B = B$
$A \cup \bar{A} = \Omega$	$A \cap \bar{A} = \varnothing$
$A \cup \Omega = \Omega$	$A \cap \Omega = A$
$A \cup \varnothing = A$	$A \cap \varnothing = \varnothing$
$\overline{A \cup B} = \bar{A} \cap \bar{B}$	$\overline{A \cap B} = \bar{A} \cup \bar{B}$

II. Loi de probabilité

1. Définition

Soit Ω un univers fini constitué de n issues $x_1, x_2, ..., x_n$.
Chacun des éléments x_i de Ω est associé à un réel positif ou nul p_i vérifiant la relation :

$$p_1 + p_2 + ... + p_n = \sum_{i=1}^{n} p_i = 1$$

On définit ainsi une **loi de probabilité** sur Ω présentée par un tableau de la forme :

x_1	x_2	...	x_n
p_1	p_2	...	p_n

La probabilité d'un événement élémentaire x_i est le réel p_i (avec $0 \le p_i \le 1$)

Exemple :

Considérons le lancer d'un dé à six faces numérotées de 1 à 6 en notant la face obtenue. On obtient comme loi de probabilité associée à cette expérience aléatoire, le tableau suivant :

x_i	1	2	3	4	5	6
p_i	$\frac{1}{18}$	$\frac{1}{9}$	$\frac{1}{9}$	$\frac{1}{9}$	$\frac{1}{9}$	$\frac{1}{2}$

Cette loi suggère que le dé est « pipé » du fait que le nombre 6 apparaît une fois sur deux et que la face 1 n'apparaît qu'une seule fois sur 18.

2. Loi des grands nombres

On considère une expérience aléatoire ayant n issues possibles $x_1, x_2, ..., x_n$.
En répétant cette expérience N fois dans les mêmes conditions, on obtient ainsi $f_1(N), f_2(N), ..., f_n(N)$, les fréquences d'apparition de chaque événement élémentaire $x_1, x_2, ..., x_n$. Si N devient grand, alors chaque fréquence $f_1(N), f_2(N), ..., f_n(N)$ tend respectivement vers les probabilités $p_1, p_2, ..., p_n$ des issues $x_1, x_2, ..., x_n$.

Il en résulte le théorème suivant :

Théorème (admis) : loi (dite forte) des grands nombres

Soit une expérience aléatoire donnée A, dans le modèle défini par une loi de probabilité p ; la probabilité pour que la fréquence f_n de réalisation de A après n épreuves tende vers p quand n tend vers l'infini est égale à 1.

Exemple

Au jeu de pile ou face lors du lancer d'une pièce, le fait que la fréquence des côtés « pile » tende vers $\frac{1}{2}$ quand le nombre de jets de pièce tend vers l'infini, a une probabilité égale à 1 (même résultat pour les côtés « face »)

3. Situation d'équiprobabilité

Soit Ω un univers fini, sur lequel est définie la loi de probabilité suivante :

x_i	x_1	x_2	...	x_n
p_i	p_1	p_2	...	p_n

Lorsque tous les réels p_i sont égaux, on est en situation **d'équiprobabilité**. On dit également que la loi est **équirépartie**, ou encore que les issues sont **équiprobables**.

Dans ce cas, on a $p_1 = p_2 = ... = p_n$ et, sachant que $\sum_i p_i = 1$, alors

$$\boxed{p_1 = p_2 = ... = p_n = \frac{1}{n}}$$

Exemples

- Au jeu de « pile ou face » (P ou F), dans le cas d'une pièce de monnaie supposée équilibrée, on admet que les deux événements P et F sont équiprobables. Ainsi $p(F) = p(P) = \frac{1}{2}$
- Le lancer d'un dé régulier (c'est-à-dire non truqué) présente une situation d'équiprobabilité.
- Le tirage de boules parfaitement sphériques et homogènes dans leur répartition en masse et indiscernables au toucher est un autre exemple d'équiprobabilité.

4. Espérance d'une loi de probabilité

Soit Ω un univers fini et une loi de probabilité p.

x_1	x_2	...	x_n
p_1	p_2	...	p_n

Dans le cas où les issues x_i sont des nombres réels, on définit **l'espérance mathématique**, notée E, par :

$$E = p_1 x_1 + p_2 x_2 + \ldots + p_n x_n = \sum_{i=1}^{n} p_i x_i$$

E est la moyenne des x_i pondérée par leur probabilité p_i.

Exemple

Dans le cas du lancer d'un dé à 6 faces, l'univers Ω est :

$\Omega = \{1 ; 2 ; 3 ; 4 ; 5 ; 6\}$.

Dans une situation d'équiprobabilité on a chaque probabilité d'apparition d'une face égale à $\frac{1}{6}$

x_i	1	2	3	4	5	6
p_i	$\frac{1}{6}$	$\frac{1}{6}$	$\frac{1}{6}$	$\frac{1}{6}$	$\frac{1}{6}$	$\frac{1}{6}$

L'espérance est : $E = \frac{1}{6}(1 + 2 + 3 + 4 + 5 + 6) = 3{,}5$

5. Variance - Écart-type

- Avec une loi de probabilité p définie sur un univers Ω, on définit la **variance** notée V, par :

$$V = p_1 (x_1 - E)^2 + p_2 (x_2 - E)^2 + \ldots + p_n (x_n - E)^2 = \sum_{i=1}^{n} p_i (x_i - E)^2$$

L'étude de la leçon précédente montre que l'on peut écrire aussi :

$$V = \sum_{i=1}^{n} p_i \, x_i^2 - E^2$$

V est un réel positif.

- **L'écart-type**, que l'on note σ (sigma), est alors défini par la racine carrée de la variance.

$$\sigma = \sqrt{V}$$

Exemple

En considérant l'exemple précédent sur le dé à six faces, on calcule V et σ.

$$V = \frac{1}{6}\,[(-2,5)^2 + (-1,5)^2 + (-0,5)^2 + 0,5^2 + 1,5^2 + 2,5^2] = \frac{35}{12}$$

$$\sigma = \sqrt{\frac{35}{12}} = \frac{\sqrt{105}}{6}$$

III. Probabilité d'un événement

1. Exemple

On s'intéresse au lancer d'un dé à 6 faces dont la loi de probabilité est :

x_i	1	2	3	4	5	6
pi	$\frac{1}{6}$	$\frac{1}{6}$	$\frac{1}{6}$	$\frac{1}{6}$	$\frac{1}{6}$	$\frac{1}{6}$

L'événement A, « la face obtenue montre un nombre pair », a pour probabilité :

$$p(A) = p_2 + p_4 + p_6 = \frac{1}{6} + \frac{1}{6} + \frac{1}{6} = \frac{1}{2}$$

L'événement B, « la face obtenue donne un nombre plus grand que 4 », a pour probabilité :

$$p(B) = p_5 + p_6 = \frac{1}{6} + \frac{1}{6} = \frac{1}{3}$$

2. Situation d'équiprobabilité

En situation d'équiprobabilité, si A est un événement formé de k éventualités ayant chacune pour probabilité $p_i = \frac{1}{n}$, alors :

$$\boxed{p(A) = k \times \frac{1}{n} = \frac{\textit{nombre d'éléments de } A}{\textit{nombre d' élément de } \Omega}}$$

On peut également écrire :

$$\boxed{p(A) = \frac{\textit{nombre de cas favorables}}{\textit{nombre de cas possibles}}}$$

3. Opérations sur les événements et probabilités associées

a. Événement « A ou B »

On rappelle que si A et B sont deux événements, alors $A \cup B$ désigne l'événement « A ou B » (« ou » non exclusif).

$$\boxed{p(A \cup B) = p(A) + p(B) - p(A \cap B)}$$

Justification :

Dans le calcul de $p(A) + p(B)$ les probabilités des éléments contenus dans $A \cap B$ sont comptabilisées deux fois, une fois dans la somme donnant $p(A)$ et une fois dans la somme donnant $p(B)$. Par conséquent, il faut enlever une fois $p(A \cap B)$.

Remarque :

Si $A \cap B = \varnothing$, alors A et B sont dits incompatibles et $p(A \cap B) = 0$; d'où $p(A \cap B) = p(A) + p(B)$.
Cette dernière condition porte le nom **de formule des probabilités totales**.

b. Evénements contraires

Soient A un événement de l'univers Ω et $\bar{A}$ l'événement contraire de A.
On a : $A \cup \bar{A} = \Omega$ et $A \cap \bar{A} = \varnothing$
D'où : $(A \cup \bar{A}) = p(A) + p(\bar{A}) - p(A \cap \bar{A})$
Or $(A \cap \bar{A}) = \varnothing$ donc $p(A \cup \bar{A}) = p(A)+ p(\bar{A}) = p(\Omega) = 1$

Donc : $\boxed{p(A) + p(\bar{A}) = 1 \quad \text{ou} \quad p(A) = 1 - p(\bar{A})}$

c. Extension de la formule des probabilités totales

Théorème

Si A, B et C sont trois événements deux à deux incompatibles, alors :

$$\boxed{p(A \cup B \cup C) = p(A) + p(B) + p(C)}$$

Démonstration

Comme $A \cap C = \varnothing$ et $B \cap C = \varnothing$, alors $(A \cup B) \cap C = \varnothing$
Donc $p(A \cup B \cup C) = p[(A \cup B) \cup C] = p(A \cup B) + p(B)$ par application de la formule des probabilités totales aux deux événements $(A \cup B)$ et C.
Or $A \cap B = \varnothing$, donc $p(A \cup B) = p(A) + p(B)$
D'où $p(A \cup B \cup C) = p(A) + p(B) + p(C)$

Remarque

Cette formule s'étend facilement à une réunion d'événements en nombre fini quelconque, à condition que les événements soient incompatibles deux à deux.

Exemple

On tire au hasard une boule dans une urne contenant 10 boules indiscernables au toucher :
7 boules rouges numérotées de 1 à 7 et 3 boules bleues portant les numéros 8, 9 et 10.
A est l'événement : « la boule tirée est bleue »
B est l'évènement : «la boule tirée porte un numéro impair ».
Les issues sont équiprobables par hypothèse (tirage au hasard et boules indiscernables au toucher)
Calculons les probabilités des différents événements A, B, $A \cap B$ et $A \cup B$.

Il y a trois boules bleues parmi les 10 boules, donc $p(A) = \frac{3}{10} = 0{,}3$

Il y a cinq boules portant un numéro impair parmi les 10, donc $p(B) = \frac{5}{10} = \frac{1}{2} = 0{,}5$

L'événement $A \cap B$ se décrit par « la boule est bleue et porte un numéro impair ».

Seule la boule bleue, portant le numéro 9, caractérise cet événement, donc : $p(A \cap B) = \frac{1}{10} = 0{,}1$

L'événement $A \cup B$ se décrit par « la boule tirée est bleue ou porte un numéro impair ».
$p(A \cup B) = p(A) + p(B) - p(A \cap B) = 0{,}3 + 0{,}5 - 0{,}1 = 0{,}7$

IV. Variable aléatoire

1. Définition

Soit Ω l'univers associé à une expérience aléatoire. Toute fonction définie sur Ω, à valeur dans $\mathbb{R}$ est appelée une **variable aléatoire**. Par conséquent, définir une variable aléatoire X sur Ω, c'est associer à chaque élément de Ω un nombre réel.

Exemple

On lance trois pièces de monnaie simultanément et on note le côté pile ou face sorti pour chaque pièce.
L'univers ici est :

$$\Omega = \{FFF\ ;\ FFP\ ;\ FPF\ ;\ PFF\ ;\ FPP\ ;\ PFP\ ;\ PPF\ ;\ PPP\}$$

Soit X la variable aléatoire représentant la perte ou le gain obtenu selon la règle du jeu : chaque apparition de P fait gagner 2 euros et chaque apparition de F fait perdre 2 euros. À chaque élément de Ω, on associe les valeurs -6 ; -2 ; 2 ; 6

Par exemple :

- L'événement FFF fait perdre 6 euros d'où la valeur X = -6.
- L'événement PPF fait gagner 2 euros d'où la valeur X = 2.

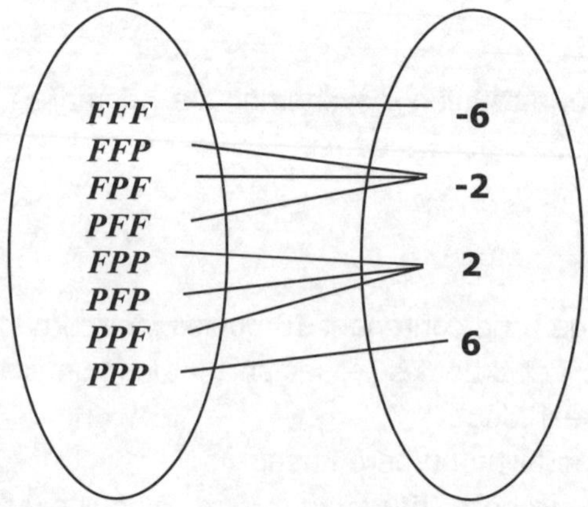

Donc la fonction X, qui à chaque issue, associe le gain (positif) ou la perte (négatif) correspondant, est appelée une variable aléatoire sur Ω.

2. Loi de probabilité

Définition

On appelle **loi de probabilité** d'une variable aléatoire X, définie sur Ω pouvant prendre les valeurs x_1, x_2, ..., x_k ($k \in \mathbb{N}$), la liste de ces valeurs possibles ($X = x_i$) associée à leur probabilité $p(X = x_i)$
$p(X = x_i)$ signifie que « l'événement X prend la valeur x_i »)

Valeur x_i de X	X_1	X_2	...	X_k
Probabilité $p(X = x_i)$	$p(X = x_1)$	$p(X = x_2)$	...	$p(X = x_k)$

Remarque

Cette loi n'est pas définie nécessairement sur Ω mais sur l'ensemble $\{x_1, x_2, ..., x_k\}$ des valeurs prises par X.
En effet, si p est une probabilité sur Ω, on a pour tout i appartenant à $\{1 ; 2 ; ... ; k\}$:

$$0 \leq p(X = x_i) \leq 1.$$

Les événements ($X = x_i$) étant incompatibles, chaque issue ayant une et une seule image par X, (d'après l'extension de la formule des probabilités totales on a $\sum_{i=1}^{k} p(X = x_i) = 1$)

Exemple

On considère l'expérience précédente sur le lancer de trois pièces de monnaies ayant pour univers :

$$\Omega = \{FFF\ ;\ FFP\ ;\ FPF\ ;\ PFF\ ;\ FPP\ ;\ PFP\ ;\ PPF\ ;\ PPP\}$$

Calculons la probabilité de l'événement « gagner 2 euros » (noté $p(X = 2)$. Cet événement est réalisé pour les situations PPF, FPP, PFP soit l'événement $A = \{PPF\ ;\ FPP\ ;\ PFP\}$

Or $p(A) = \frac{3}{8}$ donc $p(X = 2) = \frac{3}{8}$

On peut ainsi résumer par un tableau la loi de probabilité de X.

gain ou perte x_i	-6	-2	2	6
$p(X = x_i)$	$\frac{1}{8}$	$\frac{3}{8}$	$\frac{3}{8}$	$\frac{1}{8}$

3. Espérance

Définition

L'espérance d'une variable aléatoire X est la moyenne des valeurs prises par X pondérées par leur probabilité d'apparition. En notant $E(X)$ l'espérance, on a :

$$E(X) = \sum_{i=1}^{k} p(X = x_1) \times x_i$$

L'exemple précédent nous donne :

$$E(X) = \frac{1}{8} \times (-6) + \frac{3}{8} \times (-2) + \frac{3}{8} \times 2 + \frac{1}{8} \times 6 = 0$$

Remarques

- La valeur nulle de $E(X)$ montre que le jeu est équitable (après un grand nombre de parties, un joueur ne serait ni gagnant ni perdant)
- L'unité de $E(X)$ est celle de X.

4. Variance, écart-type

a. Variance

La variance de la variable aléatoire X est notée $V(X)$ et a pour valeur :

$$V(X) = \sum_{i=1}^{k} p(X = x_i)\ .\ [x_i - E(X)]^2 = \sum_{i=1}^{k} p(X = x_i)\ .\ x_i^2\ - [E(X)]^2$$

ou

$$V(X) = E(X^2) - [E(X)]^2$$

Démonstration

$$V(X) = \sum_{i=1}^{k} p(X = x_i)\ .\ [x_i - E(X)]^2$$

$$V(X) = \sum_{i=1}^{k} p(X = x_i)\ .\ [x_i^2 - 2\, x_i\, E(X) + [E(X)]^2]$$

$$V(X) = \sum_{i=1}^{k} p(X = x_i)\,.\,x_i^2 - \sum_{i=1}^{k} 2p(X = x_i)\,.\,x_i E(X) + \sum_{i=1}^{k} p(X = x_i)\,.\,[E(X)]^2$$

$$V(X) = \sum_{i=1}^{k} p(X = x_i)\,.\,x_i^2 - 2\,E(X)\sum_{i=1}^{k} p(X = x_i)\,.\,x_i + [E(X)]^2\sum_{i=1}^{k} p(X = x_i)$$

$$V(X) = \sum_{i=1}^{k} p(X = x_i)\,.\,x_i^2 - 2\,E(X)\,.\,E(X) + [E(X)]^2$$

$$V(X) = \sum_{i=1}^{k} p(X = x_i)\,.\,x_i^2 - [E(X)]^2 = E(X^2) - [E(X)]^2$$

b. Écart-type

L'écart-type de la variable aléatoire X, notée $\sigma(X)$, a pour valeur

$$\boxed{\sigma(X) = \sqrt{V(x)}}$$

Remarque

L'écart-type traduit la dispersion des valeurs de X autour de $E(X)$. Dans un jeu, lorsque X représente le gain algébrique (positif ou négatif), l'écart-type permet d'évaluer le risque du jeu ; plus l'écart-type est grand, plus on risque de perdre ou de gagner une somme importante.
En continuant l'exemple précédent, le calcul de la variance donne :

$$V(X) = \frac{1}{8}(-6 - 0)^2 + \frac{3}{8}(-2 - 0)^2 + \frac{3}{8}(2 - 0)^2 + \frac{1}{8}(6 - 0)^2$$

$$V(X) = \frac{1}{8} \times 36 + \frac{3}{8} \times 4 + \frac{3}{8} \times 4 + \frac{1}{8} \times 36 = \frac{96}{8} = 12$$

$$\sigma(X) = \sqrt{V(X)} = \sqrt{12} = 2\sqrt{3} \simeq 3{,}46\ €$$

V. Dénombrement. Étude d'exemples de situations

1. Représentation d'éventualités

a. Tableau

On lance deux fois un dé, en notant chaque fois le chiffre obtenu. On appelle éventualité le couple ordonné ainsi noté et on suppose que les événements élémentaires sont équiprobables.
Quelle est la probabilité que la somme des chiffres notés soit 8 ?

On peut former un tableau à double entrée, a désignant le chiffre obtenu lors du premier lancer et b celui obtenu au second lancer.
L'éventualité $(a ; b)$ est représentée par la case qui est à l'intersection de la ligne a et de la colonne b.
Par exemple (6 ; 3) caractérise la 3ème case de la 6ème ligne.

Dans chaque case on notera la somme $a + b$ des chiffres notés (table d'addition).

a \ b	**1**	**2**	**3**	**4**	**5**	**6**
1	2	3	4	5	6	7
2	3	4	5	6	7	8
3	4	5	6	7	8	9
4	5	6	7	8	9	10
5	6	7	8	9	10	11
6	7	8	9	10	11	12

Il y a $6 \times 6 = 36$ cases ; donc Ω possède 36 éléments.

Les cases correspondant à l'événement A « la somme des chiffres notés est 8 » sont au nombre de 5, donc A a 5 éléments.

Les événements élémentaires étant équiprobables, $p(A) = \frac{5}{36}$

b. Arbre

On reprend l'exemple donné au IV – 1 où on lance trois fois une pièce de monnaie en notant les résultats obtenus (pile = P, face = F).

On suppose la pièce parfaite (c'est-à-dire que les éventualités sont équiprobables).

Dresser la liste des éventualités et calculer la probabilité d'avoir 2 « piles » exactement.

On peut construire l'arbre suivant :

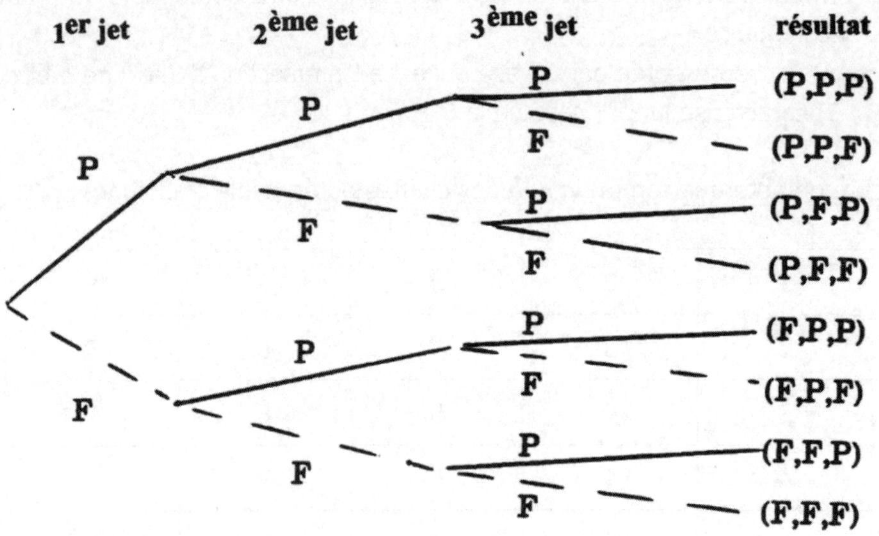

Il y a 8 éventualités dont 3 comportent exactement 2 « piles ».

La probabilité cherchée est donc $p = \frac{3}{8}$

Exercice 57

Soient A et B deux événements d'un univers Ω.
Démontrer que $\overline{A \cup B} = \bar{A} \cap \bar{B}$ et $\overline{A \cup B} = \bar{A} \cup \bar{B}$

Exercice 58

On lance un dé équilibré à 6 faces. On considère les événements suivants :

A : obtenir au moins 5
B : obtenir au plus 5
C : obtenir strictement moins de 5
D : obtenir strictement plus de 5

1. Écrire pour chaque événement son contraire.
2. Écrire explicitement les ensembles de valeurs prises par ces événements contraires.

Exercice 59

On donne $p(A) = 0{,}5$, $p(B) = 0{,}3$ et $p(A \cup B) = 0{,}6$

1. Calculer $p(A \cap B)$
2. Simplifier l'événement $(A \cap B) \cup (\bar{A} \cap B)$
3. Montrer que les événements $A \cap B$ et $\bar{A} \cap B$ sont disjoints.
4. Montrer que $p(B) = p(A \cap B) + p(\bar{A} \cap B)$. En déduire $p(\bar{A} \cap B)$.
5. Calculer $p(A \cap \bar{B})$ et $p(\bar{A} \cap \bar{B})$

Exercice 60

Pour représenter des ensembles, on utilise des diagrammes, appelés **diagrammes de Venn** (appelés communément « patates »), où chaque ensemble est représenté par une portion de plan limitée par une ligne courbe fermée simple.

Exemple :

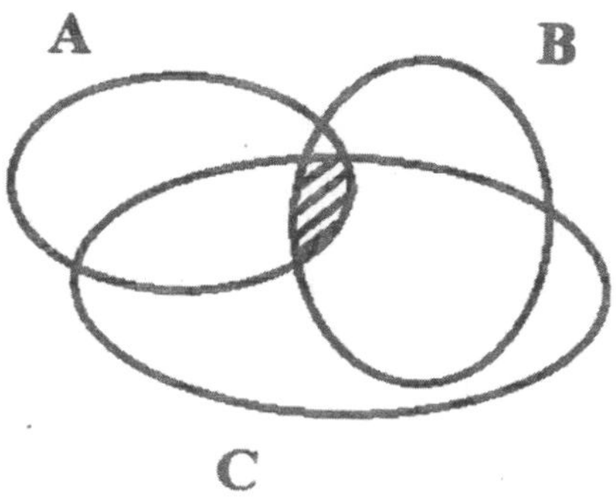

en hachuré $A \cap B \cap C$

Application

Dans un lycée de 1 500 élèves, 1 080 suivent au moins des cours d'anglais, 750 au moins des cours d'allemand et 375 au moins des cours d'espagnol.

- 510 élèves suivent les cours d'anglais et d'allemand
- 195 élèves suivent les cours d'espagnol et d'allemand
- 210 élèves suivent les cours d'anglais et d'espagnol.

Enfin 60 élèves apprennent les 3 langues.

1. À l'aide d'un diagramme de Venn, calculer le nombre d'élèves n'apprenant :
   - Que l'anglais
   - Que l'allemand
   - Que l'espagnol
2. En déduire le nombre d'élèves n'apprenant aucune de ces trois langues.

Exercice 61

Dans un lycée de 1 000 élèves, 500 suivent des cours d'anglais, 350 suivent des cours d'allemand et 100 suivent les 2 cours.

On prend au hasard un de ces 1 000 élèves.

1. Calculer la probabilité qu'il suive au moins l'une des deux langues.
2. Calculer la probabilité qu'il ne suive aucune de ces deux langues.
3. Calculer la probabilité qu'il suive l'anglais mais ne suive pas l'allemand.

Exercice 62

Un dé dont les faces sont notées 1, 2, 3, 4, 5, 6 est truqué et la probabilité d'apparition d'une face est proportionnelle à la valeur de cette face.

1. Déterminer la probabilité de chaque événement élémentaire.
2. On lance le dé. Quelle est la probabilité d'obtenir un chiffre pair ?
3. En déduire la probabilité d'obtenir un chiffre impair.

Exercice 63

On considère l'univers $\Omega = \{-5 ; -1 ; 0 ; 1 ; 3 ; 10\}$ avec la loi de probabilité suivante :

x_i	-5	-1	0	1	3	10
p_i	$\frac{1}{10}$	$\frac{1}{20}$	$\frac{1}{5}$	$\frac{3}{10}$	$\frac{2}{15}$	p_6

1. Déterminer la valeur de p_6.
2. Calculer l'espérance de cette loi.
3. Calculer la variance et l'écart-type de cette loi.

Exercice 64

Une urne contient 4 boules bleues, 6 boules rouges, 10 boules jaunes et 20 boules blanches toutes indiscernables au toucher. On mise 4 € au départ et on tire au hasard une boule. On gagne 5 € si on a sorti une boule jaune, 9 € pour une boule rouge et 14 € pour une boule bleue et rien si on sort une boule blanche. On définit la variable aléatoire X comme étant le gain réalisé en jouant une fois à ce jeu.

1. Déterminer les valeurs possibles prises par X.
2. Déterminer la loi de probabilité de X et construire le tableau correspondant.
3. Calculer l'espérance de X. Que peut-on conclure ?
4. Calculer l'écart-type de X.

Exercice 65

Une chaîne de montage fabrique des pièces en très grande série. Celles-ci peuvent être défectueuses à cause de deux défauts seulement, désignés par A et B. Dans un lot de 1 000 pièces prélevées, on constate que 60 présentent le défaut A (et peut-être aussi le défaut B), 40 présentent le défaut B (et peut-être aussi le défaut A) et que 20 pièces présentent simultanément les défauts A et B.

1. Calculer la probabilité p qu'une pièce ne présente aucun défaut.
2. Calculer la probabilité p1 qu'une pièce présente le défaut A seulement.
3. Calculer la probabilité p2 qu'une pièce présente le défaut B seulement.

Exercice 66

Une urne contient 3 boules numérotées respectivement 1, 2 et 3. On tire au hasard, l'une après l'autre et sans remise, les 3 boules. Une expérience a ainsi pour issue une suite de 3 nombres. On dit qu'il y a un « invariant » dans une expérience si la boule portant le numéro i est tirée en $i^{\text{ème}}$ position. Soit X la variable aléatoire qui, à chaque expérience, associe le nombre d'invariants.

1. Déterminer l'univers Ω associé à cette expérience.
2. Déterminer la loi de probabilité de X et calculer son expérience.

Exercice 67

On considère un dé tétraédrique parfait avec les forces numérotées de 1 à 4. On lance ce dé deux fois et on fait le total des 2 chiffres marqués.

1. Quels sont les totaux possibles ?
2. Quelle est la probabilité d'obtenir chacun des totaux précédents ?
3. Calculer la somme des probabilités ci-dessus. Le résultat était-il prévisible ?
4. Quel est le total qui a la plus grande probabilité d'apparition ?

Exercice 68

On considère un jeu de 32 cartes. On tire simultanément 3 cartes au hasard.

1. Montrer que le nombre d'éventualités est $\frac{32 \times 31 \times 30}{6}$

2. Sachant que le jeu de 32 cartes contient 8 cœurs, déterminer les probabilités des événements suivants :
   A : « le tirage ne contient pas de cœur. »
   B : « le tirage contient un cœur exactement. »
   C : « le tirage contient au moins un cœur. »

On donnera les résultats sous forme de fractions irréductibles.

Exercice 69

Les résultats seront donnés sous forme de fractions irréductibles.

1. On tire au hasard une carte dans un jeu de 32 cartes, puis on la remet dans le paquet de cartes et ensuite, on tire au hasard une seconde carte.
   a. Calculer la probabilité p_1 de tirer un seul as au cours des 2 tirages.
   b. Calculer la probabilité p2 de tirer au moins un as au cours des 2 tirages.

2. On recommence l'expérience en tirant au hasard une carte du jeu, puis une seconde carte sans remettre la première dans le paquet. Reprendre les mêmes questions qu'au 1) pour cette situation.

Exercice 70

Quatre amis décident, chacun de leur côté, d'aller au cinéma le même jour à la même heure de la séance. Trois cinémas sont à leur disposition. On suppose l'équiprobabilité dans le choix des trois cinémas.

1. Dénombrer tous les cas possibles en utilisant le début d'une construction d'un arbre.

2. Calculer la probabilité que les quatre amis se retrouvent dans le même cinéma.

3. Calculer la probabilité que, dans chaque cinéma, il y ait au moins l'un des quatre amis.

TROISIÈME LEÇON

Probabilités conditionnelles et indépendance

I. Probabilité conditionnelle

1. Définition

Soient A et B deux événements avec $P(A) \neq 0$.

La probabilité que l'événement B se réalise sachant A est réalisé, s'appelle la probabilité conditionnelle de B sachant A.

On la note $P_A(B)$ et elle se définie par :

$$P_A(B) = \frac{P(A \cap B)}{P(A)}$$

Exemple

On tire une carte au hasard dans un jeu de 32 cartes, et on suppose que tous les tirages sont équiprobables. On considère les évènements suivants :

- A : « la carte tirée est noire »
- B : « la carte tirée est un roi »

On va obtenir les probabilités suivantes :

- $P(A) = \frac{1}{2}$ et $P(B) = \frac{4}{32}$
- $P(A \cap B) = \frac{2}{32} = \frac{1}{16}$

Par conséquent la probabilité de tirer un Roi (B) sachant que la carte est noire (A) est :

$$P_A(B) = \frac{P(A \cap B)}{P(A)} = \frac{\frac{1}{16}}{\frac{1}{2}} = \frac{1}{8}$$

2. Propriétés

Soient A et B deux événements avec $P(A) \neq 0$ et $P(B) \neq 0$

On a :

- $0 \leq P_A(B) \leq 1$
- $P_A(\bar{B}) + P_A(B) = 1$ où $\bar{B}$ est l'événement contraire de B
- $P(A \cap B) = P(A) \times P_A(B)$ avec $P(A) \neq 0$
- $P(A \cap B) = P_B(A) \times (B)$ avec $P(B) \neq 0$

II. Arbre pondéré et formule des probabilités totales

Définition

Soit A l'événement tel que $P(A) \neq 0$ et $P(\overline{A}) \neq 0$.

Une expérience aléatoire peut être schématisée, par un arbre pondéré dont chaque branche est affectée d'un poids qui est une probabilité.

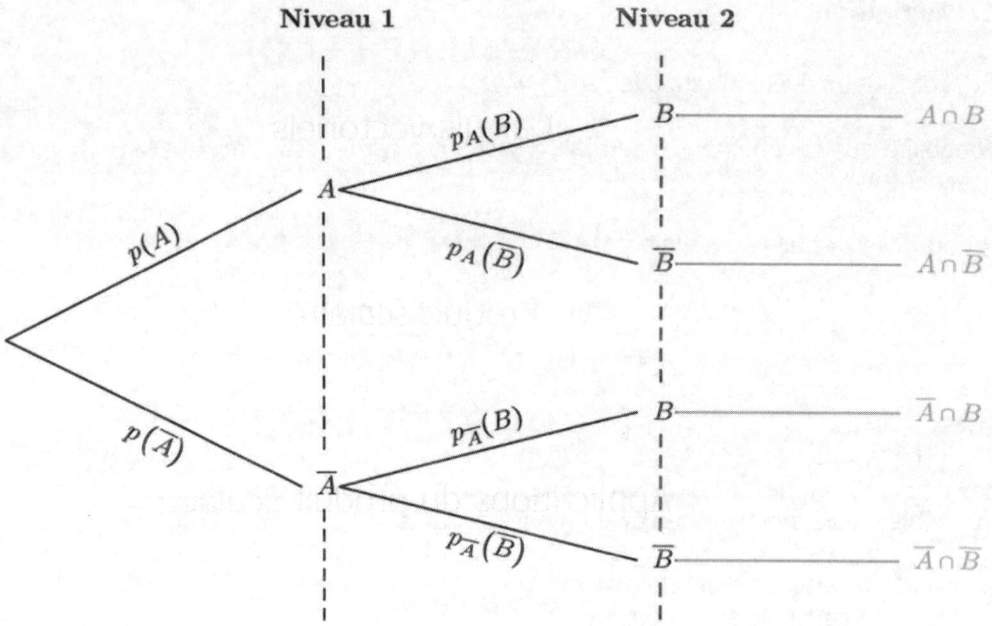

- Une branche relie deux événements et on associe à chaque branche une probabilité. Par exemple la probabilité de la branche reliant A et B est $P_A(B)$.
- Un chemin est une suite de branches et représente l'intersection des évènements considérés. La probabilité d'un chemin est la probabilité de l'intersection des évènements du chemin.
- Un nœud est le point de départ d'une ou plusieurs branches.

Propriétés

- La racine de l'arbre est l'univers Ω.
- Les évènements qui se trouvent aux extrémités des branches issues d'un même nœud forment une partition de l'évènement situé à ce nœud. Par exemple, $\{A;\ \bar{A}\}$ est une partition de l'univers Ω et $\{A;\ \bar{A}\}$ est une partition de l'événement A.
- Un chemin complet qui conduit à un sommet final, représente l'intersection des évènements qui le composent. Par exemple, le chemin dont l'extrémité est B représente l'évènement A ∩ B.

Remarques

- La somme des probabilités inscrites sur les branches issues d'un même nœud est égale à 1.
- La probabilité d'un chemin est le produit des probabilités figurant sur ses branches.
- La probabilité d'un événement est la somme des probabilités de tous les chemins menant à un sommet où apparaît cet événement.

III. Notion d'indépendance

1. Indépendance de deux événements

Définition

On dit que deux expériences aléatoires sont indépendantes, si le résultat de l'une d'entre elles n'a aucune influence sur le déroulement de l'expérience. Soient A et B deux événements tels que $(A) \neq 0$ et $P(\mathrm{B}) \neq 0$. Deux événements A et B sont indépendants si $P(A \cap B) = P(A)xP(B)$

Exemple

On considère une urne contenant 5 boules. On procède à deux tirages successifs d'une boule de l'urne.

- Les tirages **avec remise** de la première boule conduisent à deux expériences indépendantes.

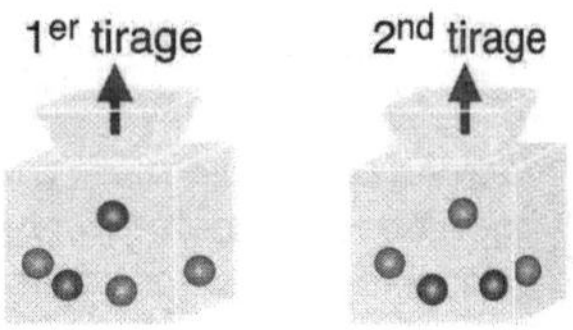

- Les tirages **sans remise** conduisent à deux expériences qui ne sont pas indépendantes, du fait que le résultat du premier tirage va modifier les conditions du second tirage.

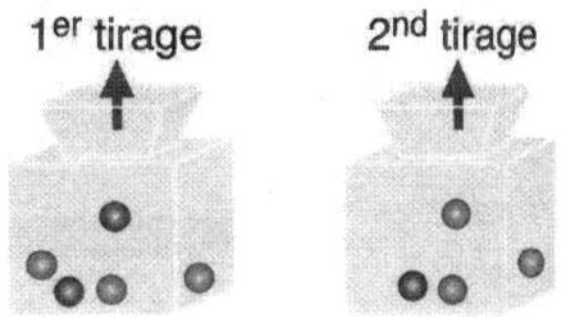

Propriétés $A \cap \overline{B}$, $\overline{A} \cap B$, $\overline{A} \cap \overline{B}$

- A et B sont indépendants si et seulement si $P_A(B) = P(B)\ et\ P_B(A) = P(A)$;
- Si A et B sont indépendants alors :
  - $\bar{A}$ et B sont indépendants.
  - $A\ et\ \bar{B}$ sont indépendants.
  - $\bar{A}\ et\ \bar{B}$ sont indépendants.

2. Succession de deux épreuves indépendantes

Définition

Lorsque deux expériences aléatoires se succèdent, et que les résultats de la première expérience n'ont aucune influence sur les résultats de la seconde, on dit que l'on réalise une succession de deux épreuves indépendantes.

Propriétés

- Considérons deux événements A et B :
  - La probabilité de A suivie de celle de B est P(A) x P(B) ;
  - La probabilité de B suivie de celle de A est P(B) x P(A) ;
- La succession de deux épreuves indépendantes peut être représentée par un arbre, dont les pondérations, associé à chaque branche, seront des probabilités non conditionnelles.

Exemple

On considère la succession de trois épreuves.

La première épreuve aboutit à trois issues A_1, A_2 et A_3 de probabilité respective p_1, p_2 et p_3 ;
La seconde épreuve a deux issues B_1 et B_2 de probabilités respectives q_1 et q_2 ;
Enfin la troisième épreuve possède deux issues C_1 et C_2 de probabilités respectives r_1 et r_2.

Ces résultats peuvent être matérialisés par l'ordre pondéré suivant :

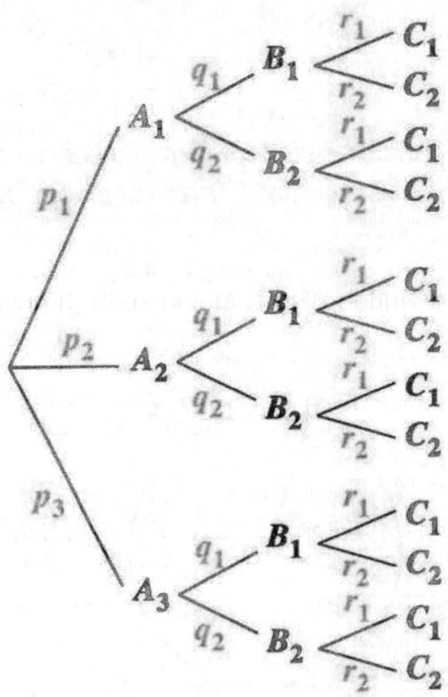

On voit qu'au total 12 résultats sont possibles à l'issue des trois épreuves.
Par exemple, l'événement $A_3\ B_1\ C_2$ est un résultat possible.

La probabilité d'obtenir cet événement est :

$$p(A_3\ B_1\ C_2) = p(A_3) \times p(B_1) \times p(C_2)$$

QUATRIÈME LEÇON

Loi de Bernoulli et loi binomiale

I. Loi de Bernoulli. Schéma de Bernoulli

1. Épreuve de Bernoulli

Définition

On appelle **épreuve de Bernoulli de paramètre** p, toute épreuve aléatoire à deux issues possibles qualifiées respectivement de succès et d'échec.

Notation

* L'événement « succès » est et noté S dont la probabilité d'apparition est p.
* L'événement « échec » est et noté E dont la probabilité d'apparition égale à 1 - p.

Exemple

Toute expérience aléatoire peut donner lieu à une épreuve de Bernoulli ; par exemple, lors du lancement d'un dé cubique non truqué. Six faces peuvent apparaître et on peut qualifier de succès l'événement « obtenir un 6 » et considérer comme échec l'événement « une autre face que le 6 apparaît ».

2. Loi de Bernoulli

Propriété

Dans une épreuve de Bernoulli de paramètre p, on considère la variable aléatoire X qui associe 1 à l'issue S et associe la valeur O à l'issue E.
On appelle **loi de Bernoulli** une loi de probabilité définie sur un univers Ω à deux éléments.
Pour $\Omega = \{0 ; 1\}$, la loi de probabilité de X est définie par :

Valeur k prise par X	0	1
Probabilités $p(X = k)$	$1 - p$	p

Avec $0 < p < 1$

On dit que X suit la loi de Bernoulli de paramètre p.
Elle admet pour espérance $E(X) = p$ et pour variance $V(X) = p(1- p)$

Démonstration

Par définition, l'espérance est telle que :

$$E(X) = 0 \times (1 - p) + 1 \times p = p$$

La variance V est telle que :

$$V(X) = E(X^2) - [E(X)]^2\ 0^2 + (1 - p) + 1^2 \times p - p^2$$
$$V(X) = p - p^2 = p(1 - p)$$

3. Schéma de Bernoulli

Définition

On appelle schéma de Bernoulli la répétition dans des conditions identiques et indépendantes de n épreuves de Bernoulli, de paramètre p, n étant un entier naturel.

Exemple

On lance trois fois de suite un dé cubique non pipé et on s'intéresse à l'événement : « obtenir exactement deux fois un 6 ».
Nous sommes en présence d'un schéma de Bernoulli où l'épreuve de Bernoulli est le jet d'un dé et le succès S obtenir un 6.
La probabilité du succès S est $p = \frac{1}{6}$ et celle de l'échec E est $q = 1 - p = \frac{5}{6}$
L'épreuve de Bernoulli est répétée trois fois dans des conditions identiques et indépendantes.
L'arbre associé à cette expérience est :

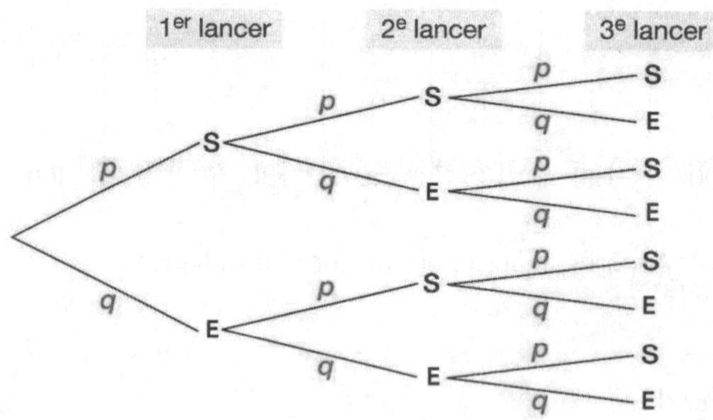

issue	probabilité
SSS	p^3
SSE	p^2q
SES	p^2q
SEE	pq^2
ESS	p^2q
ESE	pq^2
EES	pq^2
EEE	q^3

Soit X la variable aléatoire comptant le nombre de succès (c'est-à-dire le nombre de 6 obtenus) après les trois lancers de dé.
L'événement « obtenir exactement 2 fois un 6 » correspond à $X = 2$.
Les cas favorables à cet événement sont (SSE), (SES), (ESS).

Donc $p(X = 2) = p(SSE) + p(SES) + p(ESS)$
$= 3 \times p^2\, q = 3p^2\,(1 - p)$

Le nombre 3 du résultat précédent vient du fait que 6 peut aussi bien apparaître aux places n°1, 2 ou 3 avec par ailleurs la même probabilité de l'événement : « obtenir exactement deux fois un 6 » (ceci se traduit sur l'arbre par le nombre de chemins réalisant deux succès lors des trois expériences).

Ainsi la probabilité que deux 6 exactement apparaissent est :

$$p(X = 2) = 3 \times \left(\frac{1}{6}\right)^2 \times \frac{5}{6} = \frac{5}{72} \approx 0{,}0694 \text{ à } 10^{-4} \text{ près}$$

4. Arbre de probabilité

En considérant l'exemple précédent, on peut généraliser la construction d'un arbre pondéré illustrant un schéma de Bernoulli.

Un tel arbre est caractérisé ainsi :

- De chaque nœud portent deux branches ;
- Toutes les branches menant à un succès S ont la même probabilité p ;
- Toutes les branches menant à un échec E ont la même probabilité q = 1 – p ;
- Le nombre de chemins pour une épreuve est toujours une puissance de 2.

En effet : pour $n = 1$, on a 2 chemins
pour $n = 2$, on a $2^2 = 4$ chemins
pour $n = 3$, on a $2^3 = 8$ chemins
....
pour n épreuves, on a 2^n chemins

II. Loi binomiale

1. Coefficients binomiaux

Définition

Soit un schéma de n épreuves de Bernoulli représenté par un arbre, et k un entier naturel tel que $0 \leq k \leq n$.

L'entier noté $\binom{n}{k}$ est le nombre de chemins de l'arbre réalisant k succès.

$\binom{n}{k}$ est appelé **coefficient binomial**.

Remarque

L'ancienne notation de $\binom{n}{k}$ est C_n^k

Cas particuliers

$\binom{n}{0}$ représente le nombre de chemins de l'arbre aboutissant à 0 succès.

Un seul chemin est possible, à savoir, celui correspondant au résultat ($EEE \dots E$) ; par conséquent $\binom{n}{0} = 1$

De même, il n'existe qu'un seul chemin réalisant n succès correspondant à l'événement ($SSS \dots S$), d'où : $\binom{n}{n} = 1$

Enfin, le cas réalisant un seul succès correspondant à n résultats possibles ($SEE \dots E$), ($ESE \dots E$), ..., ($EEE \dots S$), donc $\binom{n}{1} = n$

Remarques

Comme $0 \leq k \leq n$, pour chaque $n \neq 0$, il existe $n + 1$ coefficient binomiaux $\binom{n}{0}, \binom{n}{1}, \dots, \binom{n}{n}$

On admet, par convention, que $\binom{0}{0} = 1$

Exemple

Pour $n = 4$, il existe 5 coefficients binomiaux, à savoir :

$$\binom{4}{0} = 1, \binom{4}{1} = 4, \binom{4}{2} = 6, \binom{4}{3} = 4 \text{ et } \binom{4}{4} = 1$$

2. Loi binomiale

On considère un schéma de Bernoulli constitué par la répétition de n épreuves de Bernoulli identiques et indépendantes.

La probabilité du succès S est égale à p et celle de l'échec E vaut $q = 1 - p$.

On désigne par X la loi numérique associant le nombre de succès obtenus lors de n épreuves.
X peut prendre les valeurs 0, 1, 2, ..., n.

Un arbre pondéré peut être construit correspondant à n épreuves de Bernoulli.

Dans ce cas, tous les chemins ont n branches. Si un chemin comporte le succès, il comporte aussi $(n - k)$ échecs.

Comme la probabilité d'un chemin est le produit des probabilités portées par toutes les branches de ce chemin, la probabilité d'un chemin comportant k succès est $p^k \times (1 - p)^{n-k}$.

Propriété

La loi de probabilité de X est définie par : pour tout entier k tel que $0 \leq k \leq n$, on a :

$$p(X = k) = \binom{n}{k} p^k . (1 - p)^{n-k}$$

Avec :

n : nombre d'épreuves
k : nombre de succès
p : probabilité du succès
$\binom{n}{k}$: nombre de chemins comportant k succès

On dit que X suit la loi binomiale de paramètre n et p, notée $\mathcal{B}(n\ ;\ p)$
On a alors $E(X) = np$ et $V(X) = np(1 - p)$

Exemple

On considère une pièce truquée, de telle manière que la probabilité de l'apparition de « face » soit $\frac{3}{4}$ et celle de « pile » soit $\frac{1}{4}$.

On lance la pièce trois fois de suite.
Quelle et la probabilité d'obtenir exactement deux « face » ?

On a un schéma de Bernoulli et le nombre du succès (de « face ») suit une loi binomiale de paramètre 3 et $\frac{3}{4}$ soit $\mathcal{B}(3\ ;\ \frac{3}{4})$

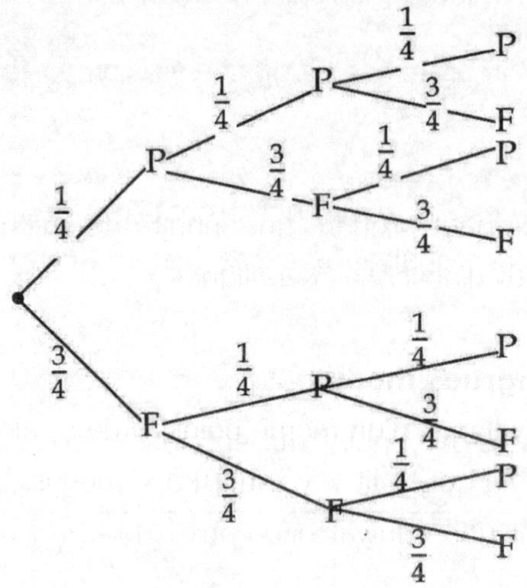

Les deux succès se produisent dans les cas : PFF, FPF, FFP.

Chacun de ces cas a pour probabilité : $\left(\frac{3}{4}\right)^2 \times \frac{1}{4}$ (expériences identiques et indépendantes).

Donc la probabilité de 2 succès exactement est :

$$3 \times \left(\frac{3}{4}\right)^2 \times \frac{1}{4} = \frac{27}{64}$$

L'expérience du nombre de succès dans une loi binomiale de paramètres n et p est $E = np$, donc :

$$E = 3 \times \frac{3}{4} = \frac{9}{4} = 2{,}25$$

Cela traduit le fait que le nombre <u>moyen</u> de succès, si on réalise un grand nombre de fois ce schéma de trois épreuves, sera théoriquement 2,25.

III. Propriétés des coefficients binomiaux

1. Symétrie des coefficients binomiaux

Propriété

Pour tous entiers naturels n et k avec $0 \leq k \leq n$, on a la relation :

$$\binom{n}{n-k} = \binom{n}{k}$$

Démonstration

Soit un schéma de n épreuves de Bernoulli représenté par un arbre.
$\binom{n}{k}$ représente le nombre de chemins aboutissant à k succès.
Les rôles des succès et des échecs étant symétriques dans l'arbre (si on permute succès et échecs, on obtient le même arbre), $\binom{n}{k}$ est aussi le nombre de chemins réalisant k échecs. Un chemin avec k échecs est équivalant à un chemin comportant $n - k$ succès.
Ainsi $\binom{n}{k}$ représente également le nombre de chemins réalisant $n - k$ succès soit par définition $\binom{n}{n-k}$

Exemples

$$\binom{8}{7} = \binom{8}{8-7} = \binom{8}{1} = 8$$

Ceci signifie qu'il y a autant de façon d'obtenir 7 succès que de façons d'obtenir 1 échec en considérant 8 épreuves de Bernoulli.
Si $k = 1$

$$\binom{n}{n-k} = \binom{n}{n-1} = \binom{n}{n-(n-1)} = \binom{n}{1} = n$$

2. Formule de Pascal

Théorème

Soient n un entier naturel non nul et k un entier vérifiant $0 \leq k \leq n - 1$, alors on a la relation de Pascal

$$\binom{n}{k} + \binom{n}{k+1} = \binom{n+1}{k+1}$$

Démonstration

Soit $n + 1$ épreuves de Bernoulli présentant deux issues possibles : succès S ou échec E matérialisés par un arbre.

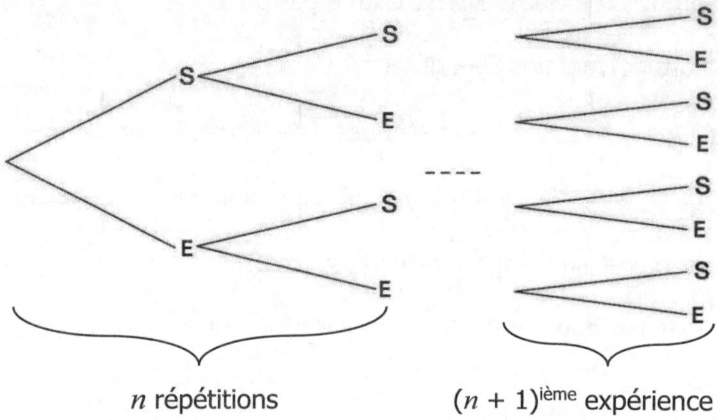

Par définition $\binom{n+1}{k+1}$ représente le nombre de chemins donnant $k + 1$ succès lors des $n + 1$ répétitions.

Un tel chemin peut être réalisé de deux manières :

- Les n premières répétitions donnent $k + 1$ succès, donc la $(n + 1)^{\text{ième}}$ épreuve aboutit à un échec.

  Le nombre de chemins réalisant $k + 1$ succès pour n répétitions est $\binom{n}{k+1}$;
- Les n premières répétitions ont donné k succès, donc pour avoir $k + 1$ succès, il faudra que la $(n + 1)^{\text{ième}}$ expérience aboutisse à un succès.

Le nombre de chemins correspondant est égal au nombre de chemins réalisant k succès avec n répétitions soit $\binom{n}{k}$

Finalement, pour réaliser $k + 1$ succès lors des $n + 1$ expériences on a :

$$\binom{n+1}{k+1} = \binom{n}{k+1} + \binom{n}{k}$$

Exemple

$$\binom{4}{1} + \binom{4}{2} = 4 + 6 = 10$$

Et

$$\binom{4}{1} + \binom{4}{2} = \binom{5}{2} \text{ donc } \binom{5}{2} = 10$$

Application

Le tableau ci-dessous est appelé **triangle de Pascal**.

Il permet le calcul de $\binom{n}{k}$ de proche en proche grâce à l'égalité :

$$\binom{n}{k} = \binom{n-1}{k-1} + \binom{n-1}{k} \quad (\text{avec } 1 \leq k \leq n - 1)$$

On lit $\binom{n}{k}$ à l'intersection de la ligne « n » et de la colonne « k ».

n \ k	**0**	**1**	**2**	**3**	**4**	**5**	**6**
0	1						
1	1	1					
2	1	2	1				
3	1	3	3	1			
4	1	4	6	4	1		
5	1	5	10	10	5	1	
6	1	6	15	20	15	6	1

D'après la relation $\binom{n-1}{k-1} + \binom{n-1}{k} = \binom{n}{k}$, tout terme du tableau, autre que les termes extrêmes (les 1 qui bordent le triangle est la somme des deux autres : le terme au-dessus et le terme à gauche de ce dernier.

$$\binom{n\text{-}1}{k-1} + \binom{n-1}{k}$$

$$\downarrow$$

$$\binom{n}{k}$$

Exemple, en rouge sont représentés les termes correspondant à :

$$\binom{4}{1} + \binom{4}{2} = \binom{5}{2} = 10$$

Remarque

Grâce au triangle de Pascal on peut calculer les coefficients du développement de $(a+b)^n$ (a et $b \in \mathbb{R}$ et $n \in \mathbb{N}$), connu sous le nom de formule du binôme.

$$(a+b)^n = a^n + \binom{n}{1} a^{n-1} b + \binom{n}{2} a^{n-2} b^2 + \ldots + \binom{n}{n-1} a\, b^{n-1} + b^n$$

Exemple

En reprenant le triangle de Pascal ci-dessus, on retrouve l'expression de

$$(a+b)^2 = a^2 + 2\,ab + b^2.$$

De même, pour $n = 5$

$$(a+b)^5 = a^5 + 5\,a^4\,b + 10\,a^3\,b^2 + 10\,a^2\,b^3 + 5\,a\,b^4 + b^5$$

Exercice 71

Un match de tennis de table se joue en deux sets gagnants, ce qui signifie que le match s'arrête lorsqu'un des deux joueurs a gagné deux sets. Un match se déroulera donc en deux ou trois sets ou plus.
Pierre et Paul sont régulièrement adversaires. Pierre gagne en moyenne trois sets sur dix. On conviendra que la probabilité pour que Pierre gagne un set contre Paul est de 0,3 et que le résultat d'un set est indépendant de celui des autres sets.
Pierre et Paul disputent un match.

1. Représenter toutes les situations possibles par un arbre pondéré. On désignera Pierre par P_i et Paul par P_a.

2. Calculer la probabilité des événements suivants :
   A : Pierre gagne en deux sets à zéro.
   B : Paul gagne le premier set et Pierre gagne le match.
   C : Paul gagne deux sets à un.
   D : Pierre gagne.

Exercice 72

On considère une pièce non truquée. On suppose qu'à chaque lancer, l'apparition de « pile » ou « face » est équiprobable.
On lance la pièce 4 fois de suite.

1. Construire un arbre correspondant à l'ensemble des événements possibles.

2. Quelles sont les probabilités p0, p1, p2, p3 et p4 d'obtenir 0, 1, 2, 3 ou 4 fois « pile » ?

3. On considère une rangée de 5 cases A, B, C, D, E.

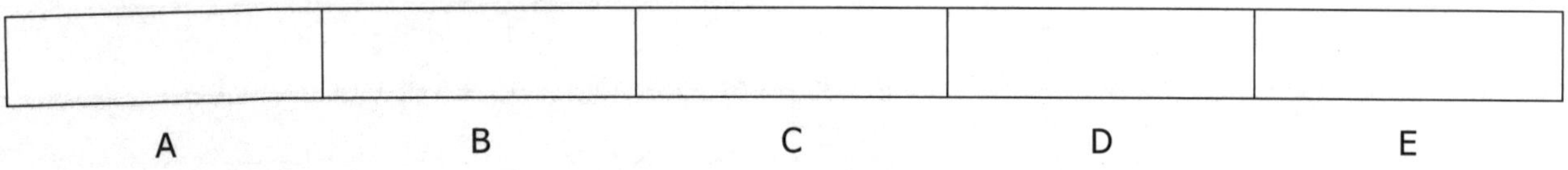

On place un pion en A et on lance la pièce.
Si on obtient « pile », le pion avance d'une case vers la droite si « face » apparaît, le pion reste sur place.
Dans le cas où la pièce est lancée 4 fois de suite, déterminer la probabilité des événements suivants :

* α : « Le pion demeure sur la case A »
* β : « Le pion dépasse la case B »
* γ : « Le pion atteint la case E »

Exercice 73

Une pièce de monnaie est truquée de telle sorte que la probabilité d'obtenir pile est $\frac{1}{3}$.

1. On lance la pièce deux fois. En utilisant un arbre pondéré, calculer la probabilité d'obtenir deux fois pile, une fois pile et zéro fois pile.

2. À présent la pièce est lancée 3 fois. Calculer l'espérance du nombre de piles obtenus.

Exercice 74

Calculer $\binom{5}{2}$ et $\binom{5}{3}$. Conclusion.

Exercice 75

Calculer $\binom{21}{0}$; $\binom{8}{8}$; $\binom{134}{1}$; $\binom{18}{17}$; $\binom{15}{4} - \binom{15}{11}$; $\binom{10}{6} - \binom{9}{5} - \binom{9}{6}$

Exercice 76

Sachant que pour tous entiers naturels n et k tels que $0 \leq k \leq n - 1$, on a la relation de Pascal :

$$\binom{n}{k} + \binom{n}{k+1} = \binom{n+1}{k+1}$$

Montrer que pour tous entiers naturels n et k tels que $1 \leq k \leq n - 2$, on a la relation de Pascal :

$$\binom{n+1}{k+1} = \binom{n-1}{k+1} + 2\binom{n-1}{k} + \binom{n-1}{k-1}$$

Exercice 77

On place dans une urne cinq boules indiscernables au toucher, deux noires et trois blanches.

1. On procède à un tirage d'une boule de l'urne.
   Donner la probabilité des événements : « tirer une boule noire » ; « tirer une boule blanche ».

2. On procède maintenant à quatre tirages avec remise, d'une boule de l'urne, ces tirages étant indépendants les uns des autres.
   Quelle est la probabilité de tirer exactement trois fois une boule noire ?

3. On répète 100 fois l'expérience du tirage d'une boule de l'urne.
   Quel est le nombre moyen de boules noires tirées ?

Exercice 78

On lance 10 fois de suite un dé parfait.
On note A l'événement « obtenir au moins deux fois le 1 ou le 6 ».
Calculer la probabilité de l'événement A.

SERIE 4
GEOMETRIE

PREMIÈRE LEÇON
Calculs vectoriels

DEUXIÈME LEÇON
Produit scalaire

TROISIÈME LEÇON
Applications du produit scalaire

QUATRIÈME LEÇON
Calculs trigonométriques

PREMIÈRE LEÇON

Calculs vectoriels

I. Rappels et compléments sur les vecteurs dans un plan

1. Coordonnées d'un vecteur

- Soit un vecteur $\vec{u}$ .Dire que $\vec{u}$ a pour coordonnées $(x ; y)$ dans une base $(\vec{i}, \vec{j})$ signifie que $\vec{u}$ peut s'écrire :

$$\vec{u} = x\vec{i} + y\vec{j}$$

- Soient deux vecteurs $\vec{u}$ (x ; y) et $\vec{v}$ (x' ; y') et k un réel.
  $\vec{u} = \vec{v}$ équivaut à $x = x'$ et $y = y'$
  La somme $\vec{u} + \vec{v}$ a pour coordonnées : $(x + x' ; y + y')$.
  Le produit d'un vecteur $\vec{u}$ par un réel k s'écrit $k\vec{u}$ et a pour coordonnées $(kx ; ky)$

- Si A et B sont deux points dans un repère ayant pour coordonnées respectives $(x_A ; y_A)$ et $(x_B ; y_B)$, alors $\overrightarrow{AB}$ a pour coordonnées $(x_B - x_A ; y_B - y_A)$

2. Somme, différence de deux vecteurs

La somme de deux vecteurs $\vec{u}$ et $\vec{v}$ est le vecteur, noté $\vec{u} + \vec{v}$, défini de la façon suivante :
On choisit un point A du plan. On construit le point B tel que $\vec{u} = \overrightarrow{AB}$ puis le point C tel que $\vec{v} = \overrightarrow{BC}$
On a $\vec{u} + \vec{v} = \overrightarrow{AB} + \overrightarrow{BC} = \overrightarrow{AC}$

L'égalité $\overrightarrow{AB} + \overrightarrow{BC} = \overrightarrow{AC}$ est appelée **relation de Chasles.**

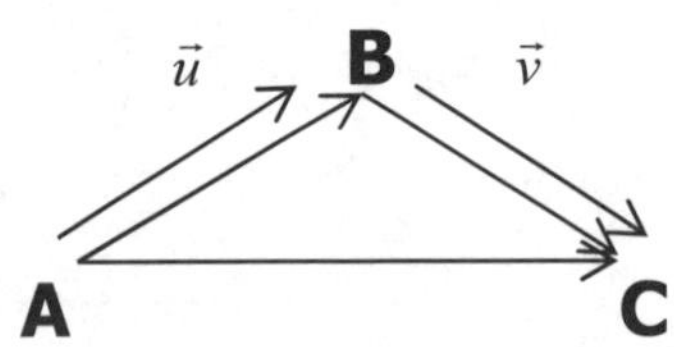

Pour obtenir la différence $\vec{u} - \vec{v}$ on ajoute à $\vec{u}$ l'opposé de $\vec{v}$.

$$\vec{u} - \vec{v} = \vec{u} + (-\vec{v})$$

3. Égalité de deux vecteurs

Soient A et B deux points d'un plan et considérons le vecteur $\vec{u} = \overrightarrow{AB}$. Ce vecteur est caractérisé par :

- Sa direction qui est celle de la droite (AB) ;
- Son sens dirigé de A vers B ;
- Sa norme (ou longueur ou intensité), noté $\|\vec{u}\|$ donnée par la distance de A à B.

On dit que deux vecteurs sont égaux si et seulement si ils ont même direction, même sens et même norme. Soient $\vec{u} = \overrightarrow{AB}$ et $\vec{v} = \overrightarrow{CD}$, alors si $\vec{u} = \vec{v}$, c'est-à-dire si $\overrightarrow{AB} = \overrightarrow{CD}$ alors le quadrilatère $ABDC$ est un parallélogramme.

Règle du parallélogramme :

Considérons 4 points distincts A, B, C, D. Déterminons la somme $\overrightarrow{AB} + \overrightarrow{AD}$

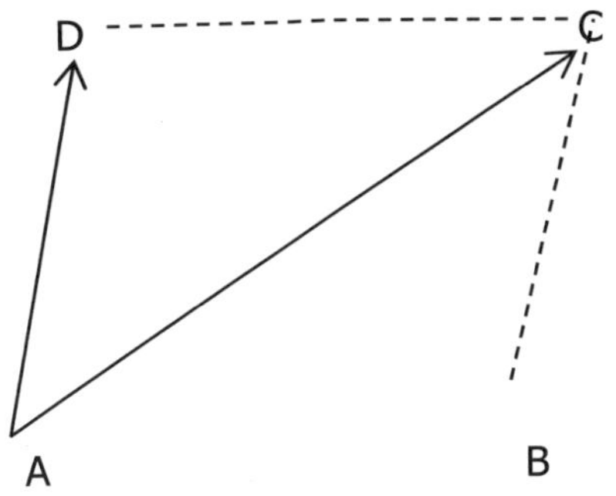

On a : $\overrightarrow{AB} + \overrightarrow{AD} = \overrightarrow{AB} + \overrightarrow{BC} = \overrightarrow{AC}$

(Car $\overrightarrow{AD} = \overrightarrow{BC}$)

Donc pour obtenir $\overrightarrow{AC}$, ici on construit le parallélogramme $ABCD$.
C est donc le quatrième sommet du parallélogramme $ABCD$

4. Produit d'un vecteur par un réel.

Soient $\vec{u}$ un vecteur non nul et k un réel non nul.
Le produit du réel k par le vecteur $\vec{u}$ tel que :

- $k\vec{u}$ a la même direction que $\vec{u}$.
- Le même sens que $\vec{u}$; si $k > 0$
  et le sens contraire si $k < 0$
- $k\vec{u}$ a pour norme $||k\vec{u}|| = ||k|| \times ||\vec{u}||$
- Si $k = 0$ ou $\vec{u} = \vec{0}$, alors $k\vec{0} = \vec{0}$ et $0\vec{u} = \vec{0}$

Remarque

$0 \times \vec{u} = \vec{0}$

Exemple

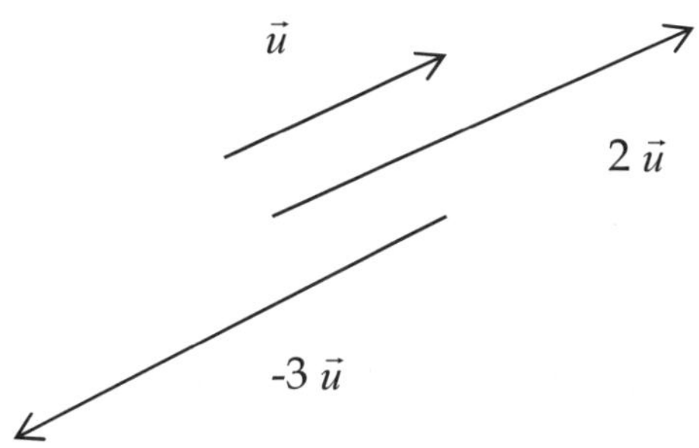

5. Parallélisme, alignement

- Dire que deux droites (AB) et (CD) sont parallèles signifie qu'il existe un réel k non nul tel que $\overrightarrow{CD} = k\,.\,\overrightarrow{AB}$
- En considérant trois points A, B, C du plan, dire que ceux-ci sont alignés indique qu'il existe un réel k non nul tel que $\overrightarrow{AC} = k\,.\,\overrightarrow{AB}$

6. Règle de calcul

Soient $k \in \mathbb{R}$ et $\vec{u}$ un vecteur.

$$k\,\vec{u} = \vec{0} \Leftrightarrow k = 0 \text{ ou } \vec{u} = \vec{0}$$

Pour tous vecteurs $\vec{u}$ et $\vec{v}$ et tous réels k et k', on a :

$k\,(\vec{u} + \vec{u}) = k\,\vec{u} + k\,\vec{v}$

$(k + k')\,\vec{u} = k\,\vec{u} + k'\,\vec{u}$

$k\,(k'\,\vec{u}) = (kk')\,\vec{u}$

$1\,.\,\vec{u} = \vec{u}$

II. Mesure d'un angle

1. Arc géométrique

Sur un cercle de centre O et de rayon R, deux points A et B définissent deux arcs géométriques notés $\overset{\frown}{AB}$ et $\underset{\smile}{AB}$.

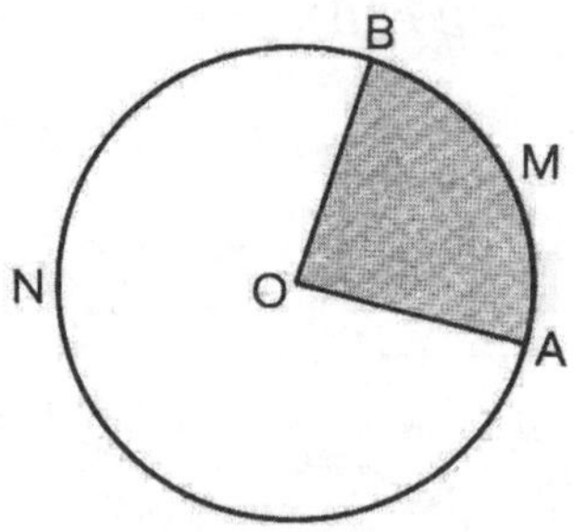

Sur la figure l'arc saillant $\overset{\frown}{AB}$ et celui passant par M, l'arc rentrant $\overset{\smile}{AB}$ est celui passant par N.

À chacun de ces deux arcs correspond un secteur angulaire dont les côtés sont $[OA]$ et $[OB]$: le **secteur saillant** ($[OA]$, $[OB]$) représenté en sombre sur la figure correspond à $\overset{\frown}{AMB}$ et le **secteur angulaire rentrant** ($[OA]$, $[OB]$) correspondant à l'arc ANB.

2. Mesure des angles et longueurs des arcs

a. Unités usuelles de mesures d'angles

Degré : unité de mesure des angles telle qu'un angle plat ou un demi-cercle mesure 180 degrés (on note 180°)

Exemple

Si l'arc $\overset{\frown}{AB}$ est de centre O, on a $\widehat{AOB}$ = 90°

b. Une nouvelle unité : le radian

Définition

Le radian est la mesure d'un secteur angulaire qui intercepte sur un cercle centré, en son sommet, un arc dont la longueur est égale à la mesure de l'angle (le radian est noté rad ou rd).

Remarque

En considérant un cercle de rayon 1, si on prend le radian comme unité d'arc, la mesure de l'arc correspondant au cercle est 2 π, celle du demi-cercle est π. Par suite, on a : 180° = π rad.
Cette remarque permet de faire des conversions entre les mesures en degrés et les mesures en radians d'un même angle.
Le tableau suivant établit la correspondance entre les mesures en radians et en degrés de quelques angles.

Mesures en radians	0	$\frac{\pi}{6}$	$\frac{\pi}{4}$	$\frac{\pi}{3}$	$\frac{\pi}{2}$	$\frac{2\pi}{3}$	$\frac{3\pi}{4}$	$\frac{5\pi}{6}$	π	$\frac{3\pi}{2}$	2π
Mesures en degrés	0	30	45	60	90	120	135	150	180	270	360

D'une manière générale, si un arc a pour mesure d degrés, il aura pour mesure en radians :

$$\alpha = \frac{\pi}{180} . d$$

Par exemple, un radian équivaut à 57,30.

Les mesures d, α d'un même angle exprimées en degrés et radians vérifient les relations :

$$\boxed{\frac{d}{180} = \frac{\alpha}{\pi}}$$

c. Rappels sur la nature d'un angle

Si α est la mesure en radians d'un angle géométrique saillant $\widehat{AOB}$, alors α appartient à l'intervalle [O ; π].

- Si $\alpha = 0$, on dit que l'angle $\widehat{AOB}$ est **nul**.
- Si $0 < \alpha < \frac{\pi}{2}$, on dit que l'angle $\widehat{AOB}$ est **aigu**.
- Si $\alpha = \frac{\pi}{2}$, on dit que l'angle $\widehat{AOB}$ est **droit**.
- Si $\frac{\pi}{2} < \alpha < \pi$, on dit que $\widehat{AOB}$ est **obtus**.
- Si $\alpha = \pi$, on dit que l'angle $\widehat{AOB}$ est **plat**.

d. Longueur d'un arc pour un cercle quelconque

Théorème

Soit un cercle de rayon R. La longueur ℓ d'un arc intercepté par un angle au centre de mesure α radians et donnée par :

$$\boxed{\ell = \mathrm{R} \,.\, \alpha}$$

Démonstration

On sait que pour un cercle de rayon 1, l'arc a pour longueur α donc si R = 1, alors $\ell = \alpha$, d'où :

$$\frac{\ell}{R} = \frac{\alpha}{1} \text{ soit } \ell = \mathrm{R} \,.\, \alpha$$

Exemple

Soit un cercle de rayon R = 3 cm. Calculons la longueur d'un arc de cercle dont l'angle au centre est

$$\alpha = \frac{2\pi}{3}$$

Il vient :

$$\ell = \mathrm{R} \,.\, \alpha = 3 \times \frac{2\pi}{3} = 2\,\pi \text{ cm} \cong 6{,}28 \text{ cm}$$

Si on prend $\pi = 3, 14$, on a $\ell = 6{,}28$ cm.

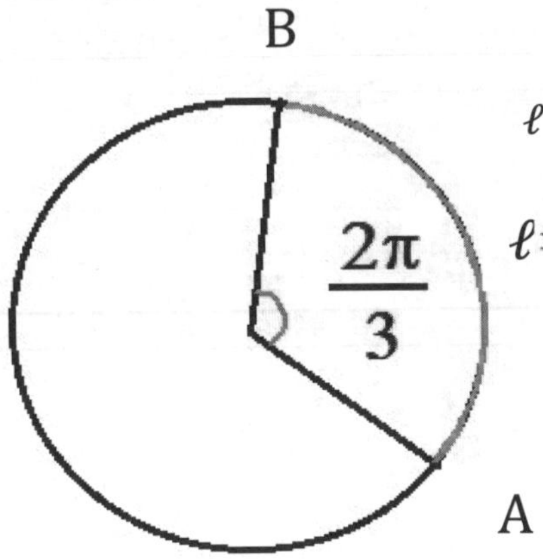

ℓ est la longueur de l'arc $\overset{\frown}{AB}$

$\ell = 2\pi \quad = 6,28$ cm

III. Repérage sur le cercle trigonométrique

1. Cercle orienté du plan

a. Définition

Orienter un cercle du plan est le fait de choisir un sens de parcours sur ce cercle. Deux sens d'orientation sont possibles : un **sens positif**, appelé aussi **sens direct** et un **sens négatif** appelé **sens indirect**. Quand on oriente tous les cercles du plan, on dit que le plan est orienté.

Remarque

Par convention, le sens positif (ou direct) représente le sens inverse des aiguilles d'une montre ; on le nomme également **sens trigonométrique**.

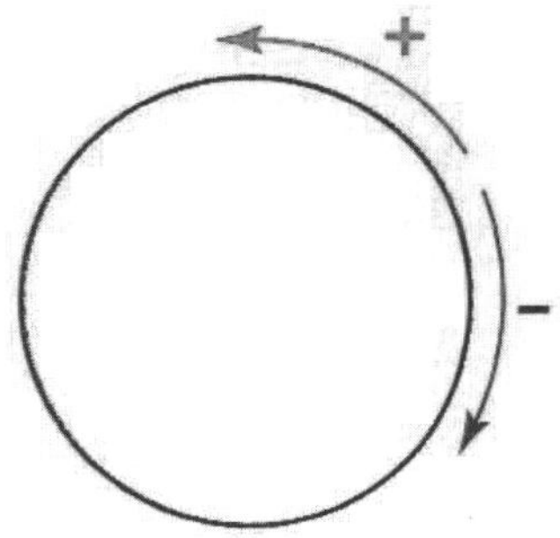

b. Cercle trigonométrique

Soit un point O du plan et un repère orthonormé d'origine $(O, \overrightarrow{OA}, \overrightarrow{OB})$ de sens positif.

L'ensemble des points M du plan tel que $\| \overrightarrow{OM} \| = 1$ est le cercle de centre O et de rayon 1. On choisit sur ce cercle un point A origine. Le cercle muni du repère $(O, \overrightarrow{OA}, \overrightarrow{OB})$ avec le sens positif est appelé **cercle trigonométrique**.

Un **cercle trigonométrique** est donc un cercle de **rayon 1**, de **centre O**, muni d'une **origine** A orienté dans le **sens direct**.

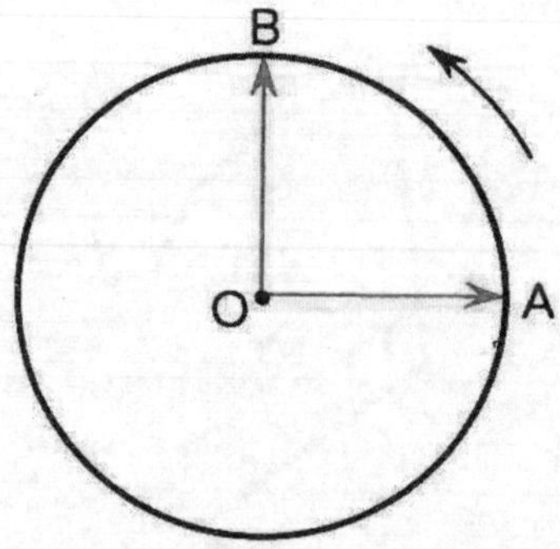

2. Abscisses curvilignes d'un point d'un cercle trigonométrique

a. Enroulement d'un fil sur un cercle trigonométrique

Considérons le cercle trigonométrique d'origine A, et un fil sur lequel et repéré un point ω (oméga) qui coïncide avec le point A. Ce fil gradué représente une image de la droite numérique. Au point ω est associé le nombre zéro. Au point I du fil qui s'applique en A après un tour est associé le nombre réel 2 π.

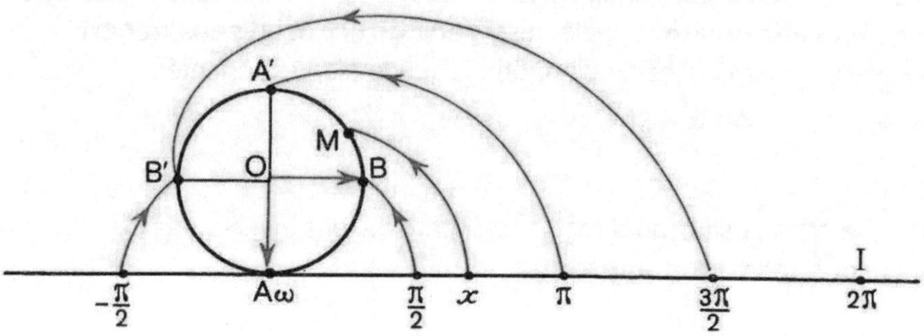

Tout point du fil d'abscisse x vient s'appliquer sur un point M du cercle trigonométrique.

Ainsi le point du fil d'abscisse $\frac{\pi}{2}$ s'applique sur le point B de coordonnées (0 ; 1) dans le repère (O ; $\overrightarrow{OA}$, $\overrightarrow{OB}$). Le point du fil d'abscisse π s'applique sur le point A' de coordonnées (-1 ; 0). Les points d'abscisses $\frac{3\pi}{2}$ et - $\frac{\pi}{2}$ s'appliquent sur B' de coordonnées (0 ; -1).

Remarque

- Tout réel x est associé à un unique point M du cercle trigonométrique ;
- Les points d'abscisses x, x + 2 π, x + 4 π, ... s'appliquent sur le même point M du cercle trigonométrique.

Définition

Soit un cercle trigonométrique $\mathcal{C}$. Chaque point M du cercle $\mathcal{C}$ est repéré par un réel x de la droite numérique qui se superpose à M par enroulement de la droite sur le cercle $\mathcal{C}$.
On dit que le réel x est une **abscisse curviligne** du point M.

b. Notion de congruence

Théorème

Soit M un point appartenant à un cercle trigonométrique et x un réel. Si x est une abscisse curviligne du point M, alors pour tout entier relatif k, le réel $x + 2k\pi$ est aussi une abscisse curviligne du point M.

Remarque

Comme k est un entier relatif qui peut prendre une infinité de valeurs, alors tout point M du cercle trigonométrique admet une infinité d'abscisses curvilignes x, $x + 2\pi$, $x + 4\pi$ .... différant entre elles d'un multiple de 2π.
On dit que les abscisses sont **congrues modulo 2 π**.
Si x et x' sont deux abscisses curvilignes d'un même point M de $\mathcal{C}$, alors il existe $k \in \mathbb{Z}$ tel que $x = x' + 2k\pi$. On note $x = x'\ [2\pi]$ qui se lit « x congru à x' modulo 2π ». On peut également écrire $x \equiv x'\ [2\pi]$, le signe $\equiv$ traduisant une équivalence entre x et x' (et non une égalité véritable). On dit aussi congrues modulo 2π.

3. Arc orienté d'un cercle trigonométrique

Définitions

Soient A et B deux points d'un cercle trigonométrique.

On appelle **arc orienté** $\overset{\frown}{AB}$ l'arc du cercle trigonométrique parcouru entre l'origine A et l'extrémité B.
Soient x_1 une abscisse curviligne de A et x_2 une abscisse curviligne de B, alors une mesure à 2π près de l'arc orienté $\overset{\frown}{AB}$ est $x_2 - x_1$ notée mes $(\overset{\frown}{AB})$.

On écrit mes $(\overset{\frown}{AB}) = x_2 - x_1 + 2k\pi$ avec $k \in \mathbb{Z}$ (ou mes $(\overset{\frown}{AB}) = x_2 - x_1\ [2\pi]$).

Exemple

Reprenons la figure précédente du paragraphe 2.

Le point A' a pour abscisse curviligne π et le point B' a une abscisse curviligne de valeur $-\frac{\pi}{2}$.

Donc : mes $(\overset{\frown}{A'B'}) = -\frac{\pi}{2} - \pi\ [2\pi]$

Soit mes $(\overset{\frown}{A'B'}) = -\frac{3\pi}{2}\ [2\pi]$

$(\overset{\frown}{A'B'})$ et $(\overset{\frown}{B'A'})$ ont des mesures opposées d'où : mes $(\overset{\frown}{B'A'}) = \frac{3\pi}{2}\ [2\pi]$

4. **Addition des arcs orientés**

Propriété

Si A, M et P sont trois points d'un cercle trigonométrique, alors on a :

$$\overset{\frown}{AP} = \overset{\frown}{AM} + \overset{\frown}{MP}.$$

Cette égalité s'appelle la relation de Chasles pour les angles orientés.

Conséquence

Si θ_1 est une mesure de l'arc $\overset{\frown}{AM}$ et θ_2 une mesure de l'arc $\overset{\frown}{MP}$, alors une mesure θ de l'arc $\overset{\frown}{AP}$ est telle que : $\theta = \theta_1 + \theta_2$

Démonstration

Soient x_1, x_2 et x_3 les abscisses curvilignes respectives de A, M et P.

On a : $\theta_1 = x_2 - x_1 + 2k\pi$ et $\theta_2 = x_3 - x_2 + 2k'\pi$, avec k et $k' \in \mathbb{Z}$

Il vient : $\theta_1 + \theta_2 = x_2 - x_1 + 2k\pi + x_3 - x_2 + 2k'\pi$

$= x_3 - x_1 + 2(k + k')\pi$

$= x_3 - x_1 + 2K\pi$ avec $K = k + k'$; $K \in \mathbb{Z}$

Donc $\theta_1 + \theta_2 = \theta + 2K\pi$ si $\theta = x_3 - x_1$

5. Milieu d'un arc

Sur un cercle trigonométrique, considérons deux points M et N appartenant à ce cercle. Cherchons s'il existe un point I du cercle tel que : $\overset{\frown}{MI} + \overset{\frown}{NI} = 2\,k\,\pi$ $(k \in \mathbb{Z})$

On désigne par m, n, x des mesures des arcs orientés $\overset{\frown}{AM}$, $\overset{\frown}{AN}$ et $\overset{\frown}{AI}$ respectivement.

La relation devient : $x - m + x - n = 2\,k\,\pi$ soit $x = \dfrac{m+n}{2} + k\,\pi$

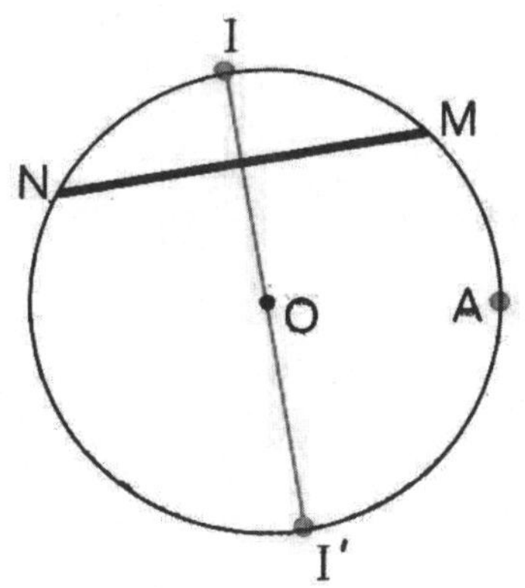

On trouve donc deux point I et I' diamétralement opposés sur le cercle trigonométrique.

Les points I et I' ainsi définis sont appelés milieu de l'arc orienté $\overset{\frown}{MN}$.

IV. Angles orientés de vecteurs

1. Mesure d'un angle orienté d'un couple de vecteurs non nuls

a. Angle orienté de deux vecteurs non nuls

Définition

Soients $\vec{u}$ et $\vec{v}$ deux vecteurs non nuls du plan. On appelle **angle orienté ($\vec{u}$, $\vec{v}$)** le couple de ces deux vecteurs non nuls.

Exemple

On considère un plan muni d'un repère orthonormé (O ; $\vec{i}$, $\vec{j}$) ainsi que les points A et B tels que $\vec{u} = \overrightarrow{OA}$ et $\vec{v} = \overrightarrow{OB}$

Soit un cercle trigonométrique centré en un point O.

Les demi-droites $[OA)$ et $[OB)$ coupent ce cercle trigonométrique respectivement en A_0 et B_0. L'angle orienté ($\vec{u}$, $\vec{v}$) = ($\overrightarrow{OA}$, $\overrightarrow{OB}$) est associé à l'arc orienté $\overset{\frown}{A_0B_0}$. Ainsi, à tout angle orienté est associé un unique arc orienté du cercle trigonométrique.

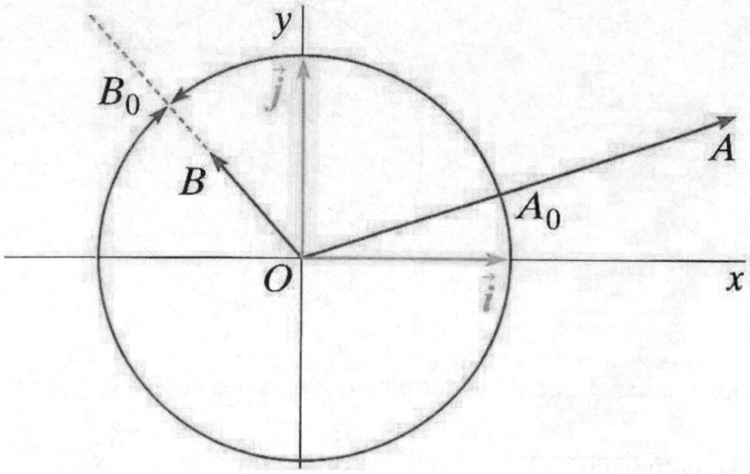

b. Mesure d'un angle orienté

Définition

Soient $\vec{u} = \overrightarrow{OA}$ et $\vec{v} = \overrightarrow{OB}$ deux vecteurs non nuls, représentés à partir d'une origine O d'un repère orthonormé (O ; $\vec{i}$, $\vec{j}$). Les demi-droites $[OA)$ et $[OB)$ coupent le cercle trigonométrique de centre O en A_0 et B_0.

Une mesure de l'angle orienté ($\overrightarrow{OA}$, $\overrightarrow{OB}$) en radians est une mesure de l'arc orienté associé $\overset{\frown}{A_0B_0}$ du cercle trigonométrique.

Remarques

Si l'une des mesures de l'angle orienté ($\vec{u}$, $\vec{v}$) a pour valeur x, alors toutes les mesures sont de la forme $x + 2k\pi$ ($k \in \mathbb{Z}$).

On écrit ($\vec{u}$, $\vec{v}$) = $x + 2k\pi$.

Ainsi, pour alléger les écritures, l'usage est de noter ($\vec{u}$, $\vec{v}$) un angle orienté aussi bien que l'une quelconque de ses mesures. Par exemple, si un angle orienté ($\vec{u}$, $\vec{v}$) a une mesure égale à $\frac{\pi}{4}$, on écrit

$(\vec{u}, \vec{v}) = \frac{\pi}{4}\ [2\pi]$ ou $(\vec{u}, \vec{v}) = \frac{\pi}{4} + 2k\pi$ (k ∈ $\mathbb{Z}$).

On dit que les mesures en radians ($\vec{u}$, $\vec{v}$) sont définies à $2k\pi$ près (ou modulo 2π).

c. Mesure principale

Définition

Soient $\vec{u}$ et $\vec{v}$ deux vecteurs non nuls du plan. La **mesure principale** d'un angle orienté est, parmi ses mesures de la forme $x + 2\,k\,\pi$, l'unique valeur qui appartient à l'intervalle$]-\pi\,;\,\pi]$.

Remarques

* À partir d'un angle géométrique, on obtient deux angles orientés.
* Si α est la mesure principale de l'angle l'orienté $(\overrightarrow{OM}, \overrightarrow{ON})$, alors la mesure en radians de l'angle géométrique $\widehat{MON}$ est la valeur absolue $|\alpha|$.

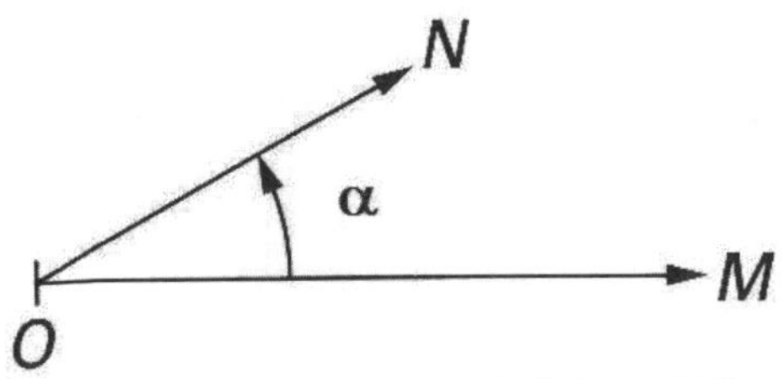

l'angle orienté $(\overrightarrow{OM}, \overrightarrow{ON})$

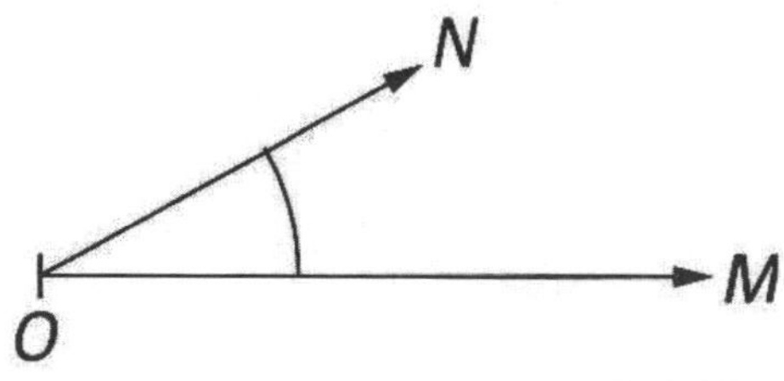

l'angle géométrique $\widehat{MON}$

Illustration

* Si $0 \leq \alpha \leq \pi$, la mesure principale est α.
  L'angle géométrique $\widehat{AOB}$ a pour mesure α, mesure principale de $(\vec{u}, \vec{v})$.

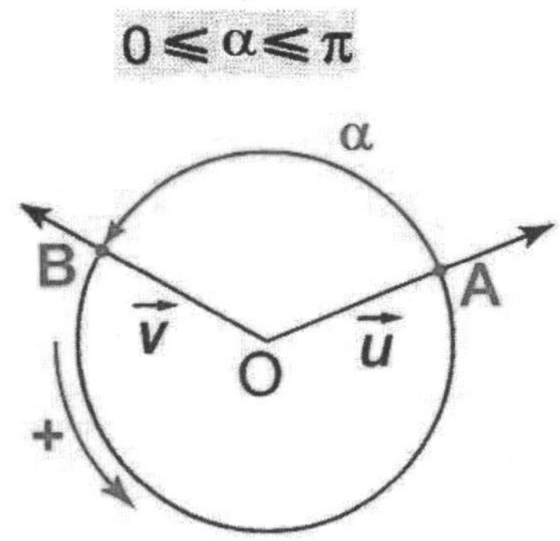

* Si $\pi < \alpha < 2\pi$, la mesure principale est $\alpha - 2\pi$, car si $\pi < \alpha < 2\pi$, on a $-\pi < \alpha - 2\pi < 0$.

  Ainsi on a $\widehat{AOB} = 2\pi - \alpha$. Or $2\pi - \alpha = |\alpha - 2\pi|$ et $\alpha - 2\pi$ et la mesure principale de $(\vec{u}, \vec{v})$.

$\pi < \alpha < 2\pi$

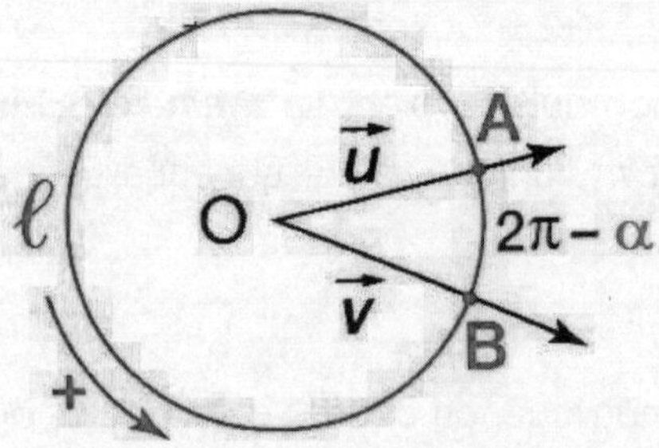

Exemples

Déterminons la mesure principale des angles de mesures respectives $\frac{-20\pi}{3}$ et $\frac{39\pi}{8}$

Si α désigne la mesure principale, alors il existe un entier k tel que $\alpha = \frac{-20\pi}{3} + 2k\pi$

Il suffit alors de calculer k à partir de l'encadrement de α. D'après la définition de la mesure principale on a $-\pi < \alpha \leq \pi$ soit :

$-\pi < \frac{-20\pi}{3} + 2k\pi \leq \pi$

$\Leftrightarrow -\pi - \frac{-20\pi}{3} < 2k\pi \leq \pi - \frac{-20\pi}{3}$

$\Leftrightarrow \frac{-3\pi + 20\pi}{3} < 2k\pi \leq \frac{3\pi + 20\pi}{3}$

$\Leftrightarrow \frac{17\pi}{3} < 2k\pi \leq \frac{23\pi}{3}$

$\Leftrightarrow \frac{17}{3} < 2k \leq \frac{23}{3}$

$\Leftrightarrow \frac{17}{6} < k \leq \frac{23}{6}$

Or $\frac{17}{6} \simeq 2{,}83$ et $\frac{23}{6} \simeq 3{,}83$, donc la seule valeur entière possible pour k est 3.

Ainsi $\alpha = \frac{-20\pi}{3} + 2k\pi = \frac{-20\pi}{3} + 6\pi = \frac{-20\pi}{3} + \frac{18\pi}{3} = \frac{-2\pi}{3}$

De même $\alpha = \frac{39\pi}{8} + 2k\pi$ est tel que :

$-\pi < \frac{39\pi}{8} + 2k\pi \leq \pi$

$\Leftrightarrow -\pi - \frac{39\pi}{8} < 2k\pi \leq \pi - \frac{39\pi}{8}$

$\Leftrightarrow -\frac{47\pi}{8} < 2k\pi \leq -\frac{31\pi}{8}$

$\Leftrightarrow -\frac{47}{8} < 2k \leq -\frac{31}{8}$

$\Leftrightarrow -\frac{47}{16} < k \leq -\frac{31}{16}$

Or $-\frac{47}{16} \cong -2,93$ et $-\frac{31}{16} \cong -1,94$

Donc la seule valeur possible pour k est -2

Ainsi $\alpha = \frac{39\pi}{8} + 2k\pi = \frac{39\pi}{8} - 4\pi = \frac{7\pi}{8}$

2. Propriétés des angles orientés de vecteurs

Soient $\vec{u}$ et $\vec{v}$ deux vecteurs non nuls. On a :

* $(\vec{u}, \vec{u}) = 0\ [2\pi]$
* $(\vec{u}, -\vec{u}) = \pi\ [2\pi]$

Soient $\vec{u}$ et $\vec{v}$ deux vecteurs non nuls et α et β deux réels non nuls

* Si α et β sont de même signe, alors : $(\alpha\vec{u}, \beta\vec{u}) = (\vec{u}, \vec{v})\ [2\pi]$
* Si α et β sont de signes contraires, alors : $(\alpha\vec{u}, \beta\vec{u}) = (\vec{u}, \vec{v}) + \pi\ [2\pi]$

a. Angles et colinéarité

* $\vec{u}$ et $\vec{v}$ sont **colinéaires de même sens** si et seulement si :

$$(\vec{u}, \vec{v}) = 0\ [2\pi]$$

* $\vec{u}$ et $\vec{v}$ sont **colinéaires de sens contraire** si et seulement si :

$$(\vec{u}, \vec{v}) = \pi\ [2\pi]$$

Ce que l'on peut résumer par :

* $\vec{u}$ et $\vec{v}$ sont **colinéaires** si et seulement si:

$$(\vec{u}, \vec{v}) = 0\ [\pi]$$

Angles et orthogonalité :

* $\vec{u}$ et $\vec{v}$ sont **orthogonaux** si et seulement si :

$$(\vec{u}, \vec{v}) = \frac{\pi}{2}\ [\pi]$$

b. Relation de Chasles

Pour tous vecteurs $\vec{u}$, $\vec{v}$ et $\vec{w}$ non nuls.

$$(\vec{u}, \vec{v}) + (\vec{v}, \vec{w}) = (\vec{u}, \vec{w})\ [2\pi]$$

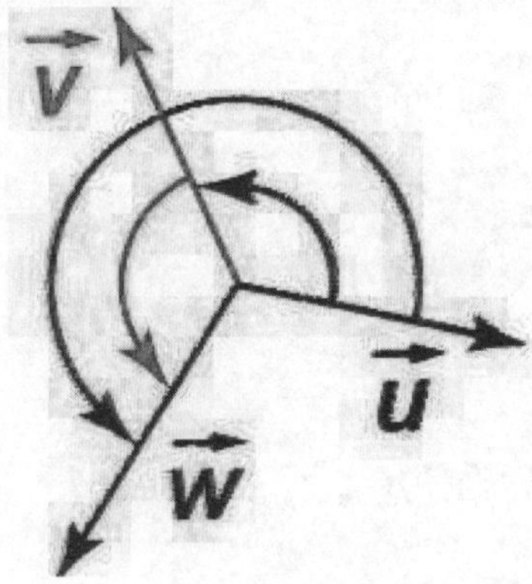

Remarque

Selon la relation de Chasles, une mesure de $(\vec{u}, \vec{w})$ peut s'obtenir en additionnant toute mesure de $(\vec{u}, \vec{v})$ et toute mesure de $(\vec{v}, \vec{w})$.

Exemple

Considérons la figure suivante :

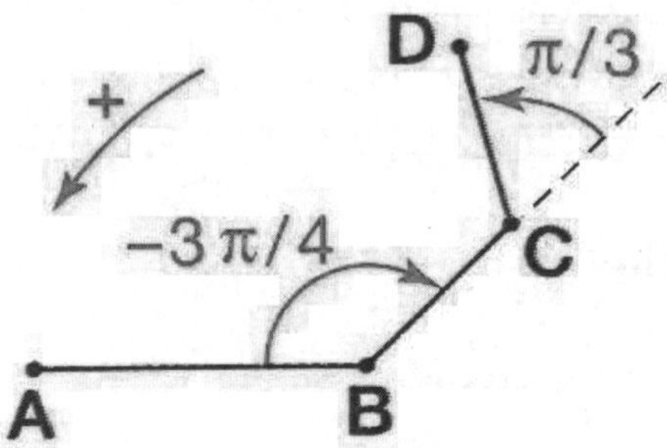

Déterminons la mesure de l'angle formé par les segments $[BA]$ et $[CD]$.

On a $(\overrightarrow{BA}, \overrightarrow{CD}) = (\overrightarrow{BA}, \overrightarrow{BC}) + (\overrightarrow{BC}, \overrightarrow{CD}) = -\dfrac{3\pi}{4} + \dfrac{\pi}{3} = -\dfrac{5\pi}{12}$

Autres propriétés découlant de la relation de Chasles

1. $(\vec{v}, \vec{u}) = -(\vec{u}, \vec{v})\ [2\pi]$
2. $(\vec{u}, -\vec{v}) = (\vec{u}, \vec{v}) + \pi\ [2\pi]$
3. $(-\vec{u}, \vec{v}) = (\vec{u}, \vec{v}) + \pi\ [2\pi]$
4. $(-\vec{u}, -\vec{v}) = (\vec{u}, \vec{v})\ [2\pi]$

Illustration des propriétés précédentes

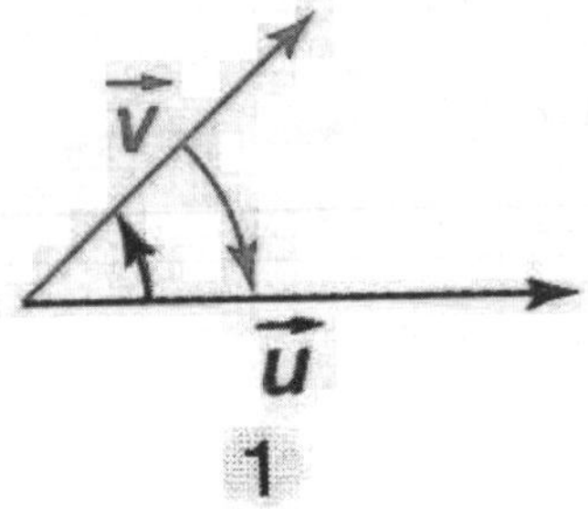

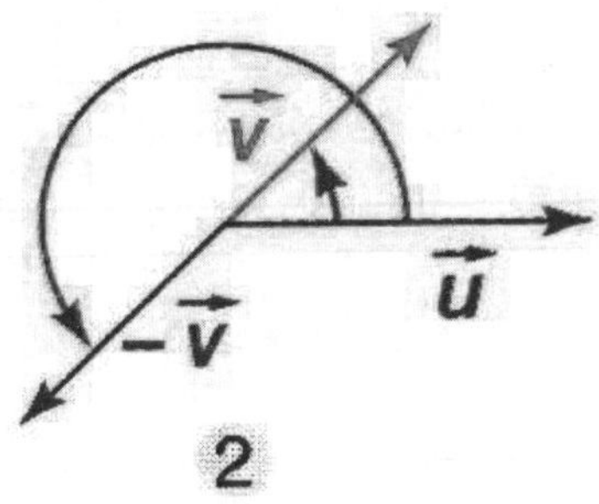

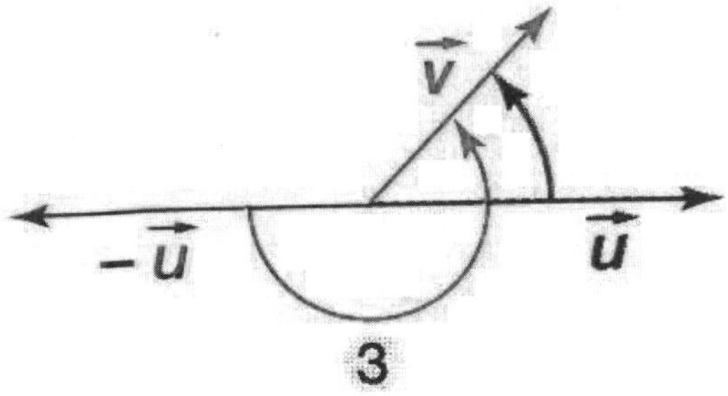

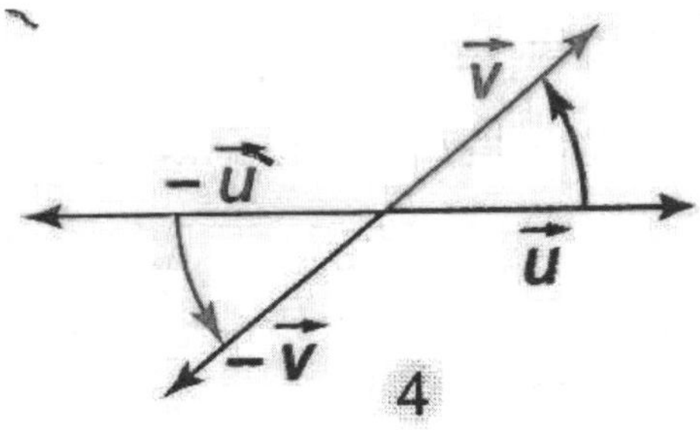

Exercice 79

Donner la mesure principale en radians de l'angle orienté ayant pour mesure :

1. $-\frac{15\pi}{4}$ rad

2. -279°

Exercice 80

On considère un triangle ABC rectangle isocèle en A direct. À l'extérieur du triangle ABC on construit des triangles équilatéraux ABD, BCE, CAF.

Déterminer les mesures principales des angles orientés suivants :

1. $(\overrightarrow{AB}, \overrightarrow{BC})$
2. $(\overrightarrow{AF}, \overrightarrow{AD})$
3. $(\overrightarrow{CE}, \overrightarrow{BA})$

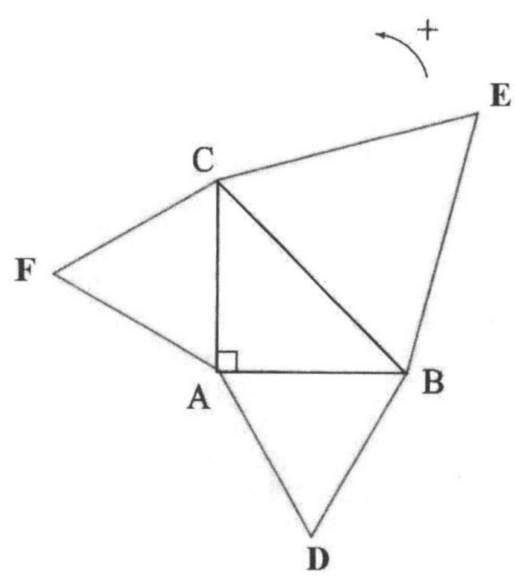

DEUXIÈME LEÇON

Produit scalaire

I. Produit scalaire de deux vecteurs dans le plan

1. Introduction

Définition

Soient $\vec{u}$ et $\vec{v}$ deux vecteurs non nuls du plan. Le produit scalaire de $\vec{u}$ et $\vec{v}$, noté $\vec{u}.\vec{v}$ est le nombre réel tel que :

$$\vec{u}.\vec{v} = ||\vec{u}|| \times ||\vec{v}|| \times \cos(\vec{u}, \vec{v})$$

Remarque

Si $\vec{u} = \vec{0}$ ou $\vec{v} = \vec{0}$, alors $\vec{u}.\vec{v} = 0$

Propriété

Soient O, A et B trois points du plan tels que $\vec{u} = \overrightarrow{OA}$ et $\vec{v} = \overrightarrow{OB}$.
Le produit scalaire s'écrit :

$$\vec{u}.\vec{v} = \overrightarrow{OA}.\overrightarrow{OB} = ||\overrightarrow{OA}|| \times ||\overrightarrow{OB}|| \times \cos\widehat{AOB} = OA \times OB \times \cos\widehat{AOB}$$

Exemple

Soit ABC un triangle équilatéral de côté 10. Soit D le point symétrique de B par rapport à (AC).

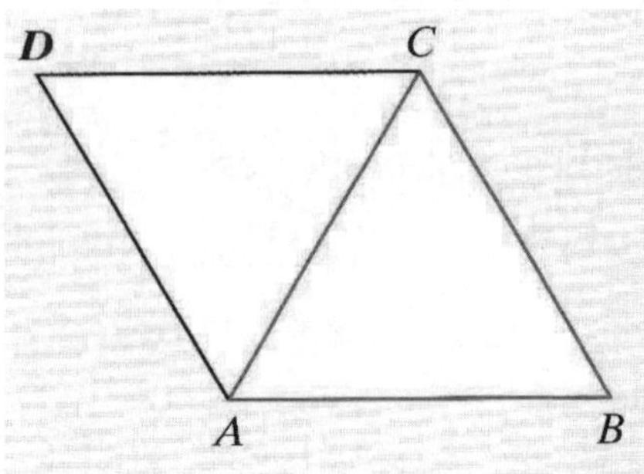

Calculons les produits scalaires $\overrightarrow{AB}.\overrightarrow{AC}$ et $\overrightarrow{AB}.\overrightarrow{AD}$

$$\overrightarrow{AB}.\overrightarrow{AC} = |\overrightarrow{AB}| \times |\overrightarrow{AD}| \times \cos\widehat{BAC} = 10 \times 10 \times \cos\frac{\pi}{3} = 100 \times \frac{1}{2} = 50$$

$$\overrightarrow{AB}.\overrightarrow{AD} = |\overrightarrow{AB}| \times |\overrightarrow{AD}| \times \cos\widehat{BAD} = 10 \times 10 \times \cos\frac{2\pi}{3} = 100 \times (-\frac{1}{2}) = -50$$

2. Cas de deux vecteurs colinéaires

Propriété

Soient $\vec{u}$ et $\vec{v}$ deux vecteurs du plan avec $\vec{u} = \overrightarrow{OA}$ et $\vec{v} = \overrightarrow{OB}$.

* Si $\vec{u}$ et $\vec{v}$ sont deux vecteurs de même sens, alors :

$$\vec{u} \cdot \vec{v} = ||\vec{u}|| \times ||\vec{v}|| = OA \times OB$$

* Si $\vec{u}$ et $\vec{v}$ sont deux vecteurs de sens contraire, alors :

$$\vec{u} \cdot \vec{v} = -||\vec{u}|| \times ||\vec{v}|| = -OA \times OB$$

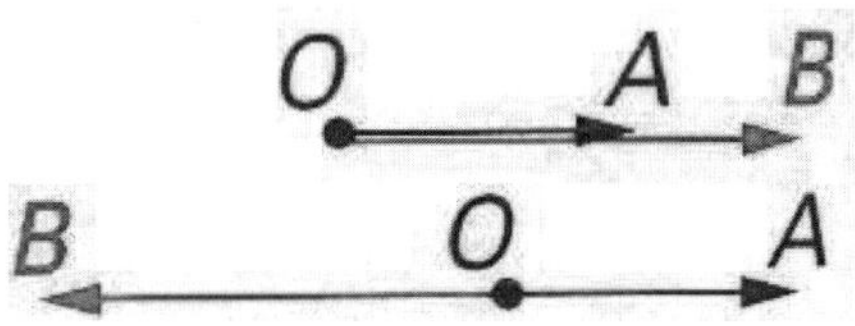

Démonstration

- Si $\vec{u} = \vec{0}$ ou $\vec{v} = \vec{0}$, alors $||\vec{u}|| = 0$ ou $||\vec{v}|| = 0$ donc

$$||\vec{u}|| \times ||\vec{v}|| = 0 \quad \text{et} \quad -||\vec{u}|| \times ||\vec{v}|| = 0$$

Or si $\vec{u}$ ou $\vec{v}$ sont nuls, alors $\vec{u} \cdot \vec{v} = 0$, donc on a bien dans ce cas

$$\vec{u} \cdot \vec{v} = ||\vec{u}|| \times ||\vec{v}|| = -||\vec{u}|| \times ||\vec{v}|| = 0$$

- Cas où $\vec{u} \neq \vec{0}$ et $\vec{v} \neq \vec{0}$

* Si $\vec{u}$ et $\vec{v}$ sont colinéaires et de même sens, alors $(\vec{u}, \vec{v}) = 0\ [2\pi]$
D'où $\cos(\vec{u}, \vec{v}) = \cos 0 = 1$
Donc $\vec{u} \cdot \vec{v} = ||\vec{u}|| \times ||\vec{v}|| \times 1 = ||\vec{u}|| \times ||\vec{v}||$

* Si $\vec{u} \cdot \vec{v}$ sont colinéaires et de sens contraire, alors $(\vec{u}, \vec{v}) = \pi\ [2\pi]$
D'où $\cos(\vec{u}, \vec{v}) = \cos \pi = -1$
Ainsi $\vec{u} \cdot \vec{v} = ||\vec{u}|| \times ||\vec{v}|| \times (-1) = -||\vec{u}|| \times ||\vec{v}||$

Définition

Soit $\vec{u}$ un vecteur du plan.
On appelle **carré scalaire**, le produit scalaire $\vec{u} \cdot \vec{v}$, noté $\vec{u}^2$.

Propriété

$\vec{u} \cdot \vec{u} = ||\vec{u}||^2$ car l'angle $(\vec{u}, \vec{u})$ est nul et donc $\cos(\vec{u}\ ; \vec{u}) = 1$

Cas particulier

Si $\vec{u} = \overrightarrow{OB}$, alors $\vec{u}^2 = \overrightarrow{OB} \cdot \overrightarrow{OB} = \overrightarrow{OB}^2 = OB^2$

3. Autres expressions du produit scalaire

Théorème

Le produit scalaire des vecteurs $\vec{u}$ et $\vec{v}$ est le nombre réel défini par :

$$\vec{u} \cdot \vec{v} = \frac{1}{2}(||\vec{u} + \vec{v}||^2 - ||\vec{u}||^2 - ||\vec{v}||^2)$$

Ce théorème sera démontré dans le II - 1.

Remarques

* Lorsque $\vec{u} = \vec{0}$ ou $\vec{v} = \vec{0}$, on obtient :

$$||\vec{u} + \vec{v}||^2 - ||\vec{u}||^2 - ||\vec{v}||^2 = 0 \quad \text{soit} \quad \vec{u} \cdot \vec{v} = 0$$

* Si $\vec{u} = \vec{v}$, alors $\vec{u} \cdot \vec{v} = \vec{u} \cdot \vec{u} = \frac{1}{2}(||2\vec{u}||^2 - ||\vec{u}||^2 - ||\vec{u}||^2) = \frac{1}{2}(4||\vec{u}||^2 - 2||\vec{u}|^2)$

$$= \frac{2}{2}||\vec{u}||^2 = ||\vec{u}||^2$$

On retrouve ainsi la propriété du carré scalaire.

4. Vecteurs orthogonaux

Théorème

Soient $\vec{u}$ et $\vec{v}$ deux vecteurs du plan.
Les vecteurs $\vec{u}$ et $\vec{v}$ sont **orthogonaux** si, et seulement si, $\vec{u} \cdot \vec{v} = 0$

Démonstration

- Dans le cas où l'un des vecteurs est nul, $\vec{u}$ et $\vec{v}$ sont alors orthogonaux et $\vec{u} \cdot \vec{v} = 0$

- Dans le cas où $\vec{u} \neq \vec{0}$ et $\vec{v} \neq \vec{0}$, supposons que $\vec{u} \cdot \vec{v} = 0$
  Alors, par définition : $\vec{u} \cdot \vec{v} = ||\vec{u}|| \times ||\vec{v}|| \times \cos(\vec{u}, \vec{v}) = 0$
  Or $||\vec{u}|| \neq 0$ et $||\vec{v}|| \neq 0$, donc $\cos(\vec{u}, \vec{v}) = 0$
  D'où $(\vec{u}, \vec{v}) = \frac{\pi}{2} [2\pi]$. Ainsi $\vec{u}$ et $\vec{v}$ sont orthogonaux.

Remarques

* $\vec{u} \cdot \vec{v} = 0$ ne signifie pas forcément que $\vec{u} = \vec{0}$ ou $\vec{v} = \vec{0}$
* Si $\vec{u} = \vec{0}$, alors $\vec{u} \cdot \vec{v} = 0$ quel que soit le vecteur $\vec{v}$.
  Ainsi le vecteur nul est orthogonal à tout vecteur.

Exemple

Soient A, B, C trois points du plan tel que $\overrightarrow{AB} = \vec{u}$ et $\overrightarrow{BC} = \vec{v}$.

On a $\overrightarrow{AC} = \vec{u} + \vec{v}$

Ainsi, $\vec{u} . \vec{v} = \overrightarrow{AB} . \overrightarrow{BC} = \frac{1}{2} (||\overrightarrow{AB} + \overrightarrow{BC}||^2 - ||\overrightarrow{AB}||^2 - ||\overrightarrow{BC}||^2)$

$= \frac{1}{2} (||\overrightarrow{AC}||^2 - ||\overrightarrow{AB}||^2 - ||\overrightarrow{BC}||^2)$

$= \frac{1}{2} (AC^2 - AB^2 - BC^2)$

Si ABC est un triangle rectangle en B, alors (AB) et (BC) sont perpendiculaires, donc $\overrightarrow{AB}$ et $\overrightarrow{BC}$ sont orthogonaux.

D'où $\overrightarrow{AB} . \overrightarrow{BC} = 0$. Par conséquent $AC^2 - AB^2 - BC^2 = 0$

Soit $AC^2 = AB^2 + BC^2$

On retrouve le théorème de Pythagore ainsi que sa réciproque.

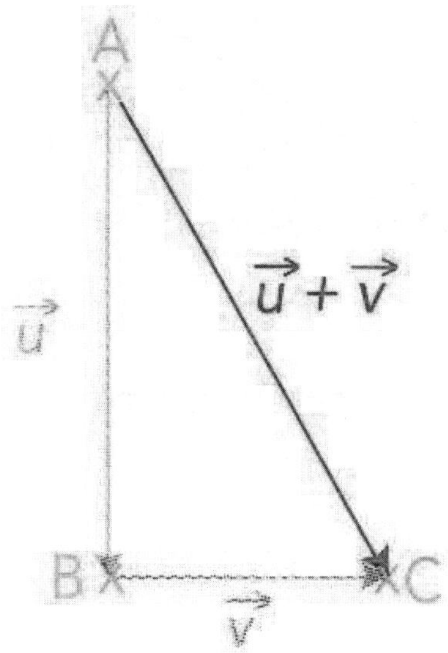

II. Propriétés du produit scalaire

1. Règles de calcul

a. Propriétés

Pour tout vecteur $\vec{u}$ et tout vecteur $\vec{v}$, on a :

$$\vec{u} \cdot \vec{v} = \vec{v} \cdot \vec{u}$$

On dit que le produit scalaire est **symétrique**.

Démonstration

Les angles $(\vec{v}, \vec{u})$ et $(\vec{u}, \vec{v})$ sont opposés, soit $(\vec{v}, \vec{u}) = -(\vec{u}, \vec{v})$

Or $\cos[(\vec{v}, \vec{u})] = \cos[-(\vec{u}, \vec{v})] = \cos[(\vec{u}, \vec{v})]$

Donc $\vec{u} \cdot \vec{v} = ||\vec{u}|| \times ||\vec{v}|| \times \cos(\vec{u}, \vec{v}) = ||\vec{u}|| \times ||\vec{v}|| \times \cos(\vec{v}, \vec{u}) = \vec{v} \cdot \vec{u}$

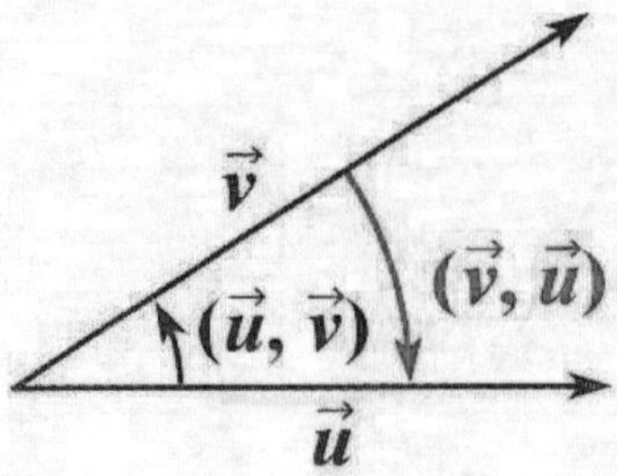

Soient $\vec{u}$, $\vec{v}$ et $\vec{w}$ trois vecteurs et a, b et k trois réels quelconques. On a :

* $(k\,\vec{u}) \cdot \vec{v} = \vec{u} \cdot (k\,\vec{v}) = k\,\vec{u} \cdot \vec{v}$
* $(a\,\vec{u}) \cdot (b\,\vec{v}) = a\,b\,(\vec{u} \cdot \vec{v})$
* $\vec{u} \cdot (\vec{v} + \vec{w}) = \vec{u} \cdot \vec{v} + \vec{u} \cdot \vec{w}$
* $(\vec{u} + \vec{v}) \cdot \vec{w} = \vec{u} \cdot \vec{w} + \vec{v} \cdot \vec{w}$

On dit que le produit scalaire est **bilinéaire**.

b. Égalités remarquables

$\vec{u}$ et $\vec{v}$ étant deux vecteurs du plan, on a les égalités suivantes :

$||\vec{u} + \vec{v}||^2 = (\vec{u} + \vec{v})^2 = \vec{u}^2 + 2\,\vec{u} \cdot \vec{v} + \vec{v}^2 = ||\vec{u}||^2 + 2\,\vec{u} \cdot \vec{v} + ||\vec{v}||^2$

$||\vec{u} - \vec{v}||^2 = (\vec{u} - \vec{v})^2 = \vec{u}^2 - 2\,\vec{u} \cdot \vec{v} + \vec{v}^2 = ||\vec{u}||^2 - 2\,\vec{u} \cdot \vec{v} + ||\vec{v}||^2$

$||\vec{u}||^2 - ||\vec{v}||^2 = (\vec{u} + \vec{v})\,(\vec{u} - \vec{v}) = \vec{u}^2 - \vec{v}^2$

À partir de ces égalités, on obtient les expressions suivantes du produit scalaire :

$\vec{u} \cdot \vec{v} = \frac{1}{2} (||\vec{u} + \vec{v}||^2 - ||\vec{u}||^2 - ||\vec{v}||^2)$ (vue au I. 3.)

$\vec{u} \cdot \vec{v} = \frac{1}{2} (||\vec{u}||^2 + ||\vec{v}||^2 - ||\vec{u} - \vec{v}||^2)$

$\vec{u} \cdot \vec{v} = \frac{1}{4} (||\vec{u} + \vec{v}||^2 - ||\vec{u} - \vec{v}||^2)$

2. Produit scalaire et projection orthogonale

Définition

Soit d une droite du plan de vecteur directeur $\vec{u}$ ($||\vec{u}|| = 1$).
Le projeté orthogonal d'un vecteur $\vec{v}$ sur la droite d est le vecteur $\vec{v}'$ tel que $\vec{v}' = k\,\vec{u}$
Avec $k = \vec{u} \cdot \vec{v}$

Démonstration

Le vecteur $\vec{v}'$ étant le projeté orthogonal du vecteur $\vec{v}$ sur la droite d, support du vecteur directeur $\vec{u}$, alors $\vec{v}'$ et $\vec{u}$ sont colinéaires. Par conséquent, il existe un réel k tel que : $\vec{v}' = k\,\vec{u}$
$\vec{v}$ peut être décomposé en $\vec{v}_1 + \vec{v}' + \vec{v}_2$ avec $\vec{v}_1$ et $\vec{v}_2$ orthogonaux à $\vec{v}'$.
Donc $\vec{u} \cdot \vec{v} = \vec{u} \cdot (\vec{v}_1 + \vec{v}' + \vec{v}_2) = \vec{u} \cdot \vec{v}_1 + \vec{u} \cdot \vec{v}' + \vec{u} \cdot \vec{v}_2$
Comme $\vec{u}$ est orthogonal à $\vec{v}_1$ et $\vec{v}_2$, alors $\vec{u} \cdot \vec{v}_1 = \vec{u} \cdot \vec{v}_2 = 0$
Donc $\vec{u} \cdot \vec{v} = \vec{u} \cdot \vec{v}' = \vec{u}\,(k\vec{u}) = k\,\vec{u}^2$
Comme $\vec{u}$ est unitaire alors $\vec{u}^2 = ||\vec{u}||^2 = 1^2 = 1$
Donc $\vec{u} \cdot \vec{v} = k$ et $\vec{v}' = k\,\vec{u} = (\vec{u}.\,\vec{v})\,\vec{u}$

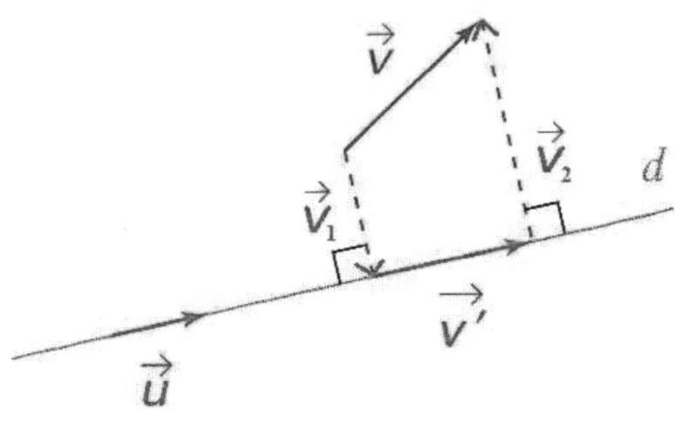

Conséquence

Soient A, B et C trois points distincts du plan.

Si C' est le projeté orthogonal de C sur la droite (AB), alors $\overrightarrow{AB} \cdot \overrightarrow{AC} = \overrightarrow{AB} \cdot \overrightarrow{AC'}$

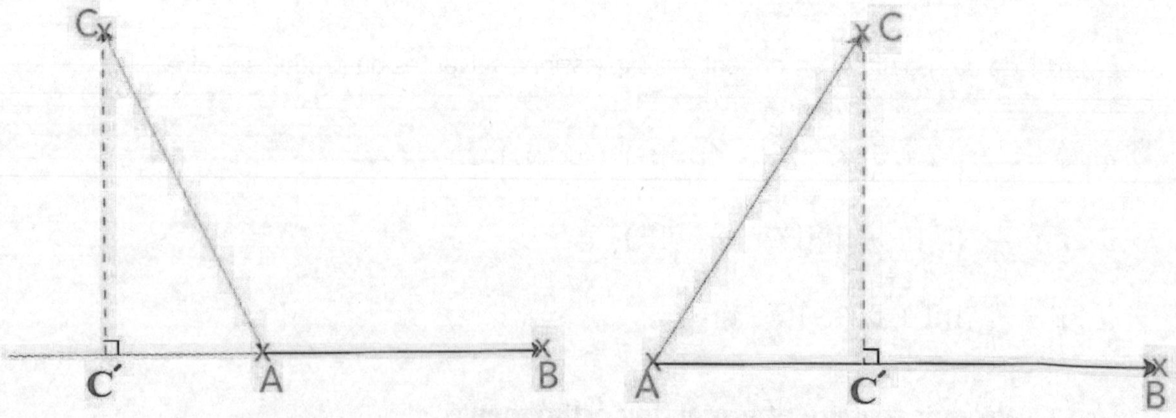

Si on considère deux points M et N du plan se projetant sur (AB) respectivement en M' et N', alors :

$$\overrightarrow{AB} \cdot \overrightarrow{MN} = \overrightarrow{AB} \cdot \overrightarrow{M'N'}$$

Ainsi pour calculer le produit scalaire $\overrightarrow{AB} \cdot \overrightarrow{MN}$, on peut remplacer $\overrightarrow{MN}$ par son projeté orthogonal sur (AB).

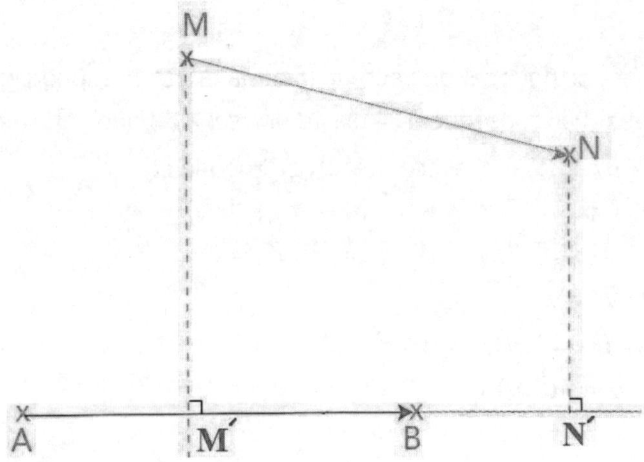

3. Propriétés issues des projections orthogonales

Soient O, A, B trois points distincts du plan et H le projeté orthogonal de B sur la droite (OA). On a :

$$\overrightarrow{OA} \cdot \overrightarrow{OB} = \overrightarrow{OA} \cdot \overrightarrow{OH} = \begin{cases} OA \times OH \text{ si } \overrightarrow{OA} \text{ et } \overrightarrow{OH} \text{ sont de même sens.} \\ -OA \times OH \text{ si } \overrightarrow{OA} \text{ et } \overrightarrow{OH} \text{ sont de sens contraire.} \end{cases}$$

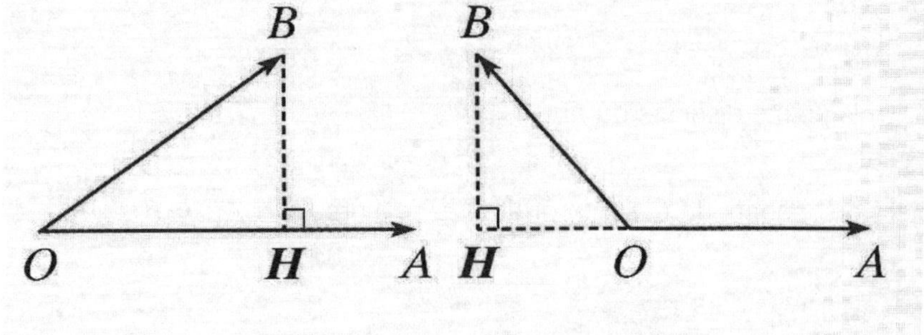

Exemple

Considérons la figure ci-dessous :

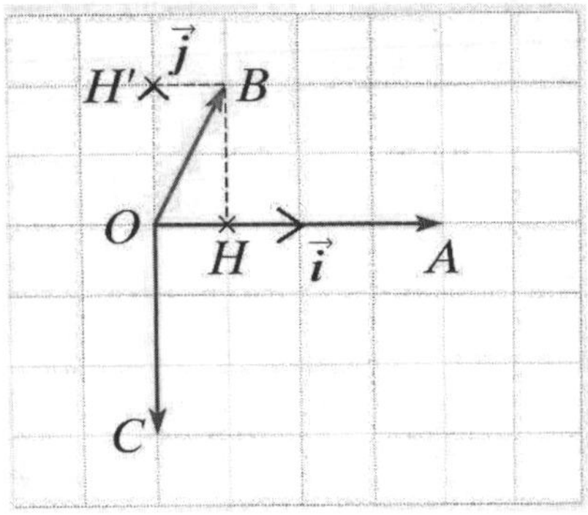

Déterminer $\overrightarrow{OA} \cdot \overrightarrow{OB}$ et $\overrightarrow{OC} \cdot \overrightarrow{OB}$.

$\overrightarrow{OA} \cdot \overrightarrow{OB} = \overrightarrow{OA} \cdot \overrightarrow{OH} = OA \times OH = 2 \times \frac{1}{2} = 1$ ($\overrightarrow{OA}$ et $\overrightarrow{OH}$ sont de même sens)

$\overrightarrow{OC} \cdot \overrightarrow{OB} = \overrightarrow{OC} \cdot \overrightarrow{OH'} = -OC \times OH' = -\frac{3}{2} \times 1 = -\frac{3}{2}$ ($\overrightarrow{OC}$ et $\overrightarrow{OH'}$ sont de sens contraire.)

Soit d une droite perpendiculaire à une droite (AB).
On considère des points $C_1, C_2, ..., C_n$ appartenant à d se projetant en H sur (AB).

On peut alors écrire :

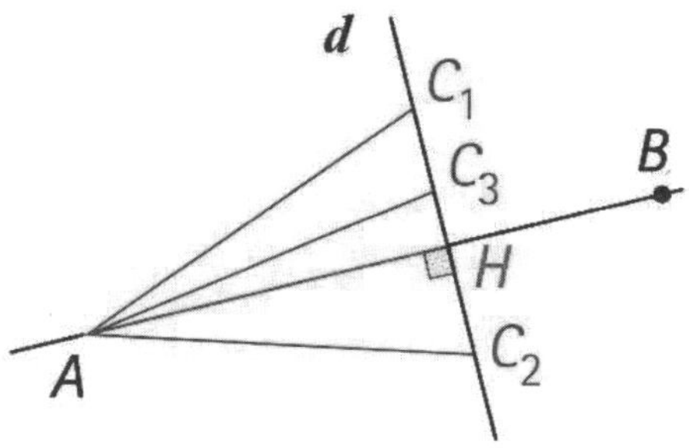

$\overrightarrow{AB} \cdot \overrightarrow{AC_1} = \overrightarrow{AB} \cdot \overrightarrow{AC_2} = ... = \overrightarrow{AB} \cdot \overrightarrow{AC_n} = \overrightarrow{AB} \cdot \overrightarrow{AH}$

Soient A et B deux points distincts du plan.
Si H est le projeté orthogonal des points M et E sur (AB) et
K le projeté orthogonal des points F et N sur (AB) alors
$(ME) \perp (AB)$ et $(FN) \perp (AB)$

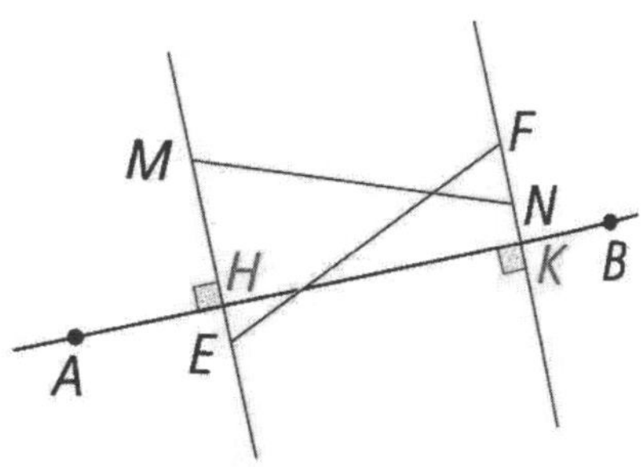

Et $\overrightarrow{AB} \cdot \overrightarrow{EF} = \overrightarrow{AB} \cdot \overrightarrow{MN} = \overrightarrow{AB} \cdot \overrightarrow{HK}$

Exemple

On considère un cercle de centre O et de rayon 6. $[AB]$ est un diamètre du cercle. M est un point du cercle tel que $AM = 4$.
H est le pied de la hauteur issue de M dans le triangle ABM.
La tangente au cercle en M coupe la droite (AB) en K.
Calculer les longueurs AH et AK.

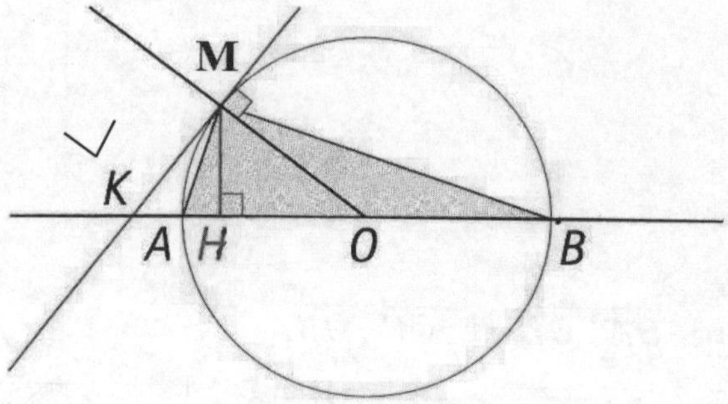

H étant le projeté orthogonal de M sur (AB) et M celui de B sur (AM), on peut exprimer le produit scalaire de deux manières :

$$\left.\begin{array}{l}\overrightarrow{AB}\,.\,\overrightarrow{AM} = AB \times AH \\ \\ \overrightarrow{AB}\,.\,\overrightarrow{AM} = AM \times AM\end{array}\right\} AH = \frac{AM^2}{AB} = \frac{16}{2\times 6} = \frac{16}{12} = \frac{4}{3}$$

De même on a :

$$\left.\begin{array}{l}\overrightarrow{OK}\,.\,\overrightarrow{OM} = OK \times OH \\ \\ \overrightarrow{OK}\,.\,\overrightarrow{OM} = OM \times OM\end{array}\right\} OK = \frac{OM^2}{OH}$$

Or $OH = OA - AH = 6 - \frac{4}{3} = \frac{18-4}{3} = \frac{14}{3}$

D'où $OK = \frac{OM^2}{OH} = \frac{36}{\frac{14}{3}} = \frac{108}{14} = \frac{54}{7}$

Il vient $AK = OK - OA = \frac{54}{7} - 6 = \frac{54-42}{7} = \frac{12}{7}$

III. Expression analytique du produit scalaire

1. Produit scalaire

a. Propriété

Soient $(O ; \vec{i}, \vec{j})$ un repère orthonormé du plan ainsi que les vecteurs $\vec{u}$ et $\vec{v}$ de coordonnées respectives $(x ; y)$ et $(x' ; y')$

Le produit scalaire est défini par la relation :

$$\boxed{\vec{u} \cdot \vec{v} = x x' + y y'}$$

Démonstration

Dans le repère $(O ; \vec{i}, \vec{j})$ les vecteurs $\vec{u}$ et $\vec{v}$ s'écrivent :

$$\vec{u} = x \vec{i} + y \vec{j} \quad \text{et} \quad \vec{v} = x' \vec{i} + y' \vec{j}$$

D'où : $\vec{u} \cdot \vec{v} = (x \vec{i} + y \vec{j}) \cdot (x' \vec{i} + y' \vec{j}) = x x' \vec{i}^{\,2} + (x y' + y x') \vec{i} \cdot \vec{j} + y y' \vec{j}$

Comme le repère est orthonormé alors $\vec{i} \cdot \vec{j} = 0$ et $\vec{i}^{\,2} = \vec{j}^{\,2} = 1$

Donc : $\vec{u} \cdot \vec{v} = x x' + y y'$

b. Calcul du carré scalaire

Si $\vec{u} = x \vec{i} + y \vec{j}$, alors $\vec{u}^{\,2} = ||\vec{u}||^2 = x^2 + y^2$

2. Projeté orthogonal d'un vecteur sur les axes d'un repère orthonormé

a. Propriété

Soit $\vec{u}$ un vecteur du plan de coordonnées $(x ; y)$ dans un repère orthonormé $(O ; \vec{i}, \vec{j})$

- Le projeté orthogonal du vecteur $\vec{u}$ sur l'axe des abscisses $(O ; \vec{i})$ est le vecteur $x \vec{i}$
- Le projeté orthogonal du vecteur $\vec{u}$ sur l'axe des ordonnées $(O ; \vec{j})$ est le vecteur $y \vec{j}$

Démonstration

$\vec{i}$ est un vecteur unitaire de l'axe $(O ; \vec{i})$, donc d'après la définition de la projection orthogonale d'un vecteur sur un axe, le projeté orthogonal de $\vec{u}$ sur l'axe $(O ; \vec{i})$ est le vecteur $(\vec{i} \cdot \vec{u}) \vec{i}$.

Or, dans le repère orthonormé $(O ; \vec{i}, \vec{j})$, les coordonnées de $\vec{i}$ et de $\vec{u}$ sont respectivement $(1 ; 0)$ et $(x ; y)$.

Ainsi, on a : $\vec{i} \cdot \vec{u} = 1 \times x + 0 \times y = x$

Par conséquent, le projeté orthogonal de $\vec{u}$ $(x ; y)$ sur l'axe $(O ; \vec{i})$ est le vecteur $x \vec{i}$.

La démonstration concernant le projeté orthogonal d'un vecteur $\vec{u}$ $(x ; y)$ sur l'axe $(O ; \vec{j})$ est similaire.

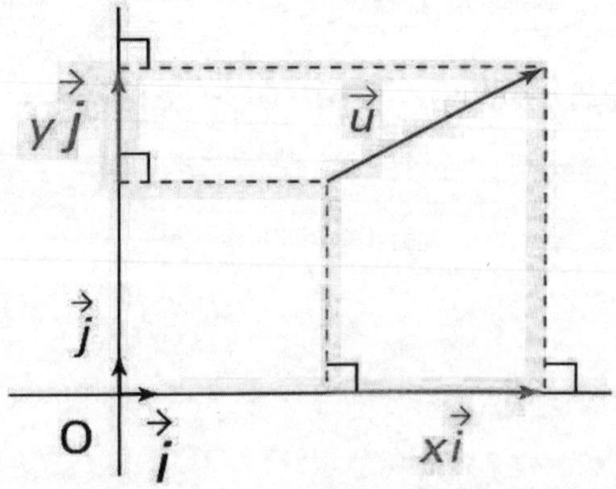

Autre écriture :

Si, dans un repère orthonormé, $\vec{u}$ a pour coordonnées $(x\,;\,y)$, alors :

$$x = \vec{u}\,.\,\vec{i} \quad \text{et} \quad y = \vec{u}\,.\,\vec{j}$$

b. Produit scalaire et orthogonalité

Soit (O ; $\vec{i}$, $\vec{j}$) un repère orthonormé du plan. Soient $\vec{u}$ le vecteur de coordonnées $(x\,;\,y)$ et $\vec{v}$ le vecteur de coordonnées $(x'\,;\,y')$ dans le repère.

Le produit scalaire de $\vec{u}$ et $\vec{v}$ est tel que :

$$\vec{u}\,.\,\vec{v} = x\,x' + y\,y'$$

Donc $\vec{u}$ et $\vec{v}$ sont orthogonaux équivaut à $\vec{u}\,.\,\vec{v} = 0$

Soit

$$x\,x' + y\,y' = 0$$

Remarque

Attention à ne pas utiliser un repère qui ne serait pas orthonormé dans les calculs de produits scalaires (voir exercice n°74).

Exercice 81

Soit un carré $ABCD$ de centre O et de côté 4.

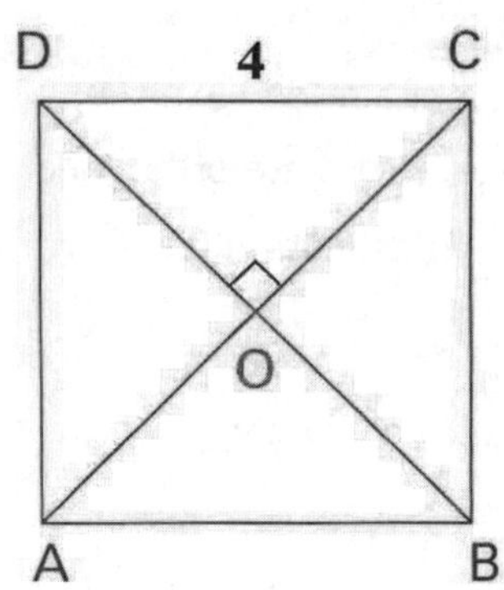

Calculer les produits scalaires :

* $\overrightarrow{AB}\,.\,\overrightarrow{AC}$
* $\overrightarrow{AB}\,.\,\overrightarrow{CA}$
* $\overrightarrow{OB}\,.\,\overrightarrow{BC}$

Exercice 82

On considère un triangle équilatéral ABC de côté a. Soient A', B' et C' les milieux respectifs de $[BC]$, $[AC]$ et $[AB]$. On appelle G le centre de gravité du triangle ABC.

1. Faire une figure.
2. En utilisant les propriétés sur la projection orthogonale, calculer en fonction de a les produits scalaires suivants :

a. $\overrightarrow{AB} \cdot \overrightarrow{AC}$
b. $\overrightarrow{AB} \cdot \overrightarrow{AA'}$
c. $\overrightarrow{AB} \cdot \overrightarrow{BC}$
d. $\overrightarrow{GA} \cdot \overrightarrow{GB}$
e. $\overrightarrow{A'A'} \cdot \overrightarrow{B'B'}$
f. $\overrightarrow{A'B'} \cdot \overrightarrow{A'C'}$

Exercice 83

Soit ABC un triangle et $[AH]$ la hauteur de ce triangle issue de A. Montrer que le triangle ABC est rectangle en A, si, et seulement si, $AH^2 = \overrightarrow{HB} \cdot \overrightarrow{CH}$.

Exercice 84

Soit ABC un triangle isocèle de sommet A et soit D le milieu de $[BC]$.
On considère le point E, projeté orthogonal de D sur (AC) et F le milieu du segment $[DE]$.

1. Construire la figure.
2. Montrer que les droites (AF) et (BE) sont orthogonales.

Exercice 85

Le plan vectoriel est rapporté à une base orthonormale $(\vec{i}\ ,\ \vec{j})$.
Exprimer le produit scalaire des vecteurs $\vec{u}$ de coordonnées (4 ; 10) et $\vec{v}$ de coordonnées (5 ; -2)
Que peut-on conclure ?

Exercice 86

On donne un repère orthonormé (O ; $\vec{i}$, $\vec{j}$) et les vecteurs $\vec{u}$ (1 ; 3), $\vec{v}$ (-1 ; 2), $\vec{w}$ (2 ; 1)

1. Calculer les produits scalaires $\vec{u} \cdot \vec{v}$, $\vec{u} \cdot \vec{w}$ et $\vec{v} \cdot \vec{w}$
2. Calculer $||\vec{u}||$, $||\vec{v}||$ et $||\vec{w}||$.
3. Soit $\vec{t}$ un vecteur ayant pour coordonnées (m ; m + 1)
   Calculer dans chaque cas, les coordonnées de $\vec{t}$ pour que celui-ci soit orthogonal à $\vec{u}$, $\vec{v}$ et $\vec{w}$ respectivement.

Exercice 87

On donne une base ($\vec{i}$, $\vec{j}$) telle que : $||\vec{i}|| = 1$, $||\vec{j}|| = \sqrt{3}$, $\vec{i} \cdot \vec{j} = \frac{3}{2}$

Déterminer un vecteur $\vec{u}$ tel que ($\vec{i}$, $\vec{u}$) soit une base orthonormale.

Exercice 88

Soient $\vec{u}$ et $\vec{v}$ deux vecteurs tels que : $||\vec{u}|| = 3$, $||\vec{v}|| = 4$ et $\vec{u} \cdot \vec{v} = 8$

Calculer :

1. $(\vec{u} + \vec{v})^2$
2. $(2\vec{u} + \vec{v}) \cdot (\vec{u} - 3\vec{v})$
3. $||\vec{u} - \vec{v}||$

Exercice 89

Soit (O ; $\vec{i}$, $\vec{j}$) un repère orthonormé direct. Soit $\vec{u}$ le vecteur tel que $(\vec{i}, \vec{u}) = \frac{\pi}{3}$ et $||\vec{u}|| = 3$.

Soit $\vec{v}$ le vecteur tel que $(\vec{u}, \vec{v}) = -\frac{\pi}{2}$ et $||\vec{v}|| = 4$.

1. Construire une figure.
2. Déterminer les coordonnées de $\vec{u} + \vec{v}$.
3. Calculer $||\vec{u} + \vec{v})||$.

Exercice 90

Le plan est rapporté à un repère orthonormé.
Soient les points $A(1 ; 3)$, $B(3 ; 2)$ et $C(-4 ; -2)$
Déterminer la mesure de l'angle géométrique $\widehat{BAC}$ en degrés à 10^{-2} près.

Exercice 91

On considère un carré *ABCD* de centre *O* et de côté a. Soient I et J les milieux respectifs de [*CD*] et [*AD*].

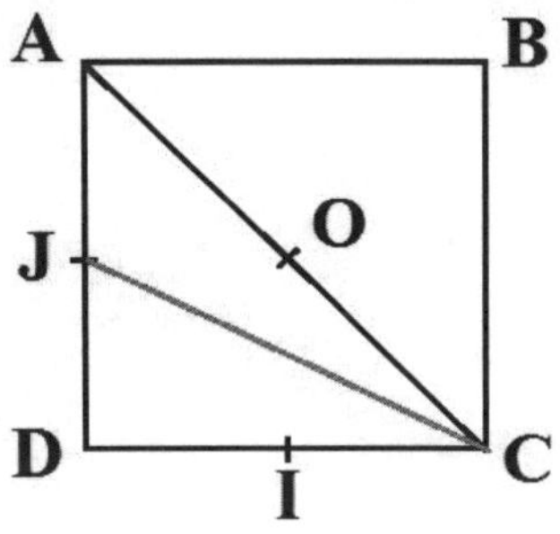

1. Déterminer les produits scalaires $\overrightarrow{CI} \cdot \overrightarrow{CJ}$ et $\overrightarrow{CO} \cdot \overrightarrow{AB}$

2. En calculant de deux manières le produit scalaire $\overrightarrow{CJ} \cdot \overrightarrow{CA}$, déterminer la valeur de l'angle $\widehat{JCA}$ en degré à 10^{-2} près.

TROISIÈME LEÇON

Applications du produit scalaire

I. Relations métriques dans un triangle

1. Relation d'Al-Kashi

Soit ABC un triangle quelconque. On pose $AB = c$, $AC = b$ et $BC = a$. On désigne les angles $\widehat{BAC} = \hat{A}$, $\widehat{CBA} = \hat{B}$ et $\widehat{ACB} = \hat{C}$

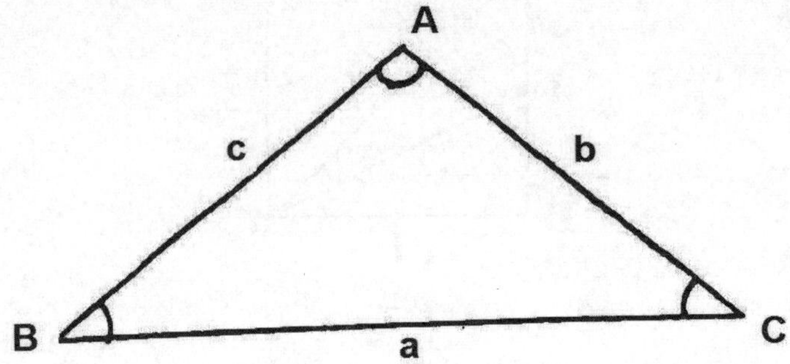

Théorème

Quel que soit le triangle ABC :

$$a^2 = b^2 + c^2 - 2\,bc \cos \hat{A}$$
$$b^2 = a^2 + c^2 - 2\,ac \cos \hat{B}$$
$$c^2 = a^2 + b^2 - 2\,ab \cos \hat{C}$$

Démonstration

Démontrons la première relation.

Nous avons $\overrightarrow{BC} = \overrightarrow{BA} + \overrightarrow{AC}$

Donc $\overrightarrow{BC}^2 = (\overrightarrow{BA} + \overrightarrow{AC}) . (\overrightarrow{BA} + \overrightarrow{AC}) = \overrightarrow{BA}^2 + \overrightarrow{AC}^2 + 2\,\overrightarrow{BA} . \overrightarrow{AC}$

Or $\overrightarrow{AB} . \overrightarrow{AC} = AB \times AC \times \cos \hat{A}$, donc $2\,\overrightarrow{BA} . \overrightarrow{AC} = -2AB \times AC \times \cos \hat{A}$

Finalement : $\overrightarrow{BC}^2 = \overrightarrow{BA}^2 + \overrightarrow{AC}^2 - 2\,AB \times AC \times \cos \hat{A}$ et avec les notations utilisées :

$$a^2 = b^2 + c^2 - 2\,bc \cos \hat{A}$$

Les deux autres égalités s'obtiennent par permutation des lettres.

Exemple

Soit un triangle ABC tel que $\hat{A} = \frac{\pi}{4}$, $AB = 10$ et $AC = 8$

Déterminons la longueur exacte de BC, puis une valeur approchée à 0,1 près.

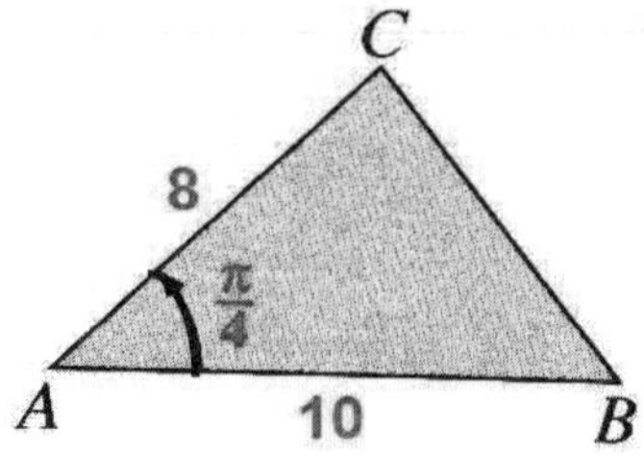

On a la relation $BC^2 = AB^2 + AC^2 - 2\ AB \times AC \times \cos \hat{A}$.

$BC^2 = 100 + 64 - 2 \times 10 \times 8 \times \cos \frac{\pi}{4} = 164 - 160 \times \frac{\sqrt{2}}{2}$

$BC^2 = 164 - 80\sqrt{2}$

La valeur exacte de BC est donc : $BC = \sqrt{164 - 80\sqrt{2}}$

A 0,1 près, $BC \cong 7{,}1$ à 0,1 près.

Remarques

- Si le triangle ABC est rectangle en A, alors $A = \frac{\pi}{2}$ et $\cos \hat{A} = 0$; donc $a^2 = b^2 + c^2$. On retrouve aussi le théorème de Pythagore.

- Réciproquement, si $a^2 = b^2 + c^2$, alors $2\ bc \cos \hat{A} = 0$

  Or $b \neq 0$ et $c \neq 0$, donc $\cos \hat{A} = 0$ et $\hat{A} = \frac{\pi}{2}$

  Le triangle ABC est donc rectangle en A et on retrouve ainsi la réciproque du théorème de Pythagore.

- On sait que $-1 \leq \cos \hat{A} \leq 1$, donc :

  $b^2 + c^2 - 2\ bc \leq a^2 \leq b^2 + c^2 + 2\ bc$

  Soit $(b - c)^2 \leq a^2 \leq (b + c)^2$

  Ou bien

$$\boxed{|b - c| \leq a \leq b + c}$$

Conclusion

Dans un triangle quelconque (non aplati), la longueur d'un côté est inférieure ou égale à la somme des longueurs des deux autres côtés, et supérieure ou égale à la différence des longueurs des deux autres côtés.
On démontre ainsi l'inégalité triangulaire vue en 5ème.

2. Théorème de la médiane

Soient A et B deux points du plan, I le milieu du segment $[AB]$ et M un point quelconque du plan.
Dans le triangle MAB, la médiane $[MI]$ donne les égalités suivantes :

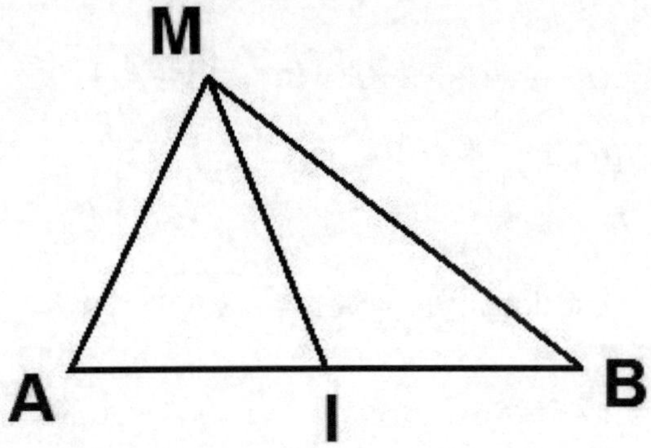

$$\overrightarrow{MA} \cdot \overrightarrow{MB} = MI^2 - \frac{1}{4} AB^2$$

$$MA^2 - MB^2 = 2\,\overrightarrow{IM} \cdot \overrightarrow{AB}$$

$$MA^2 + MB^2 = 2\,MI^2 + \frac{1}{2} AB^2$$

Ce dernier théorème s'appelle "le théorème de la médiane".

Démonstration

Démontrons le théorème de la médiane, la relation $MA^2 + MB^2 = 2\,MI^2 + \frac{1}{2} AB^2$

Introduisons le milieu I de $[AB]$ par la relation de Chasles :

$\overrightarrow{MA} = \overrightarrow{MI} + \overrightarrow{IA}$

$\overrightarrow{MB} = \overrightarrow{MI} + \overrightarrow{IB} = \overrightarrow{MI} - \overrightarrow{IA}$ donc $MB^2 = MI^2 + IA^2 - 2\,\overrightarrow{MI} \cdot \overrightarrow{IA}$

$MA^2 = \overrightarrow{MA}^2 = (\overrightarrow{MI} + \overrightarrow{IA})^2 = MI^2 + IA^2 + 2\,\overrightarrow{MI} \cdot \overrightarrow{IA}$

Par addition membre à membre, il vient : $MA^2 + MB^2 = 2\,MI^2 + 2\,IA^2$

Or $IA = \frac{AB}{2}$, donc $MA^2 + MB^2 = 2\,MI^2 + \frac{1}{2} AB^2$

Exemple

On considère un triangle MAB tel que $AB = 12$ et $MI = 8$, I étant le milieu de $[AB]$.
Soit H le projeté orthogonal de M sur AB. On donne $HI = 2$.
Calculer $\overrightarrow{MA} \cdot \overrightarrow{MB}$, $MA^2 - MB^2$ et $MA^2 + MB^2$

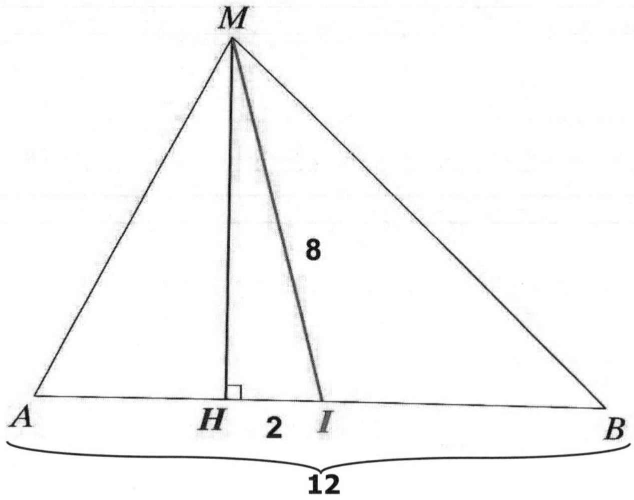

On a :

$\overrightarrow{MA} \cdot \overrightarrow{MB} = 8^2 - \frac{1}{4} \times 12^2 = 64 - 36 = 28$

$MA^2 - MB^2 = 2\,\overrightarrow{IM} \cdot \overrightarrow{AB} = -2\,IH \times AB$ ($\overrightarrow{IH}$ et $\overrightarrow{AB}$ étant de sens contraire)

$= -2 \times 2 \times 12 = -48$

$MA^2 + MB^2 = 2 \times 8^2 + \frac{1}{2} \times 12^2 = 128 + 72 = 200$

3. Formule des aires

Soit ABC un triangle quelconque. On désigne par S l'aire de ce triangle. Avec les notations précédentes, on a les relations :

$$S = \frac{1}{2}\, bc \sin \hat{A} = \frac{1}{2}\, ac \sin \hat{B} = \frac{1}{2}\, ab \sin \hat{C}$$

Démonstration

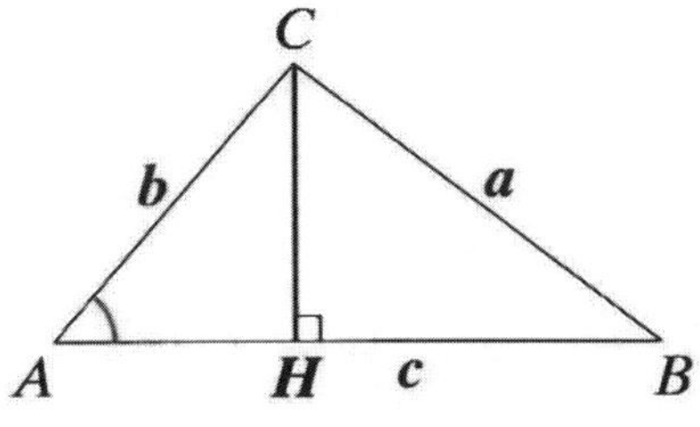

$\widehat{A}$ **aigu**

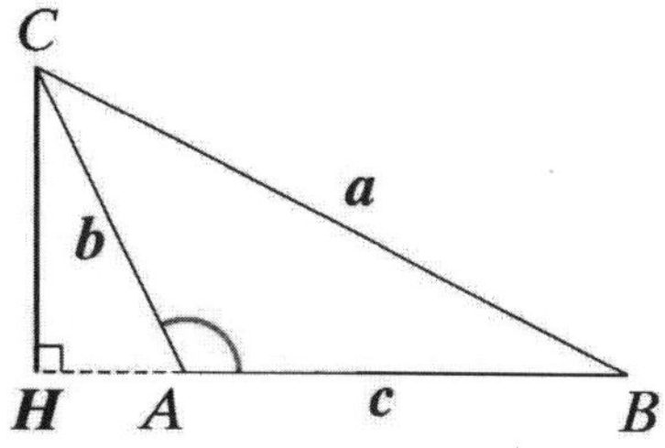

$\widehat{A}$ **obtus**

L'aire S du triangle ABC est donnée par la formule : $S = \frac{1}{2}$ base × hauteur $= \frac{1}{2}\, AB \times CH$

Deux cas sont à envisager :

- Si l'angle $\hat{A}$ est aigu, alors $CH = CA \times \sin \hat{A}$
- Si l'angle $\hat{A}$ est obtus, alors $CH = CA \times \sin(\pi - \hat{A}) = CA \times \sin \hat{A}$

Dans les deux cas, on a donc : $S = \frac{1}{2} AB \times AC \times \sin A = \frac{1}{2} cb \sin \hat{A}$

Les deux autres égalités s'obtiennent par permutation circulaire des lettres.

4. Formule des sinus

Soit ABC un triangle quelconque et S son aire. Soit R le rayon du cercle circonscrit au triangle ABC. On a les égalités :

$$\frac{a}{\sin \hat{A}} = \frac{b}{\sin \hat{B}} = \frac{c}{\sin \hat{C}} = \frac{abc}{2S} = 2R$$

Démonstration

- D'après la formule sur les aires, on a :

$$2S = bc \sin \hat{A} = ac \sin \hat{B} = ab \sin \hat{C}$$

D'où :

$$2S \times \frac{1}{abc} = \frac{\sin \hat{A}}{a} = \frac{\sin \hat{B}}{b} = \frac{\sin \hat{C}}{c}$$

Par passage à l'inverse : $\frac{abc}{2S} = \frac{a}{\sin \hat{A}} = \frac{b}{\sin \hat{B}} = \frac{c}{\sin \hat{C}}$, les sinus étant non nuls si le triangle ABC et non aplati.

- Considérons maintenant le cercle circonscrit au triangle ABC.

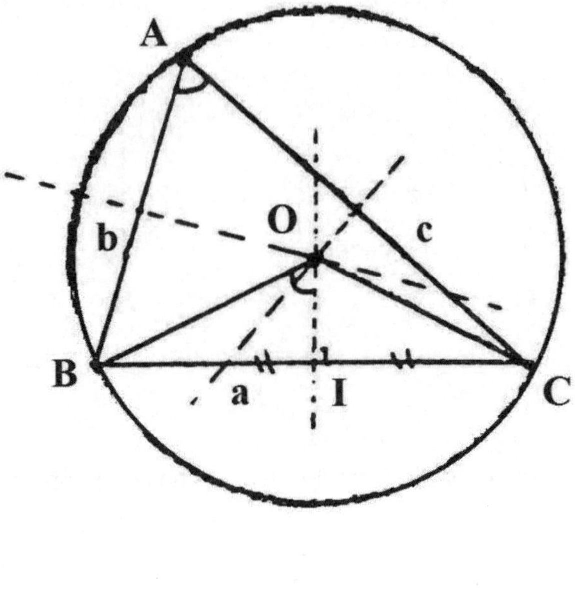

Soit O son centre. On a : $(\overrightarrow{OB}, \overrightarrow{OC}) = 2\,(\overrightarrow{AB}, \overrightarrow{AC})\ [2\pi]$ car dans un cercle, l'angle inscrit $(\overrightarrow{AB}, \overrightarrow{AC})$ est égal à la moitié de l'angle au centre associé $(\overrightarrow{OB}, \overrightarrow{OC})$ qui intercepte le même arc $\overset{\frown}{BC}$.

Soit I le milieu de $[BC]$; (OI) est donc la médiatrice de $[BC]$ donc par symétrie $(\overrightarrow{OB}, \overrightarrow{OI}) = (\overrightarrow{OI}, \overrightarrow{OC})$ et
$(\overrightarrow{OB}, \overrightarrow{OC}) = 2(\overrightarrow{OB}, \overrightarrow{OI})$.

D'où, $(\overrightarrow{OB}, \overrightarrow{OC}) = 2(\overrightarrow{AB}, \overrightarrow{AC}) = 2(\overrightarrow{OB}, \overrightarrow{OI})\ [2\pi]$,

Soit $(\overrightarrow{AB}, \overrightarrow{AC}) = (\overrightarrow{OB}, \overrightarrow{OI})\ [\pi]$

OBI étant un triangle rectangle en I, on a :

$$\sin(\overrightarrow{OB}, \overrightarrow{OI}) = \frac{a}{2R}$$

Donc $\sin(\overrightarrow{AB}, \overrightarrow{AC}) = \frac{a}{2R}$, soit $\sin \hat{A} = \frac{a}{2R}$ et $\frac{a}{\sin \hat{A}} = 2R$.

De la même façon, on obtient :

$$\frac{b}{\sin \hat{B}} = 2R \quad \text{et} \quad \frac{c}{\sin \hat{C}} = 2R$$

Exemple

Soit ABC un triangle tel que $\hat{A} = 50°$, $\hat{B} = 70°$, $a = 7$
Déterminer l'angle et les longueurs manquants (à 0,1 près).

Dans le triangle ABC, on a $\hat{A} + \hat{B} + \hat{C} = 180°$, donc $\hat{C} = 60°$.

La formule des sinus appliquée au triangle ABC donne $\frac{7}{\sin 50°} = \frac{b}{\sin 70°} = \frac{c}{\sin 60°}$

D'où, à l'aide d'un produit en croix : $b = \frac{7 \times \sin 70°}{\sin 50°}$ et $c = \frac{7 \times \sin 60°}{\sin 50°}$

D'où $b = AC = 8{,}6$ à 0,1 près.

Également $\frac{7}{\sin 50°} = \frac{c}{\sin 60°}$ et $c = \frac{7 \times \sin 60°}{\sin 50°}$

Soit AC $= b \simeq 8{,}6$ et $AB = c \simeq 7{,}9$ (à 0,1 près)

II. Produit scalaire et droite

1. Équation d'une droite dans un repère quelconque du plan

Théorème

Dans un repère (O ; $\vec{i}$, $\vec{j}$) du plan, toute droite admet une équation cartésienne de la forme :

$$ax + by + c = 0$$

Avec a et b réels dont l'un au moins n'est pas nul.

Réciproquement, toute équation de la forme $ax+ by + c = 0$ définit une droite unique de vecteur directeur $\vec{u}\,(-b\ ;\ a)$ dans la base ($\vec{i}$, $\vec{j}$).

Cette équation est appelée équation cartésienne de la droite.

Démonstration

Soit une droite d passant par un point A de coordonnées $(x_A\ ;\ y_A)$ et admettant un vecteur directeur $\vec{u}$ de coordonnées (α ; β).

Soit $M(x, y)$ point du plan
M appartient à d si et seulement si $\overrightarrow{AM}$ et $\vec{u}$ sont colinéaires.
Donc il existe un réel k non nul tel que : $\overrightarrow{AM} = k \times \vec{u}$
Or $\overrightarrow{AM}$ $(x - x_A\ ;\ y - y_A)$ et $\vec{u}$ (α ; β) d'où :

$$\begin{cases} x - x_A = k\,\alpha \\ y - y_1 = k\,\beta \end{cases} \Leftrightarrow k\,\beta\,(x - x_A) = k\,(y - y_A)$$

On en déduit que $\beta(x - x_A) = \alpha(y - y_A)$, soit $\beta x - \alpha y - \beta x_A + \alpha y_A = 0$

En posant a = β, b = $-\alpha$ et c = $-\beta\, x_A + \alpha\, y_A$, on obtient ainsi une équation de la droite d, sous la forme $ax+ by + c = 0$ avec a $\neq$ 0 ou b $\neq$ 0 (car α et β ne peuvent être simultanément nul du fait que $\vec{u} \neq \vec{0}$)

Réciproquement, considérons un ensemble $\mathcal{E}$, d'équation cartésienne $ax+ by + c = 0$ avec a $\neq$ 0 ou b $\neq$ 0.

- Si a $\neq$ 0 et b = 0, alors l'équation s'écrit $ax + c = 0 \Leftrightarrow x = -\frac{c}{a}$.

Le couple de coordonnées $(-\frac{c}{a}\ ;\ 0)$ vérifie l'équation de $\mathcal{E}$.

- Si a = 0 et b $\neq$ 0, alors l'équation s'écrit $by + c = 0 \Leftrightarrow y = -\frac{c}{b}$.

Le couple de coordonnées $(O\ ;\ -\frac{c}{b})$ vérifie l'équation de $\mathcal{E}$.

Dans tous les cas, cet ensemble $\mathcal{E}$ contient au moins un point $A(x_A ; y_A)$ tel que $ax_A + by_A + c = 0$
Un point $M(x ; y)$ appartient à $\mathcal{E}$ si, et seulement si :

$$ax + by + c = ax_A + by_A + c$$

Ceci traduit le fait que le vecteur $\vec{u}$ $(-b ; a)$ (avec $\vec{u} \neq \vec{0}$) est colinéaire au vecteur $\overrightarrow{AM}$ $(x - x_A . y - y_A)$

L'ensemble $\mathcal{E}$ est donc la droite passant par A et de vecteur directeur $\vec{u}$.

Exemple

On considère une droite (AB) avec $A(-3 ; 2)$ et $B(2 ; -3)$
Soit $M(x ; y)$ un point du plan :
$M(x ; y) \in (AB)$ si et seulement si les vecteurs $\overrightarrow{AM}$ et $\overrightarrow{AB}$ sont colinéaires.

On a : $\overrightarrow{AM}$ $(x + 3 ; y - 2)$ et $\overrightarrow{AB}$ $(5 ; -5)$

$M(x ; y) \in (AB)$ $\Leftrightarrow (x + 3) . (-5) = (y - 2) . 5$
$\Leftrightarrow -5x - 15 = 5y - 10$
$\Leftrightarrow -5x - 5y = 15 - 10$
$\Leftrightarrow -5x - 5y = 5$
$\Leftrightarrow -5x - 5y - 5= 0$ (on simplifie par -5)
$\Leftrightarrow x + y + 1 = 0$

L'équation cartésienne $x + y + 1 = 0$ définit la droite (AB) de vecteur directeur $(-b ; a)$ soit $\vec{u}(-1 ; 1)$

2. Vecteur normal à une droite

Définition

Un vecteur normal à une droite est un vecteur non nul $\vec{n}$ de direction orthogonale à la direction de cette droite.

Propriété

Un vecteur $\vec{n}$ normal à une droite d est orthogonal à tout vecteur directeur $\overrightarrow{AM}$ de d. Donc, si A est un point fixe par lequel la droite d passe, alors d représente l'ensemble des points M tels que :

$$\boxed{\overrightarrow{AM} . \vec{n} = 0}$$

Théorème

Si le vecteur $\vec{n}$ a pour coordonnées $(a ; b)$ dans un repère orthonormé $(O ; \vec{i}, \vec{j})$, alors une droite de vecteur normal $\vec{n}$ a une équation cartésienne de la forme $ax + by + c = 0$

Démonstration

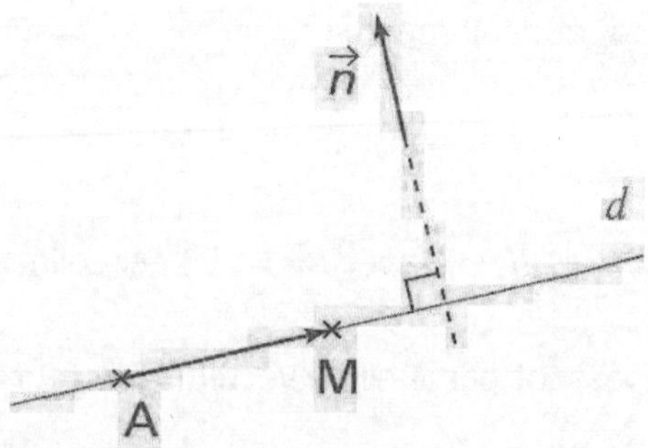

Soient $A(x_A\ ;\ y_A)$ et $\vec{n}$ $(a\ ;\ b)$ un vecteur non nul.
Soit d la droite passant par A et admettant $\vec{n}$ comme vecteur normal.
M appartient à d si et seulement si les vecteurs $\overrightarrow{AM}$ et $\vec{n}$ sont orthogonaux, soit $\vec{n} \times \overrightarrow{AM} = 0$.

Le point $M(x\ ;\ y)$ appartient à d, si et seulement si :

$$a(x - x_A) + b(y - y_A) = 0, \text{ soit } ax + by - ax_A - by_A = 0$$

qui est de la forme $ax + by + c = 0$ avec $c = -ax_A - by_A$.
(a et b non nuls simultanément $\vec{n}$ sinon serait nul)

Exemple

Le plan est rapporté à un repère orthonormé (O ; $\vec{i}$, $\vec{j}$). On donne trois points $A(0\ ,\ -1)$, $B(4\ ;\ -2)$ et $C(3\ ;\ 1)$.
Déterminons une équation de la hauteur d issue de A dans le triangle ABC.

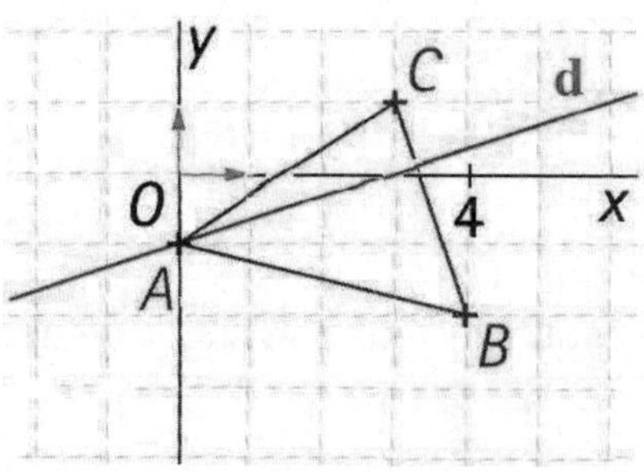

Comme d est la hauteur issue de A, elle admet $\overrightarrow{BC}$ comme vecteur normal.
Or $\overrightarrow{BC}$ (-1 ; 3), donc d une équation de la forme : $-x + 3y + c = 0$
La hauteur passe par A, donc les coordonnées de A vérifient l'équation, d'où :

$$-0 + 3 \times (-1) + c = 0 \Leftrightarrow c = 3$$

Une équation de la hauteur est donc :

$$-x + 3y + 3 = 0$$

Corollaire

Soient a et b deux réels non nuls simultanément et c un réel quelconque. Dans un repère orthonormal, toute relation de la forme $ax + by + c = 0$ est une équation cartésienne d'une droite d de vecteur normal $\vec{n}(a\ ;\ b)$.

3. Droites perpendiculaires

Théorème

Dans un repère orthonormé, soient d et d' deux droites ayant pour équations respectives

$$ax + by + c = 0 \quad \text{et} \quad a'x + b'y + c' = 0$$

Les droites d et d' sont perpendiculaires si et seulement si :

$$\boxed{aa' + bb' = 0}$$

Démonstration

Le vecteur $\vec{n}(a\ ;\ b)$ est un vecteur normal à la droite d d'équation cartésienne $ax + by + c = 0$
De même, le vecteur $\vec{n}(a'\ ;\ b')$ est un vecteur normal à la droite d' d'équation $a'x + b'y + c' = 0$
Ainsi, si d et d' sont perpendiculaires, revient à dire que $\vec{n}$ est orthogonal à $\vec{n}'$, c'est-à-dire $\vec{n} \times \vec{n}' = 0$, soit $aa' + bb' = 0$

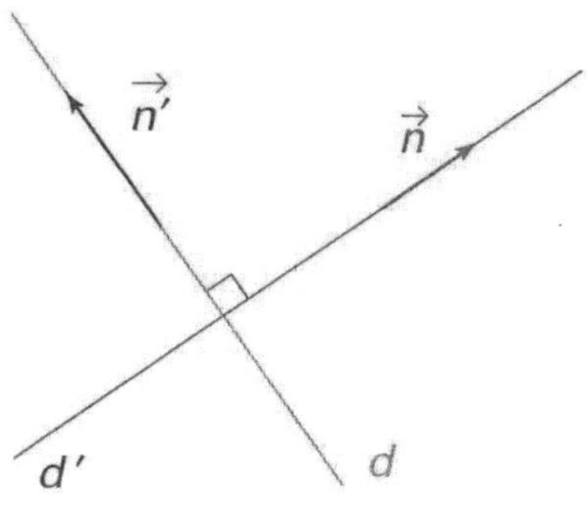

Remarque

L'égalité $aa' + bb' = 0$ peut se réécrire :

$$aa' = -bb', \text{ soit } \frac{a}{b} \times \frac{a'}{b'} = -1 \ (b \neq 0 \text{ et } b' \neq 0)$$

En posant $m = \frac{a}{b}$ et $m' = \frac{a'}{b'}$, on obtient $m \times m' = -1$

On retrouve ainsi la condition d'orthogonalité des droites d et d' d'équations réduites $y = mx + p$ et $y = m'x + p'$ (avec $p = \frac{c}{b}$ et $p' = \frac{c'}{b'}$)

III. Produit scalaire et cercle

1. Cercle défini par son diamètre

Théorème

Le cercle de diamètre $[AB]$ est l'ensemble des points M tels que $\overrightarrow{MA} \cdot \overrightarrow{MB} = 0$

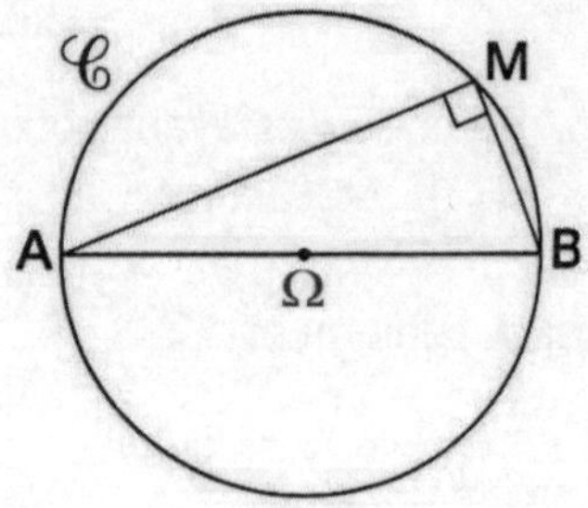

Démonstration

Le cercle de diamètre $[AB]$ est caractérisé par l'ensemble des points M tels que AMB soit un triangle rectangle en M d'où :

- Si $\overrightarrow{MA}$ et $\overrightarrow{MB}$ sont non nuls, alors $\overrightarrow{MA} \cdot \overrightarrow{MB} = 0$
- Si M est confondu avec A ou avec B, alors $\overrightarrow{MA} = \vec{0}$ ou $\overrightarrow{MB} = \vec{0}$ donc $\overrightarrow{MA} \cdot \overrightarrow{MB} = 0$

Exemple

Soient les points $A(1 ; 4)$ et $B(-3 ; 5)$ et le cercle de diamètre $[AB]$.

$M(x ; y) \in \mathcal{C} \Leftrightarrow \overrightarrow{MA} \cdot \overrightarrow{MB} = 0 \Leftrightarrow (1 - x)(-3 - x) + (4 - y)(5 - y) = 0$

$\Leftrightarrow x^2 + y^2 + 2x - 9y + 17 = 0$

Cette égalité est appelée équation cartésienne du cercle $\mathcal{C}$ de diamètre [AB].

2. Cercle défini par son centre et son rayon

Définition

Soit Ω un point du plan de coordonnées $(\alpha ; \beta)$ dans un repère orthonormé $(O ; \vec{i}, \vec{j})$.

Le cercle $\mathcal{C}$ de centre Ω et de rayon R est l'ensemble des points $M(x ; y)$ du plan tels que $\Omega M = R$, soit, puisque $\Omega M \geq 0$ et $R \geq 0$, tels que $\Omega M^2 = R^2$.

Le vecteur ΩM a pour coordonnées $(x - \alpha ; y - \beta)$ donc $\Omega M^2 = (x - \alpha)^2 + (y - \beta)^2$

Le cercle $\mathcal{C}$ est donc l'ensemble des points $M(x ; y)$ tels que :

$$(x - \alpha)^2 + (y - \beta)^2 = R^2$$

Ceci est une **équation du cercle** de centre Ω $(\alpha ; \beta)$ et de rayon R.

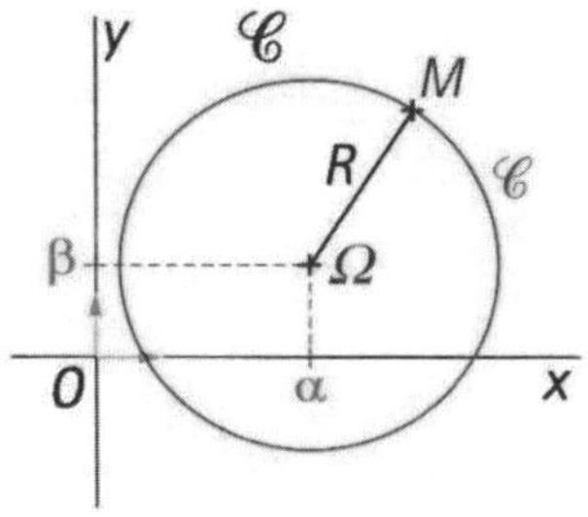

En développant le membre de gauche, on obtient :
$x^2 - 2\alpha x + \alpha^2 + y^2 - 2\beta y + \beta^2 = R^2$
soit $x^2 + y^2 - 2\alpha x - 2\beta y + \alpha^2 + \beta^2 - R^2 = 0$
En posant $a = -2\alpha$, ; $b = -2\beta$ et $c = \alpha^2 + \beta^2 - R^2$, on obtient une équation du cercle $\mathcal{C}$ dans le repère $(O ; \vec{i}, \vec{j})$ de la forme : $x^2 + y^2 + ax + by + c = 0$

Exemples

- Le cercle de centre Ω (3 ; 2) et de rayon 5 a pour équation :
  $(x - 3)^2 + (y - 2)^2 = 25$ soit : $x^2 - 6x + 9 + y^2 - 4y + 4 = 25$
  Et, finalement : $x^2 + y^2 - 6x - 4y - 12 = 0$

- Le cercle trigonométrique de centre Ω (0 ; 0) et de rayon R = 1 a pour équation : $x^2 + y^2 = 1$

Remarque

Tout cercle a une équation de la forme $x^2 + y^2 + ax + by + c = 0$, mais la réciproque n'est pas toujours vraie.

Contre-exemple

Soit l'équation $x^2 + y^2 - 2x + y + 3 = 0$

On peut écrire : $x^2 - 2x = (x - 1)^2 - 1$ et $y^2 + y = (y + \frac{1}{2})^2 - \frac{1}{4}$

Donc : $(x - 1)^2 + (y + \frac{1}{2})^2 - 1 - \frac{1}{4} + 3 = 0$

Soit $(x - 1)^2 + (y + \frac{1}{2})^2 = -\frac{7}{4}$

Or, quels que soient x et y, $(x - 1)^2 > 0$ et $(y + \frac{1}{2})^2 > 0$ donc $(x - 1)^2 + (y + \frac{1}{2})^2 > 0$ or $-\frac{7}{4} < 0$

Donc l'équation n'a pas de solution et il n'existe aucun point M dont les coordonnées vérifient cette équation.
Par conséquent, l'ensemble des points $M(x ; y)$ est vide.

Exercice 92

Soit un triangle ABC. On donne $\hat{A} = 36°$, b = 85 mm et c = 54 mm.
Déterminer la valeur de a et celles des angles $\hat{B}$ et $\hat{C}$.

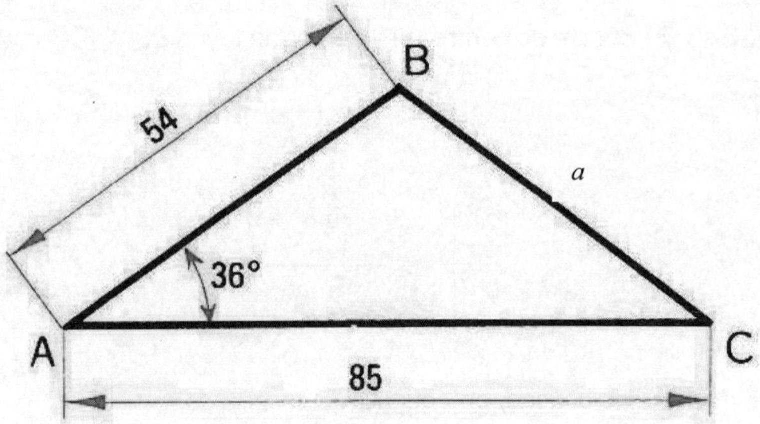

Exercice 93

Soit un triangle ABC avec $AB = 8$, $AC = 6$ et $BC = 10$.
Soit I le milieu de $[BC]$.

1. Calculer la longueur de la médiane $[AI]$.
2. Soit [AH] la hauteur issue de A. Calculer HI.

Exercice 94

Soit ABC un triangle tel que $AB = 3$, $AC = 5$ et $\widehat{BAC} = \frac{\pi}{3}$.

1. Calculer la longueur BC.
2. Déterminer la longueur de la médiane du triangle issue de A.
3. Calculer l'aire S du triangle ABC.

Exercice 95

Soit ABC un triangle quelconque.

1. À partir du théorème d'Al-Kashi, établir la relation :

$$\sin^2 \hat{A} = \frac{(a+b+c)(a+b-c)(b+c-a)(c+a-b)}{4b^2c^2}$$

2. Soit p le demi-périmètre de ABC. On note : 2p = a + b + c.

a. Établir la relation : $\sin \hat{A} = \dfrac{2\sqrt{p(p-a)(p-b)(p-c)}}{bc}$

b. En déduire la formule dite de Héron :

$$S = \sqrt{p(p-a)(p-b)(p-c)}$$

c. Retrouver la relation $\dfrac{\sin \hat{A}}{a} = \dfrac{\sin \hat{B}}{b} = \dfrac{\sin \hat{C}}{c}$

d. Calculer l'aire d'un triangle dont les côtés mesurent 3, 4 et 5 cm.

Exercice 96

Soient A, B et C trois points du plan de coordonnées respectives (1 ; 4), (-3 ; -1) et (4 ; 2) dans un repère orthonormé.
Déterminer une équation de la hauteur issue du point A du triangle ABC.

Exercice 97

Soient trois points du plan tels que A(2 ; 5), B(-2 ; -1) et C(3 ; -4).

1. Déterminer les équations des hauteurs issues de A et de B dans le triangle ABC.
2. En déduire les coordonnées de l'orthocentre H.
3. Déterminer les équations des médiatrices des segments [AB] et [AC].
4. En déduire les coordonnées du centre Ω du cercle circonscrit au triangle ABC.

Exercice 98

Le plan est rapporté à un repère orthonormé $(O ; \vec{i}, \vec{j})$.
Montrer que $x^2 + y^2 - 8x + 10y + 32 = 0$ est une équation d'un cercle dont on précisera le centre et le rayon.

Exercice 99

Soient dans un repère orthonormal (O ; $\vec{i}$, $\vec{j}$) les points $A(2 ; 1)$ et $B(-3 ; -2)$.

1. Déterminer une équation cartésienne du cercle ayant pour diamètre $[AB]$. On donnera son centre et son rayon.
2. Vérifier que le point C(2 ; 1) appartient au cercle.
3. Déterminer une équation de la tangente au cercle au point C.

Exercice 100

Recherche d'un ensemble de points.

Soient A et B deux points distincts et O le milieu de $[AB]$.

1. Démontrer que, pour tout point M du plan, on a :
$$\overrightarrow{AB} \cdot \overrightarrow{AM} + \overrightarrow{AB} \cdot \overrightarrow{BM} = 2\,\overrightarrow{AB} \cdot \overrightarrow{OM}$$
2. Déterminer, en utilisant la question 1., l'ensemble des points M du plan tels que $\overrightarrow{AB} \cdot \overrightarrow{AM} = \overrightarrow{BA} \cdot \overrightarrow{BM}$

Exercice 101

Notion de lignes de niveau.

Soit une fonction f du plan dans l'ensemble des réels.

On appelle <u>lignes de niveau</u>, de niveau k suivant l'application f , noté L_k, l'ensemble des points M du plan tels que $f(M) = k$.

Soit, par exemple, l'expression $f(M) = MA^2 + MB^2$ où A et B sont des points fixés et M un point quelconque du plan.

La ligne de niveau 10 de l'application f est l'ensemble des points M tels que $MA^2 + MB^2 = 10$.
Différents types de lignes de niveau peuvent être étudiés selon la fonction impliquée.

Exemples

$f : M \mapsto \overrightarrow{AM}. \overrightarrow{AB} = k$

$g : M \mapsto \overrightarrow{MA} \cdot \overrightarrow{MB} = k$

$h : M \mapsto MA^2 - MB^2 = k$

Application

Soient A et B deux points du plan et Ω le milieu du segment $[AB]$. On pose $AB = d$.
Soit L_k l'ensemble des points M est tel que : $MA^2 + MB^2 = k$ ($k \in \mathbb{R}$)

1. Démontrer que l'ensemble L_k est l'ensemble des points M tels que : $\Omega M^2 = \frac{k}{2} - \frac{d^2}{4}$

2. Indiquer, en fonction de la valeur de k, la nature de l'ensemble Lk.

3. Donner la nature de L24 dans le cas où d = 6.

Exercice 102

Soient A et B deux points du plan et Ω le milieu de $[AB]$. On considère la fonction f : $M \mapsto \overrightarrow{MA} \cdot \overrightarrow{MB}$.
On se propose de déterminer l'ensemble des points M du plan tels que $\overrightarrow{MA} \cdot \overrightarrow{MB} = k$ ou ligne de niveau L_k.

1. Quelle est la nature de L_O ?

2. Démontrer que, quel que soit M, on a la relation :

$$f(M) = M\Omega^2 - \frac{AB^2}{4}$$

3. On suppose AB = 8. En déduire, selon la valeur de k, la nature de la ligne de niveau Lk.

Exercice 103

Soient A et B deux points du plan tels que $AB = 3$.
Déterminer l'ensemble $\mathcal{E}$ des points M du plan tel que :

$$MA^2 - MB^2 = -30$$

QUATRIÈME LEÇON

Calculs trigonométriques

I. Formules d'addition

Soient a et b deux réels quelconques. Connaissant les valeurs des fonctions circulaires (sinus, cosinus, tangente) pour a et b, on se propose de calculer les valeurs des fonctions circulaires pour $a + b$ et $a - b$.

1. Calcul de cos $(a - b)$

Sur le cercle trigonométrique de centre O rapporté au repère orthonormé $(O, \overrightarrow{OA}, \overrightarrow{OB})$, considérons les arcs orientés $\overset{\frown}{AM}$ et $\overset{\frown}{AN}$ de mesure respectives a et b $[2\pi]$.
Les coordonnées du vecteur $\overrightarrow{OM}$ sont : cos a et sin a
Les coordonnées du vecteur $\overrightarrow{OM}$ sont : cos b et sin b

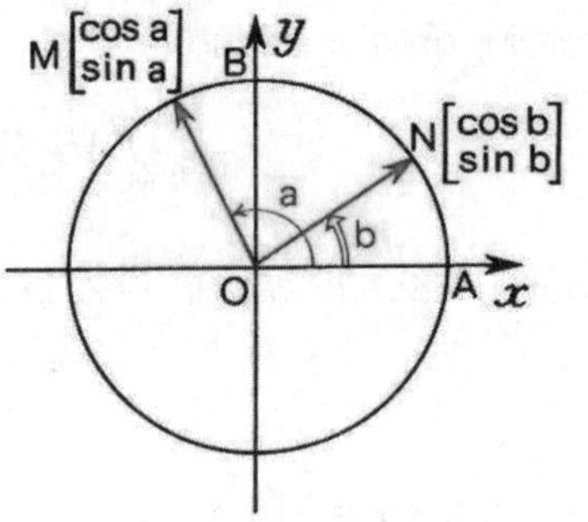

La mesure de l'arc orienté $\overset{\frown}{NM}$ est :

$$\overset{\frown}{NM} = \overset{\frown}{AM} - \overset{\frown}{AN} = a - b \ [2\pi]$$

Donc la mesure de l'angle $(\overrightarrow{ON}, \overrightarrow{OM})$ et $a - b$ $[2\pi]$.

D'après la propriété du produit scalaire :

$$\overrightarrow{OM} \cdot \overrightarrow{ON} = OM \times ON \times \cos(\overrightarrow{ON}, \overrightarrow{OM}) = \cos(a - b)$$

D'autre part, à partir des coordonnées de $\overrightarrow{OM}$ et $\overrightarrow{ON}$ on peut écrire :

$$\overrightarrow{OM} \cdot \overrightarrow{ON} = \cos a \cos b + \sin a \sin b$$

Il en résulte que :

$$\boxed{\cos(a - b) = \cos a \cos b + \sin a \sin b} \quad ①$$

2. Conséquences

Quel que soit x, on a donc :

$$\cos(a - x) = \cos a \cos x + \sin a \sin x$$

En remplaçant x par $-b$ on obtient :

$$\cos(a + b) = \cos a \cos(-b) + \sin a \sin(-b)$$

Soit

$$\boxed{\cos(a + b) = \cos a \cos b - \sin a \sin b} \qquad ②$$

En remplaçant a par $\frac{\pi}{2} - a$ dans la relation ②, on obtient :

$$\cos\left(\frac{\pi}{2} - a + b\right) = \cos\left[\left(\frac{\pi}{2} - a\right) + b\right] = \cos\left(\frac{\pi}{2} - a\right)\cos b - \sin\left(\frac{\pi}{2} - a\right)\sin b$$

Soit

$$\boxed{\sin(a - b) = \sin a \cos b - \sin b \cos a} \qquad ③$$

En remplaçant b par $-b$ dans la relation ③, on obtient :

$$\sin(a + b) = \sin a \cos(-b) - \sin(-b)\cos a$$

Soit

$$\boxed{\sin(a + b) = \sin a \cos b + \sin b \cos a} \qquad ④$$

3. Exemples

En remarquant que $\frac{5\pi}{12} = \frac{\pi}{4} + \frac{\pi}{6}$ et $\frac{\pi}{12} = \frac{\pi}{2} - \frac{5\pi}{12}$, calculons les rapports trigonométriques des angles $\frac{5\pi}{12}$ et $\frac{\pi}{12}$:

$$\cos\frac{5\pi}{12} = \cos\left(\frac{\pi}{4} + \frac{\pi}{6}\right) = \cos\frac{\pi}{4}\cos\frac{\pi}{6} - \sin\frac{\pi}{4}\sin\frac{\pi}{6}$$

$$= \frac{\sqrt{2}}{2} \times \frac{\sqrt{3}}{2} - \frac{\sqrt{2}}{2} \times \frac{1}{2} = \frac{\sqrt{2}}{4}(\sqrt{3} - 1)$$

$$\sin\frac{5\pi}{12} = \sin\left(\frac{\pi}{4} + \frac{\pi}{6}\right) = \sin\frac{\pi}{4}\cos\frac{\pi}{6} + \sin\frac{\pi}{6}\cos\frac{\pi}{4}$$

$$= \frac{\sqrt{2}}{2} \times \frac{\sqrt{3}}{2} + \frac{1}{2} \times \frac{\sqrt{2}}{2} = \frac{\sqrt{2}}{4}(\sqrt{3} + 1)$$

On en déduit :

$\cos \frac{\pi}{12} = \cos\left(\frac{\pi}{2} - \frac{5\pi}{12}\right) = \sin \frac{5\pi}{12} = \frac{\sqrt{2}}{4}(\sqrt{3} + 1)$

$\sin \frac{\pi}{12} = \sin\left(\frac{\pi}{2} - \frac{5\pi}{12}\right) = \cos \frac{5\pi}{12} = \frac{\sqrt{2}}{4}(\sqrt{3} - 1)$

II. Formules de multiplication

Formules de duplication

N.B : Une duplication consiste à exprimer le double d'une quantité en fonction de cette quantité.

En remplaçant b par a dans les formules d'addition donnant cos $(a + b)$, sin $(a + b)$ et tan $(a + b)$, on obtient les formules suivantes :

$$\cos 2a = \cos^2 a - \sin^2 a$$
$$\sin 2a = 2 \sin a \cos a$$

Remarque

En utilisant la relation $\cos^2 a + \sin^2 a = 1$, on peut transformer les expressions de cos 2 a :

$$\cos 2a = 2\cos^2 a - 1 \qquad \cos 2a = 1 - 2\sin^2 a$$

Il en découle les formules dites de linéarisation :

$$\cos^2 a = \frac{1 + \cos 2a}{2} \qquad \sin^2 a = \frac{1 - \cos 2a}{2}$$

N.B : Le fait « linéariser » est utile parfois pour déterminer la valeur exacte du cosinus ou du sinus d'un angle donné.

Exemple

Calculons la valeur exacte de $\sin \frac{\pi}{8}$

On peut écrire : $2 \times \frac{\pi}{8} = \frac{\pi}{4}$

Donc $\sin^2 a = \frac{1 - \cos 2a}{2}$ et $\sin^2 \frac{\pi}{8} = \frac{1 - \cos\frac{\pi}{4}}{2}$

Soit $\sin^2 \frac{\pi}{8} = \frac{1-\frac{\sqrt{2}}{2}}{2} = \frac{2-\sqrt{2}}{4}$

$\frac{\pi}{8} \in [0 ; \frac{\pi}{2}]$ donc $\sin \frac{\pi}{8} > 0$ d'où $\sin \frac{\pi}{8} = \frac{\sqrt{2-\sqrt{2}}}{2}$

III. Autres formules de transformation

1. Transformation de sommes en produits

a. Transformation de la somme et de la différence de deux sinus

À partir des relations :

$\sin(a+b) = \sin a \cos b + \sin b \cos a$
$\sin(a-b) = \sin a \cos b - \sin b \cos a$

On obtient par addition ou soustraction :

$\sin(a+b) + \sin(a-b) = 2 \sin a \cos b$ ⑥
$\sin(a+b) - \sin(a-b) = 2 \sin b \cos a$ ⑦

<u>Posons</u> : $\begin{cases} a+b=p \\ a-b=q \end{cases} \Leftrightarrow \begin{cases} a = \frac{p+q}{2} \\ b = \frac{p-q}{2} \end{cases}$

Les relations ⑥ et ⑦ deviennent :

$$\sin p + \sin q = 2 \sin \frac{p+q}{2} \cos \frac{p-q}{2}$$
$$\sin p - \sin q = 2 \sin \frac{p-q}{2} \cos \frac{p+q}{2}$$

b. Transformation de la somme et de la différence de deux cosinus

À partir de relations :

$\cos(a + b) = \cos a \cos b - \sin a \sin b$
$\cos(a - b) = \cos a \cos b + \sin a \sin b$

On obtient par addition ou soustraction :

$\cos(a + b) + \cos(a - b) = 2 \cos a \cos b$ ⑧
$\cos(a + b) - \cos(a - b) = 2 \sin a \, . \, \sin b$ ⑨

Avec les notations précédentes, les formules ⑧ et ⑨ deviennent :

$$\cos p + \cos q = 2 \cos \frac{p+q}{2} \cos \frac{p-q}{2}$$
$$\cos p - \cos q = -2 \sin \frac{p+q}{2} \sin \frac{p-q}{2}$$

2. Transformation des produits en sommes

Des formules ⑥, ⑧ et ⑨ écrites précédemment, on obtient les relations suivantes :

$$\sin a \cos b = \frac{1}{2} [\sin(a + b) + \sin(a - b)]$$
$$\cos a \cos b = \frac{1}{2} [\cos(a + b) + \cos(a - b)]$$
$$\sin a \sin b = \frac{1}{2} [\cos(a - b) - \cos(a + b)]$$

Exemple

$$\sin x \cos 2x = \frac{1}{2} [\sin 3x + \sin(-x)] = \frac{1}{2} (\sin 3x - \sin x)$$
$$\sin x \cos 2x = \frac{1}{2} [\cos 3x + \cos(-x)] = \frac{1}{2} (\cos 3x + \cos x)$$
$$\sin x \sin 2x = \frac{1}{2} [\cos(-x) - \cos(3x)] = \frac{1}{2} (\cos x - \cos 3x)$$

3. Applications au calcul trigonométrique

a. Exemple 1

Factoriser A = $\sin x + \sin 2x + \sin 3x$

On a $\sin x + \sin 3x = 2 \sin 2x \cos x$, or $\sin 2x = 2 \sin x \cos x$

D'où A = $2 \sin 2x \cos x + 2 \sin x \cos x = 2 \cos x(\sin 2x + \sin x)$

$$= 2 \cos x \times 2 \sin \frac{3x}{2} \times \cos \frac{x}{2} = 4 \cos \frac{x}{2} \times \cos x \times \sin \frac{3x}{2}$$

b. Exemple 2

Soit $f(x) = \dfrac{\sin 2x + \sin 4x + \sin 6x}{1 + \cos 2x + \cos 4x}$

1. Donner l'ensemble de définition de la fonction f
2. Simplifier f(x)

D'abord, factorisons le dénominateur D :
$1 + \cos 4x = 2 \cos^2 2x$, d'où :
D = $\cos 2x\ (1 + 2 \cos 2x)$

$f(x)$ est définie si et seulement si $\cos 2x\ (1 + 2 \cos 2x) \neq 0$, c'est-à-dire :

$$\begin{cases} \cos 2x \neq 0 \\ 1 + 2 \cos 2x \neq 0 \end{cases} \Leftrightarrow \begin{cases} 2x \neq \dfrac{\pi}{2} + k\pi \\ \cos 2x \neq \cos \dfrac{2\pi}{3} \end{cases} \Leftrightarrow \begin{cases} x \neq \dfrac{\pi}{4} + \dfrac{k\pi}{2} & k \in \mathbb{Z} \\ x \neq \pm\dfrac{\pi}{3} + k\pi & k \in \mathbb{Z} \end{cases}$$

Donc $D_f = \mathbb{R} - (\{\frac{\pi}{4} + \frac{k\pi}{2} ; k \in \mathbb{Z}\} \cup \{\pm\frac{\pi}{3} + k\pi, k \in \mathbb{Z}\})$

Factorisons le numérateur N :

$\sin 2x + \sin 6x = 2 \sin 4x \cos 2x$, d'où
N = $\sin 4x\ (2 \cos 2x + 1) = 2 \sin 2x \cos 2x\ (1 + 2 \cos 2x)$

Il vient $f(x) = \dfrac{2 \sin 2x \cos 2x(1 + 2\cos 2x)}{\cos 2x(1 + 2\cos 2x)} = 2 \sin 2x$

c. Exemple 3

Résoudre l'équation : $\cos x + \cos 2x + \cos 3x = 0$

$\cos x + \cos 2x + \cos 3x = \cos 2x + 2\cos 2x \cos x = \cos 2x\,(1 + 2\cos x)$

$\cos 2x\,(1 + \cos 2x) = 0 \Leftrightarrow \begin{cases} \cos 2x = 0 \text{ ou} \\ 1 + \cos 2x = 0 \end{cases}$

$\cos 2x = 0 \Leftrightarrow 2x = \frac{\pi}{2} + k\pi$ soit $x = \frac{\pi}{4} + \frac{k\pi}{2}, k \in \mathbb{Z}$

$1 + \cos 2x = 0 \Leftrightarrow \cos 2x = -1 \Leftrightarrow \cos 2x = \cos \pi$

$2x = \pi + 2k\pi$; $x = \frac{\pi}{2} + k\pi, k \in \mathbb{Z}$

L'ensemble S des solutions de l'équation est :

$$S = \{\frac{\pi}{4} + \frac{k\pi}{2}, k \in \mathbb{Z};\ \frac{\pi}{2} + k\pi, k \in \mathbb{Z}\}$$

Exercice 104

1. Calculer : $\cos\frac{\pi}{12}\cos\frac{5\pi}{12} + \sin\frac{\pi}{12}\sin\frac{5\pi}{12}$ et $\cos\frac{\pi}{12}\cos\frac{5\pi}{12} - \sin\frac{\pi}{12}\sin\frac{5\pi}{12}$

2. Déduire des résultats précédents $\sin\frac{\pi}{12}\sin\frac{5\pi}{12}$ et $\cos\frac{\pi}{12}\cos\frac{5\pi}{12}$

Exercice 105

Simplifier l'expression $\cos x + \cos(x + \frac{2\pi}{3}) + \cos(x + \frac{4\pi}{3})$

Exercice 106

Exprimer en fonction de $\sin x$ et $\cos x$ les réels $\sin 3x$ et $\cos 3x$.

Exercice 107

Un nombre réel x est tel que : $\cos x = \frac{3}{5}$ avec $x \in]-\frac{\pi}{2}\,;0[$

Calculer $\cos 2x$ et $\sin 2x$.

Exercice 108

On donne $\cos\frac{\pi}{8} = \frac{\sqrt{2+\sqrt{2}}}{2}$ et $\sin\frac{\pi}{8} = \frac{\sqrt{2-\sqrt{2}}}{2}$

1. Déterminer les valeurs exactes de $\cos\frac{3\pi}{8}$ et $\sin\frac{3\pi}{8}$

2. Calculer la valeur numérique des expressions suivantes :

$A = \cos^2\frac{\pi}{8} + \cos^2\frac{3\pi}{8} + \cos^2\frac{5\pi}{8} + \cos^2\frac{7\pi}{8}$

$B = \sin^2\frac{\pi}{8} + \sin^2\frac{3\pi}{8} + \sin^2\frac{5\pi}{8} + \sin^2\frac{7\pi}{8}$

Exercice 109

Calculer l'expression :

$$A = \cos^2\frac{\pi}{12} + \cos^2\frac{3\pi}{12} + \cos^2\frac{5\pi}{12} + \cos^2\frac{7\pi}{12} + \cos^2\frac{9\pi}{12} + \cos^2\frac{11\pi}{12}$$

Exercice 110

On considère la fonction f telle que $f(x) = \frac{\sin 2x}{\sin x} + \frac{\cos 2x}{\cos x}$

Et la fonction g telle que $g(x) = \frac{\sin x + \sin 2x}{1 + \cos x + \cos 2x}$ pour $x \in [0\ ;\ \frac{\pi}{2}[$

1. Donner le domaine de définition de la fonction f.
2. Simplifier f(x)
3. Simplifier g(x)

Exercice 111

Soit la fonction f telle que $f(x) = \frac{\sin 2x + \sin 4x + \sin 6x}{1 + \cos 2x + \cos 4x}$

1. Factoriser son dénominateur et en déduire le domaine de définition de la fonction f.
2. En remarquant que sin 6x = sin (4x + 2x), factoriser son numérateur.
3. En déduire une simplification de f(x).

Exercice 112

1. Montrer que, pour tout réel x, on a : $\sqrt{2}\sin\left(\frac{\pi}{4} + x\right) = \cos x + \sin x$
2. En déduire les solutions dans $\mathbb{R}$ de l'équation $\cos x + \sin x = 1$

Exercice 113

Soient a, b, c trois réels tels que $a + b + c = \pi$

En utilisant les formules de transformation de la somme de deux sinus, établir les égalités :

1. $\sin a + \sin b + \sin c = 4 \cos \frac{a}{2} . \cos \frac{b}{2} . \cos \frac{c}{2}$
2. $\cos a + \cos b + \cos c = 1 + 4 \sin \frac{a}{2} . \sin \frac{b}{2} . \sin \frac{c}{2}$

Exercice 114

1. À partir des relations $\sin p + \sin q = 2 \sin \frac{p+q}{2} . \cos \frac{p-q}{2}$ et

   $\cos p + \cos q = 2 \cos \frac{p+q}{2} \times \cos \frac{p-q}{2}$, déterminer l'ensemble de définition de la fonction f définie par :

$$f(x) = \frac{\sin x + \sin 3x + \sin 5x}{\cos x + \cos 3x + \cos 5x}$$

2. Simplifier $f(x)$.

CORRIGÉS DES EXERCICES

1ère
SPECIALITE
MATHÉMATIQUES

Corrigé des exercices

1ère Série

Exercice 1

1. Pour chaque fonction, calculons $f(-x)$; $g(-x)$, et $h(-x)$.

   $D_f = \mathbb{R}$

   Si $x \in D_f$, alors $-x \in D_f$

   $f(-x) = 2(-x)^2 + 1 = 2x^2+1 = f(x)$...

   Donc f est paire.

2. $D_g = \mathbb{R}^*$

   Si $x \in D_g$, alors $-x \in D_g$

   $$g(-x) = \frac{2(-x)^5 - (-x)}{(-x)^2} = \frac{-2x^5 + x}{x^2} = -g(x)$$

   Donc g est impaire.

3. $D_h = \mathbb{R}$

   Si $x \in D_h$, alors $-x \in D_h$

   $h(-x) = (-x)^3 + 1 = -x^3 + 1$

   $-x^3 + 1 \neq h(x)$

   $-x^3 + 1 \neq -h(x)$

   Donc h n'est ni paire ni impaire.

Exercice 2

1. f est définie pour $x + 1 \geq 0$, soit $x \geq -1$ donc $\mathcal{D}_f = [-1 ; +\infty[$
   g est définie sur $\mathbb{R}$ donc $\mathcal{D}_g = \mathbb{R}$

2.

- Pour gof $\mathcal{D} = [-1 ; +\infty[$
  $(gof)(x) = g[f(x)] = \left(\sqrt{x+1}\right)^2 - 1 = x + 1 - 1 = x$

- Pour fog $\mathcal{D} = \mathbb{R}$
  $(fog)(x) = f[g(x)] = \sqrt{(x^2-1)+1} = \sqrt{x^2} = |x|$

- fof, est définie pour $x + 1 \geq 0$ et $\sqrt{x+1} + 1 \geq 0$ [la 2ème condition est réalisée pour tout x]
  $x + 1 \geq 0 \Rightarrow x \geq -1$ 0 d'où $\mathcal{D}_{fof} = [-1 ; +\infty[$
  $(fof)(x) = [g(x)] = \sqrt{\sqrt{x+1} + 1}$

- Pour gog on a $\mathcal{D} = \mathbb{R}$
  $(gog)(x) = g[g(x)] = (x^2 - 1)^2 - 1 = x^4 - 2x^2 + 1 - 1$
  $= x^4 - 2x^2$

Exercice 3

1. Soient x_1 et x_2 deux nombres réels de l'intervalle $[1\ ;\ +\infty[$ avec $1 \leq x_1 \leq x_2$; on obtient :
   $0 \leq x_1 - 1 \leq x_2 - 1$
   $0 \leq (x_1 - 1)^2 \leq (x_2 - 1)^2$
   Car les carrés de deux nombres positifs sont rangés dans le même ordre que ces nombres.

   $$2 \leq (x_1 - 1)^2 + 2 \leq (x_2 - 1)^2 + 2 \text{ c'est-à-dire } f(x_1) \leq f(x_2)$$

   La fonction f est donc croissante sur $[1\ ;\ +\infty[$

   Soient x_1 et x_2 deux nombres réels de l'intervalle $]-\infty\ ;1]$ avec $x_1 \leq x_2 \leq 1$ on obtient :
   $x_1 - 1 \leq x_2 - 1 \leq 0$
   $(x_1 - 1)^2 \geq (x_2 - 1)^2$
   Car les deux carrés de deux nombres négatifs sont rangés dans l'ordre contraire de ces deux nombres

   Donc $(x_1 - 1)^2 + 2 \geq (x_2 - 1)^2 + 2$ sont $(x_1) \geq (x_2)$

   C'est-à-dire $f(x_1) \geq f(x_2)$ est donc décroissante sur $]-\infty\ ;\ 1]$

   Tableau de variation :

x	$-\infty$		1		$+\infty$
$f(x)$		↘	2	↗	

2. D'après les propriétés sur les fonctions associées, la courbe C est obtenue à partir de la parabole P par une translation du vecteur $\vec{u} = \vec{i} + 2\vec{j}$

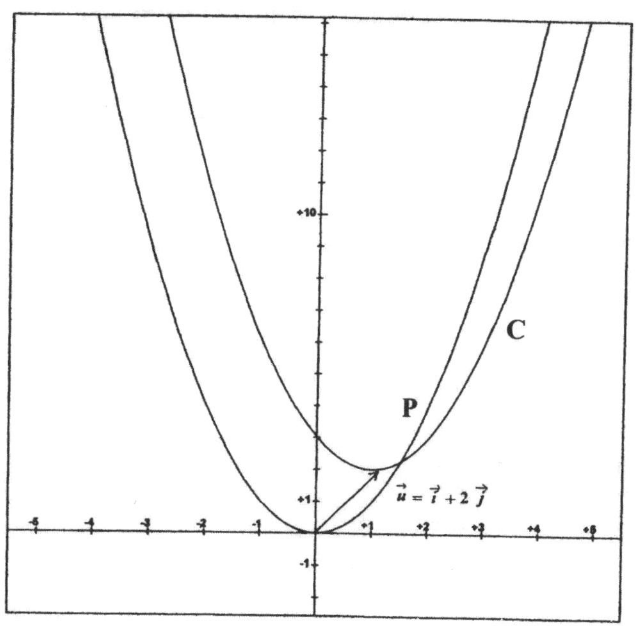

Exercice 4

1.
a. Nous avons $f_1(x) = |x| = |f(x)|$ et $\mathcal{D}_f = \mathcal{D}_{f_1} = \mathbb{R}$, donc sur $[0 ; +\infty[$ les graphes de f et de f_1 coïncident.
Sur $]-\infty ; 0]$, on déduit le graphe de f_1 à partir de celui de f par la symétrie orthogonale d'axe des ordonnées car $f_1(x) = -x$ si $x < 0$ et donc $f_1(x) = f(-x)$

b. Nous avons $f_2(x) = -3 f(x) + 1$ et $\mathcal{D}_{f_2} = \mathcal{D}_f = \mathbb{R}$.
Soit $f_4(x) = -3 f(x)$, alors le graphe de f_4 est obtenu à partir du graphe de f par la transformation
$(x ; y) \mapsto (x ; 3y)$.
Ensuite le graphe de f_3 s'obtient à partir du graphe de f_4 par une translation de vecteur $\vec{j}$.

2. On a $f_3(x) = -3 f(x) - 1$ avec $\mathcal{D}_{f_3} = \mathcal{D}_f = \mathbb{R}$.
Avec le même raisonnement que précédemment, le graphique de f_3 s'obtient par la transformation $(x ; y) \mapsto (x ; 3y)$ suivie d'une translation de $-\vec{j}$.

Exercice 5

Somme : $f(x) + g(x) = (7 + 4x - 3x^2 + 8x^4) + (-1 + 5x^2 - x^3 + 2x^5)$
$= 6 + 4x + 2x^2 - x^3 + 8x^4 + 2x^5$
$= 2x^5 + 8x^4 - x^3 + 2x^2 + 4x + 6$

Produit :
$f(x) \times g(x) = (7 + 4x - 3x^2 + 8x^4) \times (-1 + 5x^2 - x^3 + 2x^5)$
$= -7 + 35x^2 - 7x^3 + 14x^5 - 4x + 20x^3 - 4x^4 + 8x^6 + 3x^2 - 15x^4 + 3x^5 - 6x^7 - 8x^4 + 40x^6 - 8x^7 + 16x^9$
$= 16x^9 - 14x^7 + 48x^6 + 17x^5 - 27x^4 + 13x^3 + 38x^2 - 4x - 7$

Exercice 6

Développons $f(x)$:

$$f(x) = (x^2 - 4x)(x - 1) = x^3 - 5x^2 + 4x = x^3 + ax^2 + bx + c$$

Deux polynômes sont égaux si et seulement si leur coefficient des termes de même degré sont égaux deux à deux, d'où :

$$a = -5 ; b = 4 ; c = 0$$

Exercice 7

1. Pour tout x réel, $f(x) = 4x^2 + 4x + 2 = 4\left(x^2 + x + \frac{1}{2}\right)$

$$= 4\left[\left(x+\frac{1}{2}\right)^2 - \frac{1}{4} + \frac{1}{2}\right] = 4\left[\left(x+\frac{1}{2}\right)^2 + \frac{1}{4}\right]$$

2. Pour tout x réel, on a $\left(x+\frac{1}{2}\right)^2 \geq 0$ donc $\left(x+\frac{1}{2}\right)^2 + \frac{1}{4} \geq \frac{1}{4}$ et $4\left[\left(x+\frac{1}{2}\right)^2 + \frac{1}{4}\right] \geq 1$, soit $f(x) \geq 1$

Exercice 8

1. $x^2 + x - 6 = 0$

$\Delta = b^2 - 4ac = 1 - 4 \times (-6) = 25 = 5^2$

$\Delta > 0$ donc il existe deux solutions x_1 et x_2

$$x_1 = \frac{-b+\sqrt{\Delta}}{2a} = \frac{-1+5}{2} = 2$$
$$x_2 = \frac{-b-\sqrt{\Delta}}{2a} = \frac{-1-5}{2} = -3$$

$S = \{2 ; -3\}$

2. $4x^2 + 12x + 9 = 0$

$\Delta' = 144 - 4 \times 4 \times 9 = 0$ donc l'équation possède une seule solution.

$$x_0 = -\frac{b}{2a} = -\frac{12}{8} = -\frac{3}{2}$$

$$S = \{-\frac{3}{2}\}$$

On peut remarquer que $4x^2 + 12x + 9 = (2x + 3)^2$; la solution est alors immédiate.

3. $2x^2 - 3x + 5 = 0$

$$\Delta = 9 - 4 \times 10 = -31 < 0$$

L'équation n'admet aucune racine dans $\mathbb{R}$

Exercice 9

$x^2 - 16 > 0 \Leftrightarrow (x + 4)(x - 4) > 0$

Utilisons un tableau de signes :

x	$-\infty$		-4		$+4$		$+\infty$
$x + 4$		-	0	+		+	
$x - 4$		-		-	0	+	
$(x + 4)(x - 4)$		+	0	-	0	+	

Donc $x^2 - 16 > 0$ pour $x < -4$ ou $x > 4$
Soit $x^2 - 16 > 0$ pour $|x| > 4$

$$S_{\mathbb{R}} =]-\infty ; -4[\cup]4 ; +\infty[$$

Exercice 10

1. $(2 - x)(2+3x) < 0$

   Utilisons un tableau de signes

x	$-\infty$		$-\frac{2}{3}$		2		$+\infty$
$2 - x$		+		+	0	-	
$2 + 3x$		-	0	+		+	
$(2 - x)(2 + 3x)$		-	0	+	0	-	

   L'ensemble S des solutions de l'inéquation est :

   $$S =]-\infty\ ;\ -\frac{2}{3}[\ \cup\ ]2\ ;\ +\infty[$$

2. $x^2 - 4x + 4 > 0$

   $\Delta = 4^2 - 4 \times 4 \times 1 = 0$ donc le trinôme admet une racine double.

   $$x_0 = -\frac{b}{2a} = \frac{4}{2} = 2$$

   Le trinôme est positif car $a = 1 > 0$.

   Donc $S_2 = \mathbb{R} - \{2\}$

3. $9x^2 - 4x + 1 < 0$

   $\Delta = 16 - 4 \times 9 = 16 - 36 = -20$

   Δ est négatif donc le trinôme n'admet aucune racine réelle.
   Ce trinôme est positif car $9 > 0$ donc l'inéquation n'a pas de solution.
   Donc $S_{\mathbb{R}} = \emptyset$ dans $\mathbb{R}$

Corrigé des exercices

1ère Série

Exercice 11

- La fonction f est un polynôme défini sur $\mathbb{R}$.
  Appliquons le théorème du I. 3.

  $\lim_{x \to 3} f(x) = f(3) = -3(3)^2 + 2 \times 3 - 1 = -27 + 6 - 1 = -22$

- La fonction g est définie sur $\mathbb{R}$ - {4}. On ne peut appliquer le théorème précédent car g n'est pas définie en 4.

Simplifions la fraction rationnelle $g(x)$. On factorise :

$x^2 - 5x + 4 = (x - 4)(x - 1) \Leftrightarrow x_1 = 4$ ou $x_2 = 1$

Donc $g(x)$ s'écrit : $g(x) = \dfrac{(x-4)(x-1)}{x-4} = x - 1$ pour tout $x \neq 4$

En notant $h(x) = x - 1$ définie sur $\mathbb{R}$,on a $g(x) = h(x)$ pour $x \neq 4$. Le second théorème nous permet d'écrire :

$\lim_{x \to 4} g(x) = \lim_{x \to 4} h(x) = h(4) = 3.$

Exercice 12

1. La fonction $x \mapsto \dfrac{x-1}{x+1}$ est définie pour $x \neq -1$. Elle est donc définie pour $x = 3$

   D'où $\lim_{x \to 3} \dfrac{x-1}{x+1} = \dfrac{3-1}{3+1} = \dfrac{1}{2}$ car $\dfrac{2}{4} = \dfrac{1}{2}$

2. La fonction $x \mapsto \dfrac{x^2+3x-4}{x-1}$ n'est pas définie en 1.

   On peut écrire, sachant que les racines de $x^2 + 3x - 4$ sont 1 et –4 :

   $$\frac{x^2+3x-4}{x-1} = \frac{(x-1)(x+4)}{x-1} = x + 4$$

   Donc $\lim_{x \to 1} \dfrac{x^2+3x-4}{x-1} = \lim_{x \to 1} (x + 4) = 5$

3. La fonction $x \mapsto \dfrac{x-7}{\sqrt{x-3}-2}$ est définie sur [3 ; +∞ [- {7}

Cette fonction n'est pas définie en 7.

Pour calculer la limite quand x tend vers 7, modifions l'expression de cette fonction, en multipliant numérateur et dénominateur par la quantité conjuguée de $\sqrt{x-3}$ - 2, c'est-à-dire $\sqrt{x-3}$ + 2.

$$\frac{x-7}{\sqrt{x-3}-2}=\frac{(x-7)(\sqrt{x-3}+2)}{(\sqrt{x-3}-2)(\sqrt{x-3}+2)}=\frac{(x-7)(\sqrt{x-3}+2)}{(x-3)-4}=\frac{(x-7)(\sqrt{x-3}+2)}{x-7}=\sqrt{x-3}+2 \text{ pour } x \neq 7$$

D'où : $\lim\limits_{x \to 7} \dfrac{x-7}{\sqrt{x-3}-2} = \lim\limits_{x \to 7} \left(\sqrt{x-3}+2\right) = \sqrt{7-3}+2=4$

Exercice 13

1. f étant définie sur ℝ, pour tout $h \neq 0$, le taux de variation est, en posant $x = 2 + h$:

$$\tau(h)=\frac{f(2+h)-f(2)}{h}=\frac{3(2+h)^2-2(2+h)+1-9}{h}=\frac{3(4+4h+h^2)-4-2h-8}{h}$$

$$\tau(h)=\frac{12+12h+3h^2-2h-12}{h}=\frac{3h^2+10h}{h}=3h+10$$

$\lim\limits_{h \to 0} (3h + 10) = 10$ donc $\lim\limits_{h \to 0} \tau(h) = 10$. Donc f est dérivable en 2 et $f'(2) = 10$.

2. g est définie sur [2 ; +∞[

$$\tau(h)=\frac{g(2+h)-g(2)}{h} \text{ pour tout } h \neq 0.$$

$$\tau(h)=\frac{\sqrt{2+h-2}-0}{h}=\frac{\sqrt{h}}{h}$$

h étant positif on peut écrire $h = \left(\sqrt{h}\right)^2$, donc $\tau(h) = \dfrac{1}{\sqrt{h}}$

Or $\lim\limits_{h \to 0} \sqrt{h} = 0$, donc la limite de $\tau(h)$ quand h tend vers 0 (avec $h > 0$) n'est pas une limite finie.

Par conséquent, la fonction g n'est pas dérivable en $a = 2$

Exercice 14

1. f est une fonction polynôme définie sur $\mathbb{R}$.

   Pour tout réel $h \neq 0$, on a :

$$\tau(h) = \frac{f(2+h)-f(2)}{h} = \frac{(2+h)^2+3(2+h)-5-5}{h} = \frac{4+4h+h^2+6+3h-10}{h} = \frac{h^2+7h}{h} = h+7$$

   $\lim_{h\to 0} (h + 7) = 7$, donc $\lim_{h\to 0} \frac{f(2+h)-f(2)}{h} = 7 = f'(2)$

   Donc f est dérivable en 2 et $\boxed{f'(2) = 7}$

2. La pente de T est $f'(2)$ au point d'abscisse $x = 2$, donc la pente a pour valeur 7.
   $y = f(a)\ (x - a) + f\ (a)$

   Pour $a = 2$, on a :
   $y = f'\ (2)\ (x - 2) + (2)$
   $y = 7\ (x - 2) + 5$
   $y = 7\,x - 14 + 5$

   Donc une équation de T est : $\boxed{y = 7x - 9}$

Exercice 15

1. Pour tout $h \neq 0$, on a :

$$\tau(h) = \frac{f(0+h)-f(0)}{h} = \frac{f(h)-f(0)}{h} = \frac{5h\sqrt{h}+2h+3-3}{h} = \frac{5h\sqrt{h}+2h}{h} = 5\sqrt{h}+2$$

   $\lim_{h\to 0} (5\sqrt{h} + 2) = 2$

   La fonction f est dérivable en 0 et $f'(0) = 2$

2. Si f est dérivable en x_0, une équation de la tangente à $\mathcal{C}$ au point de C d'abscisse x_0 est :
   $y = f'(x_0)\ (x - x_0) + f(x_0)$.
   Ici : $x_0 = 0$, $f(0) = 3$ et $f'(0) = 2$. Il vient :

$$\boxed{y = f'(0)(x - 0) + f(0) = 2x(x - 0) + 3}$$

Exercice 16

1. $f(x) = 3x^4 - 6x^3 - 5x^2 + \frac{3}{2}x - 1$ $\mathcal{D}_f = \mathbb{R}$

   $f'(x) = 12x^3 - 18x^2 - 10x + \frac{3}{2}$ $\mathcal{D}_{f'} = \mathbb{R}$

2. $g(x) = \frac{4x-5}{5x+6}$ $\mathcal{D}_g = \mathbb{R} - \left\{-\frac{6}{5}\right\}$

   $g'(x) = \frac{4(5x+6)-5(4x-5)}{(5x+6)^2} = \frac{49}{(5x+6)^2}$ $\mathcal{D}_{g'} = \mathbb{R} - \left\{-\frac{6}{5}\right\}$

3. $h(x) = \frac{\sqrt{x}-x}{x+1}$ $\mathcal{D}_f = \mathbb{R}^+$

   $h'(x) = \frac{\left(\frac{1}{2\sqrt{x}}-1\right)(x+1)-(\sqrt{x}-x)}{(x+1)^2} = \frac{\frac{x}{2\sqrt{x}}+\frac{1}{2\sqrt{x}}-x-1-\sqrt{x}+x}{(x+1)^2}$

   $h'(x) = \frac{\frac{x+1-2\sqrt{x}-2x}{2\sqrt{x}}}{(x+1)^2} = \frac{-x+1-2\sqrt{x}}{2\sqrt{x}(x+1)^2}$ $\mathcal{D}_{h'} =]\,0\,;+\infty[$

4. $k(x) = \frac{2}{x^5}$ $\mathcal{D}_k = \mathbb{R} - \{0\}$

   $k'(x) = \frac{2.(-5)x^4}{x^{10}} = \frac{-10}{x^6}$ $\mathcal{D}_{k'} = \mathbb{R} - \{0\}$

Exercice 17

1.

a. f_1 est dérivable sur $\mathbb{R}- \{-\frac{1}{2}\}$

   Pour tout $x \in \mathbb{R} - \{-\frac{1}{2}\}$:

   $f_1'(x) = \frac{-2}{(1+2x)^2}$

   Donc $f'_1(0) = -2$ et $f_1(0) = 1$
   L'approximation affine est donc : $f_1(x) \approx 1 - 2x$

   On peut écrire : $\frac{1}{1+2x} \approx 1 - 2x$ pour x voisin de 0.

b. $f_2(x) = 3 \cos x$ est dérivable sur $\mathbb{R}$, donc quel que soit x réel :
   $f'_2(x) = - 3 \sin x$

   D'où : $f'_2(0) = 0$ et $f_2(0) = 3$ donc $3 \cos x \approx 3$ pour x voisin de 0.

2.

$$\frac{1}{1{,}0004} = \frac{1}{1+2\times 0{,}0003}$$

En utilisant l'approximation affine de $\frac{1}{1+2x}$, on obtient :

$$\frac{1}{1+2\times 0{,}0003} \approx 1 - 2 \times 0{,}000 = 0{,}9994$$

D'où : $\frac{1}{1{,}0004} \approx 0{,}9994$

Exercice 18

$f(x) = \frac{\sin x}{\sqrt{x}}$; calculons $f'(x)$, pour x réel strictement positif.

$$f'(x) = \frac{\cos x.\sqrt{x} - \sin x.\frac{1}{2\sqrt{x}}}{x} = \frac{\cos x.\sqrt{x} - \frac{\sin x}{2\sqrt{x}}}{x} = \frac{\frac{2x.\cos x - \sin x}{2\sqrt{x}}}{x} = \frac{2x.\cos x - \sin x}{2x.\sqrt{x}}$$

$$f'(\pi) = \frac{2\pi.\cos\pi - \sin\pi}{2\pi.\sqrt{\pi}}$$

$$f'(\pi) = \frac{-2\pi}{2\pi\sqrt{\pi}} = -\frac{1}{\sqrt{\pi}} = -\frac{\sqrt{\pi}}{\pi}$$

Exercice 19

1. $(gof)(x) = g[f(x)] = \frac{(2x^2+x+2)-1}{(2x^2+x+2)+1} = \frac{2x^2+x+1}{2x^2+x+3}$

   $\mathcal{D}_{gof} = \mathbb{R}$ car $2x^2 + x + 3 \neq 0$ pour tout x de $\mathbb{R}$. ($\Delta < 0$)

2. Le quotient de deux fonctions dérivables est dérivable :

   $$(gof)'(x) = \frac{(4x+1)(2x^2+x+3)-(2x^2+x+1)(4x+1)}{(2x^2+x+3)^2}$$

   $$(gof)'(x) = \frac{8x+2}{(2x^2+x+3)^2}$$

3. Calculons $g'(x)$

   $$g'(x) = \frac{x+1-(x-1)}{(x+1)^2} = \frac{2}{(x+1)^2}$$

   D'où $g'[f(x)] = \frac{2}{(2x^2+x+3)^2}$

   et $\mathcal{D}_{g'of} = \mathbb{R}$

   Il vient : $g'[f(x)] \times f'(x) = \frac{2}{(2x^2+x+3)^2} \times (4x+1) = \frac{8x+2}{(2x^2+x+3)^2}$

   Conclusion :
   Pour tout x de $\mathbb{R}$ D_{gof}: $g'[(x)] \times f'(x) = (gof)'(x)$

Exercice 20

1. $f(x) = \left(\dfrac{2x-1}{x+3}\right)^3$ donc $\mathcal{D}_f = \mathbb{R}$ - {-3}

$$f'(x) = \frac{[3(2x-1)^2 \times 2](x+3)^3 - 3(x+3)^2(2x-1)^3}{(x+3)^6}$$

$$= \frac{6(2x-1)^2(x+3)^3 - 3(x+3)^2(2x-1)^3}{(x+3)^6}$$

$$= \frac{6(2x-1)^2(x+3) - 3(2x-1)^3}{(x+3)^4}$$

$$= \frac{(2x-1)^2[6(x+3) - 3(2x-1)]}{(x+3)^4} = \frac{(2x-1)^2(6x+18-6x+3)}{(x+3)^4} =$$

$$= \frac{(2x-1)^2 \times 21}{(x+3)^4}$$

$$f'(x) = \frac{21(2x-1)^2}{(x+3)^4}$$

2. $g(x) = \sqrt{x^2 - 4x + 1}$

$\mathcal{D}_g$ =]-∞ , 2 - $\sqrt{3}$] ∪ [2 + $\sqrt{3}$; +∞[

$$g'(x) = \frac{2x-4}{2\sqrt{x^2-4x+1}} = \frac{x-2}{\sqrt{x^2-4x+1}}$$

$\mathcal{D}_{g'}$=]-∞ , 2 - $\sqrt{3}$ [∪]2 + $\sqrt{3}$; +∞[

3. $h(x) = \sqrt{\dfrac{x-2}{x+3}}$ $\mathcal{D}_h$ =]-∞, -3[∪ [2, +∞[

$$h'(x) = \frac{\left(\dfrac{x-2}{x+3}\right)'}{2\sqrt{\dfrac{x-2}{x+3}}} = \frac{\dfrac{(x+3)-(x-2)}{(x+3)^2}}{2\sqrt{\dfrac{x-2}{x+3}}} = \frac{5}{2(x+3)^2\sqrt{\dfrac{x-2}{x+3}}}$$

$\mathbb{D}_{h'}$ =]-∞ , - 3[∪]2 ; +∞[

4. $k(x) = \dfrac{1}{(2x-3)^2} - (4x-1)^3$ $\mathcal{D}_k = \mathbb{R}$ - $\left\{\dfrac{3}{2}\right\}$

$$k'(x) = -\frac{2\times 2}{(2x-3)^3} - 3(4x-1)^2 \times 4 = -\frac{4}{(2x-3)^3} - 12(4x-1)^2$$

$\mathcal{D}_{k'} = \mathbb{R}$ - $\left\{\dfrac{3}{2}\right\}$

Exercice 21

1. $f(x) = x^3 + 3x^2 - 9x + 1$
   f est dérivable sur $\mathbb{R}$.

   $f'(x) = 3x^2 + 6x - 9 = 3(x^2 + 2x - 3)$

   Les racines de $x^2 + 2x - 3$ sont -3 et 1.

   Pour $x \in]-\infty\ ;\ -3[\cup]1\ ;\ +\infty\ [$, $f'(x) > 0$ donc f est strictement croissante.

   Pour $x \in]-3\ ;\ 1[$, $f'(x) < 0$ donc f est strictement décroissante.
   On rassemble les résultats dans un tableau de variation :

x	$-\infty$		-3		1		$+\infty$
$f'(x)$		+	0	-	0	+	
28	$+\infty$	↗		↘		↗	
$f(x)$	$-\infty$				-4		

$f(-3) = 28$

$f(1) = -4$

2. $g(x) = \sqrt{3x+5}$

   g est définie sur $[-\frac{5}{3}\ ;\ +\infty[$ et est dérivable sur $]-\frac{5}{3}\ ;\ +\infty[$

   $g'(x) = \dfrac{3}{2\sqrt{3x+5}}$

   $g'(x)$ est positive sur $]-\frac{5}{3}\ ;\ +\infty[$ donc g est strictement croissante sur $[-\frac{5}{3}\ ;\ +\infty[$

x	$-\frac{5}{3}$		$+\infty$
$g'(x)$	‖	+	
$g(x)$	0	↗	$+\infty$

3. $h(x) = \dfrac{x^2 + 2x + 4}{x^2}$

h est définie sur $\mathbb{R}$ - {0}

$$h'(x) = \frac{(2x+2)x^2 - (x^2+2x+4)\times 2x}{x^4} = \frac{2x^3 + 2x^2 - 2x^3 - 4x^2 - 8x}{x^4}$$

$$h'(x) = \frac{-2x^2 - 8x}{x^4} = \frac{-2(x+4)}{x^3}$$

L'étude du signe de $h'(x)$ aboutit au tableau de variation suivant :

x	$-\infty$		-4		0		$+\infty$
$h'(x)$		$-$	0	$+$	‖	$-$	
$h(x)$	1	↘	$\frac{3}{4}$	↗	$+\infty$ ‖ $+\infty$	↘	1

$h(-4) = \dfrac{3}{4}$

h est strictement décroissante sur $]-\infty$; -4 [$\cup$] 0 ; $+ \infty$[et strictement croissante sur]4 ; 0[.

Exercice 22

1. f est dérivable sur $\mathbb{R}$ - {-1}

$$f'(x) = \frac{(8x+7)(x+1) - (4x^2 + 7x + 4)}{(x+1)^2} = \frac{8x^2 + 7x + 8x + 7 - 4x^2 - 7x - 4}{(x+1)^2}$$

$$f'(x) = \frac{4x^2 + 8x + 3}{(x+1)^2}$$

2. $f'(x)$ s'annule si et seulement si $4x^2 + 8x + 3 = 0$

$\Delta = 16 > 0$; on obtient deux racines : $x_1 = \dfrac{-3}{2}$ et $x_2 = -\dfrac{1}{2}$

$f'(x) < 0$ sur $]-\dfrac{3}{2}$; $-\dfrac{1}{2}[$ avec la valeur –1 exclue.

$f'(x) > 0$ sur $]-\infty ; -\dfrac{3}{2}[\cup]-\dfrac{1}{2}$; $+\infty[$

f admet en $x_1 = -\frac{3}{2}$ un maximum local égal à –5 et admet en $x_2 = -\frac{1}{2}$ un minimum local égal à 3.

x	$-\infty$		$-\frac{3}{2}$		-1		$-\frac{1}{2}$		$+\infty$
$f'(x)$		+	0	-	‖	-	0	+	
$f(x)$		↗	-5	↘	‖	↘	3	↗	

Exercice 23

a. $exp(4)exp(6) = exp(4+6) = exp(10)$

b. $exp(-3)exp(5) = exp(-3+5) = exp(2)$

c. $\frac{exp(-4)exp(2)}{exp(-3)} = \frac{exp(-4+2)}{exp(-3)} = exp(-4+2-3) = exp(-5)$

Exercice 24

a. $f'(x) = 10e^x + 5$
b. $g'^{(x)} = (2x+1)e^x + 2e^x$
c. $h'(x) = e^x + 3x$

Exercice 25

a. La fonction f est dérivable sur $\mathbb{R}$

$f'(x) = 5e^{5x}$

Sachant que e^{5x} est strictement supérieur à 0 par définition, par conséquent la fonction dérivée est strictement croissante sur $\mathbb{R}$.

x	$-\infty$		$+\infty$
$f'(x)$		+	
$f(x)$		↗	

Exercice 26

1. $u_1 = 5^1 + 2 = 5 + 2 = 7$

   $u_2 = 5^2 + 2 = 25 + 2 = 27$

   $u_3 = 5^3 + 2 = 125 + 2 = 127$

   $u_4 = 5^4 + 2 = 625 + 2 = 627$

   $u_5 = 5^5 + 2 = 3\,125 + 2 = 3\,127$

2. $u_1 = \dfrac{1}{3+u_0} = \dfrac{1}{3+1} = \dfrac{1}{4}$

   $u_2 = \dfrac{1}{3+u_1} = \dfrac{1}{3+\dfrac{1}{4}} = \dfrac{1}{\dfrac{13}{4}} = \dfrac{4}{13}$

   $u_3 = \dfrac{1}{3+u_2} = \dfrac{1}{3+\dfrac{4}{13}} = \dfrac{1}{\dfrac{43}{13}} = \dfrac{13}{43}$

   $u_4 = \dfrac{1}{3+u_3} = \dfrac{1}{3+\dfrac{13}{43}} = \dfrac{1}{\dfrac{142}{43}} = \dfrac{43}{142}$

   $u_5 = \dfrac{1}{3+u_4} = \dfrac{1}{3+\dfrac{43}{142}} = \dfrac{1}{\dfrac{469}{142}} = \dfrac{142}{469}$

3. $u_1 = u_0 + v_0 = 1 + 2 = 3$

   $u_2 = u_1 + v_1 = 3 + 3v_0 = 3 + 6 = 9$

   $u_3 = u_2 + v_2 = 9 + 3v_1 = 9 + 18 = 27$

   $u_4 = u_3 + v_3 = 27 + 3v_2 = 27 + 54 = 81$

   $u_5 = u_4 + v_4 = 81 + 3v_3 = 81 + 162 = 243$

Exercice 27

On trace dans un repère $\left(O\,;\vec{i},\vec{j}\right)$ la représentation graphique de la fonction x $\mapsto f(x) = \dfrac{3}{x+1}$ ainsi que la première bissectrice d'équation $y = x$.
Ensuite on place le point A_0 de la courbe d'abscisse $u_0 = 3$. On continue la construction en appliquant la méthode de la représentation graphique en chemin.

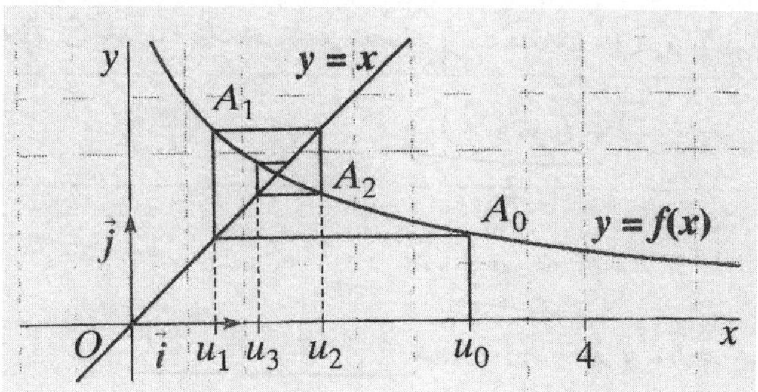

Exercice 28

Calculons $u_{n+1} - u_n$.

$$u_{n+1} - u_n = \sqrt{12+u_n} - u_n = \frac{\left(\sqrt{12+u_n} - u_n\right)\left(\sqrt{12+u_n} + u_n\right)}{\sqrt{12+u_n} + u_n}$$

D'où : $$u_{n+1} - u_n = \frac{-u_n^2 + u_n + 12}{\sqrt{12+u_n} + u_n} = \frac{-(u_n - 4)(u_n + 3)}{\sqrt{12+u_n} + u_n}$$

Comme $0 < u_n < 4$, alors $u_{n+1} - u_n > 0$

Conclusion : la suite (u_n) est strictement croissante.

Exercice 29

1. La somme des suites (u_n) et (v_n) donne :

$$\begin{cases} u_o + v_o = 0 & \text{(premier terme)} \\ u_n + v_n = 2n^2 + n & \text{(terme général)} \end{cases}$$

Le produit des suites (u_n) et (v_n) donne :

$$\begin{cases} u_o . v_o = -1 & \text{(premier terme)} \\ u_n . v_n = -3n^4 - n^3 + 4n^2 + n - 1 & \text{(terme général)} \end{cases}$$

2. Étudions les variations de (u_n) :

$u_{n+1} - u_n = 3(n + 1)^2 + (n + 1) - 1 - 3n^2 - n + 1 = 6n + 4 > 0$ pour $n \in \mathbb{N}$ donc (u_n) est strictement croissante.

Étudions les variations de (v_n) :
$v_{n+1} - v_n = -(n + 1)^2 + 1 + n^2 - 1 = - 2n - 1 < 0$ pour $n \in \mathbb{N}$ donc (v_n) est strictement décroissante.

Étudions les variations de $(u_n + v_n)$:
$(u_{n+1} + v_{n+1}) - (u_n + v_n) = 2(n + 1)^2 + (n + 1) -2n^2 - n = 4n + 3 > 0$ pour $n \in \mathbb{N}$ donc $(u_n + v_n)$ est strictement croissante.

Étudions les variations de $(u_n \times v_n)$:
$(u_{n+1}.\ v_{n+1}) - (u_n.\ v_n) = - 3(n + 1)^4 - (n + 1)^3 + 4(n + 1)^2 + (n + 1) - 1 + 3n^4 + n^3 -4n^2 - n + 1$

$(u_{n+1}.\ v_{n-1}) - (u_n.\ v_n) = - 12n^3 - 21n^2 - 7n + 1 < 0$ pour tout $n \in \mathbb{N}$ donc $(u_n \times v_n)$ est strictement décroissante.

Corrigé des exercices

2ème Série

Exercice 30

Pour tout entier naturel n non nul :

$u_n \leq 2 \times 10^{-3} \Leftrightarrow \frac{1}{n^2} \leq 2 \times 10^{-3}$

$\Leftrightarrow n^2 \geq \frac{10^3}{2} \Leftrightarrow n^2 \geq 500$

Or $22^2 = 484$ et $23^2 = 529$

Donc le plus petit entier naturel n tel que $u_n \leq 2 \times 10^{-3}$ est 23.

Exercice 31

1. $u_1 = \frac{u_0}{1+u_0} = \frac{1}{1+1} = \frac{1}{2}$

$u_2 = \frac{u_1}{1+u_1} = \frac{\frac{1}{2}}{1+\frac{1}{2}} = \frac{\frac{1}{2}}{\frac{3}{2}} = \frac{1}{3}$

$u_3 = \frac{u_2}{1+u_2} = \frac{\frac{1}{3}}{1+\frac{1}{3}} = \frac{\frac{1}{3}}{\frac{4}{3}} = \frac{1}{4}$

$u_4 = \frac{u_3}{1+u_3} = \frac{\frac{1}{4}}{1+\frac{1}{4}} = \frac{\frac{1}{4}}{\frac{5}{4}} = \frac{1}{5}$

2. $v_0 = \frac{1}{u_0} = \frac{1}{1} = 1$

$v_1 = \frac{1}{u_1} = \frac{1}{\frac{1}{2}} = 2$

$v_2 = \frac{1}{u_2} = \frac{1}{\frac{1}{3}} = 3$

$v_3 = \frac{1}{u_3} = \frac{1}{\frac{1}{4}} = 4$

$v_4 = \frac{1}{u_4} = \frac{1}{\frac{1}{5}} = 5$

3. Pour tout $n \in \mathbb{N}$, calculons la différence $v_{n+1} - v_n$:

$$v_{n+1} - v_n = \frac{1}{u_{n+1}} - \frac{1}{u_n} = \frac{1+u_n}{u_n} - \frac{1}{u_n} = \frac{1+u_n-1}{u_n} = \frac{u_n}{u_n} = 1$$

donc $v_{n+1} = v_n + 1$

La suite (v_n) est une suite arithmétique de raison 1 et de premier terme $v_0 = 1$, donc $v_n = v_0 + n\,\mathrm{r} = 1 + n$

4. $v_n = 1 + n$, or $v_n = \frac{1}{u_n}$, donc $u_n = \frac{1}{v_n} = \frac{1}{1+n}$

Exercice 32

1. On a pour tout $n \in \mathbb{N}$, $v_n = u_{n+1} - 2\,u_n = 2\,u_n + 3n - 1 - 2\,u_n$

$$v_n = 3n - 1$$

Donc $v_{n+1} - v_n = 3(n + 1) - 1 - (3n - 1) = 3n + 3 - 1 - 3n + 1 = 3$

Ainsi (v_n) est une suite arithmétique de raison 3 et de premier terme $v_0 = 3 \times 0 - 1 = -1$

2. On a $v_n = 3n - 1$

La raison de la suite arithmétique (v_n) a est $r = 3 > 0$.

Par conséquent (v_n) est une suite croissante.

Exercice 33

Nous avons $u_n = u_0 + nr$ avec $u_0 = 7$ et $r = 5$

Il vient $u_{119} = 7 + 119 \times 5 = 602$

$$S = \sum_{k=0}^{199} u_k = 120 \times \frac{7+602}{2} = 36540$$

Exercice 34

On a : $18\,900 = \sum_{k=0}^{99} u_k = 100 \times \frac{u_0 + u_{99}}{2} = 50\,(u_0 + u_{99})$

Or $u_{99} = u_0 + 99\,r = u_0 + 99 \times 4 = u_0 + 396$

D'où: $50(u_0 + u_0 + 396) = 18\,900 \Leftrightarrow$

$50(2\,u_0 + 396) = 18\,900 \Leftrightarrow$

$2\,u_0 = \frac{18\,900}{50} - 396 = -18 \Leftrightarrow u_0 = -9$

$u_{99} = u_0 + 396 = -9 + 396 = 387$

Exercice 35

On remarque que : $\frac{3}{2} = 1 + \frac{1}{2}$; $2 = \frac{3}{2} + \frac{1}{2}$; .....

On passe d'un terme de la somme S au suivant en ajoutant $\frac{1}{2}$.

Donc S représente la somme de termes consécutifs d'une suite arithmétique (u_n) de raison $\frac{1}{2}$ et de premier terme $u_0 = 1$.

On connaît donc le premier terme $u_0 = 1$ et le dernier terme égal à 10. Il reste à déterminer le nombre de termes impliqués dans cette somme, c'est-à-dire, à identifier l'indice n du dernier terme de la somme S tel que $u_n = 10$.

Pour tout $n \in \mathbb{N}$, $u_n = 1 + \frac{1}{2}n$;

Donc $10 = 1 + \frac{1}{2}n \Leftrightarrow \frac{1}{2}n = 9 \Leftrightarrow n = 18$

Ainsi $S = \sum_{k=0}^{18} u_k = u_0 + u_1 + ... + u_{18}$

D'où: $S = (n + 1) \times \frac{(u_0 + u_{18})}{2} = 19 \times \frac{1+10}{2}$

Soit $S = \frac{209}{2} = 104{,}5$

Exercice 36

$S = u_1 + u_2 + u_3 + u_4 + u_5 = u_1 \times \frac{1-q^5}{1-q} = 2 \times \frac{1-3^5}{1-3} = 242$

Exercice 37

On sait que $u_3 = q^3\, u_0$ et $u_5 = q^5\, u_0$

D'où : $\frac{u_5}{u_3} = q^2 = \frac{-486}{-54} = 9$ donc $q = 3$ ou $q = -3$

Si $q = -3$, la suite n'est ni croissante, ni décroissante (car $(-3)^n$ change de signe selon que n est pair ou impair).

Donc $q = 3$ et $u_0 = \frac{u_3}{q^3} = \frac{-54}{3^3} = \frac{-54}{27} = -2$

u_0 est négatif, $q = 3 > 1$ et $u_n = q^n\, u_n < 0$ pour tout n avec $u_{n+1} < u_n$; donc la suite (u_n) est décroissante.

Exercice 38

1. $u_3 = \dfrac{2u_2 + u_1}{3} = \dfrac{2+2}{3} = \dfrac{4}{3}$

$u_4 = \dfrac{2u_3 + u_2}{3} = \dfrac{\frac{8}{3}+1}{3} = \dfrac{11}{9}$

2. Pour tout $n > 1$, $w_n = u_n - u_{n-1}$

D'où pour tout $n > 2$, $w_{n-1} = u_{n-1} - u_{n-2}$

Et $u_n - u_{n-1} = \dfrac{2u_{n-1} + u_{n-2}}{3} - u_{n-1} = \dfrac{u_{n-2} - u_{n-1}}{3}$

En conséquence pour tout $n > 2$,

$w_n = \dfrac{u_{n-2} - u_{n-1}}{3} = -\dfrac{w_{n-1}}{3} = -\dfrac{1}{3} \times w_{n-1}$

Ainsi (w_n) est une suite géométrique de raison $q = -\dfrac{1}{3}$ et de premier terme $w_2 = u_2 - u_1 = -1$

3. Puisque (w_n) est géométrique, on a pour tout $n \geq 2$

$$w_n = q^{n-2}\, w_2 = \left(-\frac{1}{3}\right)^{n-2}(-1) = -\left(-\frac{1}{3}\right)^{n-2}$$

4. $S_n = w_2 + w_3 + ... + w_n =$ premier terme $\times \dfrac{1 - q^{\text{nombre de termes}}}{1 - q}$

$S_n = w_2 \times \dfrac{1 - q^{n-1}}{1-q} = (-1) \times \dfrac{1 - \left(-\frac{1}{3}\right)^{n-1}}{1 + \frac{1}{3}}$

$S_n = -\dfrac{3}{4}\left[1 - (-\frac{1}{3})^{n-1}\right]$

5. $S_n = w_2 + w_3 + ... + w_n$ soit

$S_n = (u_2 - u_1) + (u_3 - u_2) + ... + (u_{n-1} - u_{n-2}) + (u_n - u_{n-1})$

En simplifiant terme à terme, il vient :
$S_n = u_n - u_1$, d'où :

$$u_n = S_n + u_1 = -\frac{3}{4}\left[1 - \left(-\frac{1}{3}\right)^{n-1}\right] + 2 = \frac{5}{4} + \frac{3}{4}\left(-\frac{1}{3}\right)^{n-1}$$

Exercice 39

1. $u_n = \dfrac{8n-3}{4n+7} = \dfrac{n\left(8-\dfrac{3}{n}\right)}{n\left(4+\dfrac{7}{n}\right)} = \dfrac{8-\dfrac{3}{n}}{4+\dfrac{7}{n}}$

Or $\lim\limits_{n\to+\infty} \left(8-\dfrac{3}{n}\right) = 8$ et $\lim\limits_{n\to+\infty} \left(4+\dfrac{7}{n}\right) = 4$

D'où $\lim\limits_{n\to+\infty} \left(\dfrac{8-\dfrac{3}{n}}{4+\dfrac{7}{n}}\right) = \dfrac{8}{4} = 2$

Donc $\lim\limits_{n\to+\infty} u_n = 2$

2. $v_n = \dfrac{2n^2+n-4}{7n+2} = \dfrac{n^2\left(2+\dfrac{1}{n}-\dfrac{4}{n^2}\right)}{n\left(7+\dfrac{2}{n}\right)} = n\times\dfrac{2+\dfrac{1}{n}-\dfrac{4}{n^2}}{7+\dfrac{2}{n}}$

$\lim\limits_{n\to+\infty} \left(2+\dfrac{1}{n}-\dfrac{4}{n^2}\right) = 2$ et $\lim\limits_{n\to+\infty} \left(7+\dfrac{2}{n}\right) = 7$

Donc $\lim\limits_{n\to+\infty} \left(\dfrac{2+\dfrac{1}{n}-\dfrac{4}{n^2}}{7+\dfrac{2}{n}}\right) = \dfrac{2}{7}$

Or $\lim\limits_{n\to+\infty} n = +\infty$, d'où $\lim\limits_{n\to+\infty} v_n = +\infty$

Exercice 40

$u_n = \sqrt{n}-\sqrt{n+1} = \dfrac{\left(\sqrt{n}-\sqrt{n+1}\right)\left(\sqrt{n}+\sqrt{n+1}\right)}{\sqrt{n}+\sqrt{n+1}} =$

$= \dfrac{n-(n+1)}{\sqrt{n}+\sqrt{n+1}} = \dfrac{-1}{\sqrt{n}+\sqrt{n+1}}$.

$|u_n| = \dfrac{1}{\sqrt{n}+\sqrt{n+1}}$

Pour $n \geq 1$, on a $\sqrt{n} + \sqrt{n+1} \geq \sqrt{n} + \sqrt{n}$, donc $\dfrac{1}{\sqrt{n}+\sqrt{n+1}} \leq \dfrac{1}{\sqrt{n}+\sqrt{n}}$

D'où : $|u_n| \leq \dfrac{1}{2\sqrt{n}}$.

La suite de référence $\dfrac{1}{\sqrt{n}}$ a pour limite 0 quand n tend vers $+\infty$, donc : $\lim\limits_{n\to+\infty} u_n = 0$

Corrigé des exercices

2ème Série

Exercice 41

1. Si n tend vers $+\infty$, alors $\frac{2}{n}$ tend vers 0 et $n-\frac{2}{n}$ tend vers $+\infty$.

   Comme $n-\frac{2}{n} \leq u_n$, alors $\lim\limits_{n\to+\infty} u_n = +\infty$ et la suite (u_n) diverge.

2. Pour cette question, on ne peut pas conclure :

   Exemple : Si $v_n = n$, on a bien $v_n \leq n + 1$ et $\lim\limits_{n\to+\infty} v_n = +\infty$

   Si on considère (v_n) telle que $v_n = \frac{1}{n}$, on a également $v_n < n + 1$ pour $n \neq 0$ et $\lim\limits_{n\to+\infty} v_n = 0$

   L'inégalité $v_n \leq n + 1$ ne permet donc pas de conclure sur l'existence ou non d'une limite.

Exercice 42

$u_n = 3\sqrt{n^2+1} - 5n$

Soit un entier $n \geq 2$. On a

$u_n + n = 3\sqrt{n^2} + 1 - 5n \leq +-n$

$= 3\sqrt{n^2} - 4n = \frac{(3\sqrt{n^2+1}-4n)(3\sqrt{n^2+1}+4n)}{3\sqrt{n^2+1}+4n}$

$= \frac{9(n^2+1)-16n^2}{3\sqrt{n^2+1}+4n}$

$= \frac{-7n^2+9}{3\sqrt{n^2+1}+4n}$

Pour $n \geq 2$, on a $-7n^2$ -28, soit $-7n^2 + 9 \leq 7 - 19 < 0$
D'où $u_n + n \leq 0$ (le dénominateur étant positif)
Soit $u_n \leq -n$

Exercice 43

Le terme général de la suite (u_n) peut s'écrire :

$u_n = \frac{2n+1}{n^2-n} = \frac{1}{n}\left(\frac{2n+1}{n-1}\right)$ pour $n \geq 2$.

Pour $n \geq 2$, on a $0 < \frac{2n+1}{n-1} \leq 5$ (car $\frac{2n+1}{n-1} - 5 = \frac{2n+1-5(n-1)}{n-1} = \frac{3n+6}{n-1} \leq 0$ pour $n \geq 2$

Multiplions chaque membre de cette double inégalité par $\frac{1}{n}$

On a $0 < u_n \leq \frac{5}{n}$ pour $n \geq 2$. Or $\lim\limits_{n\to+\infty} \frac{5}{n} = 0$

Donc la suite (u_n) converge vers 0, d'après le théorème des gendarmes.

Exercice 44

1. Posons $v_n = \frac{1}{2^n}$. Alors u_n peut s'écrire :

$u_n = v_0 + v_1 + \ldots + v_n$ où (v_n) est la suite géométrique de premier terme $v_0 = 1$ et de raison $q = \frac{1}{2}$

Donc u_n est la somme des $(n + 1)$ premiers termes de la suite géométrique (v_n) et $u_n = v_0 \times \frac{1-q^{n+1}}{1-q}$, donc :

$$u_n = 1 \times \frac{1-\frac{1}{2^{n+1}}}{1-\frac{1}{2}} = \frac{1-\frac{1}{2^{n+1}}}{\frac{1}{2}} = 2\left(1-\frac{1}{2^{n+1}}\right) = 2-\frac{1}{2^n}$$

2. $u_n = 2 - \frac{1}{2^n}$

Or $\lim\limits_{n\to+\infty} \frac{1}{2^n} = 0$ d'où $\lim\limits_{n\to+\infty} u_n = 2$

Exercice 45

Pour tout entier n, $-1 \leq \cos n \leq 1$
D'où : $n - 1 \leq n + \cos n \leq n + 1$
Divisons chaque membre par $n^2 + 1$ (strictement positif)

On a : $\frac{n-1}{n^2+1} \leq u_n \leq \frac{n+1}{n^2+1}$

Or : $\frac{n-1}{n^2+1} = \frac{1-\frac{1}{n}}{n+\frac{1}{n}}$ et $\frac{n+1}{n^2+1} = \frac{1+\frac{1}{n}}{n+\frac{1}{n}}$

Or $\lim\limits_{n\to+\infty} \frac{1}{n} = 0$, donc $\lim\limits_{n\to+\infty} \frac{n-1}{n^2+1} = \lim\limits_{n\to+\infty} \frac{n+1}{n^2+1} = 0$

Donc la suite (u_n) converge vers 0, d'après le théorème des gendarmes.

Corrigé des exercices

2ème Série

Exercice 46

1. $u_1 = \dfrac{u_o+2}{2u_o+1} = \dfrac{-2+2}{-4+1} = 0$

$u_2 = \dfrac{u_1+2}{2u_1+1} = \dfrac{0+2}{1} = 2$

$u_3 = \dfrac{u_2+2}{2u_2+1} = \dfrac{2+2}{4+1} = \dfrac{4}{5}$

$u_4 = \dfrac{u_3+2}{2u_3+1} = \dfrac{\frac{4}{5}+2}{\frac{8}{5}+1} = \dfrac{14}{13}$

$u_5 = \dfrac{u_4+2}{2u_4+1} = \dfrac{\frac{14}{13}+2}{\frac{28}{13}+1} = \dfrac{40}{41}$

La suite (u_n) semble converger vers 1.

2. $v_n = \dfrac{u_n-1}{u_n+1}$

Démontrons que (v_n) est géométrique.

$v_{n+1} = \dfrac{u_{n+1}-1}{u_{n+1}+1} = \dfrac{\frac{u_n+2}{2u_n+1}-1}{\frac{u_n+2}{2u_n+1}+1} = \dfrac{-u_n+1}{3u_n+3} = \dfrac{-(u_n-1)}{3(u_n+1)}$

$v_{n+1} = -\dfrac{1}{3} v_n$

(v_n) est donc une suite géométrique de raison $q = -\dfrac{1}{3}$ et de premier terme :

$$v_o = \frac{u_o-1}{u_o+1} = \frac{-2-1}{-2+1} = \frac{-3}{-1} = 3$$

3. L'expression de v_n est donc, pour tout n :

$$v_n = v_o\, q^n = 3\left(-\frac{1}{3}\right)^n = 3\times\frac{(-1)^n}{3^n} = \frac{(-1)^n}{3^{n-1}}$$

Pour déterminer u_n en fonction de n, exprimons u_n en fonction de v_n :

On a : $v_n = \dfrac{u_n-1}{u_n+1}$, donc $v_n\,(u_n + 1) = u_n - 1 \Leftrightarrow v_n\, u_n - u_n - 1 - v_n \Leftrightarrow u_n\,(v_n - 1) = -1 - v_n$

$\Leftrightarrow u_n = \dfrac{-1-v_n}{v_n-1}$

D'où $u_n = \dfrac{v_n+1}{1-v_n}$

Il vient : $u_n = \dfrac{\dfrac{(-1)^n}{3^{n-1}}+1}{1-\dfrac{(-1)^n}{3^{n-1}}} = \dfrac{\dfrac{(-1)^n+3^{n-1}}{3^{n-1}}}{\dfrac{3^{n-1}-(-1)^n}{3^{n-1}}} = \dfrac{(-1)^n+3^{n-1}}{3^{n-1}} \times \dfrac{3^{n-1}}{3^{n-1}-(-1)^n}$

$u_n = \dfrac{(-1)^n+3^{n-1}}{3^{n-1}-(-1)^n} = \dfrac{3^{n-1}+(-1)^n}{3^{n-1}-(-1)^n}$

4. On a : $u_n = \dfrac{\dfrac{(-1)^n}{3^{n-1}}+1}{1-\dfrac{(-1)^n}{3^{n-1}}} = \dfrac{3\left(-\dfrac{1}{3}\right)^n+1}{1-3\left(-\dfrac{1}{3}\right)^n}$

Or $-1 < \dfrac{1}{3} < 1$, donc $\lim\limits_{n\to+\infty} \left(-\dfrac{1}{3}\right)^n = 0$

Donc $\lim\limits_{n\to+\infty} q^n = 0$ et $\lim\limits_{n\to+\infty} u_n = 1$

Ainsi la suite (u_n) converge vers 1.

Exercice 47

1. Soit x_0 la quantité de moles de NaCl au départ. Après une dilution, on a :

$$x_1 = x_0 - \frac{1}{10}\, x_0 = \frac{9}{10}\, n_0$$

Or, $x_0 = C_o \times x_o = 0{,}1 \times 0{,}1 = 10^{-2}$ mol. D'où $x_1 = \dfrac{9}{10} \times 10^{-2} = 9 \times 10^{-3}$ mol.

2. Après n dilutions, la quantité de NaCl devient :

$$x_n = \left(\frac{9}{10}\right)^n \times x_0$$

À la 10ème opération, il reste : $x_{10} = \left(\dfrac{9}{10}\right)^{10} \times 10^{-2} \approx 3{,}5 \times 10^{-3}$ mol.

3. On doit avoir : $\left(\dfrac{9}{10}\right)^n \times x_0 < 10^{-10}$ soit $\left(\dfrac{9}{10}\right)^n \times 10^{-2} < 10^{-10}$, c'est-à-dire $\left(\dfrac{9}{10}\right)^n < 10^{-8}$.

Par essais consécutifs à la calculatrice on trouve $n = 175$.

Exercice 48

1. On commence par ranger les 10 valeurs par ordre croissant :

11 ; 12 ; 13 ; 13 ; 13 ; 14 ; 14 ; 16 ; 16 ; 16

- Les valeurs rencontrées le plus souvent sont 13 et 16.
-

  Par conséquent, la série statistique comporte deux modes :

  $M_o = 13$ et $M_o = 16$

- Moyenne : $\bar{x} = \dfrac{11+12+3\times13+2\times14+3\times16}{10} = \dfrac{138}{10} = 13{,}8$

  Donc $\bar{x} = 13{,}8$

- Médiane

  $n = 10$, donc n est pair ; la médiane est donc la demi-somme des termes de rangs 5 et 6 :

  $$M_e = \frac{13+14}{2} = 13{,}5$$

  Donc $M_e = 13{,}5$

2. Rangeons les valeurs par ordre croissant :

0 ; 1 ; 1 ; 2 ; 4 ; 4 ; 6 ; 6 ; 6 ; 7 ; 7

- Le mode de la série statistique est 6
- Moyenne : $\bar{x} = \dfrac{0+2\times1+2+2\times4+3\times6+2\times7}{11} = \dfrac{44}{11} = 4$
- Médiane : $n = 11$ donc n est impair, alors la médiane est le terme du milieu, c'est-à-dire la 6ème valeur : $M_e = 4$

3. À partir du tableau de données, on peut construire un tableau statistique :

	x_i	n_i	$n_i\,x_i$	n_i cumulé croissant
	-5	17	-85	17
	-3	20	-60	37
	-1	10	-10	47
	1	1	1	48
	2	25	50	73
	4	27	108	100
Total		100	4	

- La valeur maximale des effectifs n_i est 27 et correspondant à la valeur 4 du caractère x_i, donc $M_o = 4$

- Moyenne :

$$\overline{x} = \frac{\sum_i n_i x_i}{\sum_i n_i} = \frac{4}{100} = 0,04$$

Donc $\overline{x} = 0,04$

- Médiane :

L'effectif total $n = 100 = 2 \times 50$. La médiane et donc la demi-somme des valeurs de rangs 50 et 51.
D'après la colonne des effectifs cumulés croissants, à ces deux positions correspond la valeur de $x_i = 2$ correspondant à 2 ; donc $M_e = 2$

Exercice 49

1. On obtient le tableau statistique suivant

	Note	x_i	a_i	n_i	$n_i\ x_i$	n_i **cumulé croissant**	$\frac{n_i}{a_i}$
	[0 ; 5[	2,5	5	8	20	8	1,6
	[5 ; 7[	6	2	10	60	18	5
	[7 ; 9[	8	2	20	160	38	10
	[9 ; 12[	10,5	3	24	252	62	8
	[12 ; 14[	13	2	26	338	88	13
	[14 ; 20]	17	6	12	204	100	2
Total				100	1 034		

2. Moyenne :

$$\overline{x} = \frac{\sum_i n_i x_i}{\sum_i n_i} = \frac{1034}{100} = 10,34$$

La note moyenne obtenue est donc légèrement supérieure à 10.

- Classe modale

Dans la colonne correspondant à $\frac{n_i}{a_i}$, la valeur maximale est 13 ; cette valeur apparaît pour la classe [12 ; 14[.

La classe modale est donc [12 ; 14[.

- Médiane
  D'après la colonne des effectifs cumulés, la classe médiane est [9 ; 12].
  Pour évaluer M_e, on procède à une interpolation affine, en supposant une équipartition des valeurs dans la classe.
  Soient $A(9\ ;\ 38)$ et $B(12\ ;\ 62)$ 2 points du segment de droite correspondant à la classe [9 ; 12[. On a, si k est la pente du segment de droite :

$$k = \frac{50-38}{M_e - 9} = \frac{62-38}{12-9} = 8$$

D'où $M_e - 9 = \frac{50-38}{8} = \frac{12}{8} = \frac{3}{2}$

Et $M_e = \frac{3}{2} + 9 = \frac{21}{2} = 10{,}5$

Par conséquent, la note médiane est 10,5.

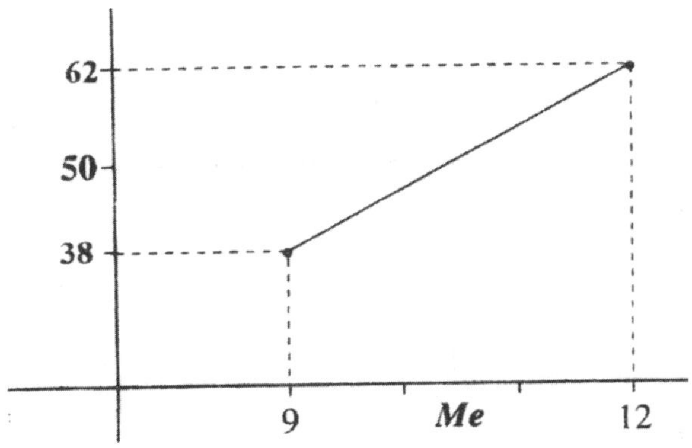

Exercice 50

1. Rassemblons les résultats dans un tableau statistique

					Total
Intervalle de temps (min)	[30 ; 50[	[50 ; 80[	[80 ; 120[	[120 ; 200[	
Nombre d'employés	21	27	30	12	90
Fréquences	$\frac{7}{30}$	$\frac{9}{30}$	$\frac{10}{30}$	$\frac{4}{30}$	
Fréquences cumulées croissantes	$\frac{7}{30}$	$\frac{16}{30}$	$\frac{26}{30}$	$\frac{30}{30}$	

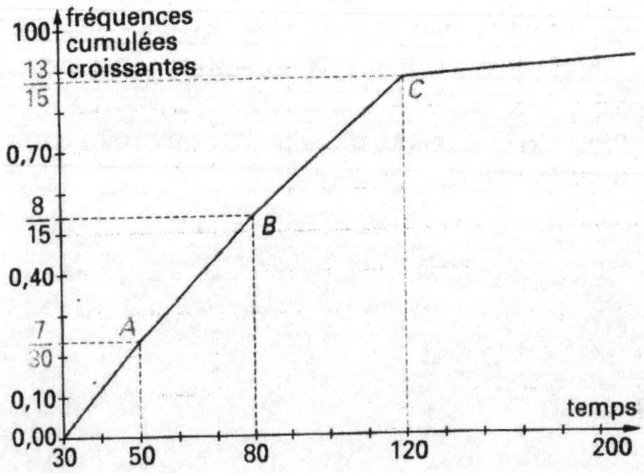

2. La médiane est l'abscisse du point de la courbe correspondant à l'ordonnée 0,5 des fréquences cumulées croissantes.

Utilisons l'interpolation linéaire pour évaluer M_e

Soient A (50 ; $\frac{7}{30}$) et B (80 ; $\frac{8}{15}$). On a $M_e \in [AB]$

La pente du segment de droite $[AB]$ est telle que :

$$k = \frac{\frac{1}{2}-\frac{7}{30}}{M_e - 50} = \frac{\frac{8}{15}-\frac{7}{30}}{80-50} = \frac{\frac{9}{30}}{30} = \frac{9}{900} = \frac{1}{100}$$

On a : $\frac{\frac{1}{2}-\frac{7}{30}}{M_e - 50} = \frac{\frac{30-14}{60}}{M_e - 50} = \frac{\frac{16}{60}}{M_e - 50} = \frac{\frac{8}{30}}{M_e - 50}$

Il vient : $\frac{\frac{8}{30}}{M_e - 50} = \frac{1}{100} \Leftrightarrow \frac{M_e - 50}{100} = \frac{8}{30} \Leftrightarrow M_e = \frac{800}{30} + 50$

$M_e = \frac{80}{3} + 50 = \frac{230}{3}$

$M_e \simeq 76{,}7$ min

3. Le premier quartile Q_1 est l'abscisse du point de la courbe des fréquences cumulées croissantes d'ordonnée 0,25.

   $Q_1 \in [AB]$ car $\frac{7}{30} < \frac{1}{4} < \frac{8}{15}$

   On a : $\frac{\frac{1}{4}-\frac{7}{30}}{Q_1 - 50} = \frac{1}{100} \Leftrightarrow \frac{\frac{2}{120}}{Q_1 - 50} = \frac{1}{100} \Leftrightarrow \frac{\frac{1}{60}}{Q_1 - 50} = \frac{1}{100}$

Il vient : $Q_1 = \frac{100}{60} + 50 = \frac{5}{3} + 50 = \frac{155}{3}$

$Q_1 \simeq 51{,}3$ min

Le troisième quartile Q_3 correspond à l'abscisse de la courbe des fréquences cumulées croissantes d'ordonnée 0,75.

Ce point se situe sur le segment $[BC]$ avec $C\ (120\ ;\ \frac{13}{15})$

Il vient : $\frac{\frac{3}{4}-\frac{8}{15}}{Q_3 - 80} = \frac{\frac{13}{15}-\frac{8}{15}}{120-80}$

Or $\frac{\frac{13}{15}-\frac{8}{15}}{120-80} = \frac{\frac{1}{3}}{40} = \frac{1}{120}$

Et $\frac{\frac{3}{4}-\frac{8}{15}}{Q_3 - 80} = \frac{\frac{45-32}{60}}{Q_3 - 80} = \frac{\frac{13}{60}}{Q_3 - 80}$

D'où : $\frac{\frac{13}{60}}{Q_3 - 80} = \frac{1}{120} \Leftrightarrow Q_3 = \frac{120 \times 13}{60} + 80 = 26 + 80 = 106$

$Q_3 = 106$ min

Exercice 51

1.

x_i	5	7	9	11	13	**Total**
n_i	23	14	17	16	10	80
$n_i x_i$	115	98	153	176	130	672
$n_i\ x_i^2$	575	686	1 377	1 936	1 690	6 264

2. $\bar{x} = \frac{1}{N}\sum_{i=1}^{5} n_i x_i = \frac{672}{80} = 8{,}4$

$V = \frac{1}{N}\sum_{i=1}^{5} n_i x_i^2 - \bar{x}^2 = \frac{6\,264}{80}$ - (8,4)² = 78, 3 - 70,56 = 7,74

s = $\sqrt{7{,}74} \simeq 2{,}782$

Exercice 52

1. Ordonnons les 36 données de chaque groupe dans l'ordre croissant.

Groupe 1 :

6,5	6,5	6,5	6,5	7,5	7,5	7,5	7,5	7,5	7,5	7,5	8
8	8	8	8	8	8	8	8	8,5	8,5	8,5	8,5
8,5	8,5	9	9	9	9	9	9	9	9,5	9,5	9,5

Groupe 2 :

6	6,5	6,5	6,5	6,5	7	7	7	7	7	7,5	7,5
7,5	7,5	7,5	7,5	7,5	7,5	7,5	8	8	8	8	8
8	8,5	8,5	8,5	8,5	8,5	9	9	9	9	9,5	10

Pour le 1er groupe :

- La 18ème valeur est 8, la 19ème valeur est 8 donc $M_e = 8$
- La 9ème valeur est 7,5, la 10ème valeur est 7,5 donc Q1 = 7,5
- La 27ème valeur est 9, la 28ème valeur est 9 donc Q3 = 9

Pour le 2ème groupe :

- La 18ème valeur est 7,5, la 19ème valeur est 7,5 donc $M_e = 7,5$
- La 9ème valeur est 7, la 10ème valeur est 7 donc Q1 = 7
- La 27ème valeur est 8,5, la 28ème valeur est 8,5 donc Q3 = 8,5

Représentons ces résultats sur un diagramme en boîte :

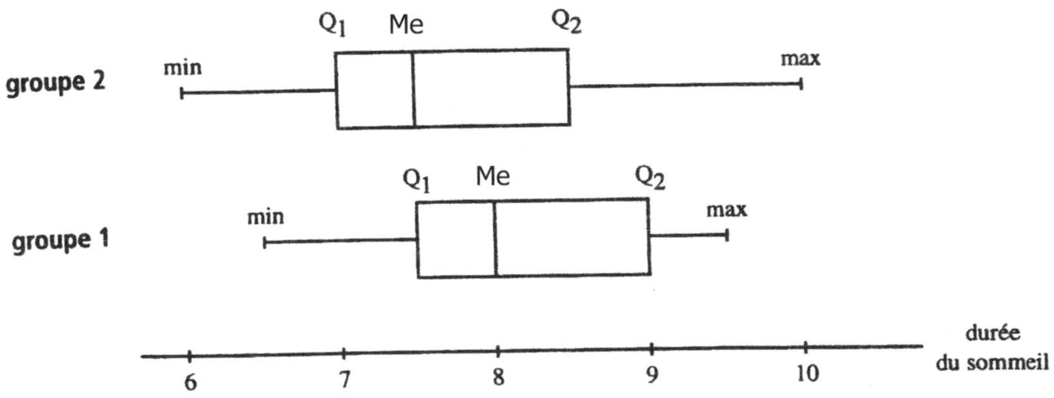

Exercice 53

1. 1ère S_1 : $\bar{x}_1 = \frac{1}{N}\sum_i n_i x_i$

										Total
$n_i x_i$	8	15	15	12	48	18	12	14	30	68	240

$$\bar{x}_1 = \frac{240}{30} = 8$$

1ère S_2 :

							Total
$n_i x_i$	12	4	88	99	11	12	14	240

$$\bar{x}_2 = \frac{240}{30} = 8$$

$\bar{x}_1 = \bar{x}_2 = 8$

Les deux classes ont la même moyenne.

2. 1ère S_1

										Total
ni xi²	16	45	75	72	384	162	144	196	450	1 156	2 700

$$V_1 = \frac{1}{N}\sum_i n_i x_i^2 - \bar{x}_1^2 = \frac{2\ 700}{30} = 8^2 = 90 - 64 = 26$$

$s_1 = \sqrt{26} \simeq 5{,}10$

1ère S_2 :

							Total
$n_i x_i$	36	16	704	891	121	144	196	2 108

$$V_2 = \frac{1}{N}\sum_i n_i x_i^2 - \bar{x}_2^2 = \frac{2\ 108}{30} - 64 = 6{,}2667$$

$s_2 = \sqrt{6{,}2667} \simeq 2{,}50$

3. On remarque que $s_2 < s_1$, les valeurs sont davantage regroupées autour de la moyenne donc la classe de 1ère S_2 est plus homogène que la classe de 1ère S_1.

Exercice 54

1. On a applique un changement affine $y = ax + b$
   Ici $a = 1{,}04$ et $b = 0$
   Donc l'ancien salaire x donne un nouveau salaire y tel que $y = 1{,}04\ x$.
   Si $\bar{x}$ est la moyenne avant l'augmentation, alors la nouvelle moyenne sera :
   $\bar{y} = 1{,}04\ \bar{x} = 1{,}04 \times 1\ 120 = 1\ 164{,}8$ €.
   s étant l'écart-type avant l'augmentation, l'écart-type devient s' tel que :
   $s' = |a|\ s = 1{,}04 \times 390 = 405{,}6$ €

2. La transformation affine $y = ax + b$ est ici telle que $a = 0$ et $b = 65$.
   Si x est l'ancien salaire, le nouveau salaire sera $y = x + 65$ et la nouvelle moyenne devient
   $\bar{y} = \bar{x} + 65 = 1\ 120 + 65 = 1\ 185$ €
   L'écart-type, quant à lui, reste inchangé et $s' = s = 390$ €.

3. Dans la question 1., l'écart-type est augmenté, donc la dispersion des salaires est, dans ce cas, accentuée.

Exercice 55

1. Pour la moyenne on a : $\bar{y} = a\ \bar{x} + b$ et pour l'écart-type, la relation est $s' = |a|\ s$.

   Il vient : $0 = a\ \bar{x} + b$ et $1 = |a|\ s = a\ .\ s$ car 1 est positif d'où $a = \dfrac{1}{s}$ et $b = -a\ \bar{x} = \dfrac{-\bar{x}}{s}$

   Par conséquent, on obtient la relation affine $y = \dfrac{x - \bar{x}}{s}$

2. 1ère S_1 : classons dans l'ordre la série de notes :

   2 – 2 – 2 – 2 – 3 – 3 – 3 – 3 – 3 – 5 – 5 – 5 – 6 – 6 – 8 – 8 – 8 – 8 – 8 – 8 – 9 – 9 -12 – 14 – 15 – 15 – 17 – 17 – 17 – 17

   La 15ème valeur est 8 ainsi que la 16ème donc $M_e = 8$

   $\dfrac{N}{4} = \dfrac{30}{4} = 7{,}5 \Rightarrow$ La 8ème valeur donne $Q_1 = 3$

   $\dfrac{3N}{4} = \dfrac{90}{4} = 22{,}5 \Rightarrow$ La 23ème valeur donne $Q_3 = 12$

   min. = 2
   max. = 17

   1ère S_2 :

   3 – 3 – 3 – 3 – 4 – 8 – 8 – 8 – 8 – 8 – 8 – 8 – 8 – 8 – 8 – 8 - 9 – 9 - 9 – 9 – 9 – 9 – 9 – 9 – 9 – 9 – 9 – 11 - 12 – 14

   De même on trouve : $M_e = 8$; $Q_1 = 8$; $Q_3 = 9$; min. = 3 ; max. = 14

	$\overline{x}$	s	Min	Q_1	M_e	Q_3	max
1ère S_1	8	5,10	2	3	8	12	17
1ère S_2	8	2,50	3	8	8	9	14

3. La transformation affine donne pour chaque caractère des deux séries

$$y_i = \frac{x_i - \overline{x}}{s}$$

1ère S_1 : $y_i = \dfrac{x_i - 8}{5{,}10}$

1ère S_2 : $y_i = \dfrac{x_i - 8}{2{,}50}$

Il en résulte le tableau des séries centrées et réduites

	$\overline{x}$	s'	min	Q_1	M_e	Q_3	max
1ère S_1	0	1	-1,1765	-0,9804	0	0,7843	1,7647
1ère S_2	0	1	-2	0	0	0,4	2,4

En conclusion, on peut indiquer que ce changement de caractère permet de mieux comparer les dispersions des termes de ces deux séries.

Exercice 56

1. Résumons sous forme de tableau les calculs. En nommant x_i les centres de classes, on obtient :

								Total
x_i	35	42,5	47,5	52,5	57,5	61	63,5	
n_i	2	6	32	36	14	6	4	100
$n_i x_i$	70	255	1 520	1 890	805	366	254	5 160
$n_i x_i^2$	2 450	10 837,5	72 200	99 225	46 287,5	22 326	16 129	269 455

$$\overline{m} = \frac{1}{N}\sum_i n_i x_i = \frac{5\,160}{100} = 51{,}6$$

$$\boxed{\overline{m} = 51{,}6\ kg}$$

$$V = \frac{1}{N}\sum_i n_i x_i{}^2 - \overline{x}^2 = \frac{269\,455}{100} - (51{,}6)^2 = 31{,}99$$

$$s = \sqrt{V} = \sqrt{21{,}99} \approx 5{,}66$$

$$\boxed{s = 5{,}66 \text{ kg}}$$

2. $\overline{m} - s = 51{,}6 - 5{,}66 = 45{,}94$

   $\overline{m} + s = 51{,}6 + 5{,}66 = 57{,}26$

   L'intervalle considéré est donc [45,94 ; 57,26].

   L'effectif correspondant à cet intervalle est 32 + 36 + 14 = 82

   L'effectif total étant 100, le pourcentage d'enfants dont la masse appartient à l'intervalle [45,94 ; 57,26] est $\frac{82}{100} \times 100 = 82\%$.

Exercice 57

$A \cup B$ est constitué des éléments de Ω qui sont dans A ou dans B.

Son contraire $\overline{A \cup B}$ est donc constitué des éléments qui ne sont ni dans A ni dans B donc
$\overline{A \cup B} = \overline{A} \cap \overline{B}$ (ni A et ni B).

En appliquant le résultat précédent à $\overline{A}$ et $\overline{B}$, on a $\overline{\overline{A} \cup \overline{B}} = \overline{\overline{A}} \cap \overline{\overline{B}}$

Le contraire de l'événement contraire $\overline{A}$ est A (idem pour $\overline{B}$ dont l'événement contraire est B).

Donc $\overline{\overline{A}} \cap \overline{\overline{B}} = A \cap B$ d'où $\overline{\overline{A} \cup \overline{B}} = A \cap B$

En prenant leur contraire $\overline{A} \cup \overline{B} = \overline{A \cap B}$

Exercice 58

1. $\overline{A}$ est l'événement « obtenir strictement moins de 5 ».
Donc $\overline{A} = C$ d'où également $\overline{C} = A$, c'est-à-dire $\overline{C}$ est l'événement « obtenir au moins 5 »
$\overline{B}$ est l'événement «obtenir strictement plus de 5 »
Donc $\overline{B} = D$ d'où aussi $\overline{D} = B$, donc $\overline{D}$ est l'événement « obtenir au plus 5 ».

2. $A = \{5 ; 6\}$ donc $\overline{A} = \{1 ; 2 ; 3 ; 4\} = C$
$B = \{1 ; 2 ; 3 ; 4 ; 5\}$ donc $\overline{B} = \{6\} = D$

Exercice 59

1. $p(A \cup B) = p(A) + p(B) - p(A \cap B) \Leftrightarrow p(A \cap B) = p(A) + p(B) - p(A \cup B)$ d'où
$p(A \cap B) = 0,5 + 0,3 - 0,6 = 0,2$

2. D'après les propriétés sur les ensembles on a :
$(A \cap B) \cup (\overline{A} \cap B) = B \cap (A \cup \overline{A})$
Or $A \cup \overline{A} = \Omega$ donc $(A \cap B) \cup (\overline{A} \cap B) = B \cap \Omega = B$
Donc $(A \cap B) \cup (\overline{A} \cap B) = B$

3. Comme $(A \cap B) \cap (\overline{A} \cap B) = A \cap B \cap \overline{A} = \emptyset$, les événements $(A \cap B)$ et $(\overline{A} \cap B)$ sont disjoints.

4. D'après les résultats précédents, $B = (A \cap B) \cup (\overline{A} \cap B)$ d'où $p(B) = p(A \cap B) + p(\overline{A} \cap B)$
Ainsi : $0,3 = 0,2 + p(\overline{A} \cap B) \Leftrightarrow p(\overline{A} \cap B) = 0,3 - 0,2 = 0,1$

5. De même : $p(A) = p(A \cap B) + p(A \cap \overline{B}) \Leftrightarrow p(A \cap \overline{B}) = p(A) - p(A \cap B)$
Soit $p(A \cap \overline{B}) = 0,5 - 0,2 = 0,3$
$p(\overline{A}) = p(\overline{A} \cap \overline{B}) + p(\overline{A} \cap B) \Leftrightarrow p(\overline{A} \cap \overline{B}) = p(\overline{A}) - p(\overline{A} \cap B)$
D'où $p(\overline{A} \cap \overline{B}) = 1 - p(A) - p(\overline{A} \cap B) = 1 - 0,5 - 0,1 = 0,4$

Exercice 60

1. L'ensemble des élèves apprenant l'anglais et l'allemand est au nombre de 510.
Donc l'événement $(An \cap All)$ est constitué de 510 éléments.
L'ensemble des élèves apprenant l'anglais et l'espagnol s'élève à 210. Ainsi l'événement $(An \cap E)$ est constitué de 210 éléments.
De même pour les élèves apprenant l'allemand et l'espagnol, en écrivant que l'événement $(All \cap E)$ est constitué de 195 éléments.
Enfin, l'ensemble des élèves étudiant les 3 langues, représenté par l'événement $(An \cap Al \cap E)$ est au nombre de 60.

En complétant le diagramme et en inscrivant tout d'abord la valeur de l'événement $(An \cap Al \cap E)$, on en déduit les autres valeurs demandées.
- Nombre d'élèves apprenant l'anglais seul = 420
- Nombre d'élèves apprenant l'allemand seul = 105
- Nombre d'élèves apprenant l'espagnol seul = 30

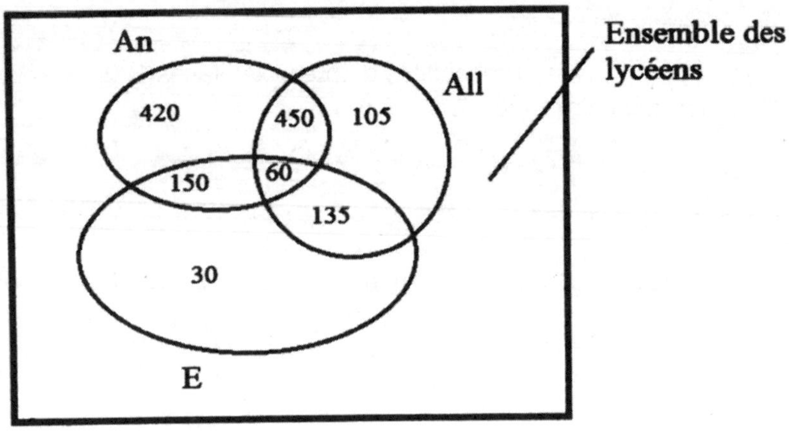

Ces résultats peuvent être retrouvés en écrivant que :

420 = 1 080 – (510 + 210 – 60)
105 = 750 – (510 + 195 – 60)
30 = 375 – (195 + 210 – 60)

La valeur 60 étant soustraite du fait qu'elle est comptée 2 fois avec 510 et 210, 510 et 195, 195 et 210 respectivement.

2. La réunion de l'ensemble des valeurs du diagramme nous donnera le nombre d'élèves apprenant au moins une langue, c'est-à-dire correspondant à l'événement An ∪ All ∪ E.
Ce nombre d'élèves est donc : 420 + 150 + 450 + 60 + 105 + 135 + 30 = 1 350
Par conséquent le nombre d'élèves n'étudiant aucune langue est :
1 500 – 1 350 = 150
Donc 150 élèves n'apprennent aucune de ces trois langues.

Exercice 61

1. Soit A l'événement « l'élève suit le cours d'anglais »
Soit B l'événement « l'élève suit le cours d'allemand »
D'après les données : $p(A) = \frac{500}{1000} = \frac{1}{2}$; $p(B) = \frac{350}{1000} = \frac{7}{20}$
Et $p(A \cap B) = \frac{100}{1000} = \frac{1}{10}$
L'événement « suivre au moins une des deux langues » est $A \cup B$.
Donc $p(A \cup B) = p(A) + p(B) - p(A \cap B) = \frac{1}{2} + \frac{7}{20} - \frac{1}{10} = \frac{15}{20} = \frac{3}{4}$

2. L'événement « ne suivre aucune des deux langues » est l'événement contraire de $A \cup B$, soit $\overline{A \cup B}$
Donc $p(\overline{A \cup B}) = 1 - p(A \cup B) = 1 - \frac{3}{4} = \frac{1}{4}$

3. Soit C l'événement « suivre l'anglais mais ne pas suivre l'allemand ». Il y a 500 – 100 = 400 qui suivent l'anglais mais non l'allemand.
Il vient : $p(C) = \frac{400}{1000} = \frac{2}{5}$

Exercice 62

1. Appelons p_1, p_2, p_3, p_4, p_5, p_6 les probabilités d'obtenir les faces 1, 2, 3, 4, 5, 6 respectivement. La relation de proportionnalité se traduit par :

$$\frac{p_1}{1} = \frac{p_2}{2} = \frac{p_3}{3} = \frac{p_4}{4} = \frac{p_5}{5} = \frac{p_6}{6} = k$$

Soit : $p_1 = k$; $p_2 = 2k$; $p_3 = 3k$; $p_4 = 4k$; $p_5 = 5k$; $p_6 = 6k$

La somme des probabilités de tous les événements élémentaires étant égale à 1, on a :

$p_1 + p_2 + p_3 + p_4 + p_5 + p_6 = 1$

D'où $k + 2k + 3k + 4k + 5k + 6k = 1 \Leftrightarrow 21\,k = 1 \Leftrightarrow k = \frac{1}{21}$

On en déduit : $p_1 = \frac{1}{21}$; $p_2 = \frac{2}{21}$; $p_3 = \frac{3}{21}$; $p_4 = \frac{4}{21}$; $p_5 = \frac{5}{21}$; $p_6 = \frac{6}{21} = \frac{2}{7}$

2. Soit A, l'événement « obtenir un chiffre pair » ; il est constitué des éventualités 2, 4 et 6.

D'où $p(\text{A}) = p_2 + p_4 + p_6 = \frac{2}{21} + \frac{4}{21} + \frac{6}{21} = \frac{12}{21} = \frac{4}{7}$

$$\boxed{p(\text{A}) = \frac{4}{7}}$$

3. Obtenir un chiffre impair est l'événement contraire de A soit $\overline{\text{A}}$.

Nous savons que : $p(\overline{\text{A}}) = 1 - p(\text{A}) = 1 - \frac{4}{7} = \frac{3}{7}$

$$\boxed{p(\overline{\text{A}}) = \frac{3}{7}}$$

Exercice 63

1. La somme des probabilités de chaque événement élémentaire étant égale à 1 on a :

$$\frac{1}{10} + \frac{1}{20} + \frac{1}{5} + \frac{3}{10} + \frac{2}{15} + p_6 = 1 \Leftrightarrow$$

$$\frac{6}{60} + \frac{3}{60} + \frac{12}{60} + \frac{18}{60} + \frac{8}{60} + p_6 = 1 \Leftrightarrow$$

$$\frac{47}{60} + p_6 = 1 \quad \text{d'où} \quad \boxed{p_6 = \frac{13}{60}}$$

2. $E = \sum_{i=1}^{i=6} p_i x_i = \frac{1}{10} \times (-5) + \frac{1}{20} \times (-1) + \frac{1}{5} \times 0 + \frac{3}{10} \times 1 + \frac{2}{15} \times 3 + \frac{13}{60} \times 10$

$E = -\frac{1}{2} - \frac{1}{20} + \frac{3}{10} + \frac{6}{15} + \frac{130}{60} = -\frac{30}{60} - \frac{3}{60} + \frac{18}{60} + \frac{24}{60} + \frac{130}{60}$

$$\boxed{E = \frac{131}{60}}$$

3. La variance est donnée par : $V = \sum_i p_i x_i^2 - E^2$ soit :

$$V = \frac{1}{10} \times (-5)^2 + \frac{1}{20} \times (-1)^2 + \frac{1}{5} \times 0^2 + \frac{3}{10} \times 1^2 + \frac{2}{15} \times 3^2 + \frac{13}{60} \times 10^2 - \left(\frac{131}{60}\right)^2$$

$$V = \frac{25}{10} + \frac{1}{20} + \frac{3}{10} + \frac{18}{15} + \frac{1300}{60} - \left(\frac{131}{60}\right)^2$$

$$V = \frac{150}{60} + \frac{3}{60} + \frac{18}{60} + \frac{72}{60} + \frac{1\,300}{60} + \left(\frac{131}{60}\right)^2$$

$$\boxed{V \simeq 20{,}95}$$

L'écart-type est donnée par : $\sigma = \sqrt{V} = \sqrt{20{,}95}$

$$\boxed{\sigma \simeq 4{,}58}$$

Exercice 64

1. Les valeurs de X possibles sont -4, 1, 5 et 10.

2. On a au total 40 boules. Celles-ci étant indiscernables au toucher nous sommes dans un cas d'équiprobabilité.
L'événement $X = 1$ correspond au tirage d'une boule jaune.
Sachant qu'il y a 10 boules jaunes, la probabilité de l'événement $X = 1$ est :

$$p(X = 1) = \frac{10}{40} = \frac{1}{4}$$

De même, l'événement $X = 5$ correspond au tirage d'une boule rouge.

Comme il y a 6 boules rouges, on a $p(X = 4) = \frac{6}{40} = \frac{3}{20}$

Pour l'événement correspondant au tirage d'une boule bleue, on a

$X = 10$ et $p(X = 10) = \frac{4}{40} = \frac{1}{10}$

L'apparition d'une boule blanche entraîne la perte de la mise de 4 € (gain négatif), d'où :

$$p(X = -4) = \frac{20}{40} = \frac{1}{2}$$

x_i	-4	1	5	10
$p(X = x_i)$	$\frac{1}{2}$	$\frac{1}{4}$	$\frac{3}{20}$	$\frac{1}{10}$

On vérifie que $\frac{1}{2} + \frac{1}{4} + \frac{3}{20} + \frac{1}{10} = 1$

3. $E(X) = \sum_i p(X = x_i) \,.\, x_i = \frac{1}{2} \times (-4) + \frac{1}{4} \times 1 + \frac{3}{20} \times 5 + \frac{1}{10} \times 10$

$E(X) = -2 + \frac{1}{4} + \frac{15}{20} + 1 = -\frac{40}{20} + \frac{5}{20} + \frac{15}{20} + \frac{20}{20} = 0$

L'espérance de gain est nulle. Le jeu est donc équitable.

4. $V(X) = \sum_i p(X = x_i) \,.\, x_i^2 - [E(X)]^2$

$V(X) = \frac{1}{2} \times (-4)^2 + \frac{1}{4} \times 1^2 + \frac{3}{20} \times 5^2 + \frac{1}{10} \times 10^2 - 0^2$

$V(X) = 8 + \frac{1}{4} + \frac{75}{20} + 10 = \frac{160}{20} + \frac{5}{20} + \frac{75}{20} + \frac{200}{20} = \frac{540}{20} = 27$

$\sigma(X) = \sqrt{V(X)} = \sqrt{27} \cong 5{,}2$ €

Exercice 65

1. D'après l'énoncé on a $p(\text{A}) = \frac{60}{1000} = 0{,}06$, $p(\text{B}) = \frac{40}{1000} = 0{,}04$ et $p(\text{A} \cap \text{B}) = \frac{20}{1000} = 0{,}02$

L'événement « ne présenter aucun défaut » est le contraire de l'événement « présenter le défaut A ou le défaut B »

L'événement « présenter le défaut A ou le défaut B » se traduit par A ∪ B. Par conséquent l'événement « ne présenter aucun défaut s'écrit $\overline{\text{A} \cup \text{B}}$

Or $p(\text{A} \cup \text{B}) = p(\text{A}) + p(\text{B}) - p(\text{A} \cap \text{B}) = 0{,}06 + 0{,}04 - 0{,}02 = 0{,}08$

D'où $p(\overline{\text{A} \cup \text{B}}) = 1 - p(\text{A} \cup \text{B}) = 1 - 0{,}08 = 0{,}92$

$\boxed{p = 0{,}92}$

2. L'événement « présenter le défaut A seulement » est équivalent à « présenter le défaut A mais pas les deux. »

Donc $p_1 = \text{p(A)} - p(\text{A} \cap \text{B}) = 0{,}06 - 0{,}02 = 0{,}04$

$\boxed{p_1 = 0{,}04}$

3. En utilisant le même raisonnement on a :

$p_2 = p(\text{B}) - p(\text{A} \cap \text{B}) = 0{,}04 - 0{,}02 = 0{,}02$

$\boxed{p_2 = 0{,}02}$

Exercice 66

1. L'univers Ω est composé des suites de 3 nombres
(1 ; 2 ; 3), (2 ; 3 ; 1), (3 ; 1 ; 2), (1 ; 3 ; 2), (2 ; 1 ; 3), (3 ; 2 ; 1).

2. Selon le tirage, il peut y avoir 0, 1, 2 ou 3 invariants, donc les valeurs de X sont les entiers compris entre 0 et 3.

On a la liste des événements suivants :

- L'événement $\{X = 0\}$ est réalisé par les 2 suites (2 ; 3 ; 1) et (3 ; 1 ; 2) (aucune boule n'est sortie à la position correspondant au numéro inscrit).
- L'événement $\{X = 1\}$ est réalisé par les 3 suites (1 ; 3 ; 2), (2 ; 1 ; 3) et (3 ; 2 ; 1).
- L'événement $\{X = 2\}$ n'est jamais réalisé.
- L'événement $\{X = 3\}$ est réalisé par la suite (1 ; 2 ; 3)

On obtient ainsi la loi de probabilité de X :

x_i	0	1	2	3
$p(X = x_i)$	$\frac{2}{6} = \frac{1}{3}$	$\frac{3}{6} = \frac{1}{2}$	0	$\frac{1}{6}$

$$E(X) = \frac{1}{3} \times 0 + \frac{1}{2} \times 1 + 0 \times 2 + \frac{1}{6} \times 3 = \frac{1}{2} + \frac{1}{2} = 1$$

Exercice 67

1. Rassemblons les résultats sous forme d'un tableau à double entrée

1er jet \ 2ème jet	**1**	**2**	**3**	**4**
1	2	3	4	5
2	3	4	5	6
3	4	5	6	7
4	5	6	7	8

2. Le dé étant parfait, on est dans un cas d'équiprobabilité, d'où la loi de probabilité en notant p_i la probabilité d'obtenir un total égal à i.
D'où :

i	2	3	4	5	6	7	8
p_i	$\frac{1}{16}$	$\frac{2}{16} = \frac{1}{8}$	$\frac{3}{16}$	$\frac{4}{16} = \frac{1}{4}$	$\frac{3}{16}$	$\frac{2}{16} = \frac{1}{8}$	$\frac{1}{16}$

3. $\sum_{i=2}^{8} p_i = p_2 + p_3 + p_4 + p_5 + p_6 + p_7 + p_8 = \frac{1}{16} + \frac{2}{16} + \frac{3}{16} + \frac{4}{16} + \frac{3}{16} + \frac{2}{16} + \frac{1}{16} =$

$\frac{16}{16} = 1$

Les événements A_i « obtenir un total égal à i » sont deux à deux incompatibles et leur réunion est l'événement certain donc la somme des probabilités de chacun des événements A_i est $p(\Omega) = 1$

4. C'est le total 5 a la plus grande probabilité d'apparition $p(X = 5) = \frac{1}{4}$

Exercice 68

1. On a 32 choix possibles pour l'apparition de la première carte, ensuite 31 choix pour le tirage de la deuxième et enfin 30 choix pour la troisième carte. Donc les suites de 3 cartes sont au nombre de 32 × 31 × 30. Or le tirage d'une suite de 3 cartes peut s'ordonner selon 6 possibilités.
Exemple : Si V = valet, D = dame et R = roi, la suite présentant ces 3 cartes peut apparaître sous la forme : {V ; D ; R}, {V ; R ; D}, {D ; V ; R}, {D ; R ; V}, {R ; V ; D} et {R ; D ; V}, qui en fait correspond au **même** tirage puisque les cartes sont tirées **simultanément**.
Donc le nombre de tirages possibles est : $\frac{32\times31\times30}{6}$

2. Dans le jeu il y a 32 – 8 = 24 cartes qui ne sont pas des cœurs. En tirant 3 cartes, d'après le même raisonnement utilisé pour la première question, l'événement A contient donc $\frac{24\times23\times22}{6}$ éventualités.

D'où $p(A) = \frac{24\times23\times22}{32\times31\times30} = \frac{12144}{29760} = \frac{253}{620}$

$$\boxed{p(A) = \frac{253}{620}}$$

En utilisant le même raisonnement qu'au 1., pour l'événement B, il y a $\frac{24\times23}{2\times1}$ façons de choisir 2 cartes qui ne soient pas « cœur ».
Pour chaque choix, il y a 8 façons de choisir la 3ème carte « cœur ».
Donc le nombre d'éventualités pour B est $\frac{24\times23}{2}\times8 = 24 \times 23 \times 4$ et

$p(B) = \dfrac{24\times23\times22}{\frac{32\times31\times30}{6}} = \frac{24\times23\times4\times6}{32\times31\times30} = \frac{69}{155}$

$$\boxed{p(B) = \frac{69}{155}}$$

L'événement C est le contraire de l'événement A, d'où C = $\overline{A}$
Et $p(C) = 1 - p(A) = 1 - \frac{253}{620} = \frac{367}{620}$

$$\boxed{p(C) = \frac{367}{620}}$$

Exercice 69

1.
a. L'univers Ω formé des tirages de deux cartes avec remise de la première carte est constitué de 32×32 cas possibles.
Les cas favorables s'obtiennent en tirant :
- 1 as puis une carte autre qu'un as, soit 4×28 possibilités
- Une carte autre qu'un as puis 1 as, soit 28×4 possibilités

La probabilité de tirer un seul as est :

$$P_1 = \frac{nombre\ de\ cas\ favorables}{nombre\ de\ cas\ possibles} = \frac{4\times 28+28\times 4}{32\times 32} = \frac{8\times 28}{32\times 32}$$

$$\boxed{p_1 = \frac{7}{32}}$$

b. 1ère méthode : on va déterminer la probabilité p' de l'événement contraire « tirer 2 cartes qui ne sont pas des as ». Avec les 2 tirages, il y a 28×28 choix de deux cartes sans as.

Donc $p' = \frac{28\times 28}{32\times 32} = \frac{7\times 7}{8\times 8} = \frac{49}{64}$

La probabilité de tirer au moins un as est donc :

$$p_2 = 1 - p' = 1 - \frac{49}{64} = \frac{15}{64}$$

2ème méthode :
On a calculé la probabilité p_1 de tirer un seul as : $p_1 = \frac{7}{32}$
Pour tirer deux as, il y a $4 \times 4 = 16$ choix. Par conséquent, la probabilité de tirer deux as est :
$p = \frac{16}{32\times 32} = \frac{1}{64}$
D'où $p_2 = p_1 + p = \frac{7}{32} + \frac{1}{64} = \frac{15}{64}$

$$\boxed{p = \frac{15}{64}}$$

2.

a. Dans le cas d'un tirage sans remise de la 1ère carte, l'univers Ω est formé de 32×31 cas possibles.
Les cas favorables demeurent en même quantité. La probabilité d'obtenir un seul as est donc :

$$p_1 = \frac{4\times 28+28\times 4}{32\times 31} = \frac{8\times 28}{32\times 31}$$

$$\boxed{p_1 = \frac{7}{31}}$$

b. On peut encore utiliser l'une des deux méthodes de la question 1. b). Par exemple, l'utilisation de la 1ère méthode nous donne, sachant que l'on a 28 × 27 choix de deux cartes sans as :

$$p' = \frac{28\times 27}{32\times 31} = \frac{7\times 27}{8\times 31} = \frac{189}{248}$$

Ainsi, la probabilité de tirer au moins un as est :

$$p' = 1 - p = 1 - \frac{189}{248} = \frac{59}{248}$$

$$\boxed{p' = \frac{59}{248}}$$

Exercice 70

1. Appelons A, B, C, D les quatre amis et C_1, C_2, C_3 les 3 cinémas.
Pour A il y a 3 choix de cinéma. Pour chaque éventualité de cinéma pour A, il existe 3 choix possibles de cinéma pour B, soit au total 3 × 3 = 9 choix.

À chaque choix de B, on peut associer encore 3 ramifications représentant les choix de C.
Donc pour A, B et C, il y a 3 × 3 × 3 choix du cinéma.
Aux dernières extrémités, on peut encore associer 3 branches représentant les choix de D.
Donc le nombre total de cas possibles est 3 × 3 × 3 × 3 = 81

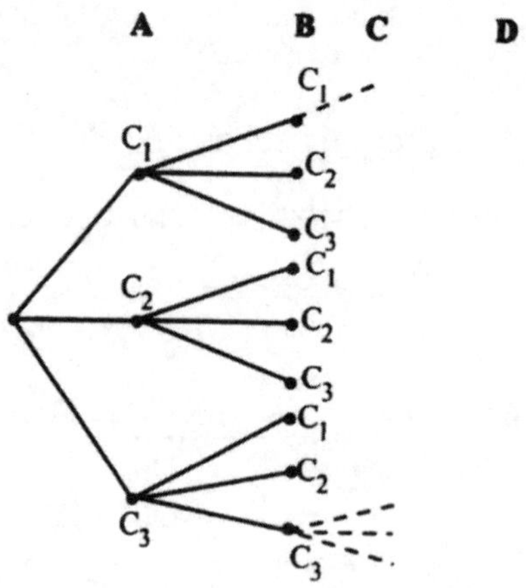

2. Il y a 3 cas favorables : les quatre amis vont tous au cinéma C_1, tous au cinéma C_2 ou tous au cinéma C_3.
Par conséquent, la probabilité qu'ils se retrouvent au même cinéma est :

$$p = \frac{\textbf{\textit{nombre de cas favorables}}}{\textbf{\textit{nombre de cas possibles}}} = \frac{3}{81} = \frac{1}{27}$$

$$\boxed{p = \frac{1}{27}}$$

3. Déterminons l'ensemble des cas favorables possibles :

- Premier dénombrement :
- Deux amis sont dans C_1 : il y a 6 choix : {A ; B}, {A ; C}, {A ; D},
  {B ; C}, {B ; D}, {C ; D},
- Les deux autres sont dans C2 et C3 avec 2 choix possibles au total.
  Le nombre de cas favorables est ainsi $6 \times 2 = 12$

- Deuxième dénombrement :
- Deux amis sont dans C2 (avec 6 choix possibles comme dans C1)
- Les deux autres sont dans C1 et C3.
  Il ya encore $6 \times 2 = 12$ cas favorables.

- Troisième dénombrement :
- Deux amis présents dans C3.
- Les deux autres dans C1 et C2.
  Soit encore $6 \times 2 = 12$ cas favorables.
  Donc la probabilité qu'il y ait au moins l'un des quatre amis dans chaque cinéma est :

$$p = \frac{12+12+12}{81} = \frac{36}{81} = \frac{4}{9}$$

$$\boxed{p = \frac{4}{9}}$$

Exercice 71

1.

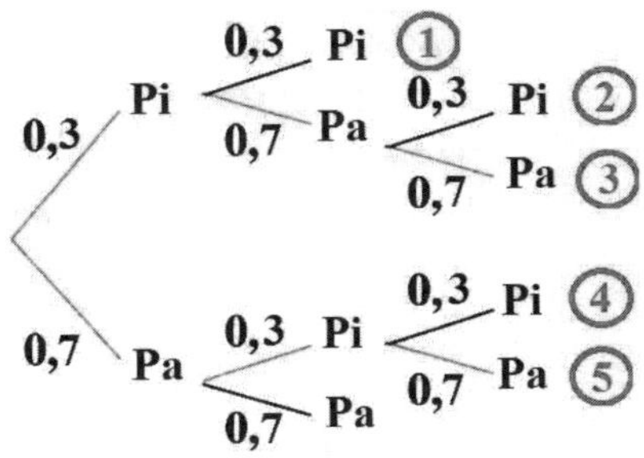

2. « Pierre gagne en deux sets à zéro » correspond au chemin ① de l'arbre, donc :

$$p(A) = 0,3 \times 0,3 = 0,09$$

« Paul gagne le premier set et Pierre gagne le match » correspond au chemin ③ de l'arbre, d'où :

$$p(B) = 0,7 \times 0,3 \times 0,3 = 0,063$$

« Paul gagne en deux sets à un » correspond aux chemins ③ et ⑤ de l'arbre, soit :

$$p(C) = 0,3 \times 0,7 \times 0,7 + 0,7 \times 0,3 \times 0,7 = 0,294$$

L'événement « Pierre gagne » correspond aux trois chemins ①, ② et ④ de l'arbre :

$$p(D) = 0,3 \times 0,3 + 0,3 \times 0,7 \times 0,3 + 0,7 \times 0,3 \times 0,3 = 0,216$$

Corrigé des exercices

3ème Série

Exercice 72

1. L'arbre représentant toutes les issues possibles après le lancer, 4 fois de suite, de la pièce est le suivant :

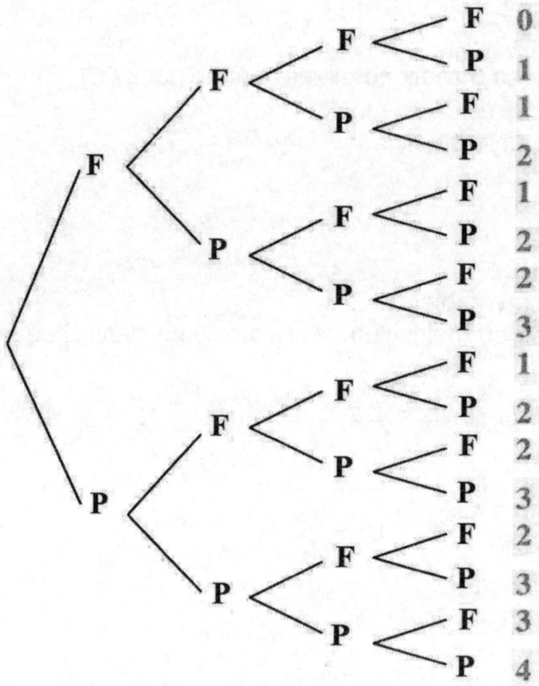

2. À l'extrémité de chaque chemin a été porté le nombre de fois où l'issue « pile » est sortie. Tous les chemins sont équiprobables et ceux-ci sont au nombre de 16.
Il y a : 1 chemin aboutissant à 0 fois « pile »
4 chemins aboutissant à 1 fois « pile »
6 chemins aboutissant à 2 fois « pile »
4 chemins aboutissant à 3 fois « pile »
1 chemin aboutissant à 4 fois « pile »

On a donc :

$$p_0 = \frac{1}{16} \; ; p_1 = \frac{4}{16} = \frac{1}{4} = \; ; p_2 = \frac{6}{16} = \frac{3}{8} \; ; p_3 = \frac{4}{16} = \frac{1}{4} \; ; p_4 = \frac{1}{16}$$

3. « Le pion demeure sur la case A » signifie que l'événement « pile » n'a pas eu lieu donc :

$$p(\alpha) = p_0 = \frac{1}{16}$$

« Le pion dépasse la case B » signifie que « pile » a été obtenu au moins 2 fois, d'où

$$p(\beta) = p_2 + p_3 + p_4 = \frac{3}{8} + \frac{1}{4} + \frac{1}{16} = \frac{11}{16}$$

« Le pion atteint la case E » signifie que l'événement « pile » est apparu 4 fois soit :

$$p(\gamma) = p_4 = \frac{1}{16}$$

Corrigé des exercices

3ème Série

Exercice 73

1. L'arbre pondéré de l'ensemble des événements est le suivant :

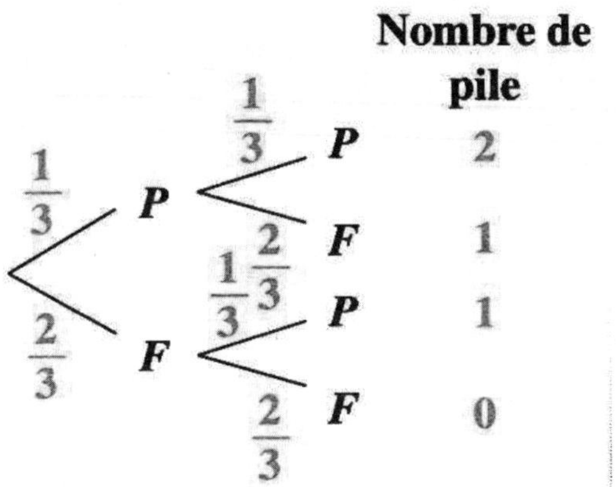

La probabilité d'obtenir 2 fois « pile » est $\frac{1}{3} \times \frac{1}{3} = \frac{1}{9}$

La probabilité d'obtenir 1 fois « pile » est $\frac{1}{3} \times \frac{2}{3} + \frac{2}{3} \times \frac{1}{3} = \frac{4}{9}$

La probabilité d'obtenir 2 fois « pile » est $\frac{2}{3} \times \frac{2}{3} = \frac{4}{9}$

2. L'ensemble des événements possibles est matérialisé par l'arbre suivant :

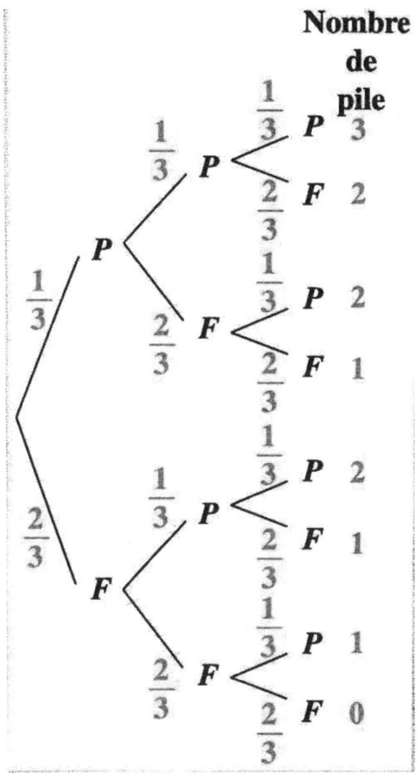

Par le même procédé qu'à la question 1., on obtient la loi de probabilité :

Nombre de « pile »	0	1	2	3
Probabilités	$\frac{8}{27}$	$\frac{12}{27} = \frac{4}{9}$	$\frac{6}{27} = \frac{2}{9}$	$\frac{1}{27}$

L'espérance du nombre de piles obtenus est :

$$E = 0 \times \frac{8}{27} + 1 \times \frac{12}{27} + 2 \times \frac{6}{27} + 3 \times \frac{1}{27} = \frac{27}{27} = 1$$

Exercice 74

$\binom{5}{2}$ est le nombre de chemins réalisent 2 succès lors de 5 expériences.

Si on note S le succès et E l'échec, on a les événements possibles :

$(SSEEE)$, $(SESEE)$, $(SEESE)$, $(SEEES)$, $(ESSEE)$, $(ESESE)$, $(ESEES)$, $(EESSE)$, $(EESES)$, $(EEESS)$

Soit 10 chemins possibles.

Pour $\binom{5}{3}$ on obtient :

$(SSSEE)$, $(SSESE)$, $(SSEES)$, $(ESSSE)$, $(ESSES)$, $(SESSE)$, $(SESES)$, $(SEESS)$, $(ESESS)$, $(EESSS)$

Soit 10 chemins.

D'où $\binom{5}{2} = \binom{5}{3}$

Ainsi, on a vérifié pour $n = 5$ et $k = 3$ (ou $k = 2$) la relation $\binom{n}{n-k} = \binom{n}{k}$

Exercice 75

$\binom{21}{0}$ est le nombre de chemins réalisant 0 succès, soit que des échecs.

Un seul chemin est possible donc $\binom{21}{0} = 1$

$\binom{8}{8}$ est le nombre de chemins réalisant 8 succès parmi 8 épreuves, donc $\binom{8}{8} = 1$

$\binom{134}{1}$ représente le nombre de chemins avec 1 seul succès parmi 134 épreuves, soit $\binom{134}{1} = 134$

$\binom{18}{17}$ est 17 succès parmi 18 épreuves soit $\binom{18}{17} = 18$

$$\binom{15}{4} - \binom{15}{11} = \binom{15}{15-11} - \binom{15}{11} = \binom{15}{11} - \binom{15}{11} = 0$$

$\binom{10}{6} - \binom{9}{5} - \binom{9}{6} = \binom{10}{6} - \binom{10}{6}$ d'après la relation de Pascal car $\binom{9}{5} + \binom{9}{6} = \binom{10}{6}$,

Donc $\binom{10}{6} - \binom{9}{5} - \binom{9}{6} = 0$

Exercice 76

D'après la relation de Pascal, on a :

$$\binom{n}{k} + \binom{n}{k+1} = \binom{n+1}{k+1}$$

On peut également écrire la relation :

$$\binom{n-1}{k-1} + \binom{n-1}{k} = \binom{n}{k}$$

De même :

$$\binom{n-1}{k} + \binom{n-1}{k+1} = \binom{n}{k+1}$$

Il vient :

$$\begin{aligned}\binom{n+1}{k+1} &= \binom{n}{k} + \binom{n}{k+1} \\ &= \binom{n-1}{k-1} + \binom{n-1}{k} + \binom{n-1}{k} + \binom{n-1}{k-1} \\ &= \binom{n-1}{k-1} + 2\binom{n-1}{k} + \binom{n-1}{k-1}\end{aligned}$$

Exercice 77

1. Si N est l'événement « tirer une boule noire » et B l'événement « tirer une boule blanche », on a :

$$p(N) = \frac{2}{5} \ ; p(B) = \frac{3}{5}$$

2. L'expérience consistant à 4 tirages répétés avec remise répétée de façon identique, on définit une loi binomiale de paramètre 4 (nombre d'épreuves) et $\frac{2}{5}$ (probabilité de succès d'avoir une boule noire), soit $\mathcal{B}(4 \ ; \frac{2}{5})$

La probabilité est donc :

$p(X = k) = \binom{n}{k} p^k (1 - p)^{n-k}$, soit :

$p(X = 3) = \binom{4}{3} \times \left(\frac{2}{5}\right)^3 \times \left(\frac{3}{5}\right)^1 = 4 \times \frac{24}{625} = \frac{96}{625} \approx 0{,}1596$

3. Le nombre moyen de boules noires tirées est égale à l'espérance E de la loi binomiale de paramètres 100 et $\frac{2}{5}$ soit $\mathcal{B}(100 \ ; \frac{2}{5})$ d'où :

$$E = n \times p = 100 \times \frac{2}{5} = 40$$

Exercice 78

On a une répétition de 10 épreuves identiques et indépendantes ; par conséquent, le modèle étudié est une expérience de Bernouilli.

Le succès S est la réalisation de l'événement : « le 1 ou le 6 est sorti ».

Puisque le dé est parfait, la probabilité d'avoir un succès, c'est-à-dire d'avoir un 1 ou un 6 est telle que :

$$p(S) = \frac{2}{6} = \frac{1}{3}$$

Ainsi, la variable aléatoire X qui donne le nombre de succès suit la loi binomiale de paramètres $\mathcal{B}(10 \ ; \frac{1}{3})$

Pour calculer la probabilité $p(A)$ de l'événement A, on peut passer par l'événement contraire $\overline{A}$ et déterminer $p(\overline{A})$.

Ainsi l'événement contraire de A « obtenir au moins deux fois le 1 ou le 6 » sera $\overline{A}$ « obtenir zéro fois le 1 ou le, 6 » est « obtenir une fois 1 ou 6 ».

Par conséquent, X prend les valeurs 0 et 1 pour l'événement $\overline{A}$.

Or $p(X = 0) = \binom{6}{0} \times \left(\frac{1}{3}\right)^0 \times \left(\frac{2}{3}\right)^6$

Et $p(X = 1) = \binom{6}{1} \times \left(\frac{1}{3}\right)^1 \times \left(\frac{2}{3}\right)^5$

Il vient : $p(X = 0) = \left(\frac{2}{3}\right)^6$

$p(X = 1) = 6 \times \frac{1}{3} \times \left(\frac{2}{3}\right)^5 = 2 \times \left(\frac{2}{3}\right)^5$

Donc $p(\overline{A}) = p(X = 0) + p(X = 1) = \left(\frac{2}{3}\right)^6 + 2 \times \left(\frac{2}{3}\right)^5$

$$= \left(\frac{2}{3}\right)^5 \left(\frac{2}{3} + 2\right) = \left(\frac{2}{3}\right)^5 \times \frac{8}{3} = \frac{32}{343} \times \frac{8}{3} = \frac{256}{729}$$

Finalement : $p(A) = 1 - p(\overline{A}) = 1 - \frac{256}{729} = \frac{473}{729}$

Exercice 79

1. $-\dfrac{15\pi}{4} = -\dfrac{16\pi}{4} + \dfrac{\pi}{4} = -4\pi + \dfrac{\pi}{4}$ de la forme $\dfrac{\pi}{4} + 2k\pi$ avec $k = -2$ et $\dfrac{\pi}{4} \in]-\pi ; \pi]$

   Donc la mesure principale de $-\dfrac{15\pi}{4}$ est $\dfrac{\pi}{4}$ rad.

2. $-279° = -\dfrac{279\pi}{180}$ rad $= -\dfrac{31\pi}{20}$ rad

   Or $-\dfrac{31\pi}{20} = -2\pi + \dfrac{9\pi}{20}$ qui est de la forme $\dfrac{9\pi}{20} + 2k\pi$ avec $k = -1$ et $\dfrac{9\pi}{20} \in]-\pi ; \pi]$

   Donc la mesure principale de -279° est $\dfrac{9\pi}{20}$

Exercice 80

1. À partir de la figure de l'énoncé, on peut écrire :
   $(\overrightarrow{AB}, \overrightarrow{BC}) = (\overrightarrow{AB}, \overrightarrow{BA}) + (\overrightarrow{BA}, \overrightarrow{BC}) = \pi - \dfrac{\pi}{4} = \dfrac{3\pi}{4}$

   $\dfrac{3\pi}{4} \in]-\pi ; \pi]$ donc $\dfrac{3\pi}{4}$ est la mesure principale de $(\overrightarrow{AB}, \overrightarrow{BC})$.

2. $(\overrightarrow{AF}, \overrightarrow{AD}) = (\overrightarrow{AF}, \overrightarrow{AD}) + (\overrightarrow{AC}, \overrightarrow{AB}) + (\overrightarrow{AB}, \overrightarrow{AD}) = -\dfrac{\pi}{3} - \dfrac{\pi}{2} - \dfrac{\pi}{3} = -\dfrac{7\pi}{6}$

   Or $-\dfrac{7\pi}{6} \notin]-\pi ; \pi]$ On peut écrire : $-\dfrac{7\pi}{6} = -2\pi + \dfrac{5\pi}{6}$ et $\dfrac{5\pi}{6} \in]-\pi ; \pi]$

   Donc la mesure principale de $(\overrightarrow{AF}, \overrightarrow{AD})$ est $\dfrac{5\pi}{6}$

3. $(\overrightarrow{CE}, \overrightarrow{BA}) = (\overrightarrow{CE}, \overrightarrow{CB}) + (CB, \overrightarrow{BC}) + (\overrightarrow{BC}, \overrightarrow{BA}) = -\dfrac{\pi}{3} + \pi + \dfrac{\pi}{4} = \dfrac{11\pi}{12}$

   $\dfrac{11\pi}{12} \in]-\pi ; \pi]$ donc $\dfrac{11\pi}{12}$ est la mesure principale de $(\overrightarrow{CE}, \overrightarrow{BA})$

Exercice 81

Rappel : la diagonale d'un carré est égale au côté multiplié par $\sqrt{2}$.

$\overrightarrow{AB} . \overrightarrow{AC} = AB \times AC \times \cos \widehat{BAC} = 4 \times 4\sqrt{2} \times \cos \dfrac{\pi}{4} = 16\sqrt{2} \times \dfrac{\sqrt{2}}{2} = 16$

$\overrightarrow{AB} . \overrightarrow{AC} = \overrightarrow{AB} \times (-\overrightarrow{AC}) = -\overrightarrow{AB} \times \overrightarrow{AC} = -6$

$\overrightarrow{OB} . \overrightarrow{BC} = -\overrightarrow{BO} \times \overrightarrow{BC} = -BO \times BC \times \cos(\overrightarrow{BO}, \overrightarrow{BC}) = \dfrac{-4\sqrt{2}}{2} \times 4 \times \cos\left(-\dfrac{\pi}{4}\right) = \dfrac{-4\sqrt{2}}{2} \times 4 \times \dfrac{\sqrt{2}}{2} = -8$

Exercice 82

1.

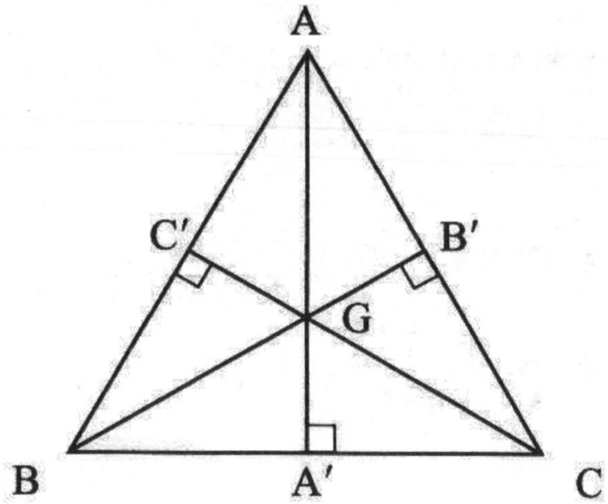

À noter que, comme le triangle est équilatéral, son centre de gravité est aussi son orthocentre.

2.

a. $\overrightarrow{AB} \cdot \overrightarrow{AC} = AB \times AC'$ en projetant C en C' sur (AB) soit $\overrightarrow{AB} \cdot \overrightarrow{AC} = a \times \frac{a}{2} = \frac{a^2}{2}$

b. $\overrightarrow{AB}\,\overrightarrow{AA}.' = AA' \times AA'$, B se projetant en A' sur (AA')

$\overrightarrow{AB} \cdot \overrightarrow{AA}' = AA'^2$

Or $AB^2 = AA'^2 + A'B^2$ d'où $AA'^2 = AB^2 - A'B^2 = a^2 - (\frac{a}{2})^2 = \frac{3a^2}{4}$

Donc $AB \cdot AA' = \frac{3a^2}{4}$ et $AA' = \frac{a\sqrt{3}}{4}$

c. $\overrightarrow{AB} \cdot \overrightarrow{BC} = \overrightarrow{AB} \cdot \overrightarrow{BC}'$ C se projetant en C' sur (AB)

$\overrightarrow{AB} \cdot \overrightarrow{BC} = -AB \times BC'$ ($\overrightarrow{AB}$ et $\overrightarrow{BC}'$ étant de sens contraire)

$\overrightarrow{AB} \cdot \overrightarrow{BC} = -a \times \frac{a}{2} = -\frac{a^2}{2}$

d. En projetant B et A' sur (GA), on a : $\overrightarrow{GA} \cdot \overrightarrow{GB} = \overrightarrow{GA} \cdot \overrightarrow{GA}'$
Comme $\overrightarrow{GA}$ et $\overrightarrow{GA}'$ sont de sens contraire ; on obtient :

$\overrightarrow{GA} \cdot \overrightarrow{GB} = -GA \times GA' = -\frac{2}{3}\frac{a\sqrt{3}}{2} \times \frac{1}{3}\frac{a\sqrt{3}}{2} = -\frac{a^2}{6}$

e. $\overrightarrow{AA}' \cdot \overrightarrow{BB}' = (-\frac{3}{2}\overrightarrow{GA}) \cdot (-\frac{3}{2}\overrightarrow{GB}) = \frac{9}{4}\,\overrightarrow{GA} \cdot \overrightarrow{GB} = \frac{9}{4}\,(-\frac{a^2}{6}) = -\frac{3a^2}{8}$

f. $\overrightarrow{A'B'}' \cdot \overrightarrow{A'C'} = \frac{1}{2}\,\overrightarrow{BA} \cdot \frac{1}{2}\,\overrightarrow{CA} = \frac{1}{4}\,\overrightarrow{BA} \cdot \overrightarrow{CA} = \frac{1}{4}\,\overrightarrow{AB} \cdot \overrightarrow{AC} = \frac{1}{4}\,\frac{a^2}{2} = \frac{a^2}{8}$

Exercice 83

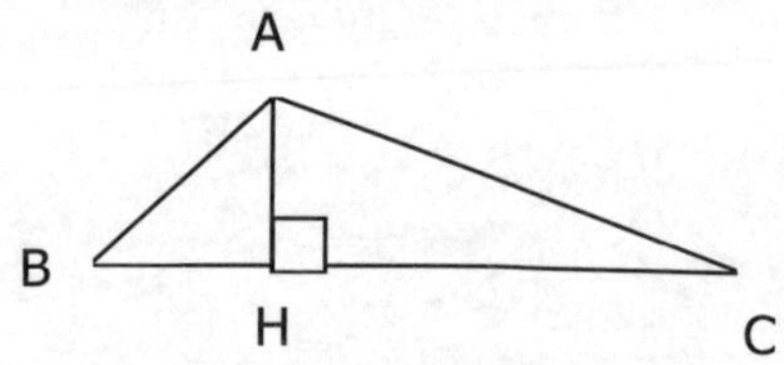

Le triangle ABC est rectangle en A si, et seulement si, $\overrightarrow{AB} \cdot \overrightarrow{AC} = 0$.

Ce qui peut s'écrire : $(\overrightarrow{AH} + \overrightarrow{HB}) \cdot (\overrightarrow{AH} + \overrightarrow{HC}) = 0$

Ou $AH^2 + \overrightarrow{AH} \cdot \overrightarrow{HC} + \overrightarrow{HB} \cdot \overrightarrow{AH} + \overrightarrow{HB} \cdot \overrightarrow{HC} = 0$

Or (AH) est orthogonale à (HB) et (HC), donc :

$$\overrightarrow{AH} \cdot \overrightarrow{HC} = \overrightarrow{HB} \cdot \overrightarrow{AH} = 0$$

Il vient : $AH^2 + \overrightarrow{HB} \cdot \overrightarrow{HC} = 0$ soit $AH^2 = \overrightarrow{HB} \cdot \overrightarrow{CH}$

Exercice 84

1.

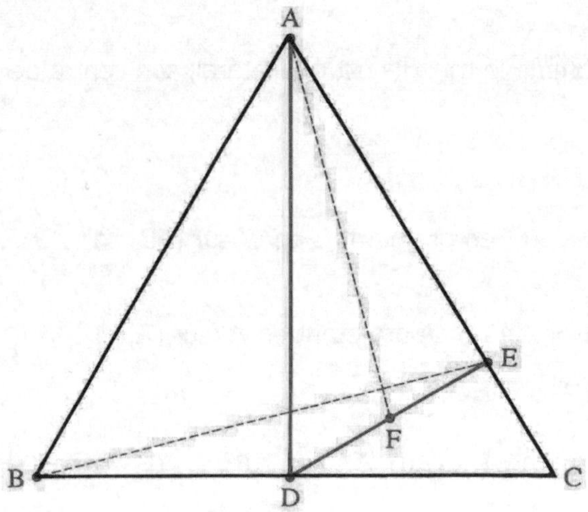

2. Calculons le produit scalaire $\overrightarrow{AF} \cdot \overrightarrow{BE}$

   Dans un premier temps, transformons $\overrightarrow{AF}$.

   $\overrightarrow{AF} = \overrightarrow{AD} + \overrightarrow{DF} = \overrightarrow{AD} + \frac{1}{2}\overrightarrow{DE}$ soit $2\,\overrightarrow{AF} = 2\,\overrightarrow{AD} + \overrightarrow{DE}$

   Or $\overrightarrow{DE} = \overrightarrow{DA} + \overrightarrow{AE}$ donc $2\,AF = 2\,\overrightarrow{AD} + \overrightarrow{DA} + \overrightarrow{AE} = \overrightarrow{AD} + \overrightarrow{AE}$

   D'où : $2\,\overrightarrow{AF} \cdot \overrightarrow{BE} = (\overrightarrow{AD} + \overrightarrow{AE}) \cdot \overrightarrow{BE} = (\overrightarrow{AD} + \overrightarrow{AE}) \cdot (\overrightarrow{BD} + \overrightarrow{DE})$

   $$= \overrightarrow{AD} \cdot \overrightarrow{BD} + \overrightarrow{AD} \cdot \overrightarrow{DE} + \overrightarrow{AE} \cdot \overrightarrow{BD} + \overrightarrow{AE} \cdot \overrightarrow{DE}$$

   Comme ABC est isocèle en A, D étant le milieu de $[BC]$, alors (AD) représente la hauteur issue de A du triangle ABC.
   Par conséquent $(AD) \perp (BD)$ et $\overrightarrow{AD} \cdot \overrightarrow{BD} = 0$

   De même, E étant le projeté orthogonal de D sur $(\overrightarrow{AC})$, on a $(\overrightarrow{DE}) \perp (\overrightarrow{AE})$ donc $\overrightarrow{AE} \cdot \overrightarrow{DE} = 0$

   Il vient : $2\,\overrightarrow{AF} \cdot \overrightarrow{BE} = \overrightarrow{AD} \cdot \overrightarrow{DE} + \overrightarrow{AE} \cdot \overrightarrow{BD}$

   Or $\overrightarrow{AD} + \overrightarrow{DC} = \overrightarrow{AC}$ donc $\overrightarrow{AD} = \overrightarrow{AC} - \overrightarrow{DC} = \overrightarrow{CD} + \overrightarrow{AC}$

Et $\overrightarrow{AD} \cdot \overrightarrow{DE} = (\overrightarrow{CD} + \overrightarrow{AC}) \cdot DE = \overrightarrow{CD} \cdot \overrightarrow{DE} + \overrightarrow{AC} \cdot \overrightarrow{DE}$

Comme $(\overrightarrow{AC}) \perp (\overrightarrow{DE})$ alors $\overrightarrow{AC} \cdot \overrightarrow{DE} = 0$

Ainsi $\overrightarrow{AD} \cdot \overrightarrow{DE} = \overrightarrow{CD} \cdot \overrightarrow{DE}$

On a également, puisque $\overrightarrow{BD} = \overrightarrow{DC}$: $\overrightarrow{AE} \cdot \overrightarrow{BD} = \overrightarrow{AE} \cdot \overrightarrow{DC}$

Finalement :

$2\,\overrightarrow{AF} \cdot \overrightarrow{BE} = \overrightarrow{CD} \cdot \overrightarrow{DE} + \overrightarrow{AE} \cdot \overrightarrow{DC} = \overrightarrow{DC} \cdot (\overrightarrow{DE} - \overrightarrow{AE}) = \overrightarrow{CD} \cdot \overrightarrow{AD} = 0$

Car $(CD) \perp (AD)$

Par conséquent, les droites (AF) et (BE) sont orthogonales.

Exercice 85

$\vec{u} \cdot \vec{v} = xx' + yy' = 4 \times 5 + 10 \times (-2) = 20 - 20 = 0$

Ces vecteurs sont donc orthogonaux.

NB : L'hypothèse « La base » $(\vec{i}\,,\,\vec{j})$ et orthogonale » est essentielle à la validité du calcul.

Prenons, par exemple, comme base le couple $(\vec{I},\ \vec{j})$ tel que $\vec{I} = 2\vec{i}$

Dans cette base, $\vec{u}$ a pour coordonnées (2 ; 10) et $\vec{v}$ $(\frac{5}{2}$; -2).

L'application inconsidérée de la formule aurait conduit à écrire :

$2 \times \frac{5}{2} + 10 \times (-2) = 5 - 20 = -15$ pour produit scalaire, ne traduisant pas le fait que $\vec{u}$ et $\vec{v}$ sont pourtant orthogonaux.

Exercice 86

1. $\vec{u} \cdot \vec{v} = 1 \times (-1) + 3 \times 2 = 5$
   $\vec{u} \cdot \vec{w} = 1 \times 2 + 3 \times 1 = 5$
   $\vec{v} \cdot \vec{w} = (-1) \times 2 + 2 \times 1 = 0$

2. $||\vec{u}|| = \sqrt{1^2 + 3^2} = \sqrt{10}$
   $||\vec{v}|| = \sqrt{(-1)^2 + 2^2} = \sqrt{5}$
   $||\vec{w}|| = \sqrt{2^2 + 1^2} = \sqrt{5}$

3. $\vec{t}$ et $\vec{u}$ sont orthogonaux si et seulement si : $\vec{t} \cdot \vec{u} = 0$

   Soit $m \times 1 + (m + 1) \times 3 = 0 \Leftrightarrow 4m + 3 = 0 \Leftrightarrow m = -\frac{3}{4}$

   D'où les coordonnées de $\vec{t}$ sont $(-\frac{3}{4} ; \frac{1}{4})$

   De même, $\vec{t}$ et $\vec{v}$ orthogonaux si et seulement si $\vec{t} \cdot \vec{v} = 0$
   Soit $m \times (-1) + (m + 1) \times 2 = 0 \Leftrightarrow m + 2 = 0 \Leftrightarrow m = -2$
   D'où $\vec{t}\,(-2 ; -1)$

   Enfin $\vec{t}$ et $\vec{w}$ orthogonaux si et seulement si $\vec{t} \cdot \vec{w} = 0$

   Soit $m \times 2 + (m + 1) \times 1 = 0 \Leftrightarrow 3m + 1 = 0 \Leftrightarrow m = -\frac{1}{3}$

   D'où $\vec{t}\,(-\frac{1}{3} ; \frac{2}{3})$

Exercice 87

Soit $\vec{u}\,(a, b)$ dans la base $(\vec{i}, \vec{j})$.
On peut donc écrire $\vec{u} = a\,\vec{i} + b\,\vec{j}$.

- $\vec{u}$ doit être orthogonal à $\vec{i}$ donc
  $\vec{i} \cdot \vec{u} = 0$ soit $\vec{i} \cdot (a\,\vec{i} + b\,\vec{j}) = 0$
  $\Leftrightarrow a\,\vec{i}^{\,2} + b\,\vec{i}\,\vec{j} = 0 \Leftrightarrow a + \frac{3}{2}b = 0$

- De plus, $||\vec{u}|| = 1$ car $\vec{u}$ doit être normé
  $||\vec{u}|| = 1 \Leftrightarrow ||a\,\vec{i} + b\,\vec{j}|| = 1$
  $\Leftrightarrow ||a\,\vec{i} + b\,\vec{j}||^2 = 1^2 = 1$

  Or $||a\,\vec{i} + b\vec{j}||^2 = ||a\,\vec{i}\,||^2 + ||b\,\vec{j}\,||^2 + 2\,ab\,\vec{i} \cdot \vec{j}$
  $= a^2\,||\vec{i}\,||^2 + b^2\,||\vec{j}\,||^2 + 2\,ab\,\vec{i} \cdot \vec{j}$
  $= a^2 + b^2 \times 3 + 2\,ab \times \frac{3}{2} = a^2 + 3b^2 + 3\,ab$

On obtient donc le système :

$$\begin{cases} a + \frac{3}{2} b = 0 \\ a^2 + 3 b^2 + 3 ab = 1 \end{cases}$$

Les solutions de ce système sont : $a = \sqrt{3}$ et $b = -\frac{2\sqrt{3}}{3}$ ou $a = -\sqrt{3}$ et $b = \frac{2\sqrt{3}}{3}$

Donc, finalement $\vec{u}$ peut avoir comme coordonnées dans la base $(\vec{i}, \vec{j})$:

$\vec{u}(\sqrt{3}\,; -\frac{2\sqrt{3}}{2})$ ou $\vec{u}(-\sqrt{3}\,; \frac{2\sqrt{3}}{2})$

Exercice 88

1. $(\vec{u} + \vec{v})^2 = ||\vec{u}||^2 + 2\,\vec{u}.\vec{v} + ||\vec{v}||^2 = 9 + 16 + 16 = 41$

2. $(2\,\vec{u} + \vec{v}).(\vec{u} - 3\vec{v}) = 2\,\vec{u}\,.\,\vec{u} + 2\,\vec{u}\,(-3\,\vec{v}) + \vec{v}\,.\,\vec{u} - 3\,\vec{v}\,.\,\vec{v}$
$= 2\,||\vec{u}||^2 - 5\,\vec{u}\,.\,\vec{v} - 3\,||\vec{v}||^2$
$= 18 - 40 - 48 = -70$

3. $||\vec{u} - \vec{v}||^2 = ||\vec{u}||^2 + ||\vec{v}||^2 - 2\,\vec{u}\,.\,\vec{v} = 9 + 16 - 16 = 9$

Exercice 89

1.

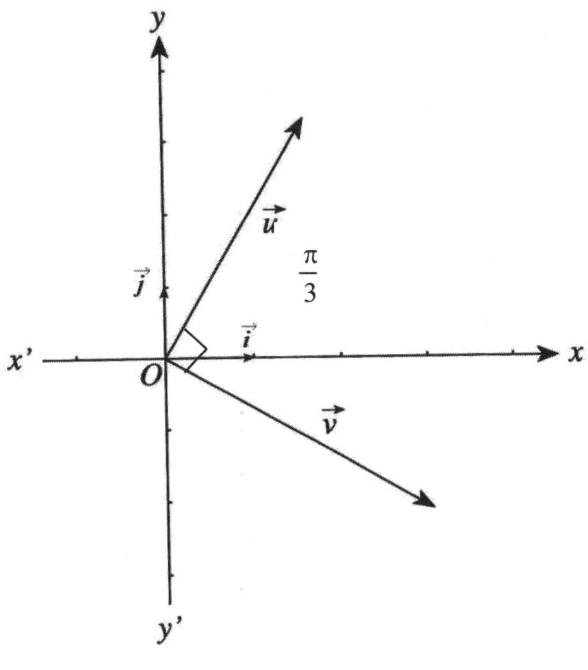

2. Les coordonnées du vecteur $\vec{u}$ sont ($||\vec{u}|| \cos \frac{\pi}{3}$; $||\vec{u}|| \sin \frac{\pi}{3}$) soit $\vec{u}$ ($\frac{3}{2}$; $\frac{3\sqrt{3}}{2}$)

   De même, les coordonnées de $\vec{v}$ sont :

   ($||\vec{v}|| \cos (\frac{\pi}{3} - \frac{\pi}{2})$; $||\vec{v}|| \sin (\frac{\pi}{3} - \frac{\pi}{2})$)

   Or $\cos (\frac{\pi}{3} - \frac{\pi}{2}) = \cos (-\frac{\pi}{6}) = \cos \frac{\pi}{6} = \frac{\sqrt{3}}{2}$ et $\sin (\frac{\pi}{3} - \frac{\pi}{2}) = \sin (-\frac{\pi}{6}) = -\sin \frac{\pi}{6} = -\frac{1}{2}$

   Les coordonnées de $\vec{v}$ sont donc ($2\sqrt{3}$; -2)

3. Appliquons la formule $||\vec{u} + \vec{v}||^2 = ||\vec{u}||^2 + ||\vec{v}||^2 + 2\, \vec{u}.\vec{v}$

   $\vec{u}.\vec{v} = ||\vec{u}|| \times ||\vec{v}|| \times \cos (\vec{u}, \vec{v}) = 3 \times 4 \times \cos (-\frac{\pi}{2}) = 0$

   D'où $||\vec{u} + \vec{v}||^2 = ||\vec{u}||^2 + ||\vec{v}||^2 = 9 + 16 = 25$, donc $||\vec{u} + \vec{v}|| = 5$

Exercice 90

D'après la définition du produit scalaire, on a :

$\overrightarrow{AB} . \overrightarrow{AC} = ||\overrightarrow{AB}|| \times ||\overrightarrow{AC}|| \times \cos (\overrightarrow{AB}, \overrightarrow{AC}) = ||\overrightarrow{AB}|| \times ||\overrightarrow{AC}|| \times \cos \widehat{BAC}$

D'où $\cos \widehat{BAC} = \frac{\overrightarrow{AB} \times \overrightarrow{AC}}{||\overrightarrow{AB}|| \times ||\overrightarrow{AC}||}$

On a $\overrightarrow{AB}$ (3 - 1 ; 2 – 3) soit $\overrightarrow{AB}$ (2 ; -1) et

$\overrightarrow{AC}$ (-4 – 1 ; -2 – 3) soit $\overrightarrow{AC}$ (-5 ; -5)

Il vient $\overrightarrow{AB} . AC = 2 \times (-5) + (-1) \times (-5) = -10 + 5 = -5$

$||\overrightarrow{AB}|| = \sqrt{2^2 + (-1)^2} = \sqrt{5}$

$||\overrightarrow{AC}|| = \sqrt{(-5)^2 + (-5)^2} = \sqrt{50} = 5\sqrt{2}$

Donc : $\cos \widehat{BAC} = \frac{-5}{\sqrt{5} \times 5\sqrt{2}} = \frac{-1}{\sqrt{10}} = \frac{-\sqrt{10}}{10}$

À la calculatrice, en utilisant la fonction réciproque du cosinus (ou $\cos^{-1}$), on obtient $\widehat{BAC} = 108{,}43°$ à 10^{-2} près.

Exercice 91

1. $\overrightarrow{CJ} = \overrightarrow{CD} + \overrightarrow{DJ} = \overrightarrow{CD} + \frac{1}{2}\overrightarrow{DA}$

$\overrightarrow{CI} = \frac{1}{2}\overrightarrow{CD}$

Il vient $\overrightarrow{CI} \times \overrightarrow{CJ} = \frac{1}{2}\overrightarrow{CD} \times (\overrightarrow{CD} + \frac{1}{2}DA) = \frac{1}{2}\overrightarrow{CD}^2 + \frac{1}{4}\overrightarrow{CD} \times DA$

Or $(CD) \perp (DA)$ donc $\overrightarrow{CD} . \overrightarrow{DA} = 0$ et $\overrightarrow{CI} \times \overrightarrow{CJ} = \frac{1}{2}\overrightarrow{CD}^2 = \frac{1}{2}CD^2 = \frac{a^2}{2}$

Pour le calcul de $\overrightarrow{CO} \times \overrightarrow{AB}$ on peut utiliser la propriété du projeté orthogonal
$\overrightarrow{CO} \times \overrightarrow{AB} = \overrightarrow{CO} \times \overrightarrow{DC}$ car $\overrightarrow{AB} = \overrightarrow{DC}$

Puis $\overrightarrow{CO} \times \overrightarrow{DC} = \overrightarrow{CI} \times \overrightarrow{DC}$ I étant le projeté orthogonal de O sur (CD).

D'où finalement $\overrightarrow{CI}$ et $\overrightarrow{DC}$ étant de sens contraire :

$$\overrightarrow{CO} \times \overrightarrow{DC} = -CI \times DC = -\frac{a}{2} \times a = -\frac{a^2}{2}$$

2. Pour le calcul de $\overrightarrow{CJ} . \overrightarrow{CA}$ décomposons chacun des vecteurs.

$\overrightarrow{CJ}. \overrightarrow{CA} = \overrightarrow{CJ}(\overrightarrow{CJ} + \overrightarrow{JA}) = \overrightarrow{CJ}^2 + \overrightarrow{CJ} . \overrightarrow{JA} = (\overrightarrow{CD} + \overrightarrow{DJ})^2 + (\overrightarrow{CD} + \overrightarrow{DJ}) . \overrightarrow{JA}$

$= \overrightarrow{CD}^2 + \overrightarrow{DJ}^2 + 2\,\overrightarrow{CD} \times \overrightarrow{DJ} + \overrightarrow{CD} . \overrightarrow{JA} + \overrightarrow{DJ} . \overrightarrow{JA}$

$= \overrightarrow{CD}^2 + \overrightarrow{DJ}^2 + 0 + 0 + \overrightarrow{DJ} \times \overrightarrow{JA}$

$= a^2 + \frac{a^2}{4} + \frac{a^2}{4} = \frac{3a^2}{2}$

D'autre part, on peut également écrire :

$\overrightarrow{CJ} . \overrightarrow{CA} = CJ \times CA \times \cos \widehat{JCA}$ d'où :

$\cos \widehat{JCA} = \frac{\overrightarrow{CJ} \times \overrightarrow{CA}}{CJ \times CA}$

Or $CJ^2 = CD^2 + DJ^2$ (CDJ étant rectangle en D).

Donc $CJ^2 = a^2 + \frac{a^2}{4} = \frac{5a^2}{4}$ et $CJ = \frac{a\sqrt{5}}{2}$

Pour CA on a : $CA^2 = CD^2 + DA^2 = a^2 + a^2 = 2\,a^2$ et $CA = a\sqrt{2}$

Il vient :

$$\cos \widehat{JCA} = \frac{\frac{3a^2}{2}}{\frac{a\sqrt{5}}{2} \times a\sqrt{2}} = \frac{3}{\sqrt{10}} = \frac{3\sqrt{10}}{10}$$

$\wedge$

À la calculatrice, on en déduit que $JCA \approx 18{,}43°$ à 10^{-2} près.

Exercice 92

La relation d'Al-Kashi $a^2 = b^2 + c^2 - 2\,bc \cos \hat{A}$ permet de calculer a :

$a^2 = 7\,225 + 2\,916 - 2 \times 85 \times 54 \times 0{,}809 \approx 2\,714{,}38$

Donc $a \approx \sqrt{2\,714{,}38} \approx 52{,}1$ mm à 0,1 mm près.

La relation $b^2 = a^2 + c^2 - 2\,ac \cos \hat{B}$ permet de calculer $\hat{B}$.

$$\cos \hat{B} \approx \frac{a^2+c^2+b^2}{2ac} = \frac{2\,714{,}38+2\,916-7\,225}{2\times 52{,}1\times 54} = -0{,}2834$$

D'où $\hat{B} = 106{,}46°$

On en déduit : $\hat{C} = 180 - (\hat{A} + \hat{B})$ soit $\hat{C} \approx 180 - (36 + 106{,}46)$

Soit $\hat{C} \approx 37{,}54°$

Exercice 93

1. On a, d'après le théorème de la médiane :

   $AB^2 + AC^2 = 2\,AI^2 + \frac{1}{2}\,BC^2$, d'où

   $$AI^2 = \frac{AB^2+AC^2-\frac{1}{2}BC^2}{2} = \frac{8^2+6^2-\frac{1}{2}\times 100}{2}$$

   $$AI^2 = \frac{64+36+50}{2} = \frac{150}{2} = 75$$

   $AI^2 = 75 = AI = \sqrt{75} = 5\sqrt{3}$

2. L'égalité $AB^2 - AC^2 = 2\,\overrightarrow{AI}\,.\,\overrightarrow{CB}$, donne $\overrightarrow{AI}.\,\overrightarrow{CB} = \frac{AB^2-AC^2}{2}$

   $$\overrightarrow{AI}\,.\,\overrightarrow{CB} = \frac{8^2-6^2}{2} = \frac{64-36}{2} = 14$$

   Comme H est le projeté orthogonal de A sur (BC), alors :

   $$\overrightarrow{AI}\,.\,\overrightarrow{CB} = \overrightarrow{HI}\,.\,\overrightarrow{CB} = 14 > 0$$

   Donc $\overrightarrow{HI}$ et $\overrightarrow{CB}$ sont de même sens et on peut écrire :

   $HI \times CB = 14 \Leftrightarrow HI = \frac{14}{CB} = \frac{14}{10} = 1{,}4$

Exercice 94

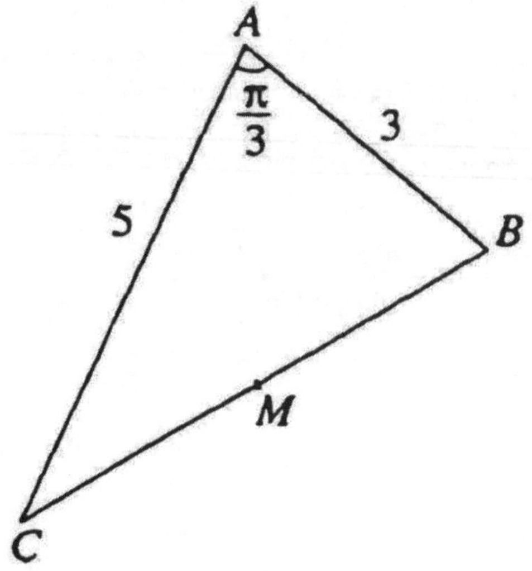

1. $BC^2 = AB^2 + AC^2 - 2\, AB \times AC \times \cos \hat{A}$

   $BC^2 = 9 + 25 - 2 \times 3 \times 5 \times \cos\frac{\pi}{3} = 9 + 25 - 2 \times 3 \times 5 \times \frac{1}{2} = 19$

   Donc $BC = \sqrt{19}$

2. Soit M le milieu de $[BC]$. Déterminons AM à l'aide du théorème de la médiane :

   $2\, AM^2 + \frac{1}{2}BC^2 = AC^2 + AB^2$

   donc $2\, AM^2 = AC^2 + AB^2 - \frac{1}{2}\, BC^2 = 25 + 9 - \frac{19}{2} = \frac{49}{2}$

   Soit $AM^2 = \frac{49}{4}$ donc $AM = \frac{7}{2}$

3. L'aire S du triangle ABC est donnée par la relation :

   $S = \frac{1}{2}\, AB \times AC \times \sin \hat{A} = \frac{1}{2} \times 3 \times 5 \times \frac{\sqrt{3}}{2} = \frac{15\sqrt{3}}{4}$

Exercice 95

1. D'après le théorème d'Al-Kashi, on a :

$a^2 = b^2 + c^2 - 2\,bc \cos \hat{A}$ d'où $\cos \hat{A} = \dfrac{b^2+c^2-a^2}{2\,bc}$

Or $\sin^2 \hat{A} = 1 - \cos^2 \hat{A}$, donc :

$$\sin^2 \hat{A} = 1 - \left(\frac{b^2+c^2-a^2}{2\,bc}\right)^2 = \frac{4b^2c^2-(b^2+c^2-a^2)^2}{4\,b^2c^2}$$

$$= \frac{(2bc)^2-(b^2+c^2-a^2)^2}{4\,b^2c^2} = \frac{(2bc+b^2+c^2-a^2)(2ba-b^2-c^2+a^2)}{4\,b^2c^2}$$

$$= \frac{[(b+c)^2-a^2][(a^2-(b-c)^2]}{4\,b^2c^2} = \frac{(b+c+a)(b+c-a)(a+b-c)(a-b+c)}{4\,b^2c^2}$$

Soit $\sin^2 \hat{A} = \dfrac{(a+b+c)(a+b-c)(b+c-a)(c+a-b)}{4\,b^2c^2}$

2.

a. En posant $2p = a + b + c$, on a :
$2p - 2a = a + b + c - 2a = b + c - a$
De même : $2\,p - 2c = a + b - c$ et
$2p - 2b = a + c - b$
En substituant dans la relation obtenue au 1., il vient :

$$\sin^2 \hat{A} = \frac{2p.(2p-2c).(2p-2a).(2p-2b)}{4b^2c^2} = \frac{2p\times 2(p-c)\times 2(p-a)\times 2(p-b)}{4b^2c^2}$$

$$= \frac{16p(p-a)(p-b)(p-b)}{4a^2c^2} = \left(\frac{2}{\text{bc}}\right)^2 \times p(p-a)(p-b)(p-c)$$

Comme $\sin \hat{A}$ est positif :

$$\sin \hat{A} = \frac{2}{bc}\sqrt{p(p-a)(p-b)(p-c)}$$

b. D'après la formule des aires : $S = \dfrac{1}{2}\,bc \sin \hat{A}$, donc $S = \sqrt{p(p-a)(p-b)(p-c)}$ qui est la formule de Héron.

c. On a $\sin \hat{A} = \dfrac{2}{bc}\sqrt{p(p-a)(p-b)(p-c)}$

D'où $\dfrac{\sin \hat{A}}{a} = \dfrac{2}{abc}\sqrt{p(p-a)(p-b)(p-c)}$

L'expression obtenue est invariante pour toute permutation circulaire de a, b, c. On obtient donc la même expression pour $\dfrac{\sin \hat{B}}{b}$ et $\dfrac{\sin \hat{C}}{c}$

d. D'après la formule de Héron, on a :

$$S = \sqrt{p(p-a)(p-b)(p-c)}$$

$p = \dfrac{a+b-c}{2} = \dfrac{3+4+5}{2} = 6$ cm

$S = \sqrt{6\times(6-3)\times(6-4)\times(6-5)} = \sqrt{6\times3\times2\times1} = \sqrt{36} = 6$

S = 6 cm²

Exercice 96

La hauteur issue de A est perpendiculaire au segment $[BC]$.

$\overrightarrow{BC}$ (7 ; 3) est, par conséquent, un vecteur normal à la hauteur issue de A.
Donc la hauteur a une équation de la forme :

$$7x + 3y + c = 0$$

Comme A appartient à la hauteur, alors le point A vérifie cette équation, donc :

$$7x_A + 3y_A + c = 0$$

Soit $7 \times 1 + 3 \times 4 + c = 0 \Leftrightarrow 19 + c = 0 \Leftrightarrow c = -19$
Ainsi la hauteur issue de A a pour équation :

$$7x + 3y - 19 = 0$$

Exercice 97

1. On a $\overrightarrow{BC}$ (5 ; -3)

   La hauteur issue de A a pour équation :

   $$5x - 3y + c = 0$$

   Comme A appartient à la hauteur, alors le point A vérifie cette équation, donc :

   De plus $5x_A + 3y_A + c = 0$
   Soit $5 \times 2 - 3 \times 5 + c = 0 \Leftrightarrow 10 - 15 + c = 0 \Leftrightarrow c = 5$

   Donc l'équation est : $5x - 3y + 5 = 0$

   De même, on a $\overrightarrow{AC}$ (1 ; -9) et $x - 9y + c = 0$

   De plus $x_B - 9y_B + c = 0 \Leftrightarrow -2 - 9 \times (-1) + c = 0 \Leftrightarrow c = -7$

   Donc l'équation de la hauteur issue de B est :

   $$x - 9y - 7 = 0$$

2. H étant le point d'intersection des hauteurs, il vérifie ces deux équations, d'où :

$$\begin{cases} 5x - 3y + 5 = 0 \\ x - 9y - 7 = 0 \end{cases}$$

On trouve $H\left(-\frac{11}{7} ; -\frac{20}{21}\right)$

3. On a $\overrightarrow{AB}$ (-4 ; -6) et I milieu de $[AB]$ avec $I(0 ; 2)$
Une équation de la médiatrice de $[AB]$ et :

$$-4x - 6y + c = 0$$

I vérifie cette équation : $-4x_I - 6y_I + c = 0$
Soit $0 - 12 + c = 0$, d'où $c=12$

Une équation de la médiatrice de $[AB]$ est : $-4x - 6y + 12 = 0$
Ou $-2x + 3y + 6 = 0$

De même, si J est le milieu de $[AC]$:

$$\overrightarrow{AC}\ (1 ; -9) \text{ et } J\left(\frac{5}{2} ; \frac{1}{2}\right)$$

On a : $x - 9y + c = 0$ et $x_J - 9y_J + c = 0 \Leftrightarrow \frac{5}{2} - \frac{9}{2} + c = 0$

D'où $c = 2$ et une équation de la médiatrice de $[AC]$ est :

$$x - 9y + 2 = 0$$

4. Ω le centre du cercle circonscrit H étant le point d'intersection des médiatrices, il vérifie ces deux équations d'où :

$$\begin{cases} -2x - 3y + 6 = 0 \\ x - 9y + 2 = 0 \end{cases}$$

On obtient $\Omega\left(\frac{16}{7} ; \frac{10}{21}\right)$

Exercice 98

$x^2 + y^2 - 8x + 10y + 32 = 0$

$x^2 - 8x$ et $y^2 + 10y$ représentent respectivement une partie du développement de $(x - 4)^2$ et $(y + 5)^2$.

Donc $x^2 + y^2 - 8x + 10y + 32 = x^2 - 8x + y^2 - 10y + 32$
$= (x - 4)^2 + (y + 5)^2 - 41 + 32$
$= (x - 4)^2 + (y + 5)^2 - 9 = 0$

Soit : $(x - 4)^2 + (y + 5)^2 = 9 = 3^2$

On reconnaît une équation d'un cercle ayant pour centre Ω (4 ; -5) et de rayon R = 3

Exercice 99

1. Soit M un point ayant pour coordonnées $(x\ ;\ y)$. Dire que M appartient au cercle de diamètre $[AB]$ signifie que les vecteurs $\overrightarrow{AM}$ et $\overrightarrow{BM}$ sont orthogonaux, c'est-à-dire que leur produit scalaire est nul.

   On a $\overrightarrow{AM}\ (x - 2\ ;\ y - 1)$, $\overrightarrow{BM}\ (x + 3\ ;\ y + 2)$ et

   $\overrightarrow{AM} \cdot \overrightarrow{BM} = (x - 2)(x + 3) + (y - 1)(y + 2) = x^2 + 3x - 2x - 6 + y^2 + 2y - y - 2$

   $= x^2 + y^2 + x + y - 8$

   Donc une équation du cercle de diamètre [AB] est :
   $$x^2 + y^2 + x + y = 8$$

   Le centre Ω du cercle est le milieu de $[AB]$.

   Le milieu de $[AB]$ a pour coordonnées $\left(\frac{x_A + x_B}{2}\ ;\ \frac{y_A + y_B}{2}\right)$ soit $\Omega\left(-\frac{1}{2}\ ;\ \frac{1}{2}\right)$

   De plus $AB^2 = (-3 - 2)^2 + (-2 - 1)^2 = 25 + 9 = 34$

   Or $AB = 2$ R donc $AB^2 = 4\text{ R}^2$ et $\text{R}^2 = \frac{AB^2}{4}$

   soit $\text{AB}^2 = 34$ donc $\text{AB} = \sqrt{34}$, on en déduit que $\text{R} = \frac{\text{AB}}{2} = \frac{\sqrt{34}}{2}$

   Le cercle est l'ensemble des points $M(x\ ;\ y)$ du plan dont la distance $\Omega M = R$, soit $\Omega M^2 = R^2 = \frac{17}{2}$

2. Pour le point C on a $x = 2$ et $y = 1$ d'où :

   $x^2 + y^2 + x + y - 8 = 2^2 + 1^2 + 2 + 1 - 8 = 0$ donc C appartient au cercle.

3. Une équation de la tangente en C est de la forme $\left(2 + \frac{1}{2}\ ;\ 1 + \frac{1}{2}\right)$ soit $\left(\frac{5}{2}\ ;\ \frac{3}{2}\right)$

   Donc $\frac{5}{2}x + \frac{3}{2}y + c = 0$

   Le point C appartient à la tangente soit :
   $$\frac{5}{2}x_C + \frac{3}{2}y_C + c = 0$$

   Donc $\frac{5}{2} \times 2 + \frac{3}{2} \times 1 + c = 5 + \frac{3}{2} + c = \frac{13}{2} + c = 0$

   D'où $c = -\frac{13}{2}$

   Une équation de la tangente au point C est :

   $\frac{5}{2}x + \frac{3}{2}y - \frac{13}{2} = 0$ ou encore $5x + 13y - 13 = 0$ (en multipliant chaque terme par deux)

Exercice 100

On a $\overrightarrow{AB} \cdot \overrightarrow{AM} + \overrightarrow{AB} \cdot \overrightarrow{BM} = \overrightarrow{AB}\,(\overrightarrow{AM} + \overrightarrow{BM})$

Or, O étant le milieu de $[AB]$, pour tout M du plan, on a : $\overrightarrow{MA} + \overrightarrow{MB} = 2\,\overrightarrow{MO}$

Donc $\overrightarrow{AB} \cdot \overrightarrow{AM} + \overrightarrow{AB} \cdot \overrightarrow{BM}$ alors $\overrightarrow{AB} \cdot \overrightarrow{AM} + \overrightarrow{AB} \cdot \overrightarrow{BM} = 0$

Par conséquent, l'ensemble des points M vérifiant l'égalité $\overrightarrow{AB} \cdot \overrightarrow{AM} = \overrightarrow{BA} \cdot \overrightarrow{BM}$ est l'ensemble des points défini par :

$$2\,\overrightarrow{AB} \cdot \overrightarrow{OM} = 0 \quad \text{soit} \quad \overrightarrow{AB} \cdot \overrightarrow{OM} = 0$$

Le point appartient à cet ensemble. Il s'agit donc de la droite passant par O et perpendiculaire à (AB), c'est-à-dire de la médiatrice du segment [AB].

Exercice 101

1. D'après le théorème de la médiane

$$MA^2 + MB^2 = 2\,M\Omega^2 + \frac{AB^2}{2}$$

$MA^2 + MB^2 = k \Leftrightarrow 2\,M\Omega^2 + \dfrac{d^2}{2} = k$

$$\Leftrightarrow M\Omega^2 = \frac{2k-d^2}{4} = \frac{k}{2} - \frac{d^2}{4}$$

2. $M\Omega^2$ est un réel positif. D'où les 3 cas suivants : si $k > \dfrac{d^2}{2}$, la relation s'écrit

$M\Omega = \sqrt{\dfrac{2k-d^2}{4}} = \dfrac{\sqrt{2k-d^2}}{2}$ donc L_k est le cercle de centre Ω et de rayon $R = \dfrac{\sqrt{2k-d^2}}{2}$

Si $k < \dfrac{d^2}{2}$, alors $L_k = \emptyset$

Si $k = \dfrac{d^2}{2}$, la relation s'écrit $M\Omega^2 = 0$, soit $M\Omega = 0$. M est confondu avec Ω $L_k = \{\Omega\}$

3. Avec $d = 6$ et $k = 24$, on a $\Omega M^2 = \dfrac{24}{2} - \dfrac{36}{4} = 12 - 9 = 3$

Et $\Omega M = \sqrt{3}$. On a un cercle de centre Ω et de rayon $\sqrt{3}$.

Exercice 102

1. $\mathcal{L}_O$ représente l'ensemble des points M tels que $\overrightarrow{MA} \cdot \overrightarrow{MB} = 0$
   Donc $\mathcal{L}_O$ est le cercle de diamètre $[AB]$.

2. En utilisant la relation de Chasles, on a :

   $$\overrightarrow{MA} \cdot \overrightarrow{MB} = (\overrightarrow{M\Omega} + \overrightarrow{\Omega A}) \cdot (\overrightarrow{M\Omega} + \overrightarrow{\Omega B})$$
   $$= M\Omega^2 + \overrightarrow{M\Omega} \cdot (\overrightarrow{\Omega A} + \overrightarrow{\Omega B}) + \overrightarrow{\Omega A} \cdot \overrightarrow{\Omega B}$$

   Or $\overrightarrow{\Omega A} + \overrightarrow{\Omega B} = \vec{0}$ donc

   $$\overrightarrow{MA} \cdot \overrightarrow{MB} = \overrightarrow{M\Omega}^2 + \overrightarrow{\Omega A} \cdot \overrightarrow{\Omega B} = M\Omega^2 - \Omega A \times \Omega B = M\Omega^2 - \frac{AB}{2} \times \frac{AB}{2} = M\Omega^2 - \frac{AB^2}{4}$$

3. $AB = 8$ donc $f(M) = k \Leftrightarrow M\Omega^2 - \frac{64}{4} = k$
   Soit $M\Omega^2 - 16 = k$ et $M\Omega^2 = k + 16$
   Si $k > -16$, L_k est un cercle de centre Ω et de rayon $\sqrt{k+16}$
   Si $k = -16$, $L_k = \{\Omega\}$.
   Si $k < -16$, $L_k = \emptyset$

Exercice 103

Soit O le milieu du segment $[AB]$

$$MA^2 - MB^2 = (\overrightarrow{MO} + \overrightarrow{OA})^2 - (\overrightarrow{MO} + \overrightarrow{OB})^2 = MO^2 + 2\,\overrightarrow{MO} \cdot \overrightarrow{OA}^2 - MO^2 - 2\,\overrightarrow{MO} \cdot \overrightarrow{OB} - OB^2$$
$$= 2\,\overrightarrow{MO} \cdot (\overrightarrow{OA} - \overrightarrow{OB}) + \overrightarrow{OA}^2 - \overrightarrow{OB^2} = 2\,\overrightarrow{MO} \cdot \overrightarrow{BA}$$

$M \in \mathcal{E} \Leftrightarrow MA^2 - MB^2 = -30$, soit $2\,MO \cdot BA = -30$

Soit H le projeté orthogonal de M sur la droite (AB). L'équation s'écrit :
$2\,\overrightarrow{MO} \cdot \overrightarrow{BA} = -30$
$\Leftrightarrow 2\,\overrightarrow{OM} \cdot \overrightarrow{AB} = -30$
$\Leftrightarrow \overrightarrow{OM} \cdot \overrightarrow{AB} = -15$
$\Leftrightarrow \overrightarrow{OH} \cdot \overrightarrow{AB} = 15$

Avec les vecteurs $\overrightarrow{OH}$ et $\overrightarrow{AB}$ de sens contraire.
Il vient : $HO = \frac{15}{\text{BA}} = \frac{15}{3} = 5$; $HO = 5$

On place le point H tel que $OH = 5$, et H sur la demi-droite $[BA)$
$\mathcal{E}$ est donc l'ensemble des points ayant pour projeté orthogonal sur (AB) le point H donc $\mathcal{E}$ est la droite perpendiculaire à (AB) en H.

$\mathcal{E}$ est donc la perpendiculaire à (AB) en H.

En orientant la droite (AB) de A vers B, on a la représentation :

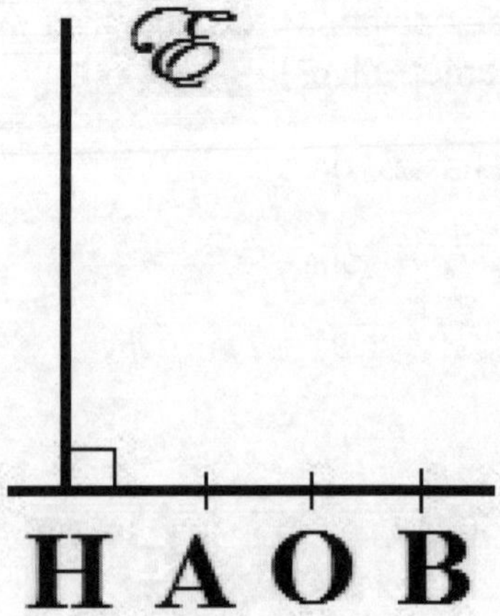

Exercice 104

1. D'après les formules d'addition :

$$\cos \frac{\pi}{12} \cos \frac{5\pi}{12} + \sin \frac{\pi}{12} \sin \frac{5\pi}{12} = \cos\left(\frac{5\pi}{12} - \frac{\pi}{12}\right) = \cos \frac{\pi}{3} = \frac{1}{2}$$

De même :

$$\cos \frac{\pi}{12} \cos \frac{5\pi}{12} - \sin \frac{\pi}{12} \sin \frac{5\pi}{12} = \cos\left(\frac{5\pi}{12} + \frac{\pi}{12}\right) = \cos \frac{\pi}{2} = 0$$

2. En ajoutant les deux égalités précédentes membre à membre, on trouve :

$2 \cos \frac{\pi}{12} \cos \frac{5\pi}{12} = \frac{1}{2}$, c'est-à-dire $\cos \frac{\pi}{12} \cos \frac{5\pi}{12} = \frac{1}{4}$

D'où $\sin \frac{\pi}{12} \sin \frac{5\pi}{12} = \frac{1}{2} - \frac{1}{4} = \frac{1}{4}$

Exercice 105

$$\cos\left(x + \frac{2\pi}{3}\right) = \cos x \cos \frac{2\pi}{3} - \sin x \sin \frac{2\pi}{3} = -\frac{1}{2} \cos x - \frac{\sqrt{3}}{2} \sin x$$

$$\cos\left(x + \frac{4\pi}{3}\right) = \cos x \cos \frac{4\pi}{3} - \sin x \sin \frac{4\pi}{3} = -\frac{1}{2} \cos x + \frac{\sqrt{3}}{2} \sin x$$

Il vient :

$$\cos x + \cos\left(x + \frac{2\pi}{3}\right) + \cos\left(x + \frac{4\pi}{3}\right) = \cos x - \frac{1}{2} \cos x - \frac{\sqrt{3}}{2} \sin x - \frac{1}{2} \cos x + \frac{\sqrt{3}}{2} \sin x$$

soit $\cos x + \cos\left(x + \frac{2\pi}{3}\right) + \cos\left(x + \frac{4\pi}{3}\right) = 0$

Exercice 106

$\sin 3x = \sin(2x + x) = \sin 2x \cos x + \sin x \cos 2x$
$= 2 \sin x \cos x \cos x + \sin x (1 - 2 \sin^2 x)$
$= 2 \sin x \cos^2 x + \sin x - 2 \sin^3 x$
$= 2 \sin x (1 - \sin^2 x) + \sin x - 2 \sin^3 x$
$= 3 \sin x - 4 \sin^3 x$

$\cos 3x = \cos(2x + x) = \cos 2x \cos x + \sin x \sin 2x$
$= (2 \cos^2 x - 1) \cos x - 2 \sin x \cos x \sin x$
$= 2 \cos^3 x - \cos x - 2 \cos x \sin^2 x$
$= 2 \cos^3 x - \cos x - 2 \cos x (1 - \cos^2 x)$
$= 4 \cos^3 x - 3 \cos x$

Exercice 107

On sait que $\cos 2x = 2 \cos^2 x - 1$ pour tout x réel.

Dans le cas présent : $\cos 2x = 2 \times \left(\frac{3}{5}\right)^2 - 1 = 2 \times \frac{9}{25} - 1 = -\frac{7}{25}$

On a $\cos^2 2x + \sin^2 2x = 1$ donc : $\sin^2 2x = 1 - \cos^2 2x = 1 - \left(-\frac{7}{25}\right)^2 = 1 - \frac{49}{625} = \frac{576}{625}$

Or $x \in]-\frac{\pi}{2} ; 0[$, donc $2x \in]-\pi ; 0[$

Par conséquent $\sin 2x < 0$ d'où $\sin 2x = -\sqrt{\frac{576}{625}} = -\frac{24}{25}$

Exercice 108

1. On remarque que $\frac{3\pi}{8} = \frac{\pi}{2} - \frac{\pi}{8}$, donc :

   $\cos \frac{3\pi}{8} = \cos\left(\frac{\pi}{2} - \frac{\pi}{8}\right) = \sin \frac{\pi}{8}$ et $\sin \frac{3\pi}{8} = \sin\left(\frac{\pi}{2} - \frac{\pi}{8}\right) = \cos \frac{\pi}{8}$

   D'où : $\cos \frac{3\pi}{8} = \frac{\sqrt{2-\sqrt{2}}}{2}$ et $\sin \frac{3\pi}{8} = \frac{\sqrt{2+\sqrt{2}}}{2}$

2. On remarque que : $\frac{7\pi}{8} = \pi - \frac{\pi}{8}$ et $\frac{5\pi}{8} = \pi - \frac{3\pi}{8}$

D'où :

$A = \cos^2 \frac{\pi}{8} + \cos^2 \frac{3\pi}{8} + \cos^2 (\pi - \frac{3\pi}{8}) + \cos^2 (\pi - \frac{\pi}{8})$

$A = \cos^2 \frac{\pi}{8} + \cos^2 \frac{3\pi}{8} + \cos^2 \frac{3\pi}{8} + \cos^2 \frac{\pi}{8}$

$A = 2(\cos^2 \frac{\pi}{8} + \cos^2 \frac{3\pi}{8}) = 2 (\cos^2 \frac{\pi}{8} + \sin^2 \frac{\pi}{8}) = 2 \times 1 = 2$

Soit $A = 2$

De la même façon :

$B = \sin^2 \frac{\pi}{8} + \sin^2 \frac{3\pi}{8} + \sin^2 (\pi - \frac{3\pi}{8}) + \sin^2 (\pi - \frac{\pi}{8})$

$B = 2 \sin^2 \frac{\pi}{8} + \sin^2 \frac{3\pi}{8}$

$B = 2(\sin^2 \frac{\pi}{8} + \sin^2 \frac{3\pi}{8}) = 2 (\sin^2 \frac{\pi}{8} + \cos^2 \frac{\pi}{8}) = 2 \times 1 = 2$

Soit $B = 2$

Remarque

$A + B = \cos^2 \frac{\pi}{8} + \sin^2 \frac{\pi}{8} + \cos^2 \frac{3\pi}{8} + \sin^2 \frac{3\pi}{8} + \cos^2 \frac{5\pi}{8} + \sin^2 \frac{5\pi}{8} + \cos^2 \frac{7\pi}{8} + \sin^2 \frac{7\pi}{8}$

Soit $A + B = 1 + 1 + 1 + 1 = 4$

Comme $A = 2$, on peut retrouver le résultat de B, soit $B = 4 - 2 = 2$

Exercice 109

On peut réécrire l'expression en regroupant des termes :

$A = \cos^2 \frac{\pi}{12} + \cos^2 \frac{7\pi}{12} + \cos^2 \frac{3\pi}{12} + \cos^2 \frac{9\pi}{12} + \cos^2 \frac{5\pi}{12} + \cos^2 \frac{11\pi}{12}$

Or $\frac{7\pi}{12} = \frac{\pi}{2} + \frac{\pi}{12}$; $\frac{9\pi}{12} = \frac{\pi}{2} + \frac{3\pi}{12}$; $\frac{11\pi}{12} = \frac{\pi}{2} + \frac{5\pi}{12}$

Quel que soit le réel a, on a la relation $\cos (\frac{\pi}{2} + a) = -\sin a$, donc $\cos \frac{7\pi}{12} = \cos (\frac{\pi}{2} + \frac{\pi}{12})$

$= -\sin \frac{\pi}{12}$ et $\cos^2 \frac{7\pi}{12} = \sin^2 \frac{7\pi}{12}$

De même on obtient : $\cos^2 \frac{9\pi}{12} = \sin^2 \frac{3\pi}{12}$ et $\cos^2 \frac{11\pi}{12} = \sin^2 \frac{5\pi}{12}$

D'où $A = \cos^2 \frac{\pi}{12} + \sin^2 \frac{\pi}{12} + \cos^2 \frac{3\pi}{12} + \sin^2 \frac{3\pi}{12} + \cos^2 \frac{5\pi}{12} + \sin^2 \frac{5\pi}{12}$

$A = 1 + 1 + 1 = 3$

Bien entendu, on aurait pu développer toutes les valeurs en fonction de $\sin \frac{\pi}{12}$ et $\cos \frac{\pi}{12}$ pour aboutir au résultat (calcul laborieux).

Exercice 110

1. $f(x) = \dfrac{\sin 2x}{\sin x} + \dfrac{\cos 2x}{\cos x}$ est défini pour sin $x \neq 0$ et cos $x \neq 0$,

   C'est-à-dire pour $x \neq \dfrac{k\pi}{2}$ $(k \in \mathbb{Z})$

2. Dans ces conditions :

$$f(x) = \frac{\sin 2x \cos x + \cos 2x \sin x}{\sin x \cos x} = \frac{\sin(2x+x)}{\frac{1}{2}\sin 2x} = \frac{2\sin 3x}{\sin 2x}$$

3. $g(x) = \dfrac{\sin x + \sin 2x}{1 + \cos x + \cos 2x}$ pour $x \in [0\,;\,\dfrac{\pi}{2}[$

   Noter que pour $x \in [0\,;\,\dfrac{\pi}{2}[$, cos $x > 0$ et 1 + 2cos $x > 0$, donc cos x (1 + 2 cos x) $\neq 0$ et g

   est définie pour tout réel x de l'intervalle $[0\,;\,\dfrac{\pi}{2}[$.

   Factorisons le numérateur et le dénominateur.

   $\sin x + \sin 2x = \sin x + 2 \sin x \cos x = \sin x\,(1 + 2\cos x)$
   $1 + \cos x + \cos 2x = 1 + \cos x + 2\cos^2 x - 1 = \cos x + 2\cos^2 x = \cos x\,(1 + 2\cos x)$
   Donc $g(x) = \dfrac{\sin x(1+2\cos x)}{\cos x(1+2\cos x)}$

   Il vient : $g(x) = \dfrac{\sin x(1+2\cos x)}{\cos x(1+2\cos x)} = \dfrac{\sin x}{\cos x} = \tan x$

Exercice 111

1. Soit D le dénominateur de $f(x)$

$$D = 1 + \cos 2x + \cos 4x$$

   On a : $\cos 4x = \cos(2 \times 2x) = 2\cos^2 2x - 1$

   Il vient : $D = 1 + \cos 2x + 2\cos^2 2x - 1 = \cos 2x + 2\cos^2 2x$

   $D = \cos 2x\,(1 + 2\cos 2x)$

D est défini pour $\cos 2x \neq 0$ et $1 + 2\cos 2x \neq 0$ soit $\cos 2x \neq -\dfrac{1}{2}$

D'où : $\begin{cases} 2x \neq \dfrac{\pi}{2} + k\pi \\ 2x \neq \pm\dfrac{2\pi}{3} + 2k\pi \end{cases} \Leftrightarrow \begin{cases} x \neq \dfrac{\pi}{4} + \dfrac{k\pi}{2} \\ x \neq \pm\dfrac{\pi}{3} + k\pi \end{cases}$

Donc l'ensemble de définition est $\mathbb{R} - \{\dfrac{\pi}{4} + \dfrac{k\pi}{2}, k \in \mathbb{Z}\} \cup \{\pm\dfrac{\pi}{3} + k\pi, k \in \mathbb{Z}\}$

2. Soit N le numérateur de $f(x)$.

$$N = \sin 2x + \sin 4x + \sin 6x$$

On a $\sin 6x = \sin(4x + 2x) = \sin 4x \cos 2x + \sin 2x \cos 4x$.

Il vient : $N = \sin 2x + \sin 4x + \sin 4x \cos 2x + \sin 2x \cos 4x$
$= \sin 2x\,(1 + \cos 4x) + \sin 4x\,(1 + \cos 2x)$

Or $\sin 4x = 2 \sin 2x \cos 2x$, d'où :

$$N = \sin 2x\,(1 + \cos 4x) + 2 \sin 2x \cos 2x\,(1 + \cos 2x)$$

De plus $\cos 4x = 2 \cos^2 2x - 1$, donc :
$N = \sin 2x\,(1 + 2\cos^2 2x - 1) + 2 \sin 2x \cos 2x\,(1 + \cos 2x)$
$= 2 \sin 2x \cos^2 2x + 2 \sin 2x \cos 2x\,(1 + \cos 2x)$
$= 2 \sin 2x \cos 2x\,(1 + 2 \cos 2x)$

3. $f(x) = \dfrac{N}{D} = \dfrac{2\sin 2x \cos 2x(1+2\cos 2x)}{\cos 2x(1+2\cos 2x)} = 2 \sin 2x$ pour tout x de D_f.

Exercice 112

1. On a $\sin\left(\dfrac{\pi}{4} + x\right) = \sin \dfrac{\pi}{4} \cos x + \sin x \cos \dfrac{\pi}{4} = \dfrac{\sqrt{2}}{2} \cos x + \dfrac{\sqrt{2}}{2} \sin x$

Finalement : $\sin\left(\dfrac{\pi}{4} + x\right) = \dfrac{\sqrt{2}}{2}(\cos x + \sin x)$

Donc $\sqrt{2} \sin\left(\dfrac{\pi}{4} + x\right) = \cos x + \sin x$

2. L'équation $\cos x + \sin x = 1$ est donc équivalente à $\sqrt{2} \sin\left(\dfrac{\pi}{4} + x\right) = 1$

Soit $\sin\left(\dfrac{\pi}{4} + x\right) = \dfrac{1}{\sqrt{2}} = \dfrac{\sqrt{2}}{2} = \sin \dfrac{\pi}{4}$

D'où :
$$\begin{cases} \dfrac{\pi}{4} + x = \dfrac{\pi}{4} + 2k\pi \\ \text{ou} \\ \dfrac{\pi}{4} + x = \pi - \dfrac{\pi}{4} + 2k\pi \end{cases} \Leftrightarrow \begin{cases} x = 2k\pi \\ \text{ou} \\ x = \dfrac{\pi}{2} + 2k\pi \end{cases}, k \in \mathbb{Z}$$

L'ensemble des solutions dans $\mathbb{R}$ est : $S = \{2k\pi, k \in \mathbb{Z}\} \cup \{\dfrac{\pi}{2} + 2k\pi, k \in \mathbb{Z}\}$

Exercice 113

1. Utilisons la relation : sin p + sin q = 2 sin $\frac{p+q}{2}$. cos $\frac{p-q}{2}$

   Soit ici : sin a + sin b = 2 sin $\frac{a+b}{2}$ × cos $\frac{a-b}{2}$

   On a sin c = sin [π - (a + b)] = sin (a + b) = 2 sin$\left(\frac{a+b}{2}\right)$ × cos$\left(\frac{a+b}{2}\right)$

   D'où sin a + sin b + sin c = 2 sin$\left(\frac{a+b}{2}\right)$× cos$\left(\frac{a-b}{2}\right)$ + 2 sin$\left(\frac{a+b}{2}\right)$ × cos$\left(\frac{a+b}{2}\right)$

   = 2 sin$\left(\frac{a+b}{2}\right)$ (cos$\left(\frac{a-b}{2}\right)$ + cos$\left(\frac{a+b}{2}\right)$)

   Soit, puisque $\frac{a+b}{2}$ = $\frac{\pi}{2}$ - $\frac{c}{2}$

   sin a + sin b + sin c = 2 sin ($\frac{\pi}{2}$ - $\frac{c}{2}$) × (2 cos $\frac{a}{2}$ cos $\frac{b}{2}$)

   = 2 cos$\frac{c}{2}$ × 2 cos $\frac{a}{2}$ cos $\frac{b}{2}$ = 4 cos $\frac{a}{2}$ cos $\frac{b}{2}$ cos $\frac{c}{2}$

2. Utilisons la relation :

   cos a + cos b = 2 cos $\frac{a+b}{2}$ cos $\frac{a-b}{2}$ = 2 sin $\frac{c}{2}$ cos $\frac{a-b}{2}$

   Avec $\frac{c}{2}$ = $\frac{\pi}{2}$ - $\frac{a+b}{2}$

   Or cos c = 1 – 2 sin² $\frac{c}{2}$

   Il vient : cos a + cos b + cos c = 2 sin $\frac{c}{2}$ cos $\frac{a-b}{2}$ + 1 – 2 sin² $\frac{c}{2}$

   = 1 + 2 sin $\frac{c}{2}$ (cos $\frac{a-b}{2}$ – sin $\frac{c}{2}$)

   = 1 + 2 sin $\frac{c}{2}$ (cos $\frac{a-b}{2}$ - cos $\frac{a+b}{2}$)

   Finalement : cos a + cos b + cos c = 1 + 4 sin $\frac{c}{2}$ sin $\frac{a}{2}$ sin $\frac{b}{2}$

Exercice 114

1. La fonction f est définie si et seulement si le dénominateur est différent de zéro.

   Soit $D = \cos x + \cos 3x + \cos 5x$ le dénominateur de $f(x)$

   Appliquons la formule $\cos p + \cos q = 2 \cos \frac{p+q}{2} . \cos \frac{p-q}{2}$ avec $p = x$ et $q = 5x$

   On a :
   $\cos x + \cos 5x = 2 \cos 3x \cos 2x$, donc :
   $D = \cos 3x + 2 \cos 3x \cos 2x = \cos 3x (1 + 2 \cos 2x)$

   f est définie pour $D \neq 0$

Soit : $\begin{cases} \cos 3x \neq 0 \\ 1 + 2\cos 2x \neq 0 \end{cases}$ $\begin{cases} \cos 3x \neq 0 \\ \cos 2x \neq -\frac{1}{2} \end{cases}$ Soit $\begin{cases} 3x \neq \frac{\pi}{2} + k\pi \\ 2x \neq \pm\frac{2\pi}{3} + 2k\pi \end{cases}$

   Finalement :

$$\begin{cases} x \neq \frac{\pi}{6} + \frac{k\pi}{3} \\ x \neq \pm\frac{\pi}{3} + k\pi \end{cases}$$

   Le domaine de définition de f est donc :

$$D_f = \mathbb{R} - \{\pm\frac{\pi}{3} + k\pi \; ; k \in \mathbb{Z}\} \cup \{\frac{\pi}{6} + \frac{k\pi}{3} \; ; k \in \mathbb{Z}\}$$

2. Factorisons le numérateur :
   On a $\sin p + \sin q = 2 \sin \frac{p+q}{2} \times \cos \frac{p-q}{2}$

   Pour $p = x$ et $q = 5x$, il vient :

$$\sin x + \sin 5x = 2 \sin 3x \cos 2x$$

   Donc : $\sin x + \sin 3x + \sin 5x = \sin 3x (1 + 2 \cos 2x)$ et

   $f(x) = \frac{\sin 3x(1+2\cos 2x)}{\cos 3x(1+2\cos 2x)} = \frac{\sin 3x}{\cos 3x} = \tan 3x$ pour tout x de $D f$

Achevé d’imprimer en juillet 2021
sur les presses de la Source d'Or
63200 Riom
Dépôt légal : juillet 2021
Numéro d’impression : 106698

Imprimé en France